陳耀昌

島之曦

Dawn of Formosa

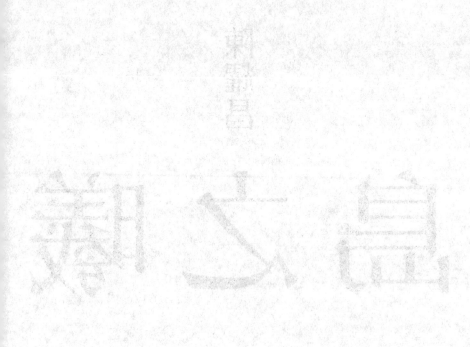

【自序】島之曦：福爾摩沙臺灣的重生

二〇二〇年三月以前，我一直認爲我不太可能去寫日本時代的小說，因爲我不懂日文。沒想到，二〇二〇年三月二十一日起，我開始振筆直書，寫盧丙丁、林氏好這對夫妻的故事，以十一個月的時間完成這本書。

我寫盧丙丁及林氏好這對夫妻，寫當時引領臺灣文化啓蒙運動的「臺灣文化協會」及政治上第一個政黨「臺灣民眾黨」。我以丙丁串出那一代掀起「臺灣人意識」的各行各路知識份子，期能寫出一九二〇至一九三五年那個臺灣社會運動最蓬勃的年代；我藉林氏好帶出一九三〇年代臺灣的流行音樂。我希望本書能生動刻劃出那個臺灣最活潑的年代。

蔣渭水、林獻堂及那個時代知識份子的臺灣人意識反抗運動，先是受挫於日本政府在一九三六年以後的嚴厲壓制，以及其後的皇民化運動；一九四五年之後更受到「祖國」的暴虐摧殘；國民政府遷臺之前有二二八大屠殺，遷臺之後有白色恐怖，更有種種臺灣意識、語言、文化的「清洗」。於是這些曾經輝煌於二〇年代及三〇年代的臺灣歷史人物，有些不幸死難，大多被臺灣人所淡忘；少數則成爲中國共產黨高幹。於今回顧，令人不勝唏噓。

然而，就像臺灣俗語所說的「番薯不驚落土爛」，到了一九六一年，「黨外」乍起，風靡臺北大同區、當選臺北市議員、後來成為美麗島事件及民進黨精神領袖的黃信介，正是當年「文化協會」連溫卿的甥兒。他的選區大同區，正是當年的大稻埕。

蔣渭水和他的追隨者「臺灣文化協會」、「臺灣民眾黨」的運動雖然失敗了，但其精神熒熒不滅傳承到後世，終於在七〇年代以後的臺灣民主運動重現。另外，我想多介紹霧峰林獻堂的貢獻與影響，因為他一向低調，乃一直被低估。社會改革本來就是承先啓後。三〇年代的臺灣精英，隱然仍為現代臺灣社會的民主思潮領航人。所以我以「島之曦」來做為這本書的書名。

讓我更感慨的是，一九二〇及三〇年代的領航者，許多都是「臺灣總督府醫學校」的畢業生，像是蔣渭水、李應章、吳海水、賴和、韓石泉、黃金火、林瑞西、丁瑞魚……。後來在白色恐怖中罹難的角板山林瑞昌醫師（樂信．瓦旦，大豹社），也是校友。

於是，一九二〇年代臺灣總督府醫學校醫生前輩在臺灣社會所發起的啓蒙運動，以及所造成的風起雲湧，一百年後由我這同一醫學校的後輩來寫成臺灣史小說，也算是因緣與傳承吧。

臺灣醫生在百年前的全球民主思潮中，啓發島上的臺灣人意識；在百年之後的世界病毒疫情中，曾讓各國欽羨臺灣的防疫成功。臺灣醫生自日本時代傳承下來的犧牲奉獻，為大眾、為病人流血流汗的精神，正是所謂「臺灣健保奇蹟」成功的關鍵所在。

一九六二年，吳濁流寫《亞細亞的孤兒》；一九八三年，羅大佑唱〈亞細亞的孤兒〉；二〇二〇年之後，臺灣人終於獲得全球許多國家的欣賞與支持。我們欣見，臺灣已經天光了，已經破曉了，但是還剩下最後一哩路。

《島之曦》這本書，向一百年前的臺灣先知先覺者表示我們的懷念與感謝。期許這個島上的臺灣人能同心協力，發揮智慧，由「晨曦」而臻「陽光普照」！

【前言】

躁動的靈魂與悸動的歌者

「丙丁先生，這樣可以了嗎？」

二○二○年十二月十三日清晨醒來後，思慮繞著盧丙丁，於是又在臉書上寫了一文，闡述我與樂生療養院的結緣經過，以及我十二月四日再勘察盧丙丁住了五個月又一週（一九三五年八月十二日至一九三六年一月二十日）的蓬萊寮（現稱爲「蓬萊舍」）時的奇妙感受。

躁動的靈魂

這本書看似丙丁與阿好夫妻的故事，其實我心中的重點是盧丙丁。在日治臺灣史上，盧丙丁可說是臺灣大時代中一個說大不大、說小不小的角色。盧丙丁見於當時媒體的最重要事蹟，大概就是一九三一年，他是蔣渭水死後「大眾葬」的主持人。還有，他是蔣渭水臨終前，在蔣渭水遺囑簽名的五個人之一。

我會知道他，也是九彎十八拐的緣份。

二○一三到二○一四年左右，我寫《傀儡花》。因爲寫李仙得，我知道李仙得有個日本妻子池田絲，也因此寫到了李仙得外孫女，日本一九三○年代女聲樂家關屋敏子。關屋敏子曾於一九三五年來臺，收了一個臺南人歌唱家林氏好當女弟子。而這位林氏好的夫婿盧丙丁的命運很奇特。家屬認為因為他是蔣渭水臺灣民族運動的得力助手，後來被日本人以「癩病」之名關入「樂生院」，再送到廈門，而竟自此人間蒸發。

我把這段記載寫成我《傀儡花》中的一條註釋，但事實上，我對這段話是否真實，半信半疑。因為在我的認知，日本警察官署對臺灣反對運動的處理相當尊重法治，不會濫權迫害。而且正巧我是臺南人，盧丙丁的故宅算起來離我家直線距離不超過一公里，因此我對盧丙丁先生的生涯及其命運也有了好奇。很巧的是，自二〇〇八年十一月起，我擔任了「衛生署漢生病病患人權推動小組」召集人，常到樂生院開會。我向當時的樂生療養院院長打聽，在樂生的舊病患檔案中有沒有「盧丙丁」這個名字。這是我與盧丙丁先生奇妙緣份的開始。

本書的背景雖然涵蓋四個不同部份，依順序是一九二〇年開始的臺灣意識覺醒運動、癩病或痲瘋病（那時還沒有「漢生病」這名稱）、臺灣流行歌曲，以及滿洲臺灣人戰後的返鄉路。但在我心目中，眞正的主角是盧丙丁，眞正的故事重點也是臺灣文化協會及臺灣民眾黨那一段動人的臺灣人士奮鬥史。

我自忖，有關癩病及樂生療養院的部份，全臺灣能執筆的，我可能是最佳人選。我的醫生專業及我自二〇〇八年迄今與樂生院的不可思議的長期結緣，對樂生院民及這個人類史上神祕疾病有相當程度的了解，這是其他作家所未能熟稔的經驗及知識。我有自信可以大致描寫當時院民的生活寫照。最缺乏的「丙丁在樂生」的資料，也因為我正好與樂生院十多年的特殊因緣而近水樓臺。樂生的人權議題在近二十年為社會大眾所矚目，我也為研究臺灣漢生病史的范燕秋教授在《隔離與回歸：戰後東亞的漢生病政策與醫療人權》一書中，寫了一篇序〈當漢生病走入歷史，我們學到了什麼？〉〉。范教授也是漢生病人權小組的重要成員。

爲了建設漢生人權園區，歷史文物的收集非常重要。非常感謝范教授找到了許多在樂生院所保存的有關盧丙丁的病歷及其他檔案資料。尤其一九三六年一月十八日，盧丙丁由樂生院出院的前兩天，院方爲他召開歡送會，他當時的講稿全文竟然還逐字記載下來，再加上其他佐證，我們可以確定丙丁這時是被特高警察嚴密監視的。

至於丙丁的下落，我也得到中央研究院臺史所所長許雪姬的幫忙。我們迄今無法確定他自樂生出院後，是否眞正到了廈門。因此丙丁的結局我不敢過度臆測，以免唐突壯士。

丙丁在樂生時，樂生院唯一的臺灣人醫生，後來成爲樂生院第一位臺灣人院長的賴尚和，他的長子就是我在臺大醫院的同事，病歷室主任賴麟徵。我有幸由稱呼賴麟徵大伯的賴怡忠及其夫人劉夏如得知此事。巧的是，賴尚和醫師與林氏好在滿洲國的友人陳嘉音長老，竟然是親家。

目前全世界以漢生病人爲主角的文學作品甚少，我唯一眞正唸過的是松本清張的《砂之器》。此書是名著，但對癩病病人的角色也只是側寫，而非直接描寫。

我要感謝盧丙丁與林氏好的後人林章峯先生。二〇一〇年，盧丙丁和林氏好的兒孫們（後來從母姓）曾經在臺北市舉辦了一個「盧丙丁．林氏好伉儷紀念特展」，並由黃信彰先生執筆出版了以這對夫婦事蹟爲主的《工運．歌聲．反殖民》一書（臺北市文化局出版）。

在這本二〇一〇年出版的書中，林家子孫尚不願證實盧丙丁先生當年是否罹患癩病。儘管臺灣戰前被送入樂生院的漢生病病人也已在二〇〇五年十月二十五日打贏了向日本政府索賠的官司，臺灣的立法院也在二〇〇八年通過樂生補償條例；二〇〇九年，行政院長劉兆玄向漢生病人道歉。到了二〇二〇年，林章峯先生終於告訴我，盧丙丁與林氏好後來正式辦理了離婚，而且林先生的父親與伯父依稀記得他們小時候，曾經隨同母親「到一個有些荒涼的山上」（就是樂生院）去探訪父親的情景。

我希望本書對盧丙丁先生罹病過程的描寫，能爲家屬欣然接受。因爲我描寫的，是一個勇敢而受難的靈魂，他們應會以他們的祖父爲榮。

在二〇二〇年十月底的一次會議上，我特別邀約了樂山院長率團來參觀樂生，時間訂十二月四日。有如神差鬼使，我事後才發現這是丙丁臺灣歲一百二十歲生日的前一天，而十二月五日是星期六假日。這一天，我當然特別再訪當年丙丁住過的樂生院蓬萊舍。在半路上，有一隻黑狗殷殷望著我。因爲現在蓬萊舍成爲樂青大本營，我們只能在走廊徘徊。我們看到了盥洗臺、廁所，但只能透過日本時代老式玻璃的門窗望進房間裡面。整棟房舍，除了走廊，就是兩個大房間，中間沒有隔間，仍保有大拱門相通。依照記載，這兩個房間一共住了二十九人。

我突然感覺這樣的病房好熟悉，臺大醫院舊址四東血液科病房的四一三及一五，或四一一及四一四這兩間，每間有十五張病床的三等病房就是如此。我一九七七年在此當總醫師，一九八一至一九九一年在此擔任主治醫師。連玻璃門窗都那麼熟悉，因爲舊臺大醫院也正是這種格式。臺大醫院是一九一六年完工的，那時稱爲總督府臺北醫院。樂生是一九三〇年完工的，但格局相似，連鍋爐室、洗衣房及大煙囪都是一個模子。在二戰之中，空襲臺灣的美國空軍都收到通知，如果看到大煙囪就是醫院，不要轟炸。那時臺北的兩支大煙囪，一支屬於臺大醫院，另一支就是新莊樂生院。

一九七〇、八〇年代的臺大醫院與一九三〇年代的樂生院，在時間帶（time zone）卻可謂相同一代。因此，我可以相當了解一九三五年八月十二日之後住這裡五個月的丙丁的日常起居。

自走廊步出蓬萊舍的臺階時，那隻黑狗正好走到臺階下。我們都停了下來，互望了一眼。我覺得那隻黑狗好像是在問我：「看過了？」我則在心中回答：「是的。」然後我步下臺階，黑狗則走上臺階，交錯而過。於是黑狗進入蓬萊舍，好像丙丁走進他的房間……。

我知道這隻黑狗在園區已久，也知道飼主。但那天，黑狗與我這陌生人士的互動，好像是丙丁的靈魂回來了。

如果丙丁的靈魂依舊存在，我相信，他會是一個躁動的靈魂。丙丁的個性，我相信是堅毅中帶著躁動的。因為忿忿不平而躁動，才會去加入反抗運動。

而丙丁死後的際遇，我相信會讓他的靈魂更為躁動。

丙丁躁動的原因，其一，（如林章峯先生所說）他生前常喟嘆自己是「放某放子為臺灣」，但在後世的臺灣學者甚少論及丙丁的努力或貢獻。甚至後來成為中共幹部的李應章、謝春木都比他更有名。丙丁的努力與艱苦並不亞於他們，若起丙丁先生於地下，他一定相當遺憾，認為自己的犧牲有點不值。

值此二〇二一年，丙丁的知名度介於有與無之間。因為他沒有被正式判刑過，他的名字不在「議會設置請願活動」諸君子的名單內，不在「治警事件」的被判刑者之內，不在「二林事件」的判刑名單，不在任何事件的坐牢名單內。但其實他似乎更可憐，因為他很有可能被日本的特高警察「作掉」了。而過去臺灣的歷史，從未提到此事。雖然二〇一〇年，他的孫子輩林章峯先生等曾經為他們的祖父母舉辦了一個「盧丙丁・林氏好伉儷紀念特展」，展出許多當年照片；也由臺北市文化局與蔣渭水基金會共同出版了一本《工運・歌聲・反殖民》，但這本書知者不多。由於林氏好的知名度較高，遺物也較多，這本書有些偏重於林氏好的音樂。而林氏好苦心錄作、由丙丁作詞〈寫給林氏好的情詩〉、即泰平唱片公司發行的三首臺灣歌曲〈月下搖船〉、〈紗窗內〉、〈織女〉，後世也未見流行。

總之，臺灣人對這位「放某放子為臺灣」的丙丁，回報有些不足。故我認為丙丁的靈魂，隨著歲月的流動與消逝，會愈來愈躁動，因為他怕即將被後世的臺灣人淡忘。

丙丁靈魂會躁動的第二個原因，是他要問上天，為什麼是他染上了「癩病」？這在他那個時代，是生不如死的。而丙丁奮戰不懈，一度奇蹟式地復出，真可見證到他無比的毅力。這使我想到《楚辭》的〈天問〉，他一定也會問上天：「為什麼是我盧丙丁？我做錯了什麼？」

最後，丙丁的靈魂會躁動，是因為他的後人沒有為他營造塋墳。我想我可以了解，因為丙丁失蹤後，生死不明，自然沒有遺骸。阿好生前不忍去造墳，但今年丙丁一百二十歲了，自然不可能還在人間。臺灣人說「入土為安」，所以丙丁先生一直有些不安，一直有些躁動。

諷刺的是，丙丁先生本人沒有墳墓，但國民黨政府在一九五〇年為了籠絡臺灣人，而提早舉行的「蔣渭水先生逝世二十週年」紀念會，及因而完成的臺北近郊蔣渭水墓，紀念碑上的遺囑是「盧丙丁題」。雖然我無法知道那是否真正是他的筆跡。而由於家族後人對他罹病的忌諱，也影響了丙丁應有的知名度。丙丁的魂魄，找不到自己的墳墓，卻找得到自己的題字，因此他會更躁動。希望我這本書，會是盧丙丁先生的「安魂曲」。

我希望丙丁的後人能為他蓋一座墳墓，或在靈骨塔中有個牌位，以慰丙丁天上之靈。

再回到丙丁先生的生前大願「臺灣自治運動」。我想丙丁如果看到今日的臺灣局勢，他會很高興，因為這已經超出蔣渭水與他及其他同志在百年前所奮鬥的目標。今日的臺灣，甚至在有些表現已然被日本人所讚嘆，也被世界嘉許。臺灣確實已經成為「臺灣人的臺灣」，一個「獨特的國家」，一個在防疫上的「世界典範」，在民主政治上的「亞洲第一」。

本書寫到阿好自滿洲國回來的一九四六年十月爲止。一九四六年後，臺灣人的地位及社會反而大爲倒退。一九四七年初，臺灣人又承受了一次大屠殺，以及四十年的白色恐怖及專制統治。然而臺灣人在一九二〇年到一九三五年那個大時代運動中，學到了自由、開放、法治的觀念，也學到不屈不撓的韌性，以無比的堅毅，一面適應統治，一面力抗強權。這個韌性，讓臺灣人知道什麼時候要沉潛，什麼時候要出頭，終能在一九八六年組成臺灣史上第二個臺灣人的政黨，一九九六年達成總統直接選舉，二〇〇〇年成功執政。臺灣人學到了以寧靜革命的方式，讓臺灣一步一步成爲臺灣人的臺灣。

「天會漸漸光。」林獻堂、蔣渭水、盧丙丁等這一段「臺灣人覺醒運動時期」，有如「天光序曲」。但二〇〇〇年代以後才是眞正「天光」。因此，我把本書這一段一九二〇到一九三六年的日本時代臺灣人奮鬥史，定名爲「島之曦」。我想盧丙丁那個時代的諸位臺灣先賢、蔣渭水，如果看到今天的臺灣，應該會滿意了。

悸動的歌者

在寫本書的過程中，我對林氏好眞是佩服。因爲她除了在歌唱方面表現出天份與苦學精神，在爭取女權的成就（那時還無所謂女權運動）以及對家人的照護上，令我敬佩，令我不只感動，而是「悸動」。

由一九三〇年代的「微曦」到二〇〇〇年代的「天光」，不只是政治上的，還包括文化上的。我們欣見最近幾年有不少描寫那個年代的好書，或談文化，或談政治，或談音樂，紛紛出版，令人振奮。

林氏好是天才歌手，或可說是沒接受過正規音樂教育。而她的藝術成就如何，我寧可留給音樂專業人士去評斷。

林氏好是那一代的洋樂派。她的學習過程是先學「古典洋樂」，但她又能以流行歌曲的唱片而走紅，留名臺灣樂壇。

在對林氏好歌唱生涯的專業評價，容我引用臺灣大學音樂研究所張慧文的碩士論文《日治時期女高音林氏好的音樂生活研究》的資料：「林氏好為主的文獻，首先出現於八〇年代初期。最早的撰寫人為莊永明。……莊永明在八〇年代初期進行『臺灣歌謠』的訪談中，林氏好曾為莊氏訪談對象之一。莊氏以『唱片女歌星』的角度出發。」而張慧文則認為「這樣的書寫方式，完全忽略了林氏好一生為聲樂藝術、舞臺表演所投下的心力」。

林氏好的專文報導第二度出現在一九九七年薛宗銘在《省交樂訊》的文章。學院派的薛氏，首度將林氏好列於臺灣西洋音樂史。

有關林氏好的研究，第三度出現則在陳郁秀主持的國科會計劃「臺灣前輩音樂家時代背景暨其傳承之研究」。在此研究中，林氏好被列為八位「臺灣前輩音樂家」之一；其他七人是：柯政和、高錦花、呂赫若、柯明珠、林澄藻、林澄沐、陳暖玉。以林氏好為碩論題目的張慧文說，「這樣的論述對於一生致力於聲樂藝術的林氏好而言，是『遲來的正義』」。

除了音樂，林氏好也是臺灣婦女運動先驅。她是極少能打入日本婦女團體的臺灣女性之一。在一九三〇年《臺灣民報》所辦的虛擬選舉，林氏好當選臺南市議員。我們現在看到的林氏好的照片，沒有一張不是洋裝。她眞的是洋派，穿洋裝，唱洋歌。但她也可以加入漢詩社「芸香詩社」，然後穿著洋裝現身。你眞的不能不服她。

林氏好是堅強的家庭守護神。她舉重若輕，在先生缺席時，撐著家中一切。她庇護生病的先生，撫養年幼失去父親的三個小孩。她把只有十歲出頭的養女送到日本上舞蹈學校，然後乾脆攜帶一家五個老小移居日本；幾年後，又帶五個老小（成員已有變化）移民滿洲，一年後再帶一家人安全無虞回到臺灣。這種毅力與能力，令人佩服。

更令人讚嘆的，是阿好還妥善照顧她這位患了癩病、又「放某放子爲臺灣」的先生盧丙丁。

盧丙丁罹患癩病可能已經很久了，但因爲這是很慢性的病而不自知。到了一九二九年，丙丁和阿好終於面對了這個很不堪的事實。於是任職勞動部長的丙丁正式向民眾黨請假，赴廈門醫病，連《臺灣新民報》都披露了這個消息。

盧丙丁在第二年回來後，更加全力投入反對運動。我們眞佩服丙丁。

丙丁如何治病，我們不知道詳情。但自他在一九三六年一月十八日在樂生院的病友歡送茶會中，我們知道他把自己幾近痊癒的治療效果歸功於「大楓子油」治療。

盧丙丁其實失蹤了兩次。丙丁第一次失蹤在一九三二年五月之後，直到一九三五年七月他在臺北被逮捕。在這之前，丙丁很活躍。反之，在這段期間，臺灣的新聞及其他文字，都找不到有關丙丁參與社運的隻字片語。

在本書中，我寫他在這段期間第二度偷渡廈門，一九三五年上半年再偷渡回臺。爾後接軌在樂生院找到的丙丁檔案資料，一九三五年七月，丙丁在大稻埕太平町金山旅館被日警逮捕到下奎府町警署，再於一九三五年八月十二日送到樂生院。

在目前可考的文獻中，日本警方的記錄是，丙丁被捕時，在金山旅館已住了一年多。但是丙丁為何被捕，我在文獻上沒有查到原因。

有意思的是，《臺灣新民報》於一九三五年一月二十日刊出一則〈人氣歌手訪問記〉，那時阿好正是住在金山旅館。而一九三三年阿好在古倫美亞的時期，也提到自己有許多時間留在臺北，以和陳君玉、周添旺、鄧雨賢等討論詞曲。那段時間，是否阿好也是長期住在旅館內與丙丁在一起，亦有可能。金山旅館可能就是丙丁長期隱居之地，而阿好來到臺北時，就可以照顧丙丁。所以我們假設丙丁一九三四至一九三五年間，他也許眞的住在金山旅館。

但一九三二下半年及一九三三整年，丙丁在哪裡？

阿好是一九三二年十月開始成為古倫美亞的專屬歌手。之後到一九三五年，她除了環島演唱，一直是臺南、臺北來回。也許丙丁一九三二年先在某地躲藏了幾個月，然後一九三二年十月到一九三五年七月，一直藏匿在臺北的旅館。而至少一九三四年後，長期住在金山旅館。一九三三年，阿好在臺北的時間也很多，很有可能阿好投宿的旅店，就是丙丁藏匿的旅店。

那我們眞是佩服阿好的一心多用。

丙丁後人說，丙丁和阿好後來無可奈何還是辦了離婚手續，但仍然彼此相愛。丙丁的兒子仍記得，他小時候由母親阿好帶著，「越過一個山坡」到了樂生院，去見父親。這也是小孩與父親最後一次相見。

本書把丙丁在一九三二年五月到一九三五年春的藏匿之處安排到廈門，則基於三個想法：

一、丙丁改寫〈悲嘆小夜曲〉及《魂斷藍橋》的詩篇，表示丙丁與阿好在一九三二至一九三五年間應該有「分離」之事實。這並非是一九二九年去廈門時改寫的，但也非一九三五年後之作。因為阿好在一九三三到三四年的巡迴演唱中，就已經有這些歌曲了。

二、丙丁的癩病，後來竟然由日本醫官證明近乎痊癒，這表示丙丁在一九三二年後曾接受有效治療，不應只是躲在旅館而已。因爲第一次去廈門治療有效，第二次再到廈門接受治療是合理的。既然沒有正式旅券記錄，偷渡自有可能。那時偷渡似乎不難，李應章就是一九三二年除夕夜自臺南鹿耳門偷渡至廈門。

三、我最百思不解的是，如果丙丁眞的在臺北旅館一躲三年，並與社會運動完全無涉，何以在下奎府町的記錄上，他仍然被列爲左傾偏激份子？何以他後來去到樂生院，顯然受到特高警察特別指名監視，而受到下列特別待遇？我們自樂生院的檔案看到：

(一) 丙丁出院時，院方特別爲他辦理歡送會，八十位院民出席，足見他的魅力與號召力。丙丁發表的出院感想，樂生的臺籍守衛逐字記下，當然會向高層上報。在這篇出院感想，丙丁有如當年對群眾的演說，不是只有感謝與懷念，而對病友具「指導性」與「煽動性」，連「猛虎不敵猴群」這種社運用詞都出口了。

(二) 日本警務局不准他出院後留在臺灣，而直接遣送出境去廈門，可見多麼防他，不容他留在島內。此後丙丁就失蹤了，廈門也沒有他的入境證據。這中間究竟發生了什麼事？這將是無解的世紀之謎。

(三) 甚至爲何樂生的馬嶋醫師在一九三六年一月十一日特別要爲已住院四個多月的丙丁做徹底的檢查？現在看起來，檢查的目的似乎是爲了要讓丙丁出院？而且似乎巴不得可以讓丙丁出院？所以雖然丙丁的檢體其實還有少數病菌，就以「無汙染之虞」從寬解釋而主動讓丙丁出院。這在樂生院的院史，我猜是絕無僅有。馬嶋醫師這一次檢查是醫學理由？是政治理由？樂生院讓丙丁出院是醫學理由？是政治理由？

顯然丙丁一九三六年一月二十日後的失蹤好像不是他個人因素，而是政治理由。在本書中，我不加揣測，而由讀者自行判斷。

在這裡，想補充說明的是丙丁與李應章的關係。

本書中，盧丙丁與李應章有很不錯的友誼與互動。有這樣的想法，是因爲我在林瑞西診所的四人合照中，認爲除林瑞西、盧丙丁及林秋梧外的中立者應是李應章。如果與那一張著名的李應章、簡吉合照相比對，更是超像。但奇怪的是，這張照片幾乎未見於其他記載。我想是因爲林秋梧在一九三五年即過世，盧丙丁自一九三六年後也從臺灣社會消失。林瑞西雖然是文化協會會員，但後來回嘉義開業，也無特殊事跡留傳。他們三人都沒有李應章著名。不知李應章家有沒有找到這張照片？即令找到，也許因爲其他三人並不出名，而使這張照片不受李家後人重視？

我會把「李應章」和「盧丙丁」連結在一起的第二個理由，是因爲我認爲，李應章到廈門是自臺南偷渡的，證據就是李應章的〈別臺灣將之大陸感賦〉：

十年杏林守一徑，依然衫鬢兩青青；
側身瀛海豺狼滿，回首雲山草木腥。
潮急風高辭鹿耳，雞鳴月黑出鯤溟；
揚帆且詠歸來賦，西望神州點點星。

在《李應章研究》一書中，作者李根培在該書五一四頁提到，李應章在一九三二年除夕夜

「雇了一艘漁船離開臺灣，直奔廈門」，但未確定自何處港口。我因爲是臺南人，所以注意到「鹿耳」、「鯤溟」，會聯想到「鹿耳門」、「鯤鯓」，而有了此書中之小說情節。既然有此淵源，阿好回程在上海與李應章相遇，也是順理成章了。

一九三五年左右的臺灣志士，因爲時局不佳，有相當多人渡海入大陸。他們有投入國民黨陣營者，如連橫；有投入共產黨陣營者，如李應章、謝春木。其餘大部分續留臺灣者，命運亦各異：有一九四七年喪生於二二八者，如陳炘、林茂生、廖進平等；有長期避隱而落落寡歡者，如林獻堂、葉榮鐘、林呈祿；有後來受國民政府重用者，如蔡培火、楊肇嘉；亦有來不及看到日本人離臺就早逝或長期臥病者，如蔣渭水、蔡惠如、王敏川及吳海水。眞是少年子弟江湖老，各有各的命運，令人不勝唏噓。

再回到阿好。如前所述，阿好在臺灣音樂史上的地位，一方面是流行歌曲的前輩，一方面也是「八位臺灣前輩音樂家」之一，這樣的雙重身份。

阿好既前衛又堅毅又能幹，她所做的許多事，在她當代的絕大部份女性都不容易做到。當代其他領域也有堅毅的女性，像她的小學同學許世賢。但在音樂領域上，林氏好實在非常特別。

而這樣一位具社會使命感、多情有才卻命運坎坷的堅毅奇男子；一位美麗前衛，且須兼顧家庭、事業、社會的天才歌唱家，在浪漫開放的大正時代相遇，結爲夫妻後同心協力，在一九二〇至三〇年的臺灣狂飆年代，發光發熱，分別在各自領域創造出感人奇蹟，動人愛情。

希望丙丁與阿好，能在天上團圓。也希望他們會喜歡這本以他們夫妻的故事爲主軸的臺灣歷史小說。

島之曦　目次

楔子

火車鳴著長笛，慢慢減速下來，坐在窗口座位的丙丁，瞥見了「車路墘」（今「保安區」）的站牌，知道臺南站就快到了，於是把鄰座呼呼大睡的父親喚醒。

丙丁的父親伸了一個懶腰，收起手中的《子平眞經》，再把鳳山親戚送給他們當伴路的二大瓶黑麻油交給丙丁，很感慨地說：「日本人眞厲害啊，才沒幾年，自臺北到屏東就有火車可以直達，又快又舒服。從鳳山上車，看看書，吃個便當，再打盹一下，就回到我們臺南了。」

丙丁囁囁地問：「奧多桑，自我們臺南到臺北，火車要坐多久？」

父親望著丙丁笑出聲，「丙丁，你明年才要作十六歲，但已經是我們盧家長最高的人了。」

「作十六歲」是臺南府城人的特別習俗，表示已經長大了。丙丁生於明治三十四年，一九〇一年，而臺灣人習慣算虛歲。

父親又繼續說：「作完十六歲，我希望你可以到臺北的總督府醫學校或國語學校[1]去念書。畢業後不論當醫生或當公學校老師，在社會上大家都很看得起。」

丙丁的父親今天特別多話。「我剛剛看那本《子平眞經》時，正好書中夾著當年你出生時，相命師爲你批的命文。算命說你命中缺火，所以你才取名爲『丙丁』。自今年甲寅起，流年連六年逢木、火之運，這幾年你運氣都不錯，希望你可以順利考上國語學校或醫學校。但六年後，你就開始步入金水運了，那相當於你畢業之後。你個性比較衝動，最好學會忍耐。」

丙丁沒有想到父親會針對他的未來說了這麼多，他不知怎麼回應，只是支支吾吾，避開父親的話：「奧多桑，這相命仙說的很準嗎？」

父親還來不及答話，火車已經進入臺南站了。周遭的乘客紛紛站起，提起行李，準備下車。丙丁和父親走出臺南車站，卻看到站前圓環聚集好多人，旁邊有好幾個日本警察在維持秩序。

臺南會出現民眾聚集，大都是迎神賽會的場合。但丙丁並沒有聽到鑼鼓或嗩吶聲，也沒有廟眾的吆喝聲。這時，有日本警察出現了。丙丁的父親警覺地拉住丙丁，阻止他往群眾擠過去。

就在這時，東門圓環方向傳來日本軍樂聲。日本警察開始吆喝著民眾，要兩邊民眾各向後退，空出道路。

有一個遊行隊伍自東門圓環的方向往站前圓環這邊走來。丙丁感覺父親的神色不是很自然。遊行隊伍愈來愈近，丙丁逐漸看清楚了，隊伍最前面有日本兵騎著馬作爲前導。隊伍的兩側，各有一列日本兵，押著中間三排穿囚服的犯人。但是，最前面的第一個犯人卻非步行，而是坐在人力車上，坐姿端正挺直，表情微露輕蔑之色。群眾交頭接耳：「是余清芳？」有少數群眾看到余清芳開始鼓掌，卻被日本警察狠狠瞪了一眼，才停止拍手。

九月的天氣仍然酷熱，所有犯人包括余清芳卻都穿著長袖囚服，胸前繡著名牌。囚犯的表情殊異，有人抬頭挺胸，有人垂頭喪氣。

1 「國語學校」全名為「臺灣總督府國語學校」，一九一八年更名為「臺北師範學校」。

父親輕聲對丙丁說：「是西來庵以及噍吧哖（今「玉井」）的那些人……」

丙丁知道西來庵，是一座離火車站不遠、奉祀彌勒佛的寺廟。但是「噍吧哖」這個怪名他就不懂了。

父親看丙丁一臉茫然的樣子，補了一句：「大目降庄（今「新化」）再進去的山區。」

隊伍到了火車站後，左轉向大西門的方向走去。父親恍然大悟：「他們要由大西門轉回到臺南監獄……」

隊伍有好幾百人，還沒有走完，圍觀的人群已經漸散了，剩下一些喜歡看熱鬧的幼童。丙丁和父親也離開人群，找了一輛人力車回家。

快到家時，本來默默無語的父親突然嘆了一口氣。「我知道了，應該是被判了死刑的人被迫遊行示眾吧。聽說這次有上千人被判死刑，夭壽的四腳仔！」又轉頭說：「丙丁仔，你明天到了學校，今天看到的就不要亂講。」

丙丁點點頭，但心中大有感慨。阿爸今天先讚揚了日本人，又罵了日本人，顯然阿爸對日本人是又愛又厭，既佩服又抗拒的。例如，父親不喜歡日本人，叫他們「四腳仔」，卻又希望他去臺北的總督府學校念書。這也是一種矛盾。

丙丁躺在床上，翻來覆去想著他今天看到的那一幕。他回想起由大人口中聽到的過去幾年來臺灣人的抗日故事。日本人把臺灣人看成二等國民來治理。臺灣人武力反抗了二十年，但徒有犧牲，不見成果。丙丁心中想，所以武力抗爭是沒有用的，應該想想別的方式。

「我一定要打拚，讓日本人看得起臺灣人。」這是丙丁在入睡前許下的心願。

第一部
月下搖船

八月十五月正圓　照落水底雙個天　雙人牽手行水墘

汝看我　我看汝　想到早前相約時　也是八月十五暝

搖來搖去駛小船　船過了後水無痕　喜怒哀樂相共分

你唱歌　我搖船　想著心內笑吻吻　親像天頂斷點雲

——盧丙丁〈月下搖船〉

第一章

一般臺南人的婚宴，都是在路邊搭布棚，請總鋪師來辦桌宴客。可是，今天盧府娶媳婦的喜宴別開生面，辦在臺南最盛名的酒家「醉仙閣」。

賓客都很興奮，他們也許不是第一次來醉仙閣，但是到醉仙閣出席婚宴，卻是第一次。

醉仙閣位在水仙宮後的巷子內，這裡的房子都是三進院落，前後長達五、六十公尺。第一進的前廳，有個三人樂班正在演奏迎賓喜樂；兩位拉著二胡，一位奏著琵琶。新郎的父親笑嘻嘻地站在第二進宴客廳的門口迎賓。

「聽說您們家這媳婦是和丙丁自由戀愛，沒有相親，沒有媒人，眞進步喔！」

新郎的父親似乎有些不好意思，說：「丙丁的堂妹與新婦是第三公學校[2]的同事，就介紹給丙丁認識，她可以算是媒人。哈哈。」父親的語氣轉成得意：「阮新婦生作好看，雖然厝內不算好額，卻很勞力。伊是教員養成講習所畢業，在公學校教音樂。丙丁能娶到她，我很高興。」

一般府城大戶的大傢大倌（公公婆婆）很少會這麼公開讚揚媳婦的。這表示丙丁的父母對這門親事非常滿意。

「難怪您甘願開大錢，在這醉仙閣辦喜事。哈哈。」

「這醉仙閣有歷史，我第一次來是十一年前，許南英自南洋回臺南，詩社在這裡開歡迎會。」

另一賓客得意地說。

「丙丁仔眞不簡單，有本事去唸臺北師範學校。聽說他畢業以後被分發到大內庄公學校當老師？那裡眞草地，再過去就是山區了。」

「是的，丙丁在大內公學校教了一年，今年升爲副校長，調到六甲公學校的林鳳營支部。在大內路途吊遠，他一個禮拜才能回家一次。到了林鳳營，反而有火車，比大內方便多了。」

賓客就坐之後，大家話題仍然集中在新郎與新婦是自由戀愛而談論紛紛。新郎自臺北師範學校畢業，差不多就是以前的秀才。新娘是公學校音樂老師，會彈鋼琴，會拉小提琴，更讓賓客驚奇。「眞是進步女性！」

醉仙閣著名的菜餚「烏魚子血蚶冷盤」、「魷魚螺肉蒜」、「五柳枝鮮魚」、「清燉烏骨雞」、「豬肚龍骨髓湯」一道道端出，賓客吃得津津有味，也交談得津津有味。

「新郎二十三，肖牛，新娘十七。咦，我們臺灣人不是不喜歡差六歲嗎？」

「既然是自由戀愛，當然就不顧慮這些了，哈哈。」

「咦，韓石泉醫生怎麼沒來？聽說丙丁和韓先生是好友，韓先生的醫生館離這裡很近啊。」

「韓石泉醫生和黃金火醫生剛剛成立『共和病院』。患者很多，大概太忙了，無法出席吧。」

「聽說丙丁在臺北師範學校，和總督府醫學校[3]的學生很常來往，所以作風都很先進。兩年前成立的臺灣文化協會，韓石泉醫生是重要幹部。我猜丙丁應該也參加了。」

2「第三公學校」於一九二八年更名為「末廣公學校」。

3「總督府醫學校」於一九二二年更名為「總督府臺北醫學專門學校」，簡稱「臺北醫專」。

賓客笑著又補充一句：「這一代少年啊，和我們四、五十歲這一輩只念漢學的不同了。他們受日本教育，學校教了許多西洋的想法。」

「臺灣文化協會的總理是臺中阿罩霧三少爺林獻堂。但眞正活躍的，許多是醫生，以宜蘭蔣渭水爲中心。」

「聽說臺南醫生好多人加入文化協會，除了韓石泉，還有黃金火、王受祿。文化協會成立時致開會詞的吳海水，也是醫生，也是臺南人。」

「是啊，西醫和漢醫看病、開藥攏無同款，天差地別。」

「時代變了啦。」一位老先生一面向大家敬酒，一面說：「文化協會人士自由戀愛，我一點都不驚奇。我倒是很驚訝女方家長竟然可以同意這樣沒有媒人婆牽成的婚事。」

「你大概沒有注意看喜帖。女方只有母親具名，所以父親應該是早逝。女方媽媽算是眞了不起，雖然家境不好，卻很努力讓女兒可以唸到公學校畢業，又到教員養成所接受訓練，現在在第三公學校當老師呢。聽說這位阿好小姐是教徒，曾經到太平境教會去向洋人學音樂，學鋼琴、小提琴，和臺南府城傳統不出門的閨女很是不同。」

「時代改變了，日本政府和過去的清國政府不同，很鼓勵女子上學。民國政府的北京大學，兩年前才開始收女學生。咱艋舺的蔡阿信，八年前就已經到東京的立教女學院念日文，六年前大正六年（一九一七）入學『東京女子醫專』。所以我們臺灣女子啊，比過去的清朝、現在的民國都先進多了。」

「盧家好像是舉香拜拜的，會娶一個教徒當媳婦，不簡單啊。」

「哈哈，新郎已經愛到了，就不會管這些了。」

對方正待回話，司儀已經大喊：「新郎、新婦和雙方家長向來賓敬酒！」

賓客不再交談，全場注意力集中在兩位新人身上。早已移師到宴客廳的三人樂班演奏得更賣力了。

「這曲調眞好聽，卻又有些熟悉……」一位賓客喃喃自語。

新郎父親正好謝詞說完，大家齊鼓掌、敬酒，好像沒有人去注意演奏的曲子。

新郎與新娘確實是男的英俊，女的明豔。尤其是新娘，竟然是短髮。讓賓客印象特別深刻的是新娘堅定自信的眼神，顯露出唐裝婦女見不到的活潑與俏麗。新郎丙丁高俊挺拔，但奇怪的是，雖然在晚上，卻戴著墨鏡。不過他戴墨鏡倒是眞好看。

「大概是少年人爲了表現外式。」有賓客這樣說。

新郎、新娘穿著西式的婚紗禮服出現，這在最近慢慢多了起來。平時大家在家穿唐衫，但在學校、上班或其他正式場合，大多穿西服。穿著西方婚紗的新娘，果然雍容華貴又大方，比穿唐裝有精神多了。

日本人來了快三十年。前二十年，臺灣人民的反抗此起彼落。原住民有太魯閣、南蕃事件；福佬人有西來庵事件。幾場大屠殺以後，似乎日本人與臺灣人雙方都有了共同認知。日本官方在判了大批死刑以後，赦免了一些原先宣判死刑者。臺灣人終於體認到，再大規模的武力對抗，也不能達到反抗效果。一九一五年的「太魯閣出兵」及「西來庵事件」算是殺戮的尾聲。

緊接著三年後的一九一八年，巴黎和會登場，「民族自決」在世界蔚爲風氣。日本國內政治，在一九一八年之後，也邁向民主開放、政黨政治、言論自由。這些新思潮東西匯合，讓臺灣青年一代受到洗禮，慢慢發展出「臺灣人意識」。旅日留學生與臺灣總督府醫學校及臺北師範學校的學生，更是由思想而付諸行動。

於是，兩年前（一九二一年）在新一代臺灣知識份子的努力下，「臺灣文化協會」誕生了。

自一八九五年到一九一五年，日本政府在臺灣的普及教育政策提高了臺灣人的知識水準。到了一九二〇年以後，新一代的臺灣青年，非常沉迷於新西方學識的追求。臺灣大學生的水準已不遜於日本。

這些大學生大約生於一八九五年的「臺灣民主國」前後。因爲他們在小時候朦朦朧朧有個「臺灣國」的概念，雖然臺灣民主國其實仍然是以清國爲宗主國。一九一四年，板垣退助應林獻堂之邀來到臺灣，倡導臺灣人與日本人同爲亞細亞人，可以當作與中國人的橋樑來共同反對白種人，倡導「同化主義」，設立「臺灣同化會」，期望臺人能「享受與日本人同樣的權利待遇」。但臺灣總督府表示強烈反對。

一九二〇年一月，臺灣的日本留學生在東京組成「臺灣新民會」。他們主張「臺灣自治」，反對「同化運動」，要求廢止「六三法」，也就是反對在日本總督府獨攬臺灣的統治與立法大權。後來逐漸發展爲「臺灣議會設置運動」。

一九二一年一月三十日，新民會會長林獻堂、副會長蔡惠如及蔡培火領銜，以林呈祿主擬的「臺灣議會設置請願書」，及一六六名東京臺灣留學生與十二位臺灣人士的連署簽名，向日本貴族院及眾議院提出請願。主旨是要求自治，「由臺灣人民公選議員，設置臺灣議會，並附有施行於臺灣的特別法律及臺灣預算協贊權的臺灣統治法」等。

在臺灣的蔣渭水看了林獻堂等的「臺灣議會設置請願書」，大表贊同。一九二一年四月，蔣渭水、吳海水聯合總督府醫學校及臺北師範學校學生，大舉歡迎回臺的林獻堂、蔡培火等人。大家並且決定在臺灣成立文化協會啓蒙臺灣本土人民，與在日本的議會設置運動兩相呼應。

蔣渭水等人體認到，臺灣知識份子的高水準已不遜日本，但並非全島臺灣人均有此水準。他們知道，文化才是最大力量。於是，在他們的號召下，以總督府醫學校和臺北師範學校畢業生爲主幹的臺灣文化協會，在一九二一年十月十七日成立了。他們的共同理念是，提升臺灣人民的文化水準與科學思想，強調民族理念，鼓吹近代西方文化，追求普世正義理想。

新郎與新娘在雙方家長陪同之下，逐桌敬酒。婚宴已近尾聲，甜湯和水果上桌了。最後一道杏仁豆腐蓮子湯，清涼可口，沁入心肺，賓客莫不滿足而歸。

在醉仙閣門廳，大家排隊向新郎新娘獻上祝福。賓客以老一輩五十歲左右的臺南大家族爲主。他們在清國時代度過童年及少年，在日本時代創業及富庶。他們對新式風潮雖有些不習慣，但頗能感受到新時代的到來。像今天男女雙方父母就是一個例子，願意讓兒女去自主婚姻，與兒女共同主導婚宴。今晚的賓客更是實際體認了未來的風潮。

臺灣在日本的統治下，雖然算是日本國民，但在日本總督府及日本警察眼中，顯然是次等國民。因此這些「老輩」也能支持這些知識豐富、思想靈動、行事又勇敢的下一代的新作風。老少二代共同期待著臺灣的明天，雖然遙遠，但大家都充滿希望。

第二章

新娘房還是設在盧家老宅內。

五條港邊臺南大家族的老宅，自一進門口、二進廳堂到三進住房，可達五十公尺深。

雖然是洞房花燭夜，而且是自由戀愛，但兩人反似顧忌重重。阿好坐在床沿，向坐在椅子上的丙丁偷偷瞄去，卻見丙丁也正看著她，不覺噗哧笑出聲來，接著臉一紅，低下頭去。

丙丁站了起來，坐到床沿，握著阿好的手。「阿好，有一件往事。當初堂妹告訴我，有位同事又漂亮又聰明，於是我跑到第三公學校偷偷去看妳。那天，我躲在校門街道轉角，堂妹和我約好，她放學後會與妳同行。我自下午三點就開始等候，等了半小時，堂妹卻一直沒有出現，把我曬得滿頭大汗。後來妳們兩人終於出現了，我偷偷看著妳，結果妳竟然也在看我，就像咱剛才那樣。剛剛我突然想到，這其中必有緣故。」

「好吧，」阿好不禁笑出聲了，「我坦白告訴你。你堂妹說，她覺得這樣對我不公平，有出賣朋友之嫌，所以她事先告訴了我。我們就決定，讓你等久一些，看看你夠不夠誠意。否則你們這種大家族，我們家可是不敢高攀啊。」

丙丁大笑。「原來如此。什麼不敢高攀，能娶到妳才是我的福氣呢！既然是夫妻了，我就不與妳計較了。」

阿好咯咯地笑著。「那麼我現在向你悔失禮啦。」

丙丁說：「不必不必。」然後轉換一個話題。「對了，今天那個樂班演奏的是什麼音樂？非常好聽。」

「那叫〈太湖船調〉[4]。你知道我在第三公學校是教音樂的。有一次，我聽到我的一位日本同事用小提琴在拉這曲子，甚是好聽。我想，小提琴可以，用二胡一定別有韻味。於是我就向她討了樂譜，這就是今天這個三人樂班所奏的。」阿好又補充了一句：「這曲調好像在歌仔戲也聽過。日本同事說，此曲可能源自中國。」

丙丁說：「這個曲調確實很適合今天啊，愉悅平順，不會忽高忽低，也不會忽急忽緩。不過，這曲調好像有曲無詞，太可惜了。」

「丙丁，」阿好興奮地說：「聽說你漢文很好，那你就來為這〈太湖船調〉配上咱臺灣人的歌詞吧。」

丙丁突然抱住阿好，在她臉頰上親了一下，說：「對，當我們的定情曲。」

阿好被丙丁感動了，說：「丙丁，我喜歡。」聲音有似夢囈，低身投入丙丁懷中。

＊＊＊

4依劉美蓮考據，〈太湖船調〉源於中國明清時期民間小曲《盪湖船》。一九二二年甚至有德國作曲家將曲調編入〈太湖船進行曲〉中，以紀念中國膠州灣歸屬德國。後傳到日本再傳臺灣。民間傳唱的歌詞版本有臺、中、日文版，臺灣流行之歌詞：「山青水明幽靜靜，湖心飄來風一陣……」為林福裕老師創作之新詞。

第二天上午，阿好在晨曦中醒來。臺南的新入門媳婦，都不敢太晚起床，卻不料丙丁不在身邊。原來丙丁正伏案在房內的桌上，不知在寫些什麼。

阿好起身，走到丙丁身邊。丙丁摟住阿好說：「我今早起來，妳仍在熟睡。我望著妳的臉龐，覺得自己好幸福。妳昨晚要我為〈大湖船調〉添漢文歌詞，我心中一動，想到我們去年第一次出遊是到虎頭埤搖船。這樣寫，不知妳是否喜歡？」

她接過紙來，竟然是寫在紅紙上。丙丁平時寫字有點潦草，但這紙上的字很工整，看得出他的用心。

八月十五月正圓　照落水底雙個天　雙人牽手行水墘
汝看我　我看汝　想起早前相約時　也是八月十五暝
搖來搖去駛小船　船過了後水無痕　喜怒哀樂相共分
你唱歌　我搖船　想著心內笑吻吻　親像天頂斷點雲

阿好抬起頭來，不可置信地望著丙丁，心中甜蜜。這個自昨天起成為她尪婿的英俊男子，竟是如此多情又如此多才，她何其有幸。一陣感動，她又投入丙丁懷抱。

第二部 臺灣文化協會

我等都是亞細亞　黃色的人種　介在漢族一血脈　日本的百姓
所以天降大使命　囑咱緊實行　發達文化振道德　造就此才能

欲謀東洋永和平　中日要親善　我等須當作連鎖　和睦此弟兄
糾合東亞諸民族　締結大同盟　啓發文明比西洋　兩兩得並行

可免黃白起戰爭　世界就和平　我等一舉天下利　豈可自暴棄
但願最後完使命　樂為世界人　世界人類萬萬歲　台灣名譽馨

——蔣渭水〈臺灣文化協會會歌〉

第三章

婚後的第二個週末，丙丁自林鳳營回來。才進門口，大聲呼喚著阿好。阿好替他擺好拖鞋。

丙丁邊把行李遞給阿好，邊說：「妳聽到了嗎？總督換人了，田健次郎換成內田嘉吉。」

阿好搖搖頭：「他是誰？」

丙丁說：「這可不是好消息。他是佐久間總督時代的民政長官，當年西來庵事件，一開始被處死刑者上千人，就是在他民政長官任內的事。後來因為輿論覺得判太重了，國際形象不好，才將大部分改為無期徒刑。他來任總督，對文化協會、對臺灣，都不是好事。」

丙丁很熱衷文化協會的事務。文化協會在一九二一年十月十七日成立時，他是創始會員。因為在臺南的鄉下擔任教員，過去兩年，他只有在寒暑假時才能去幫忙文化協會在各地的活動。

丙丁婚後兩個月，一九二三年十月十七日，文化協會的第三次總會在臺南舉行，地點就是丙丁與阿好婚宴的醉仙閣。

這一天是星期三，丙丁早早在一個月前就向學校請假。不料日籍的校長竟然不予批准，還找了一個可有可無的理由，在這一天把丙丁差遣到柳營庄的公學校去出差。

這一天在柳營庄的丙丁，一想到文化協會的要角都在臺南集合，他卻不能參加，心中就有氣。今天，臺南有來自全島各地的大人物，久未見面的蔣渭水，從未正式見面的林獻堂、林幼春、王敏川等。丙丁眞期待有機會能和這些他所景仰的臺灣高層知識份子，一同高唱他所喜愛的〈臺灣文化協會會歌〉：

我等都是亞細亞　黃色的人種
介在漢族一血脈　日本的百姓
所以天降大使命　囑咱緊實行
發達文化振道德　造就此才能
……

唯一讓丙丁意外感到高興的是，大會做了決議，要把總會由臺北搬到臺南。丙丁興奮極了，這樣，他就可以更積極參加本部的小組會議，做各種籌劃工作。他甚至爭取當「辯士」，可以有機會到臺南附近的城鎮去演講。

第四章

整整兩個月後，一九二三年十二月十六日。這一天是星期日，丙丁在臺南家中。上午十時左右，有鄰人來說：「共和病院的韓石泉醫生，被日本警察自家中帶走了。」中午，丙丁的國語學校先輩、文化協會理事陳逢源也被逮捕了。到了傍晚，各地陸續有消息傳來，蔣渭水、蔡培火、蔡惠如這些文化協會的要角紛紛被逮捕。

日本官方宣布這些人被捕是因為他們組織了「臺灣議會期成同盟會」，違反了「治安警察法」，而與推動「臺灣議會設置請願活動」無關。全島各地一共有四十一人被收押，知名人士還有王敏川、蔡式穀，以及彰化的作家醫生賴和。

再下一週的禮拜日，十二月二十三日，正好是冬至。丙丁自林鳳營的公學校回來後，整個星期天的上午，都枯坐在書房椅上不說話。阿好知道他心情不好，不敢去吵他。

雖然是白天，他仍然戴著黑眼鏡。阿好曾經問丙丁，為什麼連白天也要戴黑眼鏡？丙丁回答說，他不知道為什麼，自兩年前，他的眼睛就會畏光，如果戴上眼鏡就好許多，戴久了成習慣，因此白天晚上都戴著。本來阿好很不習慣丙丁整天戴黑眼鏡，久而久之也習以為常了。

晚飯後全家吃了湯圓，丙丁急急把阿好拉進臥房。丙丁握著阿好的手說：「阿好，有一件事要告訴妳。我想過了，我決定辭去學校的職務，專心為文化協會做事。」

阿好知道上次因爲學校的刁難，讓丙丁無法參加文化協會大會，丙丁很不高興。她沒有回答，只示意丙丁坐下，泡了兩杯熱茶，一杯放在丙丁面前，一杯在自己面前。丙丁臉色通紅，卻欲言又止。她知道，丙丁很愛她，但是丙丁決定的事，她阿好是改變不了的。

丙丁終於開口了，語氣很衝動：「文化協會除了林獻堂之外，蔣渭水、蔡培火、王敏川、韓石泉、陳逢源，上次來臺南開會的六十五人，幾乎有一半人被抓了，幾時放出來還不知道。我不能讓文化協會因此倒掉。文化協會正在做的，對咱臺灣很重要。我認爲爲協會做事，比在公學校教書有意義多了。我們不能一直讓臺灣人被日本人看衰小。

「阿好，妳一向知道我對文化協會非常支持。蔣渭水一創立我就加入。我說過，我和蔣渭水很早就結緣。他雖然大我十三歲，但我在臺北唸國語學校時就認識他，也很崇拜他。

「在我師範學校畢業的前一年，他在他的『大安醫院』隔壁成立『文化公司』，有各種日本出版的新書報，還有東京臺灣留學生『新民會』出版的《臺灣青年》。我和秋梧常常偕伴去看書。有兩、三次，蔣渭水邀我們留下來吃飯。他是既聰明又豪氣的人。除了開業看病，從事文化工作，他還是甘泉老紅酒[5]的代理商。大家煮酒論天下，太痛快了。我最期待禮拜六晚上，醫學校的醫生與學生、師範學校的老師與學生，以及一些社會運動人士，聚集在那裡討論臺灣社會弊病與改革方法。蔣渭水的發言都讓大家有所感悟。在蔣渭水身上，我看到了臺灣的改革希望，於是決心追隨他。可惜我不久就畢業回到臺南，但我實在很懷念那段精彩的日子。

「我回到臺南後半年，他成立了文化協會。我雖然人在臺南，還是報名加入。文化協會在十

5 即現今的紅露酒。

月十七日成立，那天是星期一，我也向學校請假，北上出席大會。

「這次許多人被日本人逮捕。我不能讓文化協會的活動中斷，我要補上這個缺口。蔣渭水認爲成立文化協會的目的及步驟，第一步就是先啓蒙臺灣人，糾合同志，以謀臺灣文化之向上。所以與其在學校當副校長教小學生，我更希望去當文化協會的辯士，教導臺灣社會的民眾。」

丙丁白天不開口，現在卻滔滔不絕，有如演講。阿好邊喝茶，邊聽丙丁長篇大論說著，不點頭，不回應。

丙丁把坐椅搬到阿好身邊，語氣由剛剛的慷慨激昂變成輕柔：「阿好，我現在擔任教員，每週回家一次。到了文協上班，或許要到處去開會、演講或擔任辯士。但我每星期可以有一半時間在臺南家中。我們在一起的時間會更多。」

阿好舉起茶杯，嫣然一笑。「我有阻止你嗎？去做你想做的事吧！」

丙丁深深吐了一口氣。「那麼我明天去學校辦辭職手續，然後回來陪妳過聖誕節。」

阿好抱了一下丙丁，心想這夫君的個性既好打抱不平，但也細膩溫馨。一旦成了專職的文化協會員工，丙丁就會開始與日本人作對抗爭，會被日本人點名注意，她不能不擔憂。但丙丁的大志，她心中暗暗嘉許。這是她心中的矛盾。

阿好走到窗前，望著窗外，今天的月亮又圓又大。她想起幾天前，丙丁捧著一本漢文詩詞，唸著：

明月幾時有，把酒問青天。
不知天上宮闕，今夕是何年？

我欲乘風歸去……

阿好不禁脫口說：「這詞好美。」

丙丁說：「這是宋代名家蘇東坡的詞。來，我來唸完。」

不應有恨，何事長向別時圓？

人有悲歡離合，月有陰晴圓缺，此事古難全。

但願人長久，千里共嬋娟。

阿好望著窗外的月，想起這詞，喃喃唸著：「月有陰晴圓缺……但願人長久，千里共嬋娟……但願人長久，千里共嬋娟……」

她反覆唸著，但不是爲了這次丙丁決定對文化協會的全力以赴。她心中另有個結，一直沒有透露給丙丁知道。當初決定在七夕日結婚，是丙丁家提的。通常男方提出，女方不會有特別意見。但阿好卻有個心事。七夕，是牛郎、織女相聚之日，所以大家以爲是吉日，然而有一個念頭總會不時在阿好心中浮現：「在其他日子，牛郎與織女都是分開的，這樣算好嗎？」她不敢說，怕丙丁罵她多心，何況兩人已經是夫妻了。

丙丁問了聲：「窗外有什麼嗎？」

她故意高聲說：「今晚月亮好圓。」然後轉身過去，向丙丁嫣然一笑。「祝你在文化協會成功愉快。」

第五章

「來，這裡要更拉高一點……對對對……要唱得更有感情一些……對了，就是你的表情，要表現出你對長輩的思念之情。」在太平境教會中，牧師娘吳瑪麗邊彈琴伴奏，一面指導在引吭高歌的阿好。

阿好的爸爸仍然健在時，家境尚稱不錯。爸爸是長老會的教徒，常常帶媽媽和她到這個臺南最古老的太平境教堂做禮拜。可惜父親早逝，家道中落，但是母親和她那個不良於行的舅舅仍會帶她來。她在教會的詩歌班唱聖詩，教會的牧師娘發現她有唱歌的天份，於是特別撥時間教導阿好及另一個年紀相仿的女孩阿珍學樂理和聲樂。不過阿珍只是陪唱性質，牧師娘教導的主要對象是阿好。

臺南是一八六五年長老教會牧師蘇格蘭馬雅各醫生來臺灣傳教的第一站。那時臺南還是臺灣府，要到十九年後（一八八四年）建了臺北城，臺南才失去「府城」之名。馬雅各本來在府城西門外看西街租屋，前面當教堂，後面設醫館，然而，臺南正是臺灣儒士聚集之地，最爲排斥西洋「邪教」。馬雅各才開館二十三天，就被抗議、破壞，只好搬到旗後以及埤頭（今「鳳山」）。不料埤頭教會又被民眾抗議，於是一八六八年十二月二十五日，馬雅各又把教會及診所搬回臺南。一八六九年，醫館恢復，此即後來人所稱之「舊樓病院」。

一八九五年，日軍攻臺，巴克禮牧師帶城中仕紳去見乃木將軍，「無血開城」成功。臺南知識份子與仕紳才開始對基督教有好感，信教者日多。一九〇〇年，新樓病院成立，病人與信眾大增。一九〇一年，吳道源執事獻地。一九〇二年，太平境教會成立，成爲臺灣最早的教會。

阿好的學習興趣很廣，既聰慧又勤學。她主動向牧師娘要求學鋼琴，後來又學小提琴，學什麼像什麼。阿好的音色不錯，牧師娘非常欣賞她，要她往聲樂學習。牧師娘本身就是聲樂家。教會有一台留聲機，牧師娘會拜託朋友自英國帶曲盤回來，播放西洋名家的歌聲給阿好聽。這尤其讓阿好著迷，她開始苦練洋歌。

這些特殊訓練奠定了阿好的音樂造詣，讓阿好在第三公學校得以擔任音樂老師。教會常舉行公開表演，阿好多次上台後，練出一些膽識及身段。

臺南信教的人究竟還是少數。丙丁家不是教徒，但丙丁在臺南的一些醫生好友，像黃金火、韓石泉，都是長老會教徒。因此丙丁家對教徒有好感，對阿好的信仰相當尊重。

結婚後，阿好雖然週日仍然來作禮拜，但與牧師娘練習聲樂的時間變少了。丙丁辭去公學校的教職，專注於文化協會的工作後，因爲文協在各地的活動常常在週末舉辦，因此以前丙丁是週末返家，現在變成週末離家。於是阿好恢復了和牧師娘的音樂相聚。一段時間後，阿好不論聲樂或樂器技巧都愈加精進。

每個禮拜天上午，阿好會在太平境教會遇到黃金火和韓石泉兩位醫生。他們共同開設「共和綜合病院」，韓石泉負責內科，黃金火負責外科，成爲府城極負盛名的醫院。他們兩人都是丙丁學生時代在臺北結識的先輩好友。但是現在韓石泉因爲「治警事件」被日本警察扣押了，因此這一天只有黃金火來做禮拜。

「丙丁嫂，眞謝謝丙丁這樣全力投入社會運動的工作。幸好這段時間有他爲文化協會撐起一片天啊。我是開業醫，時間被病人綁住了，必須顧著醫院，無法東奔西跑。」

「黃醫生，你們當醫生的，照顧我們臺南人的健康，大家才感激呢。你和韓先生不但當醫生，還投入社會運動，又站在第一線。像韓先生這次還被日本人抓去坐牢，太令人感動了。希望韓醫生可以早一點出來。」

他們的願望成眞。第二年（一九二四）二月十八日，蔣渭水、蔡培火等被拘押的人出獄了。大家高興合照，在照片中出獄者不戴帽，去迎接的人則都戴著帽子。在那個時代的臺灣仕紳，或穿西裝，或穿漢服長袍，皆有戴帽風氣，非常風雅。但這只是結束扣押，尙待正式的判決結果。

這件事後來被大家稱爲「治警事件」，因爲臺北地方法院檢察官三好一八是以這些人違反「治安警察法」的理由，將蔣渭水等十八人起訴。

第六章

在文化協會臺南總部內一個小房間，丙丁翻閱著文化協會自一九二一年十月十七日成立以來的一些文獻資料。

文化協會成立雖然才兩年多，但是已經在臺灣社會掀起了風潮。文化協會在臺北成立，丙丁和國語學校的好朋友謝春木、林秋梧都是原始會員，在各地方支部努力。

他一面翻閱當時留下來的記錄，一邊回憶著當天的情景。

那天，爲了避免日本人的干擾，蔣渭水很聰明地選擇了在西方人開設的天主教學校——臺北雙連靜修女中舉行成立大會。

到會的一共有三百多人，都是臺灣知識份子與讀書人，來自醫學專門學校、師範學校、商工學校、工業學校……。也包括了各階層人士，蔣渭水是醫生，林獻堂是地主、資產家，還有法律界人士、上班者、學生、勞動者、農民……。

丙丁看著記錄：

創立大會時全員總數一千零二十二人，醫專學生四十九人，臺北師範學生一百三十六人，農林學生三十人，臺中商業學生六十六人，臺北工業學生三人。

丙丁看到學生人數佔了四分之一以上，胸中澎湃。雖然他那時已經畢業，但是那一天的與會，顯然將影響他的一生。兩年後的今天，他辭了公學校的工作，現在就坐在臺南文化協會總部辦公室內。此生，他不會回去公學校教書了。他會如此投入，是因爲他還是學生時，蔣渭水總是向在文化公司聚會的學生說：「臺灣應該是臺灣人的臺灣！」

他彷彿又聽到，那天在會場上，蔣渭水也在臺上這樣呼喊：「臺灣是臺灣人的臺灣！」

他十五歲那年，在火車站看到的那一幕，後來一直在他的腦中重現。日本警察押著幾百個臺灣死刑犯遊行的隊伍……。後來，他又聽同學說，在臺南監獄旁邊，日本兵士押著死刑犯，頭罩竹籠遊行。丙丁的同學都激動不已，大罵四腳仔欺負臺灣人太甚。

現在，他盧丙丁二十五歲，十年過去了。他盧丙丁這一代，要承接上一代的熱血來爲臺灣人奮鬥。這一代的讀書人，深知武力沒用，這一千多位文化協會成員代表了新一代的臺灣人，他們不用槍砲武力，改用知識文化。這一代的讀書人，希望「臺灣自治」，讓「臺灣成爲臺灣人的臺灣」。爲了爭取自治，第一步是對外向日本政府提出請願，「議會設置」；第二步則是對內成立「臺灣文化協會」。

因此，文化協會倡導多讀書及辦理種種活動，以「提升知識」並達到「風俗改革」，又倡導「鴉片禁止」。另外，文化協會積極鼓吹「提升女子人格」及「自由戀愛」。

他不禁得意一笑，他不但自由戀愛，還娶了一個進步女性，會唱西洋歌曲，有現代意識。他以他的妻子爲傲。

＊＊＊

盧丙丁翻到了文化協會成立第二個月後，於十一月二十八日發行的「會報」第一期。蔣渭水以文化醫生的角度，替臺灣人做診斷。

原文是日文，翻譯後的意思是這樣的：

臨床講義：對名叫臺灣的患者的診斷

姓名：臺灣島

年齡：二十七歲從現住所轉移至今

……

職業：世界和平第一關大門守衛

遺傳：有黃帝、孔子、孟子、周公等的血統，遺傳性很明顯

既往症：幼時（明鄭時期）身體頗為強壯，頭腦清楚，意志堅定，品質高尚，動作靈活。但到滿清時期，由於政策中毒，身子逐漸衰弱，意志薄弱，品質卑劣，節操低下。轉居日本帝國以來，接受不完整治療，稍有恢復，但畢竟中毒二百多年的長期病症，故不容易治癒。

現症：道德敗壞，人心刻薄，物質欲望強烈，缺乏精神生活，風俗醜態，迷信很深，深思不遠，缺乏講究衛生……

……

診斷書

診斷：世界文化時期的低能兒

原因：知識營養不良症

……
處方：受正規學校教育，極量。
要補習教育，極量。
進幼稚園，極量。
設圖書館，極量。
讀報社，極量。

這個診斷書傳頌一時，丙丁已經看過多次。但他還是佩服蔣渭水字字一針見血。蔣渭水向臺灣人表達了臺灣社會應該達成的目標：啓發民智，提升文化。

臺灣文化協會爲了啓發民智，到各地去辦「演講會」及「講習會」，這就是他寧可辭去公學校職務轉而全力投入文化協會的關鍵。他認爲教育社會群眾比教育公學校孩童有意義。他在演講會中擔任講員，每次演講所做的準備，連自己都覺得學到很多。他的認眞，讓他在阿好的目光中看到讚揚。

他知道文化協會還有許多規劃。例如今年會有「讀報社」、「夏季學校」，以後還有「活動寫眞部」來教育大眾。他參加了活動寫眞部的籌劃，這構想很新式，必須自東京買一些新式放映器材，然後到各地去巡迴放映解說。他期待著……。

丙丁隨手翻著文化協會當年的名冊，一個名字吸引了他——許碧珊。再一看，是女性沒錯。他心中浮起一個想法，他興奮著。

＊＊＊

晚餐時，丙丁向阿好說：「文化協會也有女性會員呢！文化協會當然是歡迎女性的，文化協會的宗旨之一就是提升臺灣女性。

「目前文化協會的女性會員，我知道有許碧珊，嘉義人，靜修女中畢業。文化協會成立大會就是在靜修女中舉行的。阿好，妳是不是也來申請加入？文化協會需要多一些女會員。」

阿好沉思了一下：「好。丙丁，我參加。我想起我在公學校的同學許世賢，現在在東京女子醫專唸書。她常表示，女子與男子必須平等。她如果在臺灣，我一定邀請她一起來參加。」

於是，阿好成了文化協會的少數女性會員之一。

第七章

這天丙丁回到家，很興奮地向阿好說：「林獻堂先生要來臺南喔。五月三十一日中午在醉仙閣。臺南文協的重要人物都會到。林先生要來商議在臺南成立『讀報社』及召開『無力者大會』兩件大事。讀報社在臺北、屏東、岡山都早已成立，臺南已經不算早了。我這幾月都在忙著『臺南讀報社』的籌立，籌組經費和募捐書報。我相信已經差不多可以開辦了。等獻堂仙仔來，就向他報告。

「成立『讀報社』還只是臺南地方事務。至於『無力者大會』就是全島的大活動了。這次獻堂仙來，主要是爲了這個。據我所知……」

說到這裡，阿好不禁好奇地問：「好有趣的名字，爲什麼叫『無力者大會』？」

丙丁哈哈一笑。「這是反諷御用紳士的『有力者大會』。那些與日本人關係良好的御用家族，爲了對抗我們文化協會及臺灣議會期成同盟會，去年六月先在臺中公會堂聚會，對日本人歌功頌德。十一月八日又組成『公益會』，辜顯榮任會長，其他有林熊徵、許丙等……」

丙丁喝了一口水，接下去說：「我還記得他們的公益會成立宣言：『統治之極致在於文化向上，民生安定而已。』這段話似乎在呼應文化協會，但是接下去就有些肉麻了，『四月二十六日下賜田（健次郎）總督閣下全旨，……島內官民奉諸之餘莫不感泣涙零，……茲糾合同志除宏揚臺灣公益會外，更擬切磋鑽研以圖上下意志之疏通，披瀝忠誠除去民間疾苦……。』

「公益會在今年動作頻頻。唉，也許有日本人的壓力吧。」丙丁搖搖頭，「今年（一九二四年）六月，辜顯榮又召開了有力者大會，有二十四個人簽了名。『有力者』就是有『實力』之意。他們將大會聲明登在《臺灣日日新報》及東京的報紙。聲明中指責林獻堂先生領導的『議會請願運動』無法眞正達成臺灣人的願望，只有和日本官方關係良好的『有力者』才眞正能爲臺灣人帶來好處。」

「這些御用紳士，」丙丁面露不以爲然之色，「靠著與總督府合作，才得到鴉片、糖、鹽的全臺販賣特權。不像三少爺林獻堂，不但不要這些，還站出來對抗，這才令人佩服。」

阿好說：「獻堂仙眞是幽默。辜顯榮他們自稱『有力者大會』，我們這個大會就叫『無力者大會』。他們以『實力』取勝，我們自然要以『民眾』取勝了。」

丙丁大笑。「哈哈，妳還眞有概念。這個『無力者大會』聽說要在北、中、南三地同一天召開。我們當然期待在人數、氣勢、聲量都必須大勝『有力者大會』了。」

＊＊＊

在醉仙閣的樓上，文化協會的臺南會員人人面露興奮之色，因爲人人尊敬的貴賓，民眾口中的「阿罩霧三少爺」，文化協會的總理林獻堂，馬上就會到來。

雖然會議是中午開始，丙丁和阿好十一點左右就到了醉仙閣。因爲他們倆在這次聚會中可說是最晚輩。他們站在門口，迎迓著與會人士。等所有賓客都到了，阿好和丙丁才坐了下來。

做爲地主，負責主辦的韓石泉醫生早已把名單發給每位出席者。每位來者看到阿好都眼睛一亮。阿好是西式短髮，洋裝打扮，因為自小出入教會，受牧師娘吳瑪麗的影響很大。阿好打扮時尚又謙恭有禮，贏得了每一個人的好感，包括最年長的林獻堂。

丙丁和阿好終於有機會近距離接近獻堂仙仔。林獻堂整整比丙丁大二十歲，比阿好大二十六歲。雖然才四十許人，他前額已近全禿，更顯年高德劭。他是溫文紳士，不太說話，但能傾聽他人想法，和蔣渭水的能言善道狂談型不同。他看到阿好，露出和藹可親的笑容，令阿好和丙丁寬心不少。

他的隨身祕書葉榮鐘，出身鹿港，只比丙丁大一歲，已留學日本歸來。

令丙丁興奮的是，吳海水醫生也來了。吳海水醫生是文化協會成立大會時的致詞者。文化協會的成立，他居功厥偉。丙丁知道他出身臺南，但今天吳醫生卻是自高雄來的。

其他幾位都是臺南本地人。韓石泉醫生和黃金火醫生是丙丁夫妻舊識。高再得醫生是臺南教會肇基者高長的兒子；高長牧師又是馬雅各醫生的第一位臺灣人助手。高醫生也是文化協會理事。還有一位是阿好在教會認識的劉青雲，他長期研究臺灣話的羅馬拼音。陳逢源是臺南大地主，曾多次遊歷日本和中國，是臺灣議會設置請願活動及文化協會的重要人物，也在治警事件被起訴，因此大家視他為英雄。興文齋的林占鰲老闆則是有名的文化協會支持人士。

會議開始，主持人韓醫生馬上進入議程。丙丁負責籌備的「臺南讀報社」預定在六月十七日開幕事宜，於是由丙丁提出報告。

丙丁首先感謝劉青雲及林占鰲。劉青雲慨然捐了許多他自己的藏書，大都是在東京書店所購。他是東京慶應義塾大學畢業生，每年都赴日本蒐集日文書籍。林占鰲的興文齋是臺南唯一漢文書籍專賣書店，他向全島各地都捐出了許多漢文書籍。

至於《臺灣民報》、《臺灣》等報刊雜誌的長期訂閱，丙丁表示他已蒐集了文化協會及其他諸多社運團體的種種出版品，並編列書目。他也籌集了足夠資金，做爲未來三年之用。

林獻堂向劉青雲、林占鰲致謝，也稱讚了丙丁。葉榮鐘邀請丙丁參加明年的「夏季學校」。夏季學校是林獻堂主辦的重要活動，在阿罩霧林家「萊園」舉行。夏季學校的舉辦是去年十月十七日在臺南的文化協會第三次大會所決定。丙丁當次未能與會，所以沒有被列入今年第一次夏季學校的名單，讓丙丁有些遺憾。葉榮鐘說：「明年我們的講員會更多，更精采。」丙丁大樂。

再來就進入正題「無力者大會」的籌備。

林獻堂說，他已決定七月三日在臺中、臺南、臺北三地同時舉辦。

林獻堂說完，葉榮鐘接下去做說明：「目前臺中場和臺北場的舉辦場所及辯士均已規劃完成。臺中場林獻堂先生安排了三人，由霧峰大詩人林幼春掛帥，另外是蔡惠如先生，以及在下。地點在臺中公園旁林家專祠。」眾人皆點頭，這三位都是名家。

「臺北場目前安排了王敏川、林野、許天送。地點在港町的文化講座。至於臺南場，獻堂先生擬邀請韓石泉先生、黃金火先生、吳海水先生擔任主催者。大會的兩個辯士，就請逢源先生代表臺南，請海水醫生代表高雄，還請兩位同意。吳醫生，謝謝你遠道自高雄來。」

韓石泉醫生力邀高再得醫生擔任第三位講者，但高醫生婉拒了，說自己不善演講。於是臺南就訂爲陳逢源和吳海水兩位。

「至於地點，就在港區文化講座。很巧，與臺北一樣。這港町文化講座本是丙丁、阿好婚後所居，丙丁擔任文化協會全職後，把屋子空了出來，無償提供給文化協會作爲『文化講座』空間。此次臺南『無力者大會』的總務，也由丙丁負責。」韓石泉向大家說明後，眾人皆鼓掌。

正事完畢，大家開始互相敬酒。韓石泉倒了一杯甘泉紅酒，說：「蔣渭水人不在，但酒還在。我們在這裡舉杯向臺北的他敬一杯！」

然後，又斟了一杯，向吳海水說：「我要向前輩敬一杯，代表我的敬意。」韓石泉醫生說：「今天有文化協會，要感謝吳海水醫生的犧牲奉獻。」吳醫生只是淡淡一笑：「不足為道啦。」

阿好正在好奇，卻見韓醫生和黃金火醫生直點頭。

黃金火醫生說：「吳醫生別客氣。這裡醫學校畢業的，我最年長，就由我來說吧。」

「大家可能不知道，」黃金火醫生望著最年輕的丙丁和阿好，「總督府醫學校和臺北師範學校的學生，以前可不是都像今天這麼好。在五、六年前，雖然兩家學校彼此鄰近，但是兩校的學生都自認了不起，互有心結。」

黃金火醫生突然話鋒一轉，望著阿好。「阿好樣知道謝文達嗎？」

阿好說：「我知道。他是臺灣人的英雄，臺灣人第一位會開飛機的。」

黃醫生點點頭表示稱許。「謝文達自千葉縣的伊藤飛行機研究所畢業後，多次在飛行競賽獲獎。一九二〇年十月，謝文達回到臺灣，在臺中、臺北舉行飛行表演，激起臺灣人不輸日本人的信心。吳海水醫生那時是醫學校學生中最具影響力者。他登高一呼，組成島內各學校的學生應援隊，為謝文達打氣，激發臺灣學生的『臺灣人意識』，開始反抗日籍學生的優越感和統治者的歧視。醫學校和臺北師範學校的學生都支持響應。這件事讓醫學校與師範學校盡棄前嫌。從此兩校學生大合作。」

吳醫生呵呵笑說：「咱臺灣人本來就應該『輸人不輸陣』啊。」

黃金火說：「因為兩校合作既成慣例，第二年十月，蔣渭水組文化協會就水到渠成，兩校學生全都踴躍參加。吳醫生可說是文化協會的產婆。」

「因為此事，」韓石泉說：「吳醫生被日本人視為眼中釘。他畢業後想回臺南老家服務，向總督府臺南病院提出申請。總督府竟然提出條件，要吳醫生脫離文化協會。我們吳醫生當然拒絕了！他甘願放棄分發，而遠到鳳山自行開業，並在高雄全力拓展文化協會支會。」

這一席話說完，阿好對吳醫生的犧牲與努力肅然起敬。

在一旁的葉榮鐘興致也來了。「我也來說一件事。去年十二月十六日治警事件發生，全臺灣有九十九人被扣押、搜查或傳訊。」葉榮鐘望了望林獻堂，「我們家三少爺指示我設法營救。我直奔臺北，因為怕日本便衣人員尾隨，不敢到同志家，也不敢住旅館。我直接到臺灣總督府醫學校的學寮，找到鹿港同鄉丁瑞魚，請他幫忙代為繕寫要發給外界的救援書。丁瑞魚是醫學校四年級學生，第二年就可以畢業。他冒著被開除的危險，留我在學寮以掩護。

「天黑之後，我溜出去訪問東京朝日新聞的蒲田特派員。他對這次大逮捕竟然一無所知。蒲田君趕快轉告該社政治部長，這個事件才得以迅速在東京的媒體披露出來。於是聯絡到平時對臺灣議會運動寄予同情的官員、議員或學者，促請政府命令總督府公布事件內容，解除臺灣的驚恐狀態。

「我再去大安醫院找蔣渭水的弟弟蔣渭川，請他轉告青年同志不要輕舉妄動，以免事件擴大，犧牲更多。等我事情辦完回到學寮，正近十一點閉門時刻，丁君竟然站在門口等候我……」

葉榮鐘說完，林獻堂舉起酒杯，向在座的吳海水、韓石泉、黃金火、高再得說：「榮鐘說得沒錯，你們醫生令人尊敬，不只會醫病，也帶領著臺灣社會向前走！」

一直靜坐在旁的高再得醫生這時突然開口：「我要向大家特別介紹林阿好女士。她是一位很不簡單的女性。」

阿好沒想到會有長輩以她爲話題，嚇了一跳，頭低了下去。

「大家知道我是太平境教會的長老。今天我看到林阿好女士來參加文協，實在太高興了。我是看著阿好長大的，她從小就和太平境吳威廉牧師娘學習音樂。臺灣大概找不到第二人像她唱西洋歌曲唱得那麼好。阿好，就麻煩妳唱一曲給大家聽吧。」

阿好的頭垂得更低了。今天她是唯一女性，又是最年輕的，還不到二十歲，和這些社會精英在一起，已經很不自在了，更沒想到會被點名唱歌。雖然阿好曾多次上台表演，但不像現在面前都是前輩大老。

「唱吧，大家都想聽。」丙丁也鼓勵著她。

阿好羞澀一笑，緩緩站起，走到眾人面前，卻不知要唱什麼。高長老又說：「我那一天聽到的，好像叫 Santa Lucia，妳就唱這一曲吧。」

這是阿好最喜歡的歌，她的心情大爲放鬆。她大方地向大家行個禮，臉上綻出微笑。「好，我就依長老指定的，唱這首義大利民謠。」她閉起眼睛，深吸一口氣，頭微微抬高，眼睛望著天花板上的燈，柔和地發出第一個音。因爲是吳牧師娘教的，所以阿好以義大利原詞唱。

Sul mare luccica
L'astro d'argento
Placida è l'onda
Prospero è il vento

Sul mare luccica
L'astro d'argento
Placida è l'onda
Prospero è il vento
Venite all'agile
Barchetta mia......

因爲沒有伴奏，阿好有兩處稍微頓了一下。沒想到她一唱完，人人鼓掌叫好。連一向持重的林獻堂都不禁站了起來，神采飛揚地說：「沒想到阿好不但是唱洋歌，還以原文唱出，了不起！」

黃金火也跟著說：「文化協會要做的，不只是單調地以演講、上課去教育民眾，那麼大家會覺得枯燥。我們要向民眾介紹的，還有西方的新文化。我們要引進西洋的新歌曲。雖然日本人在教科書中已經介紹了一些，但那是日文歌詞。我們希望用原文或臺語歌詞來唱。更重要的，臺灣人要有臺灣歌，有臺灣人歌唱家。」

阿好漲紅了臉。「前輩，我離歌唱家還早。」

丙丁說：「阿好，最重要的是黃醫生的這句話：『臺灣人要有臺灣歌。』」

黃金火說：「我對音樂很有興趣，希望將來可以作詞作曲。」

林獻堂又說：「將來我們文化協會還要向民眾介紹『活動寫眞』，這些都是提升臺灣文化的手段。」

大家愈說愈興奮，對未來充滿了期望。

***

七月三日的「無力者大會」果然辦得非常成功，北、中、南三地一共到了兩千多人，比起「有力者大會」的二十七人是壓倒性大勝。

這一來，更加引起日本當局的戒心。日本當局更沒想到的是，治警事件一審經過九次開庭，八月十八日宣判。審判長堀田眞猿宣告：「檢察官起訴證據不足，全部無罪。」臺灣人大樂。

但是，三好一八檢察官隨即提出上訴。

十月二十九日，二審判決。在治警事件本已被起訴、又毫無懼色在無力者大會擔任辯士的林幼春、蔡惠如、陳逢源、吳海水幾位，除了吳海水之外都被判了較重的禁錮三個月。

禁錮四個月的有蔣渭水、蔡培火兩人。

禁錮三個月的有蔡惠如、林呈祿、石煥長、林幼春、陳逢源五人。

以罰鍰處理有鄭松筠、蔡年亨、蔡式穀、林篤勳、石錫勳、林伯廷。

而韓石泉、吳海水、吳清波、王敏川、蔡先於則無罪宣告。

一九二五年二月二十日三審定讞，維持二審的結果。

在諸君子入獄那天，日本人就嚐到苦果了。日本人發現，他們反而把這些人變成臺灣人心目中的英雄。

清水人蔡惠如從清水火車站走到臺中監獄，沿途清水、梧棲、沙鹿的民眾爲他一路放鞭炮，甚至有民眾陪他一路走到臺中醫院去探望也即將入監的林幼春。到了臺中監獄門口，民眾甚至高呼萬歲！

蔡惠如的獄中詩生動地描寫了過程：

> 清水驛，滿人叢，握別到臺中，老輩青年齊見送，感慰無窮。

甚至連宣判無罪的彰化王敏川，因爲也被押收了幾個月，其「獄中詩」亦被傳頌一時：

> 獄關指點到監門，寢具安排日已昏。莫笑書生受奇禍，民權振起義堪尊。

蔡培火和蔣渭水一樣判刑四個月，顯示在日本人眼中，他在文化協會的地位僅次於蔣渭水。

蔡培火是北港人，比蔣渭水小一歲，是總督府國語學校（臺北師範學校的前身）畢業，後來留學日本東京高等師範。一九二〇年，他在日本的教會受洗，接著加入「新民會」，擔任《臺灣青年》的編輯兼發行人。蔡培火也是林獻堂推動「臺灣議會設置請願運動」的左右手。

一九二〇年底，蔡培火在《臺灣青年》寫下這一段：

> ……臺灣是帝國的臺灣，更是我們臺灣人的臺灣！

「臺灣人的臺灣」這句話廣被引用，啓發了「臺灣人的認同」。臺灣資產階級及知識份子開始積極向日本政府爭取「臺灣人自治」。

蔡培火這次在獄中作了〈臺灣自治歌〉，傳出之後，大爲風行。

蓬萊（美）島真可愛，祖先基業在，
田園（佃）阮開樹阮栽（種），勞苦代過代。
著理解著理解，
阮是開拓者，不是憨奴才，
臺灣全島快自治，公事阮掌才（是）應該。

玉山崇高蓋扶桑，我們意義揚（氣昂），
通身熱烈愛鄉血，豈怕強權旺。
誰阻擋誰阻擋，
齊起倡（唱）自治，同聲直標榜，
百般義務咱都盡，自治權利應當享。

（註：括號內爲吳三連基金會《蔡培火全集》序二版用詞。）

至於蔣渭水，在前後兩次的坐牢生涯所寫的文章，充分表現出他幽默開朗的性格及政治人權的理念。

他仿效陶淵明的〈歸去來辭〉寫了一篇〈快入來辭〉。「入來」，就是「入來關」的意思。

仿〈歸去來辭〉試作一篇，藉以報平安信也。但獄中無古文，只憑腦根（註：唸福佬音，「腦筋」之意）抽出，恐有錯誤，幸祈諒之。

快入來兮！心園將蕪，胡不入？既自以身為奴役，奚惆悵而獨悲？悟已往之不入，知來者猶如仙；實迷途其未遠，覺今是而昨非（入即是，不入即非）。

而且，蔣渭水對「未決囚處置」者，更提出人權概念，他說：

每朝對囚人施行裸體檢驗，在冬寒的時候，大有妨害衛生，又且是一種人權蹂躪，到底有什麼必要來施行這殘酷的檢查法呢？

他甚至再接再厲呼籲生殖是「天賦的大權」，應爲犯人「監獄內要設生殖的機關」。

這生殖一途，乃上天有好生之德，是天賦的大權，是生理的、自然的、本能的。孔子云：「不孝有三，無後為大。」這生殖的權，是監獄的目的以外，怎麼矯角殺牛，連這治外法權，也一併侵害呢？實在太不合理。監獄應要為五年、十年、十五年，乃至無期徒刑的重犯設置生殖的機關。

蔣渭水這些文章，理直氣壯，勇猛幽默，大開大闔，傳頌到監獄外，讓民眾擁護更盛，聲望更高。

蔣渭水又錄下側室陳甜在此期間寫給他的一封信：

早起接到你的信一封，事事都知道了。你以外十三人的內外衣已經寄去了，請你免介意。我要與你面會，不知道警官怎麼樣呢?你在內的時候，是靜養的好機會，保守自己的身軀，以外的事請暫放心。這是我希望的，你請。我親手寫的。

原來，陳甜不只是爲蔣渭水洗衣服，也爲其他一起被關的十三人洗衣服。

然後蔣渭水如此寫下回信：

算是愛情濃厚的寫法，我很喜歡。愛妻的面見躍躍可見……我則不知連續讀幾十遍了。

民眾對蔣渭水這種又具理想又見眞情的性格非常喜愛。蔣渭水人氣大漲。「治警事件」沸沸揚揚了九個月，判刑最重的蔣渭水和蔡培火也不過監禁四個月，但反促成臺灣民眾與知識份子的覺醒，並開始展開行動與力量。盧丙丁正是其中之一。

第八章

這一天六月二十五日是五日節。丙丁很高興，因爲他的好朋友林秋梧從廈門回來了。他與阿好邀請秋梧這天到家裡來作客，吃肉粽。

秋梧是因母喪回來的。他是長子，但兩個弟弟早逝，父親身體也不好，需獨力處理母親的後事。今天他來丙丁家，一方面敘舊，一方面想與丙丁討論今後該如何打拚出自己的路。

「時間眞快，」丙丁喟嘆著：「你本來大正十一年（一九二二）四月可以從臺北師範學校畢業，結果卻在二月被退學。現在大正十四年六月底，這三年多，你先到神戶，又到廈門，見聞一定很多，要好好聽你談談。」

「哈哈，」秋梧說：「你才有成就啊，娶了美麗大方的嫂子，又全職在文化協會任職，現在是臺南重要人物了。我是流浪三年，才正要重新開始。我不回廈門了。我已經辭去了集美學校的教職，希望在臺南做一些自己想做的事。」

丙丁一拍大腿。「那很好，你就來文化協會工作吧。」

秋梧點點頭。「到文化協會工作當然很有意義，不過我希望有自己的時間……」他突然像想到什麼，眼神一亮，「對了，應章呢？他已經在開業了嗎？」

丙丁說：「他在二林開業，非常成功。他買了一台 autobike，到處往診。臺灣的醫生大概不是騎腳踏車就是搭人力車，他很先進。」

秋梧點點頭。「大正十一年二月，我被退學，要回臺南家。李應章前一年畢業，在赤十字醫院實習一年結束，準備回二林開業。我們三人結伴，自臺北一路步行南下。我們先去找在朴子街上開業了兩年的林瑞西先輩。四個人都是文化協會會員，大家志同道合，慷慨激昂談了一個晚上，直到天亮。第二天臨去之時，大家在林醫生診所前照了一張合照。一個月後，我就離開臺南到神戶的『玉波貿易商會』去了。」

丙丁也陷入回憶。「回到臺南後，我被分發到六甲公學校去當老師，第二年與阿好結婚。李應章回到二林，開了『保安醫院』，實現他服務家鄉的理想。他對病人很好，也爲家鄉做了許多事，成了二林民眾的意見領袖。」

秋梧說：「我在神戶商會工作一年，但我對會社的工作沒有興趣，就到廈門當教員。」

丙丁說：「我好羨慕你到處跑。廈門生活好嗎？比臺灣如何？」

「廈門的生活還好，鼓浪嶼要比廈門本島進步。我到廈門後，『廈門臺灣尚志會』對我很幫忙，介紹我到集美學校當繪畫及書法老師，兼教漢詩。我的課不多，在集美學校教書之餘，就到廈門大學去旁聽哲學課程。」

「哲學課程？」盧丙丁好像覺得很意外。

「是的。在廈門，我開始對宗教及哲學發生興趣。我遊覽了不少廈門的名刹古蹟，也遍遊鄭成功相關景點。我想我可以體會你的心情，我也不想一輩子當公學校老師，那種人生太平淡了。」秋梧臉上的表情愈來愈嚴肅。「我們都有共同理想，臺灣社會需要改革，臺灣人需要向日本人爭取權利。我就是向日本人爭權利才被退學。我不甘願啊！爲什麼許多事情日本人可以，我們臺灣人不可以？爲什麼我們臺灣人低他們一等？我要做的，是臺灣社會的改革及提升，所以我也參加文化協會。我去聽哲學的課，去了解宗教及研究佛學，都是爲了多充實自己，看看如何藉宗教改革來進行臺灣的社會改革。」

丙丁愈發驚奇了。「你在研究佛學？」

「是的。丙丁。我在廈門外地，和你在臺南故鄉，心情感受會有不同。你出身大家族，我是小民戶；你愛熱鬧，我愛獨處。我們的個性背景不同，大概看到的也不盡相同。」秋梧似笑非笑地說：「我有一首詩，或許可以訴說我的心境。」

秋梧向丙丁要了紙筆，邊寫邊說：「這是有一次我到南普陀寺見到其住持的感想。」

化機獨悟靜中尋，邂逅相逢惑不禁。
一向清溪無俗氣，禪關明月照禪心。

丙丁看了許久，抬起頭來。「我不覺得你會是出世之人。」

秋梧又一笑。「是的，你了解我。」又提起筆，再寫下一詩。

忽因話別淚沾襟，客情友情較水深。
故友若逢相問訊，子房猶抱報韓心。

「我在廈門認識了一位臺北人洪醫生，成爲好友。後來他遷居到上海，我寫了送別詩。」

「子房猶抱報韓心！好詩好詩！」丙丁不禁撫掌大笑，「這就是臺灣版的『洛陽親友如相問，一片冰心在玉壺。』可是，秋梧，你如何又想當高僧，又想改革臺灣呢？」

秋梧正色回他：「我確實是抱著這樣的情懷，讓我試試看。我想進行臺灣的佛教改革。佛教影響臺灣社會甚鉅，但在我眼中，臺灣佛教界應改革之處甚多。」

「好！我支持你！我們合作，希望能做出一些可以改變社會的事。」丙丁執著他的手。

秋梧說：「我離開廈門時，曾寫了一封信給應章，說我要回臺。丙丁兄剛剛提到，他在二林除了看病，還成爲地方上最有影響力的人。他不久前寫一封信給我，他說二林的農民備受壓榨，非常可憐，正在思考如何幫助他們。」

秋梧說：「應章兄又替家鄉看病，又關心農民事務，眞令人佩服。我想去看看他。不過二林是鄉下地方，交通不太方便……」

丙丁說：「好啊，今天六月二十五日。下個月我要去獻堂仙仔所辦的夏季學校上課。今年夏季學校有好幾位留學國外的博士擔任講者，絕對不能錯過。等夏季學校結束，我們一起去。」

秋梧說：「好。夏季學校是哪一天結束？」

丙丁說：「七月二十七日到八月九日。」

「所以獻堂仙必須安排將近百名講師學員整整兩個星期的食宿？」秋梧豎起大拇指，說：「三少爺好大的氣魄。」

「是的，我第一次可以去霧峰，機會難得。文化協會如果沒有獻堂仙，就要大爲失色了。」

「好，那麼七月中我就躲到開元寺去研究佛理。等你臺中回來，我們再聯絡吧。」

＊＊＊

就如丙丁說的，今年的夏季學校排出來的教師陣容眞是「群賢畢至，少長咸集」。七月二十六日中午，講師來到萊園，林獻堂親自爲他們導覽。林獻堂是謙謙君子，有所爲又有所不爲。臺灣的大家族中，就是阿罩霧林家最不屑巴結日本統治者，與總督府距離最遠，但與臺灣民眾的距離最近。

一九〇七年，二十七歲的林獻堂在日本巧遇梁啓超。兩人分別以閩南話和廣東話再經翻譯者會談。梁啓超向林獻堂表示：「三十年內，中國絕無能力可以救援臺灣。」梁啓超建議，臺灣人應該仿照愛爾蘭對抗英國的方式，厚結日本的高官貴族，得到他們的同情與支持，先創立臺灣人發聲的組織，爭取權利才是上策。梁啓超的建議，啓發了林獻堂十三年後開始籌辦「台灣議會請願活動」。

四年後，一九一一年，梁啓超更來到臺灣，在萊園五桂樓住了五天四夜。梁啓超不但與「櫟社」成員吟詩唱和，又親自爲萊園內的美景題詩，共留有絕句十二首，匯爲「萊園雜詠」。梁啓超更勸說林獻堂、林幼春叔侄「不可以文人終身」，須努力研究政治、經濟、社會、思想等學問，並開列書單一百七十餘種做爲參考。梁啓超的臺灣行，直接影響了林獻堂。

一九一二年，民國成立，成爲亞洲第一個共和國。一九一三年，林獻堂爲了進一步了解新中國，到中國遊歷。林獻堂爲他十四歲以前的故國已從封建政體改爲民主共和國深感慶幸。

在一九二〇年之前，臺灣所有新聞媒體皆爲日本人所掌控。林獻堂深知，有新聞報刊雜誌，才能報導及宣揚以臺灣人爲主體的新聞報導及立論。於是，一九二〇年七月，他聯合辜顯榮、蔡惠如，在東京創設《臺灣青年》月刊，中日文兼收，由蔡培火任編輯及發行人。但最主要之撰文者爲林呈祿，此外有彭華英及林獻堂的二公子林猶龍。

一九二一年一月三十日，林獻堂領銜，加上旅日與在臺一百七十八人的聯名簽署，共同向日本帝國議會提出由林呈祿主撰的《臺灣議會設置請願書》。

一九二一年十月十七日，林獻堂和蔣渭水以「謀臺灣文化之向上……切磋道德之眞髓，圖教育之振興，獎勵體育，涵養藝術趣味」爲宗旨，成立「臺灣文化協會」。大會人士公推林獻堂爲總理，蔣渭水爲專務理事。這是第一個島內臺灣人非武裝抗日民族運動的結社團體。

一九二二年四月，《臺灣青年》改名《臺灣》。一九二三年四月十五日，《臺灣民報》在東京發行，林幼春擔任社長。週刊發行，刊物可以在臺灣發售。

「夏季學校」是文化協會於一九二三年在臺南召開第三次大會時決議創立的。因爲日本政府對臺灣學生實施的教育政策，帶有濃濃的殖民意識，又不准臺灣人自創學校，所以夏季學校的意義是象徵性的臺灣本土教育。今年的特色是，講者幾乎囊括了這幾年由國外留學回來的博士。

臺南的王受祿醫生是第一位留德的醫學博士，他講「外國事情」。王受祿先生是文化協會會員，與蔡培火、韓石泉交情極佳，號稱「臺南鐵三角」。

蔡培火主講「科學概論」。他是蔣渭水的左右手，在治警事件中與蔣渭水一樣坐牢四個月。

連雅堂主講「臺灣通史」。連雅堂在大正七年完成《臺灣通史》，因此望重一時。

林茂生主講「西洋文史」。林茂生也是臺南人，他的父親林燕臣是府城名儒，長老教會的府城醫館聘他爲臺語文漢文教習，林燕臣因而信了基督教。林茂生一九一六年自東京大學文學部畢業，現在哥倫比亞大學攻讀博士，爲了夏季學校特別回臺。

臺中的陳炘講「經濟概論」。他是慶應大學畢業，今年又取得哥倫比亞大學經濟博士，才剛回到臺灣。他總是一身紳士打扮，舉止優雅。

丙丁見過的陳逢源主講「經濟思想史」。他是臺南大家族，在治警事件中坐牢三個月。

臺北的蔡式穀講「憲法概論」。他在大正十二年（一九二三）成爲臺灣人第一位通過日本律師考試者。他也是文化協會要角，在治警事件中被罰款。

另外，也是霧峰林家的名詩人林幼春講「中國文化史」。林幼春比林獻堂大一歲，但在輩分上卻是林獻堂的族侄。

丙丁很歡喜能一次就見到這麼多他慕名已久的臺灣長輩精英。他很用心聆聽了所有的講演，心靈上很是滿足。

這一天，丙丁在五桂樓湖中的涼亭獨坐，怔怔望著湖水，回想著他剛剛上完的林茂生的「西洋文史」。丙丁對遙遠的西洋殿堂非常嚮往。正沉思中，有人自後拍他肩膀。丙丁回頭，卻是蔡培火，讓他受寵若驚。蔣渭水最常說的「臺灣是臺灣人的臺灣」這句話，是蔡培火在一九二〇年寫的，因此丙丁對他非常尊敬。沒想到，蔡培火向丙丁說的第一句話竟然是：「聽說您牽手是位音樂家，會唱許多西洋歌曲。」

丙丁有些不知所措，不知如何回答。蔡培火又說：「有時講演、上課多了，會令民眾覺得枯燥厭煩。用音樂、行動寫眞，更能提升民眾興趣，快樂學習一些新觀念。」

丙丁附和地說：「前輩的〈臺灣自治歌〉，最近開會時大家都喜歡唱，已經比〈文化協會會歌〉更出名了。」

蔡培火笑說：「謝謝。獻堂仙與我已經決定，要儘速推動行動寫眞，希望你能來幫忙。等臺灣民間更加喜愛西洋文化，受到西洋文化的感染，再來就要推行西洋歌曲，更希望我們臺灣能有出色的音樂家、歌唱家。這是文化協會的理想。」

蔡培火有關西方文化的一席話，已說到丙丁的心坎上，蔡培火提到西洋歌唱家更觸動了丙丁。也許，「歌唱家阿好」將來會比他「演說家丙丁」更重要。

正發呆間，蔡培火轉換了話題：「聽說二林蔗農組合的李應章醫生是你的好朋友？」

談到這位老朋友，讓丙丁很興奮。「他在二林開醫院，騎摩托車四處到病者家往診，忙碌之餘，竟還能把家鄉蔗農組合起來，向日本蔗糖會社爭取好價格。我真佩服他。聽說獻堂仙到二林那天，二林民眾幾乎全部出動迎接，千頭鑽動，敲鑼打鼓。後來在一家碾米工廠演講，全場爆滿。室內三、四百人，門外擠了約兩千人。」

蔡培火似乎頗有感。「年輕人有理想，有衝勁很好。我們這一輩，包括獻堂仙，以文化協會爲名，就是希望先提升我們自己，然後讓日本人懂得尊重臺灣人，再一步一步改善對臺灣人的待遇。這是『體制內改革』。李醫生的作法似乎有意以群眾對抗體制。這是新嘗試，但我擔心，農民和工人不像讀書人。他們性格急躁，容易失控。一旦與日本官府直接衝突就前功盡棄了。我們當然要向日本官府爭取平等權利，但一定要採取和平手段，不能有任何非理性暴力的行爲。」

丙丁有些不以爲然，馬上回應：「應章不會去帶動暴力行爲啊。再說，『臺灣議會設置請願運動』不是很理性和平嗎？可是日本政府也把前輩您都抓去關啊。」

蔡培火聽了一怔，說道：「日本人的理由是因爲我們的『臺灣議會期成同盟會』。」然後長長嘆了一口氣：「我當然支持臺灣農民。唉，我只是擔心，規模大的群眾組織反而引起日本人的警戒心，會想要加以壓制。若一旦失控，代誌就大條了。」

第三部
覺悟下的犧牲

唉，這覺悟的犧牲！多麼難能，多麼光榮！
我聽到了這回消息，忽充滿了滿腹的憤怒不平。
無奈慘痛橫逆的環境，可不許盡情地痛哭一聲，
只背著那眼睜睜的人們，把我無男性眼淚偷滴！
——摘自賴和〈覺悟下的犧牲〉

第九章

夏季學校讓丙丁覺得非常豐收。蔡培火的一席話則帶來他心中很大的震撼。

首先，阿好在他心中原本是普普通通公學校音樂老師，但在去年醉仙閣的會議被林獻堂讚美，這次又被蔡培火看重。在文化協會兩大高層的心目中，阿好都有很特殊的份量，這讓他心中引以爲傲。

其次，是蔡培火有關李應章的一席話，大出他的意料之外。他和秋梧對李應章所佩服的，卻是蔡培火不以爲然的。蔡培火認爲李應章組成「二林蔗農組合」的作法，會造成與日本警察的直接衝突。言下之意，不可太拂逆日本官方，否則反而會壞事。丙丁認爲蔡培火的話雖然不無道理，但是權益當然是爭取來的。只要有道理，就應該理直氣壯，向日本官方抗議、施壓，否則日本官方怎會讓步？

丙丁本來就很關注李應章在二林的作爲，現在他更關心了。在夏季學校結束後的第二天，丙丁到大甲做了一次文化講演。他本來的打算是回到臺南後，再與秋梧一起去二林拜訪李應章，現在他迫不及待想去，急著想把蔡培火的話轉告給李應章，要李應章小心從事，不要讓蔡培火的話不幸言中。

丙丁先去了解有關二林蔗農和林本源製糖會社的對立緣由。

首先，他查知了一九〇九年，板橋林家的林本源家族在臺灣糖務局長大島久滿次的支持下，向臺灣銀行貸款，設立「林本源製糖合名會社」，聘請日本技師花和太郎爲專務取締役（總經理）。一九一三年，又增資改組爲「林本源製糖株式會社」。雖然社長由板橋林家林熊徵擔任，但經營權實際上在臺灣銀行的經理監督田邊二郎手中。

冰凍三尺非一日之寒。過去十多年，會社一直不合理壓低對甘蔗的收購價格，蔗農們的生活普遍很清苦。

有一句俚語，幾乎臺灣的人都知道：「第一憨，種甘蔗給會社磅。」

還有一句「三個保正八十斤」，是在嘲諷製糖會社的偷斤減兩到了離譜的程度。

弱勢的蔗農一再向會社訴苦，會社只當耳邊風。開業醫因爲往診常到病人家中，深入群眾家庭，更能體會民間疾苦。於是，好打抱不平的李應章出面了。

李應章先編了〈甘蔗歌〉，教農民唱歌。二林的蔗農開始由個人變成一個有組織的團體。李應章又是文化協會理事，乃在今年一九二五年四月中邀請了林獻堂去二林演講。迎接林獻堂的場面人山人海，演講的場面也是人山人海，有如迎神賽會。李應章和蔗農大受鼓勵，二林民眾的臺灣人意識也大爲提升。

於是，李應章在六月二十八日組成了「二林蔗農組合」。參加的蔗農有四百多人。理監事會由李應章和地方上一些讀書人，如劉崧甫、詹奕侯等組成。李應章本人是文協理事，主要幹部也都是文協會員。

因爲李應章等有頭有臉的知識份子出面，林本源會社和背後的日本官方不敢再馬虎敷衍，正式派了代表來與李應章的「蔗農組合」對話。李應章等不斷向會社強調「共存共榮」、「有福共享」。但因李應章、劉崧甫等人都有地主身分，因此日本人認為所謂「蔗農組合」有「業主圖利」之嫌。在八月以前，雙方有多次小型磋商會議。

丙丁自大甲搭火車到了彰化，轉巴士到北斗，再於埤頭換乘人力車，在中午趕到二林的保安醫院。出來迎接他的是李應章的夫人，先生娘謝愛。

謝愛一聽到是文協的好友遠道而來，連聲抱歉：「眞不好意思，應章剛剛才出門，騎了他的autobike去溪州看一位突然嗄龜（氣喘）發作的病人，這一來回可能要好久。」

丙丁和先生娘謝愛就坐在診所的椅子上，邊等李應章回來，邊開講。

「唉，應章每天都這樣東奔西跑。患者已經很多了，而外務更多……」說著說著，門口又進來了兩位病人。

丙丁說：「是啊，我眞佩服應章。對病人，不辭辛勞到家往診，又關心鄉民，出面組蔗農組合，把整個二林民眾的事都當成自己的責任。」丙丁一面說，一面望著診間內部的巨大對聯。

橘井泉香，散作萬家甘露。

金爐開火，珠成九轉靈丹。

橫批是「著手成春」。

李應章顯然很喜愛這兩句詩，因為在診所的門口的橫匾，也題著這兩句。

謝愛苦笑著說：「阮頭家的生活只能用『無暝無日』來形容；我的生活，則可以用『等候整日』來形容。等他吃飯，等他回家，等他睡覺。」

丙丁聽了，對李應章眞是充滿敬意。這是一位充滿使命感，以天下爲己任的眞男人。

自一點多等到將近三點，終於遠遠傳來 autobike 的引擎聲。謝愛站了起來，高興寫在臉上。「終於回來了。」幾分鐘後，李應章身穿醫生白袍，滿頭大汗走進來，看到在門口和妻子站在一起的丙丁，嚇了一跳。

「你自臺南來此？歹勢，歹勢。」

丙丁來不及解釋，握著李應章的手。「失禮，打擾。我其實自臺中來，不巧正遇到你出去往診。我自夏季學校來，有一些話想告訴你。」

兩人到了診間最內部。丙丁先把蔡培火與他的對話簡述給李應章聽。李應章笑而不語，只說謝謝。丙丁拍拍李應章的肩膀說：「應章，我實在太佩服你了。長話短說，控制好你的群眾，不能和日本人直接對幹。該忍的時候，還是必須忍。」

李應章把丙丁送到門口。「丙丁，我答應你，我會小心約束群眾。謝謝你如此遠來。」

丙丁走了幾步，再回頭一看，李應章已經坐下來在向病人問診了。

李應章的診桌，竟然直接對著門外，病人拉起上衣，讓李應章聽診，病人赤裸的背正對著外面。診間旁邊有個屏風，應該是遮掩用的，但似乎很少用到。

丙丁再走入診所，向李應章說：「對了，秋梧回到臺灣了，要向你問好。」李應章正聚精會神在診察病人，看到丙丁又進門，他取下聽診器，又微笑點點頭，也不知道是否眞正聽到了。

丙丁一笑，再走出診所。他已經十七天沒有見到阿好了。他知道，阿好會像謝愛一樣，也在家中等著他這位「頭家」返家。

第十章

然而，二林蔗農的事情發展到後來，竟比蔡培火說的還要糟。

九月二十七日，二林蔗農組合再度舉行農民大會，決定了對「林糖」提出的要求條件。十月六日，開始與「林糖」交涉。「林糖」派出一位日本人專務出來。這位專務與李應章見面多次，每次態度傲慢，百般刁難，連在場的日本記者泉風浪都寫下：「我坐在一隅的椅子靜聽他們應對，覺得一個堂堂會社的高層，用這種流氓作風來對付本島人青年與蔗農，實在看不順眼。」

自十月六日起，雙方談判多次均無結論。十月二十二日，會社與農民為了甘蔗收割，在蔗園互相對峙，導致雙方發生肢體衝突。蔗農們認為日本警察偏袒會社，竟向日本員警奪刀。第二天，日本警察開始大舉抓人，共抓了九十三人。李應章在事件發生時正在沙山庄往診看病人，不在現場，竟遭到拘押於北斗郡警察課。

林糖會社監察人許丙，則把事件歸罪於體制上的結構問題以及文協的煽動，但事後又很無奈地表示：「我只好概括承受所有的批判。」

《臺南新報》表示：「反抗警察就是反抗政府，反抗政府就是反抗國家……」

這九十三人，被冠以「暴徒」之名，不少人受到拷問。最後，有四十七人分別以妨害業務、妨害公務執行、傷害、騷擾等罪名受審，而李應章更被列為「首謀」。

於是臺灣及日本內地輿論譁然，成爲眾人矚目的大案。日本勞動總同盟的政治部長麻生久及人權律師布施辰治，搭船來台灣協助訴訟。布施辰治律師親自擔任李應章的辯護律師，文化協會則推舉蔡式穀及鄭松筠擔任辯護人。

一九二六年四月三十日預審終結，李應章求刑五年。一九二七年四月十三日，二審改以「妨害公務」減刑判決。二審判決後，眾人在台北法院門口的照片，成了歷史見證。五月十二日三審刑期確定，一共二十四人被判刑，李應章八個月，劉崧甫、詹益侯等六個月。

這個臺灣史上第一個農民反抗運動，也間接促成後來成爲日本東京大學校長，有「日本的良心」之稱的名學者矢內原忠雄在一九二七年三月的來臺考察，並撰寫了傳世之作《帝國主義下的臺灣》。

第十一章

一九二八年一月十四日。

李應章步出監獄，見到陽光普照的土地，深深吸了一口空氣。雖然是冬天，胸肺中有著寒冽又帶著潮溼感覺，但在八個月後，終於又聞到了家鄉的芳香泥土味，感動得幾乎流淚。這是臺灣母親的空氣；而監獄中汙濁臭惡的空氣，是日本政府的。

李應章在判決後，坐了八個月的牢，終於出獄了。在入獄前，一九二七年五月，他依然加入蔣渭水新成立的「臺灣民黨」。他在獄中穿苦鞋，做苦役。

昨晚，他寫了一首詩：

朔風凜冽鐵窗寒，短袖紅衫一領單。

幸得身如松與樹，凌霜傲雪不凋殘。

監獄中的警察告訴他，獄方會派車送他到家中。李應章不屑地哼了一聲。他知道，這是警方害怕來迎接他的人太多，又會造成社會效應。日本人知道，若不這樣做，來迎接他的，一定比上次爲了逮捕他出動的三百人軍警還多。

在自家門口，除了謝愛和女兒，許多人在迎接他，有認識的，不認識的。但是他的家已經不一樣了。那是一間陌生的屋子，雖然地點不變。在他坐牢期間，他的診所與家，不幸因鄰居失火也焚毀了。他最喜愛的對聯沒有了，只有他的摩托車還在。

更讓他傷心的是，他的老父竟因此大受打擊而離世了。日本獄方不准他奔喪。他的父親因此還未下葬，等著他回來。出去時，家門是診所；回來時，家門變靈堂。

他踏進靈堂，跪下來痛哭。他狂哭，痛心他的不孝，直到有兩個人分別自左右撐起他。淚眼中，他見到他的結拜兄弟謝悅。謝悅的弟弟是謝春木。而另一人竟是他的學長，也是彰化同鄉的賴和醫生。

他們相對無語，以擁抱來代替言詞。等李應章平靜下來，賴和自往診包取出一個大信封交給李應章，再拍拍他的肩膀，說了一聲「保重」，就離開了。

等眾人散去，李應章打開信封，原來是一張《臺灣民報》。報紙上刊登了一首賴和的長詩〈覺悟下的犧牲——寄二林事件的戰友〉。李應章才唸到第二節，眼淚又流了下來。

弱者的哀求，所得到的賞賜，只要橫逆、摧殘、壓迫。
弱者的勞力，所得到的報酬，就是嘲笑、謫罵、詰責。

他噙著眼淚繼續看下去，彷彿賴和在向他說話。

唉，這覺悟的犧牲！多麼難能，多麼光榮！

我聽到了這回消息，忽充滿了滿腹的憤怒不平。無奈慘痛橫逆的環境，可不許盡情地痛哭一聲，只背著那眼睜睜的人們，把我無男性眼淚偷滴！

一個月後，李應章父親出殯，有三千人來與會。日本人竟連輓聯也沒收。李應章一方面重整家園，一方面又開始拿聽診器看病人。他的瘦高身影也再度踏上農民組合的演講臺上。

第四部

美臺團

美臺團，愛臺灣，愛伊風好日也好，愛伊百姓品格高。
長青島，美麗村，海闊山又昂，大家請認真，生活著美滿。
美臺團，愛臺灣，愛伊水稻雙冬割，愛伊百姓攏快活。
長青島，美麗村，海闊山又昂，大家請認真，生活著美滿。
美臺團，愛臺灣，愛伊花木透年開，愛伊百姓過日美。
長青島，美麗村，海闊山又昂，大家請認真，生活著美滿。

——蔡培火〈美臺團團歌〉

第十二章

在丙丁家中，丙丁和林秋梧對面而坐。阿好十五分鐘前端上來的，丙丁最喜歡的鳳片糕及林秋梧最喜愛的綠豆椪，仍然安安靜靜地擺在小几上。几上歪歪斜斜攤著一份《臺南新報》。

林秋梧拿著那張在朴子林瑞西診所的四人合照，怔怔看著。丙丁則一邊向秋梧回述那天他去二林李應章診所的過程，又不時長吁短嘆地說：「本來我認爲蔡培火的說法太懦弱了，沒想到卻被他說中了。」

阿好走了過來，把報紙折好，端端正正放在桌上，然後拉一拉裙襬，在丙丁的身旁坐下。她向丙丁嫣然一笑。「這張照片眞的很寶貴。以後，我會爲您好好保存。」

阿好的優雅與體貼，丙丁看在眼中，不禁暗暗喝采，心中的鬱悶稍解。他向阿好說：「阿好，準備素食，我們留秋梧在家裡吃中飯。」

阿好說：「太好了。我來炒個木耳薑絲，一盤麵筋，一碗紫菜清湯，我再炒一些高麗菜。這些丙丁也都很愛吃。我們今天中午就全吃素好了。」

秋梧打揖稱謝，然後開口問丙丁：「蔡培火八月就向你警示說應章的做法會出事？」

丙丁有些無奈地點點頭：「他對蔗農組合很有意見，他說這樣容易出事。」

秋梧說：「所以不幸被他說中了。林獻堂很倚重他。他本來就是林獻堂資助去日本唸書的，在日本有許多認識的人。」

丙丁的表情怪怪的。「沒錯，他很聰明，很多想法，我不能不佩服他。但我說不上來，就是不服氣。林獻堂的氣度與舉止，總是能讓我由衷佩服。蔣渭水的風格與獻堂仙不同，他的遠見與銳利讓我佩服。這兩人都是領導型的人物，而蔡培火感覺是軍師型人物。」

秋梧呵呵一笑說：「好軍師也是值得佩服的啊。」

丙丁側頭望著坐在身旁的妻子一眼，笑了出來。「是的，蔡培火很聰明，很有想法，又有執行力，而且很會編歌，是個怪才。他的〈臺灣自治歌〉是很成功沒錯。現在他要進一步由歌變成寫眞，『行動寫眞』，但是行動寫眞只有影像，沒有說明。他已經買了器材，訓練了會使用的人。他還需要『辯士』，就是說明者，到各地去巡迴。像臺南，他就已經看上『大舞臺』，所以必須去大舞臺承租所需要的日期，談租金，宣傳民眾來看……

「蔡培火說，明年應該可以開始辦，他已經想好名稱，叫做『美臺團』。先由北部，大約明年三月，再到南部，大約明年六月。他要我負責臺南的業務，他眞的是很聰明的人。秋梧，我已經答應他了，希望你能來幫忙我。」

秋梧點點頭：「沒錯，這樣的作法可以提升臺灣民眾對西方的認識，對新文化的認識，我願意幫忙你。但是，丙丁，這是偏城市的作法，對草地農村那些吃不好、住不好的農民沒用啊。」

秋梧說得有些激昂起來了：「衣食足爾後知榮辱。林獻堂、蔡培火那些大地主，重視的是文化；可是農村草民、升斗小民，重視的是溫飽。李應章算是小地主，但是他看到了鄉間農民的艱苦，所以試圖爲他的鄉民爭取福利。我也贊成應章的做法。難道我們不能兩者並行，城市與農村並進嗎？」

阿好在旁邊鼓掌。「秋梧說得眞好。」

丙丁說：「秋梧，你看，連阿好都爲你鼓掌喔。你眞矛盾，那麼入世，卻一天到晚想著要出家。」

「我已經說了好多遍。我出家，是爲了想進行宗教改革。」秋梧說：「你們都了解，臺灣人的日常生活受佛教的影響很大。宗教改革，事實上就是一種文化改革。這是我在廈門時所領悟出來的。」

「阿好是長老教會，長老教會是新教，所以阿好姐會了解宗教改革。」秋梧望著阿好，慢慢地說：「基督教的新教就是由舊教改革而來的，甚至連聖經都有舊約、新約。新教是由馬丁·路德在十七世紀的宗教改革所演變出來的。他爲什麼要做宗教改革？因爲教會腐敗。新教的國家看起來都比舊教國家進步，所以宗教改革會使國家進步。同樣的，佛教也需要做宗教改革。你應該也會同意佛教也有許多腐敗不合時宜之處，改革佛教就是改革社會習俗；改革社會習俗，臺灣才能更進步。

「改革可以有許多不同面向。依我的看法，文化協會的路線是一種和平改革，蔡培火做得很積極。農民或工人組合則是比較艱難的路線，李應章去做了。李應章並沒有失敗，他是先驅，以後一定有人繼續他的作法。希望後來的人可以做得更好。我現在說的宗教改革，可以算是第三種路線。這條路沒有太多人會來做，而我正好有興趣，有研究，所以我要來做。」

林秋梧一口氣說完，端起茶杯喝了一口水。阿好再度鼓掌。林秋梧秀氣卻微露剛毅的臉，漲得通紅。

他突然閉上雙目，張嘴吟了幾個字，片晌，又張眼說：「嫂子，麻煩筆墨一用。」

阿好拿了筆墨及紙過來，林秋梧在紙上寫下：

菩提一念證三千，有識時潮最上禪。
體解如來無畏法，願同弱少鬥強權。

丙丁不禁鼓掌說：「好個『願同弱少鬥強權』。秋梧，我了解了！」

第十三章

美臺團，愛臺灣，愛伊風好日也好，愛伊百姓品格高。……

蔡培火果然是個喜歡作詞作曲的人。連阿好都說，這曲美臺團的新歌，確實好聽。歌詞則和〈臺灣自治歌〉的內容一樣，繞著臺灣打轉。丙丁也同意，這對於塑造對臺灣的認同及形象，大有幫助。

蔡培火另外讓丙丁叫好的是，這個美臺團的器械算是蔡培火捐出來的，沒有動用到文化協會的錢，只由文化協會的成員來出力完成各地巡迴工作。

蔡培火的設計是，每次美臺團巡迴要有三個人，兩位技士和一位辯士，帶著一支「活動寫眞」。一支活動寫眞指的就是一齣「戲」，這種現代戲，兼具娛樂又教育民眾新知識，而辯士就是靈魂人物，辯士講得好，觀眾才會有興趣。

上演之前，美臺團的團員會在台上先唱團歌：

美臺團，愛臺灣，愛伊風好日也好，愛伊百姓品格高。
長青島，美麗村，海闊山又昂（音「權」，意指「高」），大家請認真，生活著美滿。

美臺團，愛臺灣，愛伊水稻雙冬割，愛伊百姓攏快活。
長青島，美麗村，海闊山又昂，大家請認真，生活就美滿。
美臺團，愛臺灣，愛伊花木透年開，愛伊百姓過日美（音「水」）。
長青島，美麗村，海闊山又昂，大家請認真，生活著美滿。

一九二五年，美臺團開始演出。一開始只有團員唱團歌，到了後來，觀眾會站起來和團員一起唱，這讓丙丁等人非常高興。最後連公學校的小學生走在路上也會哼這首歌了。

美臺團每到一地演出，都成爲地方大事，特別是小孩子最高興。在臺南，他們在臺灣人所經營的「大舞臺」演出。在地方鄉鎮，大部份在室內，有時候乾脆在室外搭布幕。小孩子坐在前面草地上，大人則拉了椅子在後面，氣氛非常之好。只是這樣的草地演出，對辯士而言是苦差事。首先是蚊蟲頗多；再來是空曠草地，要聲嘶力竭去做說明。一場戲下來，喉嚨沙啞，皮膚紅癢，讓阿好看了很是不忍。

高級的辯士如丙丁和秋梧，講的不只是寫眞的內容。他們先以活潑清晰的言詞去說明活動寫眞（就是現在講的電影）的情節，再隨時穿插以臺灣社會現況來做比喻，以凝聚臺灣意識，激發臺灣人關心社會的熱情。他們還會在放映之後再登台演說，借題發揮，或傳布新的思想與知識，替殖民統治下的同胞說出大家內心深處的話，所以常被日本警察吹哨制止。

美臺團有南北兩隊，雖然北部的叫第一隊，丙丁和秋梧負責的是南部第二隊，但蔡培火常常很高興地說，第二隊的觀眾人數比第一隊多。

美臺團的節目愈來愈精彩，有紀錄片，例如《北極動物生態》、《丹麥農耕情形》、《丹麥合作生態》；有劇情片，像《母與其子》、《犬馬救主》、《紅的十字架》、《無人島探》、《試探愛情》等。他們以紀錄片介紹西方進步的農村與經濟制度；推動婦女價值，提高婦女地位或拓展民眾視野。每場下來，不論辯士或民眾都有豐收的感覺。

丙丁很喜歡這個差事。讓丙丁更高興的是，阿好有了身孕。

九月，丙丁、秋梧和另外一位辯士鍾自遠，結束了臺南州的巡迴演出。十月中，丙丁和阿好的第一個小孩誕生了，取名叫「友仁」。

丙丁雖然有了兒子，依舊天天出勤。他率領三人小組馬不停蹄，各地巡迴演出。單單十二月，他們就在臺中、南屯、霧峰、草屯、豐原、神岡，一共演出二十二場。因為太受歡迎了，他們貼出預告，第二年大正六年（一九二七）一月在臺中有二十九場，二月在彰化有二十八場。不論陽曆年或農曆年都要演出，只在過年後休息兩天。

第五部
同胞須團結

過去十天，變化竟如此鉅大。十天前，他沒有想到大正年代會突然結束。……大正變昭和了，丙丁一意追隨的蔣渭水會以怎麼樣的新團體來引導臺灣社會呢？

後來，大家才慢慢體會，比起昭和這個失控的時代，大正是個令人懷念的「烏托邦時代」，一個充滿希望與不安的年代……

第十四章

丙丁和秋梧都沒有想到，一九二七年一開始，就是一場大風暴。

一九二五年的二林事件，引起了文化協會內部的路線之爭。一九二七年一月三日，文化協會在臺中公會堂召開臨時會議。沒想到結果竟是分裂，有多名新選出的中央委員宣布退出。文化協會自一九二一年十月十七日成立，竟只維持了五年兩個月。

這一天，丙丁與秋梧的美臺團第二隊正好在離臺中不遠的大甲演出。消息傳來時，美臺團剛演出完畢，大家高高興興吃著晚飯。丙丁和秋梧乍聽消息，面面相覷。

電話是韓石泉打給丙丁的，眾人紛紛問他詳情。

「傳來的訊息很有限，只說在場的林呈祿、蔡培火、陳逢源，因爲表決輸給了連溫卿和王敏川那一派，所以表示要退出文化協會。後來蔣渭水也跟著退出了。聽說林獻堂左右爲難。他目前仍留任新的中央委員，但他的老朋友都退出了，不知他還會留多久？」

丙丁臉色慘白，一直重複說：「怎麼不能合作？怎麼不能合作……」

坐在一旁的林秋梧冷冷地說：「因爲路線不同啊。」然後就不接下去說了。他一向喜歡寫，不喜歡說。

丙丁說：「秋梧，請你爲我們分析一下。」

秋梧說：「文化協會大抵分成三種不同路線的派別。一、林獻堂、蔡培火、陳逢源、林呈祿、韓石泉、黃金火等，他們是資產階級臺灣派，只想依靠文化啓蒙來合法提升臺灣人地位，這是『大地主文化派』。

「今天奪權成功的連溫卿、王敏川等社會主義派，站在無產主義立場，以無產青年和農民組合爲組織基礎，進行階級鬥爭。先爭取臺灣人自治，再達成階級解放，這是『社會主義書生派』。」秋梧說：「老實說，我比較贊同這一派。蔣渭水、石煥長則是『全民主義中間派』，想攏絡兩方，既站在右翼資本家立場，也希望結合左翼工農大眾，來與日本人對抗，爭取臺灣人地位。」

大家聽了都覺得很有道理，好多人點頭。

秋梧望著丙丁笑笑地說：「丙丁，你大約也附和這種想法，所以你那麼支持蔣渭水。」

丙丁露出恍然大悟的神情，但顯然還是無法接受。「可是沒有必要分裂啊！蔣渭水的想法很好，不是嗎？雖然路線不同，大家合作，團結力量大，才能向日本人爭取臺灣人的地位啊。」

林秋梧仍然維持他的從容與優雅，把碗筷擺好，再整一整衣衫，端正坐好。「這一切，還是要從我們的好朋友，李應章醫生的二林事件說起。二林事件之後不到一個月，鳳山的簡吉就和丙丁兄一樣，也辭去教員，組成『鳳山農民組合』。去年六月二十八日，簡吉甚至把臺灣各地方農民組合全部集合起來，創組了『臺灣農民組合』，和『日本農民組合』隔海相呼應。

「至於在文化協會內部，對這個『農民組合』則一冷一熱。冷的就是這次退出的蔡培火、陳逢源；熱的就是投票勝出的連溫卿、王敏川等。這兩派，如我方才所說，一派叫做『大地主文化派』，一派叫做『社會主義書生派』。」

秋梧說到這裡，丙丁大叫：「不對不對，林獻堂也去二林演講表示支持啊。」

秋梧瞄了他一眼。「獻堂仙在二林的演講主旨，是以提升臺灣人文化和地位爲主，對蔗農的問題輕輕帶過，並未深談。我想他心中應該並不希望見到後來變成與日本警方的激烈衝突。」

秋梧有些嚴肅地說：「我再說明詳細一些，大家可以更了解。日本人來了之後，臺灣有些大家族大地主願意盡可能配合日本人的政策，日本人也以經濟利益回饋。反之，日本人也常常利用他們來做『模範』，因此民間有時譏他們爲『御用紳士』。但也有像林獻堂、林呈祿、陳逢源、蔡培火等，他們較有骨氣，不願意與日本人利益結合，但也不願與日本人激烈對決。他們家有田產，因此會站在自己的地位上思考，這是人之常情。他們希望先提升臺灣社會文化，在體制內和平請願，目標是達成臺灣人與日本人的平等或自治。『臺灣設置議會請願運動』就是他們想法的實踐。但是日本人連這樣和平方式都搞成『治警事件』，因此迄今徒勞無功。

「另外連溫卿、王敏川等人算是家世富裕，所以都有留學日本的機會，但不算大地主，所以可以有較高的社會理想，而不被家族事業所拘束。連溫卿和日本著名民間學者山川均先生很熟識。山川均在去年寫了一篇論文〈殖民政策下的臺灣〉，所以顯然他是同情臺灣的。

「連溫卿去東京，都住在山川先生家裡。山川先生這篇論文後來由在北平的臺灣人張我軍翻成漢文〈弱小民族的悲哀〉，登在《臺灣民報》上。連溫卿發表過〈婦人地位與社會關係〉、〈不良少年少女研究〉，都能看出臺灣社會問題而提出看法。

「王敏川是早稻田大學畢業，他也受到日本社會主義甚至共產主義學者的影響。這些讀書人偏向以結合無產階級農工階級，進行階級鬥爭，來推行臺灣民族解放及無產階級解放。依我看，他們接近『國際左派』，而林獻堂、蔡培火等就是『臺灣右派』。」

林秋梧環視了眾人。「我們的蔣先生很有趣，在理念上是中間偏左，在行動上是中間偏右。」說完，自己笑了起來。

秋梧看了一眼丙丁，又說：「丙丁兄做為蔣醫生的追隨者，應可同意，蔣渭水在理念上與連溫卿較為相近，也希望能與工農組合結合，卻又不敢放手去做；在工作及情誼上則與林獻堂、蔡培火等較為接近。社會主義左派一直不滿現在的文化協會太溫和，所以連溫卿等人提出臨時會的要求。表決結果，左派真的贏了。」

林秋梧又說：「獻堂先生本來擔任雙方的調和折衝的角色，沒想到這次還是失敗了，眞是可惜。」

丙丁又問：「蔣醫生退出文化協會，那麼我們是不是應該跟著退出？」

林秋梧看到丙丁一臉沮喪的樣子，又說：「其實我倒不以為文化協會這次分裂一定不好。如果蔣先生再組團體，以他的人氣，也必然會聲勢浩大。以前日本人只要應付一、兩個臺灣人團體，現在加上『臺灣農民組合』，同時好幾個大團體必須應付，日本警察要頭痛了。還有『臺灣共產黨』在兩年前也成立了，他們更激進。」

「而且，」林秋梧又說：「臺灣人團體已經愈來愈得到日本開明學者及社會人士的重視及同情了。去年二林事件開庭的時候，日本知名的律師布施辰治志願來擔任義務律師，勞働社運者麻生久也偕同古屋貞雄律師也先後來到。東京大學名教授矢內原忠雄，更是同情臺灣。臺灣人的努力與進步，日本人會漸漸看得到。」

林秋梧這一席話，大大鼓勵了丙丁與眾人。丙丁側著頭，望著這個他認識了將近十年的老朋友。這樣聰明又洞澈世情的人，一心一意要救世，卻又心存出家意念。丙丁有些迷惘了。

＊＊＊

這時，又一個訊息傳來，是蔡培火傳來給領隊丙丁的。「蔡培火先生和林獻堂先生明天下午要到臺南的美臺團本部和大家見面。」這又讓丙丁嚇了一跳。

依照行程，美臺團明天要在彰化演出。於是丙丁趕快派人去向彰化方面為臨時取消演出而致歉，另一方面則下令團隊盡速打包，因為得馬上趕回臺南。

丙丁期待能接到蔣渭水的信息，但落空了。丙丁有些失望。

丙丁看著去年年底印好的今年度美臺團巡迴日程表發呆。日程表上面寫著「大正十六年」。丙丁猛然想到，本來今年一九二七年是大正十六年，但大正天皇在十天前，大正十五年十二月二十五日去世了。那位在幾年前來過臺灣遊歷的裕仁皇太子繼任了年號「昭和」。昭和元年只有十二月二十六日到三十一日。而今天，已經是昭和二年一月三日了。

丙丁想，過去十天，變化竟如此鉅大。十天前，他沒有想到大正年代會突然結束。十天前，他也沒有想到引領臺灣社會的「文化協會」會倏然而止。大正變昭和了，丙丁一意追隨的蔣渭水會以怎麼樣的新團體來引導臺灣社會呢？

丙丁還未能知道的是，從大正變成昭和，臺灣人當時無感。但是後來大家才慢慢體會，比起昭和這個失控的時代，大正是個令人懷念的「烏托邦時代」，一個充滿希望與不安的年代。

第十五章

丙丁和秋梧匆匆回到臺南，迎接蔡培火和林獻堂的來到。但是蔣渭水自臺中回臺北去了，沒有一起來。

大家一起照了一張大合照。這是美臺團最正式的紀念照，也是丙丁與秋梧和他們敬佩的獻堂仙最正式的合照。

蔡培火說，他昨天只是退席，還不算正式退出文化協會。他說美臺團的器材和影片，是他私人的資金，主要是去年爲母親祝壽的錢買的。雖然工作人員是文化協會人員，過去打的招牌也是文化協會的活動，但財產並不屬於文化協會。將來他如果正式離開，他不會將這些器材、影片移交給文化協會。在這之前，美臺團在臺中州的活動，他希望盧丙丁和林秋梧能照常舉行。

美臺團在二月以後，就不再出團。於是林秋梧把大部分時間去研究佛學，停留在開元寺的時間愈來愈多了。

開元寺就是明鄭東寧時的「北園別館」。鄭成功的妻子，鄭經的母親董太夫人來到臺灣之後，長期居住於此。一六八一年三月十九日（農曆一月三十日），鄭經的長子，世子兼「監國」鄭克𡒉在此被政變遇害。一六八三年，東寧滅亡。一六九〇年，這裡改稱「海會寺」。一七九六年，又改稱「開元寺」。

林秋梧在廈門遊遍名剎古蹟，回到臺南，最喜歡的是開元寺。除了開元寺與臺灣歷史的連結讓他心儀之外，再來就是他與開元寺的住持得圓和尚很投緣。

一九二七年初文化協會分裂後，雖然蔣渭水等已經在籌組下一個政治團體，但林秋梧決定要走出自己的路。在三月間，他正式剃度進入佛門，拜得圓和尚爲師，法號「證峰」。他以一首詩寫下他的澈悟，兼答覆了外界的閒言。

儒衣脫卻換僧衣，怪底親朋說是非。
三教原本同一轍，雄心早已識禪機。

四月，在得圓及開元寺的資助下，林秋梧到日本的佛教大學駒澤大學去深造。臺南的朋友去爲林秋梧餞行那天，林秋梧又寫了一首詩：

欲覓真詮著鐵鞋，故人相送素筵排。
如今識破悲歡局，離別雖多不介懷。

第十六章

但是，丙丁卻在這送別宴缺席了。他到臺中參加蔣渭水召開的新政團籌備會議。

在這次籌備會上，丙丁遇到了師範學校時的老同學謝春木。謝春木是彰化二林人，師範學校畢業。文化協會甫成立，他就加入了。一九二二年到日本東京高等師範（今之筑波大學）念書。二林事件後，他回來聲援家鄉父老，除了在《臺灣民報》工作，還積極參加文化協會的演講。現在他被蔣渭水重用，擔任籌備會與日本當局接洽的代表。

謝春木向丙丁說：「我們這個新團體，必須在聲勢上壓倒連溫卿他們的『新文協』。所以我向蔣先生說，我們來成立臺灣第一個政治團體，以符合臺灣全民的需要。」

二月十日，眾人在霧峰林宅開會，將新政治團體定名為「臺灣自治會」。綱領有二，一是主張臺灣自治，二是經濟上主張臺灣人全體之利益，尤其以合法手段擁護無產者之利益。總督府反對「自治」兩字，並提出警告：「總督府不允許組織任何民族主義的政治團體。」

於是蔣渭水改「臺灣自治會」為「臺灣同盟會」，但仍未獲總督府批准。蔣渭水與同志會商，提出「臺政革新會」，改由蔡培火為代表，向日本當局提出。但因內有「臺灣人全體之解放」、「日臺語並用」等字眼，依然被駁回。

林獻堂一方面留在新文協當中央委員，一方面又參與蔣渭水、謝春木籌組新政團的事宜，左右爲難。但蔣渭水的新政團又難產不順利。林獻堂爲了擺脫困境，乾脆在五月中帶著兩個兒子啓程去周遊世界。這一去竟然超過整整一年。三百七十八天後，一九二八年七月才又回到臺灣。

五月二十九日，蔣渭水、蔡培火又提出「臺灣民黨」，召開「臺灣民黨成立大會」，但又受到日本總督府的禁止處分。日本官府顯然非常在意強調「臺灣意識」的思維。

蔣渭水等人仍不氣餒，六月二十日又召開「臺灣民眾黨創立案」，由謝春木向當局提出，綱領及宣言的文字與「臺灣主義」的色彩稍見緩和。與總督府幾經折衝之後，「臺灣民眾黨」終於在一九二七年七月十日於臺中舉行成立大會。臺灣人的第一個政黨，於焉誕生。

蔣渭水非常興奮，自許爲臺灣的改革先鋒，以實現「政治的自由、經濟的解放、社會的平等」爲民眾黨三大目標。

臺灣民眾黨的黨綱內容讓丙丁非常興奮。因爲第一條是「確立民本政治」，而且「反對把握三權的總督專制政治」。其次，又明白標示「確立生存權，擁護農工階級」，要「使貧富之差趨於平等」。丙丁看出，謝春木的理念，逐漸影響了蔣渭水，而讓「臺灣民眾黨」與過去的「文化協會」有所不同，算是「進化版」。

到了九月中旬，黨員有四百三十九人，在各大城鎮設有支部。臺灣民眾黨有蔣渭水爲首的十四名中央委員，這次丙丁終於入列了。其他中央委員還有王受祿、韓石泉；後來又聘林獻堂、蔡培火、蔡式穀爲黨顧問。謝春木爲祕書長兼政治部主任，丙丁則擔任宣傳部主任。原本只能在日本發行的《臺灣民報》，也開始在臺灣發刊。

丙丁逐漸發現，蔣渭水漸漸有仿效孫文「中國國民黨」的傾向。他提出的黨旗，和中國國民黨的「青天白日旗」很相像，故被日本官方禁止。改版後的黨旗，乍看之下也會聯想到國民黨之旗幟。孫文雖然已在一九二五年病逝，但他的「三民主義就是共產主義」，以及「容共」的作法，顯然影響了蔣渭水。

也許是受到孫文的影響，蔣渭水認爲只靠文化運動和中產階級是不夠的。他漸漸強調「工農路線」，希望左、右兼顧，對日本政府造成壓力。蔣渭水的想法與堅持「合法議會路線」的蔡培火、林呈祿、陳逢源等人愈走愈分歧。

丙丁了解蔣渭水心中的矛盾。蔣渭水內心非常敬重這些老朋友，但爲了照顧勞工大眾，只好堅持與老朋友走不同路線。就好像蔣渭水心中很尊敬的日本老師們，像高木友枝、堀內次雄等，認爲他們對臺灣人友善，也對臺灣有大貢獻。但是蔣渭水爲了大節，還是必須反抗日本政府。蔣渭水認爲，日本政府不可把臺灣人看成二等國民，或要同化爲大和民族。蔣渭水的理念是「大和民族、臺灣漢族、高砂族，都必須平等，而同屬一個日本國之內」。

丙丁注意到，蔣渭水可能受到已逝的孫文影響，漸漸使用「革命」、「農工階級」這樣的左派字眼。其實，一九二七年的中國國民黨在蔣介石的領導下，正以廣東軍及廣西軍爲基礎，進行「北伐」。而且就在一九二七年四月「寧漢分裂」後，蔣介石的政府已經開始大舉清共。這些變化發展，目不暇給。中國式政治的既聯合又鬥爭，似乎遠超過蔣渭水及丙丁這些單純理想型臺灣人所能想像。這些熱血臺灣人自小上漢塾，習漢文，作漢詩，自認是「漢族」。因爲文化上的連結，對中國由文化認同而易有國族認同，甚至各種不同路線的政治認同，漸漸有人稱呼他們爲「祖國派」。他們因浪漫情懷而忽略了中國社會缺乏日本的法治精神及普及教育。

相對之下，配合日本政府的企業家族則被稱爲「御用派」。他們不太顧及臺灣的基層農工人士，而又太日本化。

一九二七的下半年開始，丙丁因爲當了宣傳部主任，成了大忙人。臺灣各文協支部的會議及各地工會等，都會請丙丁去致詞或演講。

身膺民眾黨中央委員與宣傳部主任兩要職，丙丁全心全力投入黨務工作。臺灣民眾黨有些黨綱非常先進，他希望真的能完成。例如，臺灣民眾黨要求制定臺灣憲法，立法、司法、行政，三權分立，而臺灣人應有立法的協贊權。換句話說，反對總督的專制政治。臺灣民眾黨也邁一大步，提出「耕者有其田」的原則，獎勵自耕農，消滅大地主。又例如，黨綱中明載「採取社會主義的原則，大事業歸公共經營」及「實行男女平等，革除社會陋習……」，因此，要廢止聘金制度，提倡婚姻自由；要普及女子教育，獎勵婦女職業；要革除社會陋習，要禁吸鴉片。

一九二七下半年起至一九二九年的夏季，丙丁征戰全臺各地，並積極投入工運。在各種演講中，他一直鼓吹這些進步的社會價值。最重要的是，他主導成立最大側翼「臺灣工友總聯盟」，臺灣民眾黨從此自仕紳圈而踏入勞工圈。

一九二八年六月，林獻堂歐遊回來。他還是選擇了臺灣民眾黨，而與新文協保持了距離。蔣渭水所制定的臺灣民眾黨黨旗有濃濃的中國國民黨政府的影子，他周圍的謝春木、陳其昌也有這種傾向。相較之下，林獻堂、陳逢源、蔡式穀這些堅持「合法議會路線」的資產家，言行及思考較能針對臺灣本土社會的問題。

丙丁聽過這些，置之一笑。雖然他景仰蔣渭水，追隨蔣渭水，也和陳其昌、謝春木交好，且偏向農工路線，但也許是阿好喜愛的西洋宗教與音樂影響了他，他對中國的政情較少關心。

第十七章

一九二七年十二月七日，丙丁專程由臺南到了臺北。

他踏入民眾黨黨部時，謝春木已經在門口迎接他，兩人一起走進了蔣渭水的辦公室內。

「這次來見蔣先生，是向您報告我代表本黨出席『臺灣農民組合全島大會』的感想。」丙丁開門見山地說：「簡單兩個字，就是『感動』！」

蔣渭水笑著點點頭：「太好了，你慢慢說。」

丙丁迫不及待地接口：「會議是前天及大前天開的。會議結束後，我回去臺南一天，就馬上趕來。」

「會議的主旨是『確立臺灣無產農民的生存權』，單這個標語就讓我感動了。蔣先生，臺灣有三分之二的人口是農民啊！我們不能再把民眾黨侷限於臺灣少數的知識階級了。」

謝春木插嘴：「臺灣農民組合在去年一九二六年六月二十六日成立時，就已經有五大支部：鳳山、曾文、大甲、嘉義、虎尾。而且他們成長得很快，今年一九二七年就一口氣增加了十八個支部。」

丙丁說：「是的，他們擴張的速度實在驚人。三天前，在台中的『第一次全島大會』上，簡吉宣布，已經有兩萬三千四百人！」

蔣渭水說：「說起來，農民組合的組織方式，是我們的老朋友李應章醫生首先發起的。」接著嘆了一口氣說：「李應章還在獄中，明年一月才會出來，還有一個多月吧。」

李應章的同鄉謝春木說：「唉，更糟的是應章的父親過世了，日本人竟不准他在父親病危時請假見最後一面。」

丙丁罵道：「四腳仔眞過分！」又說：「應章的二林蔗農組合讓鳳山公學校老師出身的簡吉大大感動，起而效之，而且成果輝煌，兩、三年之中，把組織擴展到如此壯觀。簡吉與李應章很自然地成了好朋友。我那天見到簡吉很有好感。他長得清秀好看，溫文有禮。聽說他很喜愛音樂，平時都帶著一把小提琴。」

丙丁說到這裡，聲音變得高昂。「我今天來，就是想建議咱的民眾黨是不是也應該努力往農工階級發展？何況我們的黨綱已經正式提到『確立生存權，擁護農工階級』。」

蔣渭水說：「是的。近年來，中國國民黨的孫文也以『扶助農工』爲號召，這值得仿效。」

謝春木大喜，馬上附和說：「我們也來設個農工部？一面招募黨員，一面落實政策。」

丙丁說：「這樣好像是和簡吉的『農民組合』互爭地盤，不太好吧？我的想法是，把農民讓給簡吉。最近勞工與資本家的問題愈來愈多，我在地方收到不少申訴，單單是工人與雇主的糾紛，就讓我們忙不完了。民眾黨設『工人部』如何？」

蔣渭水沉思了一下，說：「那這樣民眾黨的工人黨員數目馬上會成爲壓倒性多數，並不太適合。丙丁、春木，你們覺得如果由我們民眾黨的人來主導，組一個『臺灣工人組合』呢？當作我們民眾黨的附屬組織，但又不是民眾黨？」

丙丁和謝春木都不約而同說：「同意！這樣最好。」

謝春木是記者及作家出身，他說：「『工人』的用詞有些太直接，我們改稱『工友組合』？」

丙丁又說：「我們用詞不要像『農民組合』的翻版，我們稱爲『工友聯盟』？」

蔣渭水大喜。「好極。丙丁，我們就稱爲『臺灣工友聯盟』，拜託你來籌組。爲了表示授權，你就先以『民眾黨代理勞動部主任』之名去籌組，表示這個『工友聯盟』與民眾黨的特殊關係。謝祕書長，麻煩你在經費上先行調度一下。」

在蔣渭水的號召與丙丁及謝春木等人的努力下，籌組工友聯盟的進展非常順利。

一九二八年二月十九日，「臺灣工友總聯盟」在臺北的蓬萊閣舉行成立大會。數百名各地工友與會，以六十多輛車隊遊行臺北城區。午後二時，拍攝紀念照。大門口高掛著蔣渭水想出來的新口號：「同胞須團結，團結眞有力。」這口號一方面呼應著工友總聯盟的意義；另一方面，蔣渭水以此表達了與民眾黨內的地主派合作的心意。當日，臺北市南、北兩警察署總動員警戒。

一九二八年底，臺灣工友總聯盟已增加到六十五個團體，會員七千八百一十六人，爭議事件十五件。而其戰績，以七日至五十日的罷工鬥爭而言，全勝九件，慘敗三件，與資方平手兩件，戰果可謂輝煌。蔣渭水的弟弟蔣渭川也加入會員。丙丁則是蔣渭水這方面最得力的助手。

第十八章

阿好回到家裡，一歲半的友仁搖搖晃晃地走了過來，同時「媽！媽！」地叫著。阿好抱起小孩，用力親著小孩雙頰，小孩格格笑，讓她心情好多了。她放下小孩，尋找丙丁，但隨即放棄，她知道丙丁一定不在家，不禁滿腔委屈湧上心頭。

兩個小時以前，她被日本人園長叫進了辦公室。「阿好樣，聽說妳的先生是民眾黨及工人團體的高層幹部？」園長很客氣請她坐下，還泡了一杯茶給她。

阿好心想，這不是大家都知道的嗎？於是她小心翼翼回答：「是的，我先生擔任民眾黨的宣傳部主任，好像也兼勞工部主任。我不是很確定。」

園長嘆了一口氣說：「阿好，他最近涉入的反對運動實在太多了。」園長拿起一張紙唸著：「今年三月至五月，在高雄淺野水泥會社[6]罷工中演講，又發行爭議新聞及指揮工會會員。四月二十七日起，與黃賜共同擔任『臺灣工友總聯盟淺野爭議本部』最高領導人。

「還有更大條的。今年二月十九日，代表『臺南機械公會』與二十九個團體，組合員六千三百六十七名之代表一百十二人而組成『臺灣工友總聯盟』，擔任大會議長。當天下午與蔣渭水在臺北市以四十一部汽車進行示威。

「組『有緣者大會』，有三十一個團體參加，在關帝廟佛祖廳舉行的演講。報紙上說『會眾滿場，溢出街路的有數千人』。還不只如此，在臺南大南門公墓廢除遷移案，多次發表演講，鼓動市民反對。」園長的口氣變成譏諷：「我想妳必定知道，這件事情變成六月十三日的暴亂，群眾竟然包圍協議會員的房子，又塗了穢物。[7]」

園長的親和笑容早已變成冷笑。「妳先生的工作能力眞強啊，但爲什麼專門和政府作對？」

園長的口氣，讓阿好生出反感。兩年前，她由末廣公學校的老師被調爲幼稚園老師，雖然薪水沒有變，職位則明顯降調。那時她沒計較，現在她的臺灣人自尊心浮起來了。她把目光投向窗外，沒有回答。

園長又補上一句：「眞是沒教養。」不知是說示威群眾，還是說她阿好。

平日似乎和她交情不錯的園長，竟然用這種語氣跟她說話，讓她覺得很不舒服。「我先生又沒有犯法。六月十三日那天他並不在場。」

「總之，」園長冷冷地說：「妳先生專門和政府作對，政府就不方便雇用妳了。請妳自己提出辭呈吧，這是官廳的意思。如果不自行提出，而被校方簽發『罷免狀』，妳反而就領不到勤務

6今之台灣水泥高雄廠。

7臺南的大南門公墓，是自鄭成功來到臺灣之後，幾乎所有府城人的祖先過世就埋於這裡。一九二八年，臺南州廳為了紀念昭和天皇登基，欲將大南門十九甲之多的公墓廢除遷移，於是引起府城人大反彈。新文協臺南支部的洪石柱、莊孟侯，配合民眾。盧丙丁身為臺南子弟，也聯合新文協舉行演講會，同心協力反對日本人的決策。臺灣人御用協議會員劉揚名竟然與日方唱和，於是新文化協會召開了糾彈劉揚名的演說會，並號召臺南人起來抗爭。結果演說會被日本命令解散，民眾轉而包圍劉家痛罵，趁夜晚在劉家門柱窗戶塗上糞便穢物洩憤，並散發黑函。於是日本警察逮捕了新文協洪石柱、侯北海，連王敏川也被判刑入獄。

賞金及資遣費了。」她沒有點頭，也沒有回應，只是站了起來，走出園長辦公室。

晚上，丙丁終於回來了。聽到阿好的遭遇，他卻好像一點都不驚訝。

「唉，阿好，妳自己決定吧。」停了約一分鐘後，丙丁又說：「日本人如果對臺灣人很公平，我就不用拋開妳們母子，一天到晚在外面奔波了。」說著說著，語氣變得傷感，走過來從阿好懷中抱起友仁。「希望友仁長大以後，臺灣人不再是二等國民了。」

阿好被這句話感動了，走了過去。夫與妻，母與子，父與子，三個人抱在一起。

園長勸說無效，於是學校又請臺南市視學（督學）田中來向阿好半勸半恐嚇。「不寫，七年的勤務獎金就沒有了！」

但阿好毅然拒絕寫辭職書。

一九二八年七月一日，阿好求仁得仁，領到了「御用濟罷免狀」。她毫不依戀地離開工作了六年的末廣公學校，轉入信用合作社擔任祕書。

沒想到，還有後續。《臺灣民報》竟然來訪問阿好，而且在七月八日刊出一大篇，中、日文版都登出。

日文版標題是〈因夫婿從事社會運動的緣故，妻子的教職被迫剝奪。臺南第二幼稚園的盧林氏好辭職〉。而內文第一段更是火刺刺：「政府對社會運動者所採取的壓迫手段，以剝奪其生存之道的方式，並非今日才開始。然而最近的作法，已到達了極爲卑鄙的程度。」

中文版的標題則是〈社會運動家的家族，不得爲教員嗎？臺南市當局胸襟未免太窄〉。

被新聞大肆宣揚，阿好仍然安安靜靜，抱持低調。而丙丁比阿好還高興，大家稱他爲臺南第一番的「社會運動家」。他忙得更起勁了。忙黨務，忙工友聯盟的工作，每天很晚才回到家。

一九二九年二月十日，臺灣工友總聯盟第二屆大會在臺南新町的松金樓召開。門口又掛上那著名的標語：「同胞須團結，團結眞有力。」共一百一十九人代表與會。來賓有民眾黨蔣渭水、蔡培火；文化協會的鄭明祿、王九；農民組合楊貴（楊逵）、楊氏陶（即楊逵妻葉陶）等。各方來賓共一百多人。來賓致賀詞時，文化協會副會長鄭明祿，以及農民組合的楊貴，因爲過度左傾被中止。

丙丁以議長的身份，在會議的尾聲發表大會結議及宣言。今天正好過舊曆年，但參加者仍然如此之多，讓他感動。而勞動階級的代表，在今天中午的宴會，以不飲一滴酒表示決心。會議中，代表們在慷慨發言之時，又受到日本警官的緘口令，更顯悲憤。

在會議最後一幕，丙丁高舉雙手，與全體代表共呼口號：「同胞須團結，團結眞有力！」

第十九章

臺灣工友聯盟臺南大會盛大成功的喜悅，很快蒙上了陰影。才兩天之後，二月十二日，農曆正月初三，日本政府以迅雷不及掩耳之勢，在全島對農民組合各支部的領導人展開大逮捕。

當天清晨天未亮，日本警察同時在全臺灣三百處農民組合機構進行突擊搜索，沒收證據品兩千多件，並逮捕重要成員五十九人，遭扣押者三百人。

二月底，丙丁向蔣渭水及其他主要成員分析。他認爲，警方向農民組合痛下重手，而沒有向工友總聯盟做出任何動作，主要是因爲臺灣農民組合在去年（一九二八）十二月三十日及三十一日的第二屆全島大會閉幕宣言中，更爲明確指出「要推動階級與民族結合的反帝國主義革命鬥爭」，有明顯與臺灣共產黨靠攏合作的跡象。

宣言的主旨，用詞很激烈：

「農民趕快加入農民組合，工人趕快加入公會。」

「臺、日、鮮、中的工農階級團結起來。」

「擁護工農祖國蘇維埃，打倒國際帝國主義。」

「被壓迫民族解放萬歲。」

「全世界無產階級解放萬歲。」

丙丁說：「農民組合與臺灣共產黨走太近了。我們工友聯盟與臺共沒有太多接觸，因此日本總督府找不到理由向我們動手。」

謝春木補充：「共產黨的組織即使在日本也不被容許。去年一九二八年三月十五日，日本田中內閣把全國三千四百個日本共產黨員全部逮捕。日本警察單位因此擴大機構，成立了『特高警察』，就是『特別高等刑事警察』，等於是警察特務，密布全國，其權力高於原有之警察。我想臺灣當然不會例外。這次農民組合的『二一二事件』，應該是臺灣特高警察的傑作。」

農民組合的祕書白成枝，原本就是民眾黨員，還是蔣渭水的密友，也出席了這次會議。白成枝憂心忡忡地發言：「我因為只是祕書，不是支部負責人，所以幸運未被牽連。但我發現，被扣押沒收的兩千件『證據品』中，並沒有一件是與臺共有關的，完全都只是過去農民組合的宣傳文件及內部文件。所以我認為，日本政府成立了特高警察後，對臺灣社會運動的態度，已經不若過去寬鬆了。我覺得不論是民眾黨還是臺灣工友總聯盟，對這個趨勢都要特別注意。」

蔣渭水大有感悟，叮囑丙丁說：「丙丁，你是勞工抗議活動或罷工活動的領導人，身處第一線，非常重要。請注意，絕不要和日本警察發生正面衝突，給日本特高警察有藉口來作一些對我們不利的事。」

丙丁也發現自己責任重大。他嚴肅地向蔣渭水及在座人士表示，一定會謹慎從事，約束自己率領的幹部及群眾。

果然，日本人給予臺灣社運團體的空間愈來愈小了。而丙丁與民眾黨依舊奮戰不懈。

三月十二日，丙丁於臺北「木工工友會大木部」罷工案中，遭受到臺北北警察署（北署）檢束。當天，臺北華僑會館孫文紀念會丙丁之演講也被取消。

三月二十八日，丙丁被檢束十三日後才被釋放。蔣渭水為丙丁在大安醫院樓上召集了一些好友，為他召開「慰安大會」。

四月三日，丙丁又在臺南印刷從業會中召開會議。

四月七日，丙丁到臺北，出席臺灣工友總聯盟於臺北本部舉辦的第五次中執會。

四月十七日，臺灣民眾黨發起「渡華旅券廢止運動」。丙丁受命組織宣傳隊，進行全島巡迴演講。

第二十章

「奇怪，爲什麼丙丁沒有出席，他在哪裡？他這一年的表現太好了，我要向他致敬！」

這是一九二九年十月十七日在新竹召開的第三次民眾黨黨員大會。許多黨員都很驚訝丙丁缺席了。

祕書長謝春木說：「丙丁主任因生病到廈門療養去了。我八月底收到他的信，因爲身體欠安，他把所有的職務，中央委員、宣傳部主任都辭掉了。但是他沒有說明是什麼病。」

謝春木說：「他辭職的事，我曾向《臺灣民報》透露。《臺灣民報》也發了一個報導，可能太小，大家都沒有注意到。所以我已經請陳其昌來接下丙丁兄的空缺。其昌從日本回來了，他會是新任的民眾黨中央委員。」

一些黨員還是不能釋疑。「可是這不對啊，如果生病或有事，請個假就夠了，爲什麼要把所有職務都辭掉？簡直只差退黨而已。丙丁兄是重要人物啊。」

謝春木去翻出一張九月八日的《臺灣民報》。果然在報紙內頁末端，有一則只有一欄的消息，是關於丙丁的報導。

決定更迭
盧氏亦因病辭任

有關丙丁的消息，在此則小新聞的後段：

又該黨宣傳部主任盧丙丁君，因久病不能勝任，故亦於上月向該黨部本部提出辭表，欲到中國求醫治療，並藉以研究中國時事。

盧君自該黨成立以來，對於宣傳方面頗為努力，故此次對他之因病辭職，該黨黨員皆甚惋惜。聞盧君已於本月四日由高雄搭船出帆，暫先到廈門靜養。

仍然有人納悶，自言自語：「九月一日臺南支部會議，丙丁兄還有出席啊。當時看不出有病，何來『久病』？而且是『到廈門休養』？」

有人說：「丙丁兄那天確實到場不久後就先離席了，並沒有坐太久。他確實好像身體不怎麼舒服。」

又有人說：「大概是結核病吧。他這個年紀，又是慢性病，又要休養的，最常見的就是結核病啊。那確實需要休養大半年。」

第二十一章

丙丁站在甲板上，倚著船欄，望著沒有盡頭的海洋。海風陣陣，吹得丙丁不禁一陣寒顫。這是丙丁第一次坐船出海，第一次離開臺灣，但是他毫無興奮之情。丙丁望著愈去愈遠的臺灣島影，喃喃地說：「但願我能再回臺灣，再回家庭，再回民眾黨！」

這是一艘自高雄到廈門的船。丙丁把未來的命運押在此行上。

第六部 兩地相思

坐在紗窗內　等伊還不來
日頭漸漸墜落西　一刻千金敢不知
月光照滿庭　看無伊的影
聽見粉鳥含鈴聲　頭昏面暗鬢邊疼
倒落床中央　想著心頭酸
一暝哭到天光光　目屎流落被單黃

——盧丙丁〈紗窗內〉

第二十二章

一九二九年，丙丁在二月忙完臺南的臺灣工友總聯盟第二次大會之後，三月初又率領民眾黨員來支援在臺北的木工工友會大木部罷工事件。結果民眾黨臺北支部的七人及臺南支部到臺北支援的盧丙丁，都被北署拘留了好幾天。到了四月中，民眾黨又發起渡華旅券廢止運動，組成宣傳演講隊到各地解說，丙丁也是演講隊隊員，全島巡迴又是一個月。一九二九年上半年，丙丁幾乎是馬不停蹄，在全島奔波。

六月底在臺南與一些黨員的聚會中，丙丁拿下眼鏡擦拭。有一位黨員好奇地問他，他右臉臉頰那一個褐色斑塊是什麼？會不會癢？還是痛？

他突然驚覺，這個存在幾乎十多年的斑塊似乎變大了。還有右眼的視力也怪怪的，好像有些畏光，又好像眼球的轉動不太靈順。「我的眼睛怎麼了？」他好沮喪。

更嚴重的是，當天晚上，阿好覺得他臉上的斑塊上，似乎有白色鱗片。當試著要把那些鱗片拭掉時，他愕然發現，在斑塊周圍的皮膚，好像失去了感覺。

丙丁突然想到，這個月吃飯的時候，筷子無緣無故掉下來兩次。他起初不以爲意，以爲只是不小心，現在，心中有了陰影。

阿好拿了一支牙籤，邊刺著他臉頰的皮膚，邊問他：「痛不痛？痛不痛？」

他回答說：「只有一點點感覺，倒不是痛，而是麻。」

「麻」字一出口，他突然連自己都驚嚇到了。「麻」，這讓丙丁想到兩個可怕的字「痲瘋」。他的心一下子沉到谷底。

他心念一動，要阿好把手中的針拿給他，他拿針刺自己的右手食指、大拇指，再刺左手食指與大拇指，果然右手手指的感覺比較遲鈍。再把雙手手掌攤平，似乎右手掌比左手掌稍瘦，肉少一些，皺紋多一些。更糟的是，右手的指關節似乎略腫，動起來也卡卡的。他頓時面如死灰。

自第二天起，他再不敢外出了。阿好也向信用合作社請假，在家裡陪他。夫妻倆不敢告訴家人，只說身體不舒服。阿好的媽媽問他，要不要請韓石泉醫生過來看，丙丁馬上拒絕了。

阿好又說，她知道教會的新樓醫院前任院長馬雅各醫生二世，過去曾經爲癩病病人開設門診。後來一位美國醫生戴仁壽也加入。但現在兩人都已離開新樓。丙丁馬上拒絕。「我不去新樓。一去，我的病就大家都知道了……」說完轉頭就回房。

阿好頓悟，丙丁希望保密，不想讓任何人知道。

丙丁不相信自己會得這病。他百思不解，到底這是怎麼引起的？

他在家中翻箱倒櫃找到一本漢醫書，孫思邈的《千金方》。終於被他翻到書中有關於「痲瘋」的描寫。孫思邈認爲痲瘋病是由「外邪」，乃「惡風」所引起。而「惡風」又有五種：黃風、青風、白風、赤風、黑風。

……病起之由，皆因冷熱交通，流入五臟，通徹骨髓，用力過度，飲食相違，房室不節，虛勞動極，汗流徧體，因茲積熱徹五臟，飲食雜穢，蟲生至多，食人五臟骨髓皮肉筋節，久久敗壞……

丙丁讀了數遍，覺得這個說法實在很虛無，不禁搖頭：「唉，隨便說說。」至於解藥呢？孫思邈寫著，初期用「阿魏雷丸散方」，中後期用「天眞百畏丸」，這些是口服的。外用的則是大白膏方、大黑膏方，消毒可用雄黃、硃砂等消毒藥品。

卻又轉念一想：「只要病能好就好，理論通不通沒關係。」

『阿魏雷丸散方』，這是什麼？但願有效就好。不知現在的漢醫是否還知道怎麼配？硃砂？」他記得明代有「紅丸案」，這紅丸，他記得就是硃砂做成的，顯然毒性很大，他不敢亂用。「雄黃」好像也是劇毒。這讓他很猶豫。

既有解藥配方，丙丁有如黑暗中看到陽光。他要阿好到附近一家漢藥店去配藥。阿好本來不肯，她是相信西方醫學的人。但阿好別無他法，又拄不過丙丁的哀求，終於勉強答應。但是這家的漢醫不知如何配方。阿好不氣餒，一家一家漢醫去拜訪，後來終於在小西門良皇宮附近找到一位老漢醫，表示知道配法。

老漢醫說此藥甚貴，而且一天要吃兩帖，至少要吃一個月以上才能看到效果。老漢醫強調，要長期服用。又說，此藥甚寒，會有腹瀉，長期服用會落髮，皮膚可能變黃或變黑。而且，最嚴重的，老漢醫告訴阿好，此藥專治痲瘋，長期服用此藥會導致不育，或容易生出畸型胎兒。連漢醫師都說出了病名，阿好嚇了一跳。

才三個月前，今年初夏，阿好又生了老二，命名爲文哲。夫婦倆都非常高興，兩人都希望下一胎能有個女兒。但是沒想到，現在因爲要服用這個「阿魏雷丸散方」，生第三胎的機會有些渺茫了……。

此病臺灣人稱爲「癲膏」，意謂骯髒不可接近。因此丙丁不敢與阿好親密，也不敢抱兩個小孩，心中非常鬱悶。有時大兒子向他呀呀走來，他爲了怕兒子有事，反而揮手叫兒子走開。多次之後，兒子對他心生恐懼感與陌生感，這讓他非常不堪。

「以前是沒有時間在家，沒時間抱兒子；現在是整天在家，卻不敢抱兒子。」他生自己的氣。

這漢藥店近旁的良皇宮正是保生大帝廟，這給了丙丁莫名的希望。丙丁照著老漢醫的叮嚀，先服用一個月，果然他所提到的不良作用出現了。丙丁覺得身體虛弱，而時有腹瀉，身體也比較消瘦。但是症狀並沒有緩和，而且右手的感覺更見遲鈍。老漢醫說，一個月要見效不是不可能，但是很少見。一般而言，至少兩、三個月才有起色。

這讓丙丁氣餒了。已經八月中了，十月就是民眾黨第三次全島代表大會了。兩個月來，他三心二意，不知怎麼應付這問題。他苦思了一天，終於下定決心，寫了一封信給蔣渭水和謝春木，說爲了暫時休息一下，要辭掉原來的中央委員、宣傳部及勞動部的主管職務。

信寄出之後，他非常沮喪。這兩年，他幾乎是全心全力投入民眾黨的工作，現在突然一片虛空。他是閒不住的人，現在整天不知要做什麼，覺得自己像個廢人。吃藥之後身體變差，而治療效果又不如預期，於是脾氣愈來愈壞，常因芝麻小事就向阿好發脾氣。

阿好本來就是有個性的女子。因爲丙丁的病，她內心已經非常煩亂，加上兩個小孩要看顧，一個兩歲，一個才四個月。雖然有母親幫忙照顧大兒子，她仍要爲小兒子餵奶，整天忙得不可開交，食少事繁又夜不能眠。丙丁暴躁亂罵時，她又體貼丙丁生病，盡量抑制自己不還嘴。這把阿好弄得精神緊張，體力耗盡。

信寄出後的第二天，丙丁一個人在房間裡小隔間的馬桶如廁完畢，正要起身，卻突然右腳肌肉抽搐發麻，無法站起。他大聲呼喊阿好來幫忙。阿好正在為小嬰兒餵奶，一時停不下來。沒想到丙丁卻氣急敗壞把廁所中的一把掃帚扔了出來。阿好趕緊中斷餵奶，放下嬰兒，急衝到廁所。丙丁依然邊哀號邊謾罵。阿好非常委屈，掩面哭泣。小嬰兒突被中止餵奶，也大哭大鬧。旁邊的大兒子也受驚了，呼叫阿嬷。

丙丁頓時驚悟，自己不可如此失控。他跪下來，向阿好表示道歉。阿好見他下跪，趕快拉他起來。夫妻倆相擁而泣。丙丁忽又警覺不可如此，趕緊放開阿好。兩人的心都淒苦極了。

丙丁已經失眠一個多月了。這一夜，丙丁更是無法闔眼，徹夜無眠。他們夫妻早已分房睡。丙丁想問老天，他做錯什麼事？為什麼受此天譴？他知道，不能這樣下去，否則他們夫妻的感情會破裂。他是多麼愛阿好，可是卻對阿好亂叫亂吼，這是自己的錯，他必須改變。但前提是，這病必須治好。如果臉上、頸上、手上一直有那些可恨的灰紅色斑塊，心裡就會無法平衡。

他突然想到，是否能用刀把這些割掉……？但是不知道這些結節有多深？他把他的想法告訴了阿好。阿好告訴丙丁，她在教會中曾經聽到，在彰化行醫的英格蘭醫生蘭大衛，曾經切下夫人的皮膚去移植在一位好像燒傷的小孩身上，因此她確定這位蘭醫生有這樣的技術。丙丁苦笑搖搖頭說：「我有一個想法，我不想在臺灣做，我想去沒有人知道我的地方做。」

阿好說：「蔣渭水不也是醫生嗎？你何不去請教他呢？以你們的交情，他不會告訴別人的，而且……」阿好停了一下，「以你在民眾黨的身份地位，本來就應該據實告訴他。我認為你可以請他為你診斷。為什麼你自己就一口咬定是痲瘋呢？說不定不是，至少應請他為你確診一下。」

丙丁低著頭，良久良久，結論仍然是：「我想一想。」

等吃過晚餐，丙丁終於說：「好，我去找蔣先生。但是我希望妳與我一起去。」丙丁和阿好兩人終於到了臺北。蔣渭水正在納悶，爲什麼一向超級熱心又不辭辛勞的丙丁決定不出席全島代表會議，而且突然放棄所有累積歷年努力才得到的要職，這實在不像丙丁的風格。聽到丙丁要親到臺北來，蔣渭水非常高興。

等蔣渭水見到丙丁，嚇了一跳。怎麼一向神采奕奕的丙丁變得精神萎靡，像是老了好幾歲。倒是他對第一次見到的丙丁夫人阿好印象出奇地好。他以前聽過丙丁夫人會唱洋歌，沒想到外表也出眾。阿好的短髮與洋裝，顯現了傳統唐裝女性所未見的朝氣與風韻，而臉上的表情則是聰慧加上女子少見的堅定。

蔣渭水帶他們上二樓的客廳。蔣渭水的愛妾陳甜端來茶水糕餅。阿好不自覺地打量著她。陳甜著唐裝，臉上線條及舉止都出奇溫柔，看得出是細緻婉約、會令人心疼的女人。丙丁和阿好久聞阿甜是蔣渭水的得力戰友。陳甜曾在蔣渭水被押時代替蔣醫生演講，也曾一起被押而存照。阿好望著這位既古典又先進的小女子，又同是社會運動人士之妻，心中頓覺親近。

坐定之後，丙丁依然支支吾吾不願啓齒。阿好平靜地指著丙丁右臉眼、耳之間的紅白灰斑。丙丁又伸開右手，果見右手拇指、食指、甚至手掌，似有萎縮。阿好又詳述丙丁前額及右臉頰、右手掌知覺有些喪失。蔣渭水點點頭，臉色凝重，久久不言。

「丙丁、丙丁嫂，我怕這個顧慮是眞的。」蔣渭水終於打破沉默：「不過，目前看起來還不算嚴重。」

阿好再度替丙丁發言：「西醫有什麼治療方式嗎？丙丁在臺南服用了兩個月的漢藥，沒看到改善。如果有必要，我們會考慮留在臺北長期治療。」從阿好的語氣聽得出她對西醫很期待。

「這個病，一般醫生不太敢碰。不過正好去年還是前年，有位長老教會的洋醫生，病人好像稱他『戴醫生』，我不知他的全名，他本來在臺南新樓醫院……」

阿好突然插嘴：「我知道他。他先前在臺南新樓醫院服務了有一段時間。我曾見過他，但已經回英國去了。」

蔣渭水說：「是的，他回去一段時間。好消息是，他又回來了。他上次回英國，好像就是專門去研究這個病。聽說他來臺灣之前，還特別到印度見習這個病的治療。大概印度也有許多這樣的病人吧。」

「戴醫生現在在臺北，而且擔任了馬偕醫院的院長。他特別發出告示說，他希望能專門治療這些病人……」蔣渭水嘆了一口氣：「戴醫生才來臺北半年，聽說已經有好幾位病人向他求診。臺灣這種病人其實不少，只是都躲了起來。主要是……你知道的，臺灣社會對這種病人相當歧視。」丙丁沒有回話，低頭不語。

「這位戴醫生眞令人佩服，他是全心全意以治療痲瘋當他的志業，他好像自英國或印度帶回了治療新方法。」

丙丁和阿好屏息聽著，他們感覺到，似乎有了新希望。

蔣渭水繼續說：「戴醫生大約在兩年前，向馬偕醫院對面的雙連教會買下一塊地，專門做爲治療這種癩病所用。病人就住在這裡面，四周還砌了圍牆圍起來，讓附近的居民安心。居民與病人互不打擾，聽說這就是戴仁壽醫生在印度學到的治療模式。」

「那戴醫生有用什麼新藥在治療他的病人嗎？」

「戴醫生提到一種樹，叫做大楓子樹或大松子樹？我不確定。聽說可以自樹皮還是果實提煉出有效的成份。治療效果可能不錯吧？」蔣渭水說。

「丙丁、丙丁嫂，這樣吧，我以前對這方面沒有很注意，請給我一、兩天的時間，我來了解清楚。後天是星期六，我把星期六下午的時間空出來，我們來好好研究一下。還有，丙丁，你既辭了民眾黨的職位，我也想與你談談未來民眾黨的發展方向。」他再轉向阿好說：「夫人是第一次來臺北？就好好逛逛臺北吧。」

陳甜這時出來收拾桌上的東西。她笑盈盈地向阿好說：「我曾聽我們頭家說，夫人很會唱歌，而且會唱洋歌，好羨慕喔。我只會唱一些小調。」阿甜的聲音如其名，很甜，又笑靨如花，連阿好都立刻喜歡起她了。

阿好笑著回答：「謝謝。我在來臺北之前已經向丙丁說，我要去拜訪丙丁在師範學校的音樂老師張福興先生。我久仰他的大名，他是第一位到日本東京的音樂學校的臺灣留學生。我想請教他在日本學音樂的感想。」

陳甜望著阿好，心中想：「丙丁這位牽手，似乎是一位做事很有計劃，又很有才華的女性。」

蔣渭水對阿好刮目相看。「丙丁這位妻子眞了不起。希望丙丁在她照顧之下可以好起來。」

第二十三章

從丙丁服下第一帖「阿魏雷丸散方」的那一天開始，阿好就有個領悟：「以後的日子不一樣了。過去的好日子回不來了。」

丙丁終日躲在房間內長吁短嘆，昔日的豪邁完全不見。他總是躲在房間的陰暗角落中，三不五時呼叫她做這個、做那個。這讓她的心情也變得像那房間角落一樣陰暗。

這一天午後，丙丁、小兒子、大兒子三個人都睡著了，她的老母躡手躡腳地走進來，端了一碗麻油雞湯進來給她喝。老母沉默不語，雖然才五十出頭，頭髮已經半白了。

阿好衷心感謝丙丁。她嫁入丙丁家以後，丙丁特別爲她搬了家，自港町搬到白金町。丙丁把她的母親，因小時發燒而變得不良於行的舅舅，全部接到新家一起住，還請了一位僕人來侍奉她的母親與舅舅。母親自年輕時辛勤慣了，有佣人她反而不習慣，竟把佣人辭了。現在這一家的家務就是母親在掌理。丙丁投身於文協之後，家中生計主要靠著其他房租及田租在維持。丙丁又把港町原租給人的舊屋子無償讓給文協作爲文化講座兼讀報社。她在公學校或合作社的收入，只能算是整個林家住在盧家的象徵性補貼。

而現在家中人口多了兩個小孩，丙丁又開始服用那相當昂貴的漢藥，她自忖以後的開銷只多不少。事實上，已經入不敷出了。爲了照顧丙丁，她只好辭去信用合作社的工作。

現在，一個月下來，她知道，以後她必須獨力撐起這個家。雖然丙丁家裡田地、房舍不少，但終究不能坐吃山空，何況還有醫療費用。她深知，生龍活虎的丙丁已經一去不復返了。何況，她心中認爲，她不願只是照顧丙丁而已。

在被公學校無理辭退以後，《臺灣民報》替她發了一篇文章〈社會運動家的家族，不得爲教員嗎？臺南市當局胸襟未免太窄〉。她那時見了報導，還有些不好意思。後來，她乾脆豁出去，學習丙丁也參與工運。她出面幫助「線香公會」，竟然一戰成功。此後，她心裡更爲丙丁喝采。她心中比過去更加支持丙丁爲臺灣人爭取平等的努力與奔走。

她在心中暗暗下定決心。第一，她要撐起這個家，家裡有丙丁、兩個孩子、母親、小舅，要怎麼撐呢？她過去覺得唱歌是她的天賦，她的愛好，現在她的第二個決心是，要把歌唱變成她的事業。時代的因緣際會，有了曲盤公司，就需要歌唱家。

她漸漸感到，經由歌唱，她可以介紹新音樂給臺灣人；再則，有了歌唱的收入，她就可以撐起這個家。

有了去年《臺灣民報》的報導，她已經不是「無名氏」，連走在街上都有人對她指指點點。她也開始收到一些女性團體的開會及演講邀請。在到臺北的前一夜，她回想當初林獻堂和蔡培火勉勵她的，要向日本人證明臺灣在歌唱方面也不乏本土人才。她認同丙丁，要讓日本人看得起臺灣人；再則，爭取女性地位也是文協的一個目標。她與丙丁正是奉行者，但只有奉行還不夠，她要化爲積極行動。在丙丁缺席時，她要代替丙丁，在臺灣社會發聲。

阿好思考了一夜，下定了決心。在清晨的微曦中，阿好望著旅社窗外不算太遠的淡水河。丙丁爲了避人耳目，選擇了這個離大稻埕碼頭不遠，方便但較不出名的小旅店。

這是她第一次見到淡水河。淡水河出口的淡水，以前叫滬尾，一直是來臺灣的洋人上岸之地。像吳牧師娘，就是從這裡踏上臺灣土地的。這些洋人，帶來新思潮與新作風，帶來她喜愛的西洋文明、西洋思潮、西洋醫生、西洋醫藥、西洋宗教。

她是府城人氏。府城的水流是臺南運河。丙丁的家就在運河附近。臺南運河通往安平，而安平現在已經淤積，不再是海港。沒落的安平將會使臺南沒落，這趨勢很明顯。而臺北，有淡水河，有大稻埕碼頭，有鐵路，還有新基隆。新的基隆港在十幾年前就完成了，是日本人很重視、賣力建設的都市。基隆的興起，會使臺北、臺南的差距愈來愈大。如果要為臺灣做事，住在臺北，會比住在臺南更方便，更有用。至少，她必須時時注意臺北的新動向、新消息。以後，她必須把她的注意力投向臺北。甚至，把她的生活圈連接到臺北。

第二十四章

丙丁來到離總督府不到兩百公尺的母校門口，竟有著近鄉情怯的感覺。一九一七年四月，丙丁自臺南府城來到這所學校，一九二一年畢業，一晃八年了。這是日本來臺後第二年（一八九六）所成立的第一所高等學校。丙丁入學後第二年改名爲臺北師範學校，一九二〇年三月又改稱臺灣總督府臺北師範學校。

丙丁在這裡畢業之後，一九二一到一九二五年底一直在臺南家鄉擔任公學校教員。一九二五年底到現在一九二九年底，他積極投入擔任文化協會與臺灣民眾黨的社會運動工作，全島奔波。雖然他常到臺北，但大部份到蔣渭水活動重點的大稻埕，而很少到總督府或榮町新市區這一帶。

丙丁在總督府國語學校就學的時候，喜歡漢文詩詞，對音樂並非特別愛好；對音樂的喜好，是在和阿好交往後，特別是結婚之後耳濡目染而來。但丙丁在師範學校時就對張福興老師印象深刻。那時張老師已自東京上野音樂學校留學回來，繼續擔任師範學校音樂老師。他組了一個「玲瓏會」，演奏西洋古典音樂給大家聽。

丙丁與阿好如願見到了張老師。阿好非常興奮，與張老師滔滔不絕談著西方音樂，兩人談得非常投緣。阿好應張老師之邀，拉了一段小提琴，讓張老師非常驚訝。丙丁說，阿好還會聲樂，所以今年四月，蔡培火拿了一首〈咱臺灣〉的曲子，拜託阿好先試唱。張福興更驚訝了。

阿好說：「我覺得有些地方太高亢了，一般民眾會唱不上去。」

張福興說：「沒關係，我們試試。」

阿好端正站好，開始唱〈咱臺灣〉。張福興則彈著鋼琴作爲伴奏。張福興很讚賞阿好的音色。他也同意蔡培火的曲子有些部份太高了。

「可是，我不知道蔡先生作這曲子是爲了合唱，還是獨唱。」阿好說：「他以前的〈臺灣自治歌〉和〈美臺團團歌〉都是合唱曲。但我覺得〈咱臺灣〉可以不必然是合唱曲。」

張福興點點頭，表示同意。

阿好說：「蔡培火先生向我提到，日本人對臺灣人的本土音樂逐漸有興趣，已經錄製了一些臺灣本土曲盤。老師的消息一定更多。」

張福興說：「榮町本來就有『日本蓄音商會』成立的『日蓄臺北出張所』，發賣日本總公司所錄的唱片。幾年前，日蓄開始和美國的古倫美亞（Columbia）公司合作，錄了西洋樂曲、中國京劇、臺灣歌仔戲，還有南管北管等。這讓日蓄發行的曲盤變得五花八門都有。」

「我知道『日蓄』。我在臺南常買他們所錄的西洋音樂。但不知道他已經開始選錄京劇和臺灣傳統音樂了。」阿好的語氣很興奮。

張福興說：「對了，他們最近出了〈烏貓行進曲〉，是用臺語唱的。」

張福興興沖沖地找出一張唱片，一面說：「來，我放給妳聽。」

阿好很專心地聽那三分鐘的曲子。但是，她有些失望：「我聽不太懂唱的內容耶……，聽清楚的幾個字……又有些俚俗。」

張福興笑說：「是的，我也覺得這曲盤不太成功。」

阿好翻著曲盤，問張福興：「秋蟾是怎麼樣的歌者？」

張福興一面收回曲盤，一面說：「這位秋蟾是江山樓藝旦出身。她年輕時就參與詩社吟詩，在傳統文人圈中小有名氣。她的音樂造詣極佳，能唱京劇的花旦與老生。她眞正在行的，應該是藝旦最常唱的情歌小調。好像古倫美亞已經錄製過她的小調唱片，有些還配上洋樂團，可見古倫美亞很重視她。」

張福興把曲盤拿給阿好說：「但是這張〈烏貓行進曲〉是『改良鷹標唱片』出的，也是日蓄系統，但不算古倫美亞。這作詞者用『烏貓』這個詞，有些輕佻，略帶風塵味。歌詞文字不夠口語化，錄音技巧也欠佳。很高興日本公司除了歌仔戲、南北管之外，也開始錄製臺灣流行歌了，但是灌錄成這樣，還眞有些可惜。」

阿好突然高興起來。她說：「對，老師講得眞好。如果要錄臺灣人自己的歌，意境一定要高雅，不能鄙俗。我們可以參考洋樂。我過去與吳牧師娘學唱〈*Lorelei*〉（即「蘿蕾萊」）、〈*Santa Lucia*〉（即「散塔露淇亞」）等，感覺歌詞通俗而感人，意境優雅而美麗。」

張福興非常讚賞阿好所說的：「是的，我完全同意。希望未來臺灣歌曲能達到那種意境。但我們必須先有能唱西洋古典音樂的歌手。我認爲阿好樣有這樣的潛力。」

張福興又說：「日本在我一九〇八到一九一〇年留學時，已經出現一位西洋歌劇演唱家，叫三浦環，特別以演唱《蝴蝶夫人》出名，後來聽說還到歐洲的歌劇院巡迴演唱。希望未來臺灣也有這樣的人才。三浦環後來收了一位女弟子，叫關屋敏子，最近開始嶄露頭角。」

這是阿好第一次聽到三浦環與關屋敏子。她好希望將來也能像這樣去做巡迴歌唱會。

張福興又說：「阿好眞是個人才，如果日本人來臺灣錄臺灣人的歌，阿好是好人選，但我們必須有好的詞與曲。我自一九二〇年回到臺灣，就組了一個『玲瓏會』的業餘管弦樂團。七年前，我去了水沙連等蕃地，開始收集蕃人音樂。我覺得他們的曲子好聽又有獨特風格，可以改編成現代歌曲。至於詞，丙丁，我們要有精通漢文，可以寫出好歌詞的行家。」

丙丁想到新婚夜，他爲阿好寫的那首詞，心中不覺高興起來。

阿好想到她昨天對自己的期許，覺得夢想似可成眞。她決心，一定要走出自己在歌唱的一片天，不只是爲了家計，也爲她自己的人生，以及臺灣的音樂發展。

第二十五章

星期六的下午，丙丁和阿好又到了大安診所的樓上。

「上次我們講到那位英國戴仁壽醫生的治療方法。」蔣渭水說：「這個治療新方法叫做『大楓子油』，可是臺灣還沒有這種藥。」

丙丁現出困惑的神情。「沒有這種藥，那怎麼辦？……」

「我也有同樣的疑問。」蔣渭水向丙丁說：「你慢慢聽我說。」

「戴仁壽醫生的計劃很龐大。戴醫生在印度看到的，是成立一個『痲瘋病人之家』，有住屋、庭院、果園、菜園，讓病人可以聚在一起生活或工作。而且，戴醫生還把這個大計劃呈給上一任的上山滿之進總督，表示希望在臺灣成立一個收容大約兩百人的『痲瘋病人之家』。去年，戴醫生在新莊街頂坡角的山坡地找到一片土地，於是經由教會向信徒募款。上山總督也表示支持。不料，新文化協會的人寫了文章抨擊總督府，說照顧痲瘋病人是政府的工作，不可以丟給外國宣教士去負責，還讓宣教士去到處募款。

「繼任上山總督的川村竹治總督接受了這樣的看法。他向戴醫生表示，希望戴醫生能讓總督府收購這塊土地，總督府希望自己來做。總督府衛生部長奧田達郎向戴仁壽醫生說，由政府出資來蓋這樣的醫院。戴醫生說，臺灣這種病人多得照顧不完，於是同意把新莊這塊土地讓給了總督府。聽說戴醫生不久之前又找了一塊土地，在八里庄的觀音山麓。

「因此，現在臺灣有兩個地方正在籌劃『痲瘋病人之家』或『癩病病人之家』。我剛剛提到的大楓子油，臺灣還沒有這個藥。但是聽說戴醫生自印度帶了數棵大楓子樹的樹苗過來，打算種在未來的園區中，之後再提煉大楓子油出來給病人用。唉，我知道你們一定會很失望，這樣根本緩不濟急。」

一臉失望的丙丁，馬上又滿抱希望地問：「那麼日本有公司或機關製造大楓子油嗎？能不能自日本進口？」

蔣渭水笑著說：「這個我也想到了。告訴你們一個好消息，日本有人販賣大楓子油。大阪有一位岡村……」蔣渭水翻了翻自己的筆記，「叫岡村平兵衛，是大阪一位貿易商。他自印度或泰國進口大楓子樹的種子，再自行提煉。日本有位癩病權威叫光田健輔醫生，做了比較，認爲岡村製造的大楓子油品質不錯，雜菌和異物都比印度自己製造的要純。」

丙丁的臉上綻出好久不見的笑容。阿好也心情大好。

蔣渭水繼續說：「我又聽說，這種大楓子樹適合種植在印度、泰國這種亞熱帶地區。因此，日本政府也希望能夠繁殖大楓子樹，然後自種子提煉大楓子油。一九二二年起，日本人就在臺北林業試驗所的植物園試著栽種，但聽說成果不佳，種子的發育不好。」

蔣渭水講完，笑呵呵地對丙丁說：「所以，有指望啦。」

蔣渭水望向丙丁，卻覺得丙丁的臉龐出現一種他未曾見過的神情。那表情，有若羅漢之像。午後的陽光，照進蔣渭水家的客廳。

丙丁坐得很直，似乎在沉思中。他的雙眼若開若閉，臉上卻無表情，有如老僧入定。他今天難得不戴墨鏡，他所顧忌的右臉瘡痕在陽光下顯得特別顯眼，但不損他的法相莊嚴。

連阿好都好奇地想，爲什麼丙丁動都不動。她輕輕呼喚了一聲：「丙丁？」

丙丁打開雙眼。他的瞳孔竟然顯得精亮。「渭水兄，阿好，剛剛，我想過了……首先，我不願進入『病人之家』或『病人園區』。

「其次，我要用我有用的餘生，去繼續貢獻臺灣。一年也好，兩年也好。大楓子油帶給我希望。我或許不能重獲健康，但希望能夠再度有用於社會。」丙丁一字一字地說：「有用而安全，不會害到別人。」

「阿好，」丙丁突然熱淚盈眶，「我不願成爲你們的負擔。」

阿好點點頭，眼淚流了下來。陳甜走向阿好，拍著她的肩膀，拿出一條手絹，給阿好拭淚。

「渭水先生，」丙丁望著蔣渭水說：「我剛剛決定，到廈門去。廈門有不少臺灣醫生，我相信可以找到願意幫我打大楓子油的醫生。我計劃先留在廈門治療。如果上天見憐，希望一年之內我可以回到臺灣與蔣醫生你們一起奮鬥幾年，那我就可以無憾了。」

丙丁又昂奮起來。「阿好，我相信我會好的，請給我一年的時間，爲我祈禱，爲我加油！」

丙丁舉起右臂，用日語連呼了三聲：「がんばれ（加油）！がんばれ！がんばれ！」

第二十六章

有了渭水先生的幫忙和大楓子油的期待，丙丁自臺北回臺南的路上，臉上的光采盡現，又恢復往日的活力。

回到臺南，丙丁很快地把一塊地低價脫手。他希望這筆錢夠支付他的旅費、至少半年的廈門住宿費，以及由日本進口大楓子油的藥費。當然還要考慮醫生的醫療費用。

丙丁沒有去過廈門，但是朋友中去過廈門的不少。可惜秋梧不在臺南，否則秋梧在廈門一年多，大概沒有人比他更熟悉。

不過，丙丁還記得，廈門的鼓浪嶼有個日本租界。許多臺灣人住在廈門，但龍蛇雜處。在廈門的臺灣人醫生也不少，最主要是在鼓浪嶼博愛會醫院，少數則自行開業。目前，丙丁並沒有認識任何在廈門的臺灣醫生，也沒有任何深交的友人。

他衷心感謝那天下午蔣渭水馬上替他寫了介紹信給同學翁俊明醫生。丙丁沒見過翁醫生，但久仰其名。因為翁醫生和同班的杜聰明曾經遠赴北京，意圖刺殺袁世凱。雖然沒有成功，但已聞名同儕。

「翁俊明醫生你一定知道。他比我小四、五屆，與你同是臺南人。畢業後第二年就到廈門去開業。他不喜歡日本人，所以住在廈門島上，而不是在鼓浪嶼公共租界內。翁醫生性格熱心慷慨又神通廣大。他應該有辦法幫忙你買到大楓子油，也可以幫忙你解決在廈門遇到的任何困難。」蔣渭水說完，在介紹信上簽了名，又蓋了章，非常慎重地交給丙丁。

丙丁和阿好衷心感激蔣渭水對他們如此之好，連連稱謝。有蔣渭水如此盡力幫忙，丙丁更有信心了。

從臺灣到廈門必須先向日本政府申請旅券。旅券核發下來之後，丙丁馬上訂了自高雄到廈門的客輪。

阿好陪丙丁到高雄。丙丁已不若前兩個月那般心情惡劣。有了大楓子油的期待，他滿懷希望，登上客輪，開始他的求生之旅。

第二十七章

船緩緩駛進廈門港的時候，丙丁有些惶恐，畢竟這是陌生的城市、陌生的民眾，甚至是陌生的國度。沒有人來接他。他感謝蔣渭水先寫了信給翁俊明醫生，翁醫生也回信了。丙丁下船後，提個行李經過一家喫茶店，他心念一動，進去喝了一杯紅茶，再向店員借了電話簿，查到了「俊明醫院」的電話。至於俊明醫院的地址，丙丁已經背得滾瓜爛熟。

丙丁打了電話。電話那一端的女聲說翁醫生已在醫院中。丙丁說他是來自臺灣臺南的翁醫生鄉親，是蔣渭水醫生介紹的。於是翁醫生宏亮的聲音在電話那一端出現了。翁醫生已在醫院內等候他，對無法差遣屬下去迎接他表示歉意。

他高興得幾乎掉下眼淚來，心中有找到救星的感覺。他不禁合掌感謝媽祖與觀世音菩薩的庇祐，讓他如此順利。

離上岸不到兩小時，他已經坐在翁俊明醫生的診所中喝著冰茶。

在來廈門以前，他和阿好去總督府醫學校，現在已經改稱臺北帝大醫學部。他們在學校的眾多圖書內，像海底撈針一樣尋找大楓子油的廣告。皇天不負苦心人，竟然果眞被他找到岡村平兵衛所刊登的廣告。一看，這本雜誌竟然是明治三十六年發行的。一九〇三年，離現在二十六年了。他驚嘆自己的好運氣。他用筆畫了一張仿圖，把地址寫得特別大。

翁俊明醫生的聲音很宏亮，但見了面才知道個子並不高大。翁醫生打扮很西式，穿西裝，掛領結。雖然還不到四十歲，但前額已禿。

他瞄了一眼蔣渭水的介紹信，第一句話是：「噢，你是臺南人，臺北師範學校畢業的？」在臺南，唸總督府國語學校和總督府醫學校的就是那幾個人，所以即使彼此不認識，也會聽過，而且大多叫得出是哪個家族來。

翁醫生是一九一五年畢業的，而丙丁是一九一七年入學的。兩人在臺北沒有交集，所以彼此不認識。但丙丁家族在港町運河一帶頗負名望，翁醫生表示知道盧家。

丙丁又向翁醫生提到幾年前來過的林秋梧。翁俊明哈哈大笑說：「那是個怪人！」但翁俊明表示對林秋梧努力不懈的精神相當敬佩，說他無時無刻不在看書，非常好學。翁醫生很關心臺灣的局勢，丙丁提到這幾年民眾黨及新文化協會、農民組合的人與事，翁醫生相當熟悉及關心。兩人談得很愉快。

翁醫生向丙丁說，他非常討厭日本人，不想在日本人統治的土地生活，所以離開臺灣到廈門開業。這讓丙丁想起不穿日本服、不講日本話的阿罩霧三少爺林獻堂，而翁醫生的表現更徹底。

翁醫生的諸多經歷讓丙丁非常驚訝。他是第一位加入同盟會的臺灣人，在八年前更任職浙江省樟腦局局長。丙丁望著翁醫生，心中想，這位翁醫生的活動能力，可能還在蔣渭水之上。

他又想到騎摩托車出診參加農運的李應章，想到韓石泉、黃金火。他最近聽阿好說，黃金火還會作曲。望著翁醫師，丙丁眞是深深佩服，這些醫生既會念書，又多才多藝。而最重要的，這些醫生都很關心臺灣社會。

談到午夜一點，兩人都累了。翁醫生說，他挪出了一個小房間給他住，要丙丁盡量勿外出，勿走動。丙丁感激得說不出話來。兩人互道晚安的時候，才彼此發現，他們談了六、七小時，竟沒一句話談到丙丁的病情或治療。

翁醫生哈哈大笑說：「明天再談吧，有的是時間。」

＊＊＊

第二天，翁醫生就照著廣告上的地址，寫信給岡村平兵衛，直接表示要購買一百二十克。因為依照蔣渭水查到而寫在信上的「每次要打五克」，一般而言是每週打一次，大約要打到一百克，病情可以有改善。這樣丙丁至少要打二十劑。

丙丁比較性急，他的如意算盤是希望一個月內可以拿到藥。他向翁醫生表示，來一次廈門不容易，如果他可以受得了，他願意每五天打一次，把一百二十克全部打完，也就是打二十四次。這樣至少需一百二十天，也就是四個月。這樣算來，他在廈門也許只須停留六個月左右。

翁醫生笑笑說，那就這樣做。

一切太順利了，順利得讓丙丁不敢相信。

丙丁馬上寫了一封信向阿好報平安，也報告這些好消息。

第二十八章

冬天的陽光自紗窗照了進來，丙丁好喜歡這種明亮、溫煦的感覺。過去兩個月在臺南家裡，他都躲在家裡陰暗處，而自己的心情比房間的陰暗更陰暗。後來的一趟臺北之行，好不容易把心中的陰暗面消除了。

然而，再來這半年，他一個人要孤零零地在廈門，不僅和他心愛的妻子分離，也和他的兩個小兒子分離。想到他的兩個孩子，他相當內疚。他和他們相處的時間實在太少了。過去兩、三年，他的時間幾乎都花在文化協會、民眾黨和工友總聯盟的大小活動上，幾乎無役不與。

來到廈門後如此順利，讓他的心情恢復開朗。他猛然想起，這幾年太忙了，不但沒有照顧阿好，而且最近這幾個月反而讓她憂心。

他想到與阿好的新婚夜，他寫了一首〈月下搖船〉的情詩給她。然而這六年多，他沒有再寫過情詩給阿好。

離開高雄港那一天，船要開時，岸邊的阿好不停地向他揮手。那個情景，讓他想起《西廂記》的長亭送別。

伯勞東去燕西飛，未登程先問歸期。……且進君前酒一杯，未飲心先醉，眼中流血，心內成灰。

距離太遠了，他自船上看不到阿好有沒有落淚，也許沒有。因爲阿好是一位堅強的女性，堅強的阿好不會去「把西樓倚」。她大概會高歌以抒懷吧。丙丁想，比起來，反而丙丁自己是比較愛哭的。他娶了一個非常不一樣的女性。

他讓阿好擔心了幾個月了，應該與阿好分享現在的喜悅，來到廈門後，見到翁醫生的喜悅。他向蔣渭水說過，他要復出，現在他有了初步的信心。

在夕陽下，天邊有一群粉鳥繞圈子飛著。他眞希望化身粉鳥，飛回臺灣。他怔怔望著窗外，想著阿好與兒子。天色不知什麼時候變黑了，月光自紗窗灑入。今天月亮正是滿月。他想起婚後有一天，阿好與他一起唸著「千里共嬋娟」。現在，他與阿好正是千里共嬋娟。他想模仿《西廂記》的「待月西廂下」，寫一首情詩給阿好。

窗外傳來粉鳥的嘈嘈聲，不知是否是剛剛天上飛的那一群？難道這群粉鳥是翁醫生所飼養的嗎？丙丁望著空蕩蕩的床鋪。未來幾個月，他的床鋪不會有阿好的體香，不會有阿好在他耳邊細語，不會有阿好溫熱的手。

他的眼淚流了下來。在淚眼中，他慢慢寫下：

〈紗窗內〉

坐在紗窗內　等咿還不來
日頭漸漸墜落西　一刻千金敢不知

月光照滿庭　看無咿的影
聽見粉鳥含鈴聲　頭昏面暗鬢邊疼
倒落床中央　想著心頭酸
一暝哭到天光光　目屎流落被單黃

丙丁沒有想到，此後，他會不停地寫下對阿好的相思情，而且最終成爲阿好唱的歌曲。

第二十九章

在等候大楓子油寄到俊明醫院的期間，丙丁毫無出去看看廈門景色的意念。那一天，翁醫生帶丙丁看他的藏書。翁醫生收集了不少漢文詩詞名家書籍。丙丁平常就愛好這些，只是這五、六年來因爲參與社會運動，荒廢了許多。他向翁醫生借了好幾本。他白天除了看書，最期待的是翁醫生空閒下來時與他聊天，談臺灣的事。

他發現翁醫生非常忙碌，在廈門、上海都有事業。丙丁到廈門的時候，翁醫生能在廈門等他，算是丙丁的福氣。因爲翁醫生除了廈門的俊明醫院，在上海也有「上海俊明醫院」。他在上海還開設「中華醫學專門學校」，以漢醫教學爲主，因此只有大約一半時間在廈門。

翁醫生的國際視野和人際關係非常廣闊。比起蔣渭水、李應章，他是另外一種典型。有一天，他向翁醫生與談到李應章的蔗農組合與簡吉的農民組合。翁醫生似乎不是很贊同這樣的作法。翁醫生認爲那接近蘇維埃的共產黨想法。翁醫生說，他不喜歡階級鬥爭的概念。他也喜歡孫文的「三民主義」。然而，孫文的中國國民黨嘗試過與蘇維埃共產國際的中國共產黨合作，但合作時間很短。一九二七年起，孫文的繼承人蔣介石在武漢大肆追殺共產黨人。

翁醫生說：「我贊同林獻堂、蔣渭水創立文化協會，成立民眾黨，團結臺灣人，向日本人爭取自治及平等。」

丙丁附和著說：「對啊，蔣醫生去年及今年二月在臺灣工友總聯盟的大會上，都貼出『同胞須團結，團結眞有力』的大標語。」

翁醫生點點頭。「可是王敏川、連溫卿的新文協，李應章的蔗農組合，簡吉的農民組合都有『階級鬥爭』的味道。對臺灣社會而言，不完全是好事。」

過去在臺灣，丙丁沒有想過這麼多，他一心追隨的是蔣渭水。由蔣渭水設計的民眾黨黨旗看來，蔣渭水對中國國民黨的好感明顯大於共產黨。丙丁又想到現在民眾黨祕書長的謝春木。謝春木和李應章都是二林人，都比較強調以農民、工人爲主軸的社會運動。導致文化協會分裂的王敏川、連溫卿，似乎也是這一派。他感覺翁俊明似乎比較偏向林獻堂、蔡培火這一邊。

翁俊明感慨地說：「臺灣人的問題在於，一是不能團結一致；二是不能一步一步來，自亂陣腳，對日本爭取自治還沒有成功，自己就先鬥起來。例如，文協拆成民眾黨與新文協，然後不久前新文協王敏川又開除了連溫卿，這樣怎麼成大事？怎麼對付日本人？」翁俊明唉嘆了一聲。

丙丁本人算是同情農工的，他本人就是工友總聯盟的要角。他回答翁俊明：「王敏川與連溫卿鬧分裂，是新文協的事。蔣渭水很努力在盡量團結各路團體。民眾黨一直與農民組合保持很好的關係，與新文協也不排除合作。這是『團結眞有力』的實踐。」

翁俊明搖搖頭說：「你太樂觀了。農民組合在你來廈門之前，一九二九年二月，已經被日本人大逮捕，連簡吉都入獄了。這些你都知道。日本總督府不會容忍這些打著『階級鬥爭』和臺共走得太近的團體。臺灣的資產大家族更不會喜歡『耕者有其田』的訴求。再這樣下去，議會派的阿罩霧家三少爺，包括蔡培火、陳逢源，早晚又會不滿民眾黨。」

翁俊明補充說：「我的看法是，文化協會雖然是蔣渭水在臺北發起，但嚴格來看，眞正的核心靈魂人物還是擔任文化協會『總理』的臺中人林獻堂。我們現在回頭看文化協會的主要活動，例如無力者大會、夏季學校、美臺團，都是以林獻堂爲主，搭配環繞他左右的人去進行。其它讀報社、文化講座、文化劇團這種全島性活動才是蔣渭水主辦的。可以說，林獻堂重『點』，蔣渭水重『面』。

「臺灣民眾黨創立的時候，因爲林獻堂去環遊世界了，所以民眾黨內的要角就不是林獻堂左右的蔡培火、蔡式穀、陳逢源這些人，而是謝春木、陳其昌、丙丁先生等，比較主張結合勞動者、農民這樣想法的人。現在的民眾黨，本質上與新文協作法，只是溫和與激烈的差別。林獻堂去年歐遊回來後，雖然也加入民眾黨，但是林獻堂這一群人的想法，與你們這些民眾黨核心份子的理念，鴻溝是不小的。」

丙丁聽了翁醫生這一席長論，心中一驚，想想確實不無道理。他想到，一九二七年十月臺灣民眾黨成立時的綱領，原有「耕者有其田」、「大事業公共經營的主張」。後來因爲蔡培火等人之反對，蔣渭水擔心分裂，所以刪除了。

丙丁繼續爲蔣渭水辯護：「蔣渭水希望與農工合作，也希望與資產大家族合作。蔣先生的立場沒有錯啊。」

翁俊明說：「可是農民組合要談階級鬥爭，工友總聯盟的批判對象主要是臺灣資本家，那些議會派大地主大家族怎麼受得了。唉，我認爲能先向日本人爭平等再說。我們應該用和平手段，先讓臺灣人有了自治議會，再向政府施壓，讓政府可以向企業大地主們大量課稅來分給農工階級。大家利益均分，這樣才對啊。不應該先談階級鬥爭，大家共產。這一派理論現在很流行沒有錯，但是臺灣社會還不到這個境界啊。『共產而平等』有可能嗎？太違反人類天性了吧！臺灣人還沒有成功向日本人爭取到平等，就這樣有路線之分，怎麼會成功？」

「是的。」丙丁說：「我期待臺灣人有臺灣人的自治議會，更希望有自治政府。我之所以追隨蔣渭水，是他一直強調的那句話『臺灣是臺灣人的臺灣』！這句話就是我的中心思想及追求的理想。」

翁俊明說：「但是話說回來，林獻堂等人的看法，完全排除農工，格局又太窄小了。蔣渭水的民眾黨格局較大，算是臺灣的社會主義派或三民主義派。說起來，我也接近這一派。那麼王敏川的新文協和簡吉的農工組合看起來則比較接近臺灣的共產國際派。中國的三民主義派與共產國際派已經無法合作，正式開打了。臺灣的兩派，未來眞能合作嗎？」

「對了，」翁俊明又說：「除了民眾黨外，臺灣共產黨很值得重視。去年（一九二八）四月謝雪紅與林木順在上海法租界成立了臺灣共產黨，但是受日本共產黨指揮，而非蘇維埃共產國際的一員。日本政府認爲臺灣民眾黨是合法的，但不認爲臺灣共產黨合法。因爲在日本政府眼中，日本共產黨就是非法。至於新文協及農民組合只算社運團體，不能算是一個黨。臺灣人的凝聚力愈來愈大是好事。蔣渭水的理想很好，我也同意『臺灣是臺灣人的臺灣』是目前最好的號召，但是還有一條很長的路要走。大家一起努力吧！」

第三十章

阿好終於接到丙丁的第一封信。

丙丁的信，除了報了平安，另外有一張詩詞，讓阿好看了百感交集。

〈紗窗內〉

坐在紗窗內　等咿還不來

日頭漸漸墜落西　一刻千金敢不知

月光照滿庭　看無咿的影

聽見粉鳥含鈴聲　頭昏面暗鬢邊疼

倒落床中央　想著心頭酸

一暝哭到天光光　目屎流落被單黃

她感覺，丙丁本要強顏作笑，思念與她在一起的時刻，才寫「一刻千金」。但終於無此能耐，結果又「一暝哭到天光光」。還好丙丁在信裡已經報了平安，而且把去廈門後的細節寫得很清楚。

她高興丙丁想她。但是最重要的，看起來，大楓子油應該可以拿到。

她希望大楓子油有效；希望丙丁可以痊癒，可以復出，再度恢復發病前的活力與活動。這才是最重要的。

第三十一章

日本方面有了回訊。丙丁請翁醫生把錢匯了過去，等大楓子油寄來。終於確定可以拿到大楓子油子，丙丁心中一顆石頭落了地。然而在等待的期間，丙丁覺得他的右手似乎愈來愈痲。他閱讀《臺灣日日新報》翻頁時會有困難。

來到廈門，他不惜巨資訂了六個月的《臺灣日日新報》。雖然要比臺灣慢好幾天，但這是他的精神食糧。他把所有報紙都堆積起來在床邊，每天的內容從頭唸到尾。有一天，他又覺得鼠蹊部似乎略爲腫大，臺灣話說的「牽核仔」。他不知是自己的疑神疑鬼，還是病況眞有變化。

大楓子油終於寄到了。丙丁望著這些小藥瓶。他的前途，要靠這些黃色的植物油了。

翁醫生拿了煮沸消毒過的注射器，把大楓子油抽出。丙丁看著徐徐進入針筒的黃色大楓子油，心臟撲通撲通地跳著。大楓子油味道微臭不好聞，丙丁想到這樣的液體要打入體內，不覺有些噁心。

翁醫生說：「這藥是油性，不是水性，可能難以吸收。第一次不要打太多，先打三毫升就好。」丙丁點點頭。翁醫生又說，要打肌肉比較多肉的地方，吸收會比較好。

第一針打在丙丁的右邊臀部上。油性的大楓子油非常難推，而且很痛，痛得丙丁不自覺地叫出聲來，讓丙丁覺得好丟臉。好不容易把三毫升推完，翁醫生要醫院裡的護士持續揉。護士揉了好幾分鐘，但痛並沒有消失。更糟糕的是，到了第二天更痛。翁醫生看了一下說，傷口有些紅腫，不知是否大楓子油之中有些雜質引起發炎。頗爲相信中醫的翁醫生想了一想，在打針的紅腫處貼了一張漢方黑藥膏。後來丙丁覺得相當有效。

翁醫生決定，每週打兩次，每次打三毫升，打在不同部位。

在其後的四個月，若翁醫生在廈門，就由翁醫生打針。翁醫生不在時，則由一位廈門人看護婦來打。

丙丁發現，每個打針處大約要七天到十天才不會痛。因此，丙丁打針處由兩邊臀部慢慢擴及至手臂，甚至大腿，他幾乎是咬著牙根忍耐著全身的痛。有些傷口甚至化膿，只好請護士去擠出來，或甚至切開。到後來，丙丁幾乎已無完膚，每次要打時都皮皮挫。

後來，丙丁覺得雙眼視力均有些模糊。他原來右眼就會畏光，此次視力漸漸不好，不知道是否由打大楓子油所引起。

兩邊臀部及大腿都痛，連走路都不太方便了。因爲痛，所以丙丁在病房中躺著看書或寫信。他不願讓阿好太擔心，所以在信中並未提到注射大楓子油所引起的問題。

就這樣，兩個月過去了。這兩個月，丙丁每週打兩次，每次三毫升，每個月約二十五至三十毫升，身上可說是傷痛累累。因爲他兩邊臀部紅腫熱痛，不能平躺，已經由臀部打到了肚皮。丙丁忍受著這些，他認爲這些皮肉之痛是上蒼給他的考驗。

在臨行廈門時，他父親去了天公廟爲他祈福，也去關帝廟抽了一支籤。籤詩是：「百千人面虎狼心，賴汝干戈用力深，得勝回時秋漸老，虎頭城裡喜相逢。」人在無助的時候，神明是最好的倚靠。這首籤詩，看起來是吉籤，帶給他不少信心，不再惶惶無依。他就抱著這樣的期待與信心上了船。更喜來到廈門以後，一切順利。因此現在的皮肉之痛，雖然漫長，但關帝爺已在籤詩中告訴他「賴汝干戈用力深」。所以他必須忍耐，忍耐，忍耐。

籤詩爲他帶來意志力，但因爲這些皮肉之痛，他無法去構思詩句來寫給阿好。他不時寫一些短信向她報平安。阿好的回信常提兩個兒子的趣事，很少提到她自己。丙丁笑笑，這就是阿好，個性堅強，不像大部份臺灣婦女，喜歡撒嬌。

第三十二章

這一天，翁俊明醫生自上海回來了，翁醫生檢視他的打針傷口，看到他的兩邊臀部幾乎體無完膚，一面搖頭，一面苦笑。

「那麼你覺得有沒有效？」翁醫生問。

「我不知道，只是至少沒有新的病變再發生了。」丙丁回答。

翁俊明道：「辛苦你了。」然後自皮包中掏出一份報紙。「這裡面有連雅堂的新聞，不知你知嘸？」

丙丁接過來一看，竟是三月二日的臺灣報紙，日本發行的《臺灣日日新報》。翁俊明要給丙丁看的是幾乎刊了報紙半頁的頭條，由連雅堂寫的〈臺灣阿片（鴉片）特許問題〉。

丙丁笑笑說：「看過了，連雅堂竟然寫阿片不僅無害，甚至有益，所以才會有『長壽膏』的稱呼。連雅堂眞是老番顚！」說著，指著他床邊整理得很好、堆積成一疊的《臺灣日日新報》。

翁俊明笑著說：「啊，我忘了你也有訂一份。」然後話題又轉回連雅堂的「阿片文事件」。

「我聽說，這篇文章在臺灣惹起眾怒，結果連雅堂被林獻堂逐出櫟社了。」

翁俊明搖搖頭。「連林家三少爺這麼好脾氣的人都受不了。這一來，連雅堂在整個臺灣都很難作人了。眞可惜，一個漢學那麼好的人，竟然落得如此地步！我結婚時還是拜託他來主持婚禮的。我一直很敬重他，如今……唉。」

丙丁說：「是的，一九二五年連先生也被獻堂仙邀請到阿罩霧擔任夏季學校講座。一九二〇年他出版《臺灣通史》後，臺灣人都對他尊敬有加。沒想到才十年，光彩就不見了。」

翁俊明嘆了一口氣說：「總督府以五百圓求連雅堂寫這篇文章，說起來還是為了反制蔣渭水。這個緣由，你當然是知道的！」

丙丁說：「是的，民眾黨的黨綱闡明了要改革臺灣人吸食阿片的惡習。其實這樣的主張，自從文化協會的時代就有了。總督府卻持續開放給臺灣大商賈販賣阿片及民眾吸食阿片的特許，因此蔣渭水醫生以臺灣民眾黨的名義，打電報向國際聯盟控訴。國聯眞的派人來臺灣調查，讓總督大大丟臉。那一天報紙頭版就有〈石塚總督招待阿片委員一行〉、〈辜林許諸氏訪阿片調查委員〉的消息。〈臺灣阿片特許問題〉這篇文章就是日本人特別請連雅堂寫的反制說帖。」

翁俊明說：「日本人這一招是適得其反了，反而全臺譁然。我那位同學杜聰明出來發聲了。其實杜聰明自二、三年前所倡導讓阿片仙有效戒癮的『漸禁斷療法』，效果不錯。杜先生當然會站出來駁斥。」

丙丁聽到翁俊明主動提到杜聰明，很是開心。因為大家都盛傳翁俊明與杜聰明兩位在醫學生的時候，到北京想刺殺袁世凱的壯舉。大家看到杜聰明博士，都不敢相信那瘦小的身影中竟有著那麼勇敢的心志。丙丁竟然有緣在十多年後在廈門遇到翁醫生本人，豈可放過，想問出眞相。

「翁醫生，你當年和杜聰明博士到北京要刺殺袁世凱的事，現在是人人皆知的美談。」

「來！我今天來告訴你眞正的過程。」翁醫生提到這件事，眉飛色舞起來。「其實這件事啊，蔣渭水醫生才是主要策劃者，我和杜博士只是執行者而已。事情的經過是這樣的……」翁醫生回憶說：「一九一二年革命成功，成立民國共和政府，我們都很興奮，所以談的都是關於革命後的民國建設問題。沒想到後來竟然是袁世凱上臺，我們很是忿忿不平。蔣渭水就提出暗殺袁世凱的計劃。恰好學校開始講授細菌學，便想到利用傳染病的方法。因爲杜聰明對細菌學很有興趣，成績也最好，於是細菌就由他先培養。然後由我陪杜先生到北京去執行這個任務。

「我們兩人搭乘日臺間班輪信濃丸，先到神戶，再轉大阪，爲的是蒐購北京導遊一類的書。因爲我們對北京的地理一無所知，而且是第一次到大陸旅行。我們在大阪一無所獲，反而是後來到了大連才買到一本北京的地理書及一幅市街圖，終於對北京的交通有一些了解。

「我們在北京投宿於一家日本人經營的旅舍。然後到自來水廠探視了好幾次，但是戒備森嚴，無從下手，結果無功而返。」

翁醫生說到這裡，呵呵笑著，反而像是有些不好意思。「現在想起來其實是幼稚之至。哈哈，還好當然沒有眞的把細菌丟入水源中。」

翁醫生話鋒一轉，說：「在當年，蔣渭水、杜聰明還有一個好朋友，就是賴和。我們畢業那年，杜聰明曾經陪伴賴和，兩人自臺北作伙步行到彰化。

「那時賴和對於是否立即在彰化開業，遲疑不定。於是杜聰明陪著他走，一路上拜訪已經開業的前輩們，聽聽他們的甘苦談。杜聰明是我們班上第一名畢業，總督府醫學校校長堀內次雄非常欣賞他，早已開始替杜聰明安排第二年去京都大學念博士。賴和最後沒有決定馬上在家鄉開業。他想多一些經歷，於是先到臺北，後來又到嘉義醫院。」

丙丁插了嘴：「賴和是哪一年到廈門當醫生的？」

翁醫生說：「我一九一五年來廈門，賴和是一九一八年來廈門博愛會醫院。但一年後，他又回彰化了。博愛會醫院是日本人以財團法人的名義設立的，就在日本領事館旁邊。我相信以賴和的個性，不會喜歡在這個醫院工作。我與他都是一心一意要擺脫日本人，所以我來了廈門就決定自行開業。賴和在博愛會醫院工作，與他『服務鄉梓』的心願差太多。賴和會回去彰化開業是必然的。」

丙丁又說：「你說得對，賴和就是一心一意要服務家鄉民眾。所以他的開業方式和一般醫生不太一樣。他看到窮苦病人，藥就半賣半送。他開業的目的不在賺錢。賴和喜愛寫作，而且很會寫作。他已經是臺灣最有名的作家了。那篇〈一桿『稱仔』〉非常有名，寫出了臺灣勞工百姓的心底話，成了臺灣勞工的代言人。」

丙丁想到李應章。「賴和和我另一位醫生好朋友李應章，兩人都是彰化人，都很喜歡和民眾打成一片。兩人惺惺相惜但風格迥異。李應章看病人必打扮整整齊齊，穿白袍，打領帶，出門騎autobike；賴和則穿短褲，騎腳踏車。兩人作風不同，但支持勞工的理念則很一致。賴和以文章支持勞工，李應章則以行動去支持勞工。李應章爲了二林蔗農事件還坐牢。李應章被日本人抓了，賴和爲他寫了一篇〈覺悟下的犧牲——寄二林事件的戰友〉。」

丙丁感慨地望著翁俊明，「你們這些醫生眞偉大！像您與杜聰明到北京要刺殺袁世凱，雖然沒有成功，可是那份勇氣與毅力……」

「唉啊，我說過了，那沒什麼。」翁俊明呵呵笑著，打斷了丙丁的話。「丙丁，李應章和賴和是很令人敬佩，可是我不喜歡把『階級鬥爭』當作口號旗幟；至於像仕紳議會派只以爭取到議會爲滿足，我也不贊成，太消極了。」

丙丁爭辯說：「其實李應章、簡吉和我們工友總聯盟等人所針對的，是與日本人利益掛勾的臺灣資本家。像林獻堂、陳逢源、蔡培火這些不附和日本人、不讓日本人利用的資本家，我們是不會去反對的。

「又如，賴和的〈一桿『稱仔』〉是站在勞工立場去反映日本人的無理及剝削，我們當然就贊成；而連雅堂的〈阿片有益論〉是爲日本人說話的，我們當然就反對。」

丙丁又說：「請容許我請教翁先生，當農工階級在反資產階級剝削的社會運動，免不了必須形之以文字，或去訂定法律條文時，如何去區分『好的資本家』與『不好的資本家』？」

翁俊明苦笑著說：「我可以體會到丙丁弟兄是一片愛護臺灣之心。可是政治的複雜，常常不是你們這樣的熱血書生所能了解。舉個例說，那爲什麼連溫卿、王敏川他們在一九二七年取得文協主導權時，蔣渭水、林獻堂這一派的人要退出自己創辦的文協？如你所知，現在林獻堂、蔣渭水與連溫卿、王敏川都各走各的路，卻愈走愈小了。不是說『團結眞有力』嗎？唉，這就是政治運作與理念論述的不同啊！要實現政治理想，團體一定要愈大愈好，希望我們臺灣人反對運動的團體能體會到這一點。」

丙丁點點頭，他同意翁俊明說的有道理。但是，他對翁俊明也有個疑問：翁俊明參加中國同盟會，是否直接有裨益於臺灣？一九二五年丙丁在萊園參加夏季學校時，林獻堂說過，梁啓超曾表示中國在近期內無法救臺灣。那麼，參加中國國民黨有用嗎？

林獻堂等所講的是，臺灣人與日本人要平等，並不反對日本人的統治。基本上，蔣渭水、簡吉也並非反抗日本統治，因爲這是現實。所以兩人仍是心甘情願在臺灣生活。

但是翁俊明就不然。翁俊明會搬到廈門，是爲了不願意在日本人統治下的土地過日子。他參加的同盟會，也是他心目中的「祖國」的。相反的，賴和雖然不滿意日本政府，但還是由廈門搬回了臺灣。這是兩人很大的不同。

丙丁想：「我還是支持賴和、李應章與蔣渭水的作法。我不想離開臺灣。希望能快一點回臺灣。」丙丁心中的懸念，只有臺灣。「祖國」對他而言，很是遙遠。

第三十三章

清明到了，丙丁因爲無法回臺南掃墓，心中對祖先有些愧疚。

但另一方面，丙丁這幾天心情很好。他覺得鼠蹊部的腫脹感消失了。而讓他更鼓舞的是，臉上的病灶明顯變小，上頭覆蓋的鱗片明顯變少。有一個他自己看不見的右背病灶，翁醫生也認爲變小了。但是原來的視力不佳和病灶附近的麻木感並沒有恢復，右手依然有些麻木，但沒有變更壞。翁醫生的看法是，神經細胞既已破壞，就無法再恢復。至少自外觀來看，現在丙丁有了改善。依照規劃，丙丁還要再打一個月，就可以把一百二十克的大楓子油打完，然後回家。

翁醫生問丙丁，要不要訂購大楓子油，直接寄到丙丁臺南居家。丙丁考慮了一天，表示不必。他知道，一寄到臺南，等於向日本人招認他有這個病。他本來就是日本人的眼中釘，雖然不算頂尖角色，但仍會受到監視。這樣一來命運難測。

其次，如果民眾黨及其他的朋友們知道他得了這個病，雖然他已經有改善，但太多未知數了。大家會如何反應？會不會對他疏離？

丙丁心底最神傷的是，他不可能與阿好再有夫妻間的親密行爲了……

本來，在懷第二胎的時候，阿好希望是個女兒。阿好對自己的美貌與才華相當自豪，一心希望有個像自己一樣出色的女兒。老二出世，是個男孩，全家都很高興，只有阿好暗暗失望。丙丁還安慰阿好說，我們看以後的第三胎。

現在，不可能有第三胎了。那時，阿好曾經嘟著嘴向丙丁說：「如果第三胎還是男孩子，我就要收養一個女兒……」

丙丁躺在床上東想西想。今晚的思緒繞著阿好。一個月後，他就可以再回家見到阿好。但是即使回家，也不能再擁抱阿好，情何以堪。他們兩人是七夕之日結婚的。又正巧丙丁是一九〇一年生的，屬牛，因此他們彼此常戲稱是牛郎織女。牛郎織女，要七夕才能相會，平時只能相思。「阿好，阿好，今夜你有想念我嗎？」他抱著枕頭，輕輕呼喚著阿好。一個念頭，他翻身而起。既然睡不著，就起來寫詩給阿好。

上次寫〈月下搖船〉給阿好，也是清晨。半夜裡，他的詩緒似乎會特別好。當晨曦出現的時候。他的詩已經完成。

他滿意地放下筆，再看了一次。

天光坐落織到晚　攆絲紡線定定斷
腳踏手接亂紛紛　頭眩目暗心憂悶
紡來紡去一大綑　艱苦何人可來分
織成錦緞卜送君　恐驚無收倒笑阮
不敢向想去想問　眠夢哀怨難齊全
祇好暗暗心頭酸　慢慢紡成相思魂

「慢慢紡成相思魂。」他再三默念著，他好喜歡這一句。

在被窩中，丙丁仍然繼續唸著：「慢慢紡成相思魂。」想到今後不能再與阿好燕好，他的眼角滲出了一滴淚水。

第三十四章

丙丁的表情和告白讓翁醫生感動了。但手術開刀非他所長，於是，他請了一位年輕的外科醫生去做手術，希望把丙丁臉上及背部的殘存病灶全部割除。外科醫生表示，他欠缺麻醉藥品。丙丁說：「不用麻醉。」

背部的病灶較小，丙丁咬緊牙齒，手術終於完成了。他眼耳之間的病灶比較大，又是在顏面上，醫生深怕部份皮膚切除後，皮膚的縫合有困難，本來不願意做，但丙丁不停懇求，醫生試著劃了一刀，出血比預期多，醫生勉強切下一小部份。手術部位在臉部，讓丙丁恐懼感倍增而哀號。於是醫生匆匆中止手術，縫合起來。因爲臉上的手術不成功，後來丙丁臉上病灶猶在，且多了一個小疤痕，讓丙丁有些遺憾。

但丙丁想到可以回臺灣就很高興。他期待再全心投入臺灣民主自治運動，他可以站在街頭上盡情高呼：「臺灣是臺灣人的臺灣！」

他期待，只要不接觸臉上皮膚，他可以再緊抱阿好，不用擔心會把骯髒的病菌傳給她。

第三十五章

六月中，丙丁終於回到家。全家歡迎著主人。

讓阿好大吃一驚的是他原來右眼與右耳間的褐色斑塊，現在除了斑塊，還多了小小的疤痕。

當晚，已經幾個月分房睡的丙丁和阿好，再度同房。但是丙丁依然直直躺著，只是一隻手緊緊抓著阿好的手。他知道他的臉上已經沒有細菌，但是他身上也許有某處皮膚有看不到的微小病灶，他的心障依然無法解除。

阿好怔怔望著天花板。她一直希望和丙丁能有一個女兒。但是，她知道這輩子不可能了。於是幾天後，兩人有了結論：收養一個女兒。

阿好的行動好快。幾天後她就帶回一位四歲的伶俐可愛女孩，他們稱她「香芸」。她得意地告訴丙丁，她是以選媳婦的心情選了香芸的。

丙丁回到臺灣後，沒有馬上與民眾黨部聯絡。他先在家休息一陣，希望臉部的疤痕能變小，同時多與小孩相處，補償過去半年多的缺席。

倒是阿好，開始活躍起來了。她向丙丁說，打算去加入一個女性詩社。

原來，臺南有兩位女性被稱才女。一位是赤崁蓬壺書院教諭蔡國琳的女兒蔡碧吟，一位是石鼎美家族的石中英（石儷玉）。兩人都出自世家，工於詩詞，熟讀典籍。石中英還曾設漢塾「芸香閣」書房教導女學生。兩人常投稿報章及詩報展現其文才。最近十年，由於臺灣婦女地位提高，婦女讀書風氣大盛，於是蔡碧吟和石中英就出來籌組詩社。因爲有不少社員出自「芸香閣」私塾，於是稱爲「芸香詩社」。社長是蔡碧吟，石中英任理事。

阿好在八月參加了籌備會。十月六日中秋節那天詩社正式成立。

臺灣女子早就不像母親那一輩，她們已不再是「足不出閨閣，耳不聞國事」的舊時女子了。像阿好這樣能歌能詠，且具俊逸詩才者不少。阿好不服從日本人迫害的堅強意志與行動力，早已爲報章所讚美。夫婿盧丙丁更是推動臺灣民主自治運動及勞工運動的健將。阿好已具有全島知名度，爲臺南人所敬重。因此，詩社非常高興有阿好的加入。

成立那天，因爲是臺南第一個女子團體，參加的社員又大部份是名門閨秀，因此轟動府城，好多人來觀禮。

因爲是漢文詩社，與會者都穿著傳統漢服與會。阿好則一本往日作風，還是穿著洋裝裙子。於是幾乎全場的眼光都集中在她身上。阿好反而給大家「身穿洋裝，手寫漢詩」既洋式又古典的新形象。

第三十六章

丙丁回到臺灣後，本來急著到臺北向蔣渭水及民眾黨本部報到，但是阿好希望丙丁在離家九個月後能在家中久一些，多和小孩相處。接著阿好又收養了香芸，於是一個多月很快就過去了。一九三〇年七月底的一天，家中來了意外的訪客，是蔡培火。蔡培火要找的不是丙丁，而是阿好。其實，蔡培火以爲丙丁仍在廈門治病，見到丙丁時還有些尷尬。

蔡培火來找阿好的目的，是因爲他又寫了一首新歌，希望阿好能先過目，並作評論。蔡培火自從一九二五年就一直認爲阿好是臺灣最好的歌者。而因爲丙丁在美臺團的優異表現，蔡培火對丙丁的工作能力留下深刻印象。

但是，一九二七年，在臺灣民眾黨的孕育與組黨磨合期間，因爲林獻堂父子在五月以後長期出遊，於是林獻堂、蔡培火、陳逢源等資產派在民眾黨被邊緣化了。原先文化協會內的資產派雖然大多繼續參加民眾黨，但他們在黨內的地位與影響力已大不如文化協會時期。資產派人士對蔣渭水已漸漸失望，例如蔡培火就將工作主軸放在文化活動上。因爲蔡培火與林氏好的好關係，兩人仍然維持密切來往。

一九二九年四月，阿好參加了蔡培火在臺南市舉辦的「臺灣白話字第一回研究會」。白話字是以羅馬字母書寫的閩南語寫法，或稱「教會羅馬字」。這個研究會共舉辦三期。之後日本當局以「恐有影響於日語的普及，有礙教育方針」爲由，加以禁止。

一九二九年，蔡培火孕育經年的〈咱臺灣〉終於成曲。他最寄望的演唱及詮釋者，就是阿好。阿好也欣然同意。但蔡培火屢次向阿好抱怨，對丙丁和民眾黨的社會主義和工農路線表示不以爲然。丙丁在九月因病到了廈門之後，蔡培火有一陣子未與阿好聯絡。一直到一九三〇年七月底的這一天。

蔡培火向阿好拿出的歌叫〈臺灣自治歌〉。阿好和丙丁一起讀了這首歌的歌詞，都覺得蔡培火寫得不錯。

蓬萊美島真可愛，祖先基業在，
田園阮開樹阮栽，勞苦代過代，
著理解，著理解，阮是開拓者，不是憨奴才，
臺灣全島快自治，公事阮掌才應該。
玉山崇高蓋扶桑，我們意氣揚，
通身熱烈愛鄉血，豈怕強權旺，
誰阻擋，誰阻擋，齊起倡自治，同聲直標榜，
百般義務咱都盡，自治權利應當享。

沒想到蔡培火又毫不遮掩地說：「丙丁，不瞞你說，我們認爲民眾黨太傾向左派了。包括蔡式穀、陳逢源等，都一致認爲民眾黨這樣下去早晚會出事。農民組合的教訓，對我們是個警惕。

我們既然無法修正你們的作法，只好自己努力，期待能回到『地方自治改革』中間路線。因此我們已經決定，在八月初另行成立一個『臺灣地方自治聯盟』，這條歌就是我們聯盟的會歌。」

丙丁聽了蔡培火這番話，心情複雜，面色凝重。這些訊息都尚未見諸報章，也未在同志中有傳言。而且由蔡培火的言詞和表情來看，他相信蔡培火是主要籌劃人。組織加歌曲是他一貫的風格。既然連歌都有了，這表示箭在弦上，即將會發。而蔡培火提到農民組合的教訓，丙丁也無法駁斥。

以簡吉爲首的臺灣農民組合，在歷經去年一九二九年二月十二日的三百多人大逮捕以後，簡吉被判刑坐牢，初審判了四個月。堅持又堅強的簡吉，在八月三十一日保釋出獄後，雖然面臨會員大爲減少的打擊，猶力圖重振旗鼓。同年一九二九年十一月在臺北又開辦了「農民組合臺北出張所」，十二月召開中央委員會，並通過新的「農民組合行動綱領」。不料沒幾天，十二月二十日，高等法院又開控訴審，原本被判刑四個月的簡吉，竟被改判一年，並當場入獄。日本警察再度鎮壓，逮捕多人。農民組合只好化整爲零，轉入地下。剩下的少數人，以屏東及臺南爲主，辦了許多演講會及示威遊行。

於是丙丁表現了風度。他向蔡培火致謝，謝謝蔡培火告訴他這些訊息。他向蔡培火道賀，祝賀他成功，並希望大家彼此繼續保持合作友好關係。

等蔡培火一跨出門口，丙丁卻馬上面色激動，自言自語：「難道民眾黨又要分裂了？」

當天晚上，丙丁搭了到臺北的夜車。他知道，他必須趕快向民眾黨歸隊了。

第三十七章

這一天是星期日。於是丙丁沒有去民眾黨部，而直接到了蔣渭水大安醫院的家。

蔣渭水正在他家中的小房間開會。客廳內還有民眾黨祕書長謝春木、民眾黨的政治部主任陳其昌、臺灣工友總聯盟的書記長李友三，以及白成枝。

大家見到丙丁突然出現，大感意外，非常高興。蔣渭水說：「丙丁你回來得正好。你來表示你的意見。」

蔣渭水神色凝重。「丙丁，有一件事讓你知道。林獻堂、蔡培火、楊肇嘉等人，即將在八月十七日發起一個團體叫『臺灣地方自治聯盟』，聽說有七十三個發起人。看起來，民眾黨又要分裂了！」

丙丁說：「我正是得知這個消息，所以匆匆趕來。我希望能了解，這樣對民眾黨會帶來什麼衝擊？他們爲什麼決定這樣做？他們有表示要退出臺灣民眾黨嗎？」

丙丁一連問了三個問題。他急著知道，大家對這件事如何想。

陳其昌笑笑說：「因爲他們不喜歡你奔走出來的『臺灣工友總聯盟』。」

李友三補充說：「他們不喜歡農、工兩個字，認爲『農民組合』也好，『工友聯盟』也好，都是隱含階級鬥爭，爲他們所不喜。他們希望鎖定在『地方自治』的單一議題，不希望日本官廳有任何不悅。」

丙丁說：「臺灣工友總聯盟這幾年運作得很好啊。『同胞須團結，團結眞有力』這句現在最深入人心的話，就是臺灣工友總聯盟成立大會時首先提出的。工友總聯盟在蔣渭水先生指導下，在全島大有斬獲。一九二七、一九二八年都在臺灣社會造成轟轟烈烈的反應。去年一九二九年二月十一日在臺南新町松金樓的第二屆代表大會，蔡培火不是也高高興興參加嗎？今年的第三屆在臺北大稻埕太平町，我人在廈門沒有參加，是發生了什麼事嗎？」

陳其昌說：「今年的會議，我們已有四十一個組合加盟，會員一萬一千四百四十六名，除了一百多名代表及民眾黨幹部外，還邀請了楊克培、王萬得等共產黨會員及無政府主義者與會。我想林獻堂、蔡培火等不滿的是，大會的最後決議對臺北市尹提出『始政紀念日爲臺灣民族敗績紀念日』，請當局廢除一切慶祝節日。換句話說，此決議表示我們否定了總督府最喜歡的『始政○○週年紀念日』的意義。」

謝春木補充：「另外，本來大會要向國際勞動會議發出『大會宣言』，但是被日本警察強制終止。」

白成枝說：「我們確實與『議會自治派』愈走愈遠了。是不是因爲我們在年會上邀請了共產黨員及無政府主義者爲來賓，引起蔡培火等人的不滿？日本政府確實很忌諱這些。可是我們並沒有像農民組合直接與臺共合作。」

李友三說：「他們說，我們這樣與當年的連溫卿、王敏川何異？我們也可以說，他們這樣與當年的『公益派』何異？」

蔣渭水說：「哎，希望雙方都不要再對罵了。道不同，不相爲謀就是了。我承認，這幾年我的想法也逐漸變得比較支持左翼『以農工階級為中心的臺灣民族革命』，而他們地主資產人士則只求在日本的統治下改善臺灣人政經地位為滿足。大家仍然是朋友。大家抗爭的對象都是日本人，只是目標與手段的緩和與激烈之別而已。」

陳其昌說：「問題就在於他們沒有把日本人看成敵人，反而看成是訴願的對象。他們的一貫作法就是『叩頭請願』。」

有人笑了起來。蔣渭水則不悅地說：「別說得這麼難聽。君子絕交，不出惡聲。何況他們尚未出走，雙方還是朋友，只是無法再合作。」

在一旁的丙丁一直沒有說話，他其實沒有考慮過這麼多。他只是把自己定位成蔣渭水的追隨者。他是行動者，不是理論家。他厭於這些路線之爭。在廈門與翁俊明談話時，他對這些複雜的路線與論述就感到厭煩。他有病在身，只想把握時間為臺灣做些事。

他沒有去過日本，也沒有去過上海。他不是什麼早稻田，也不是什麼共產國際。他未曾接受各種理論教育。他的心思很簡單，就是跟著蔣渭水走。他相信蔣渭水的人格，相信蔣渭水的判斷，相信蔣渭水的理想是為臺灣好。「臺灣是臺灣人的臺灣。」蔣渭水提出的這句話，是他的最高準則。

臺灣話說「死忠兼換帖」。他沒有與蔣渭水換帖，不過他對蔣渭水確是死忠追隨。

第三十八章

一九三〇年八月十七日，「臺灣地方自治聯盟」成立了。林獻堂、蔡培火、陳逢源等人也辭去了在臺灣民眾黨內的職務。蔣渭水保持低調，沒有發表公開批評，僅依黨規在十二月五日除名出走的蔡培火、陳逢源、洪元煌等十六位自治聯盟幹部。畢竟，大家曾是長年共同奮鬥、惺惺相惜的戰友。蔣渭水對林獻堂則完全未有動作。

林獻堂出身富裕家庭，被教養成低調忍耐不居功、口不出惡言之紳士性格，但也因此無法支持「工農大眾」路線。他在一九二七年文化協會分裂後，因感失望而周遊列國一年。一九二八年回國後，已意識到民眾黨在蔣渭水、謝春木帶領下，逐漸傾向農工大眾路線。林獻堂雖然也加入民眾黨，常常有巨款捐助民眾黨，也常常與蔣渭水聚會，互動頻繁，但都是多人在場討論，兩人之私交已不如前之密切。一九二八年到一九三〇年，兩人同在民眾黨共事之期間，林獻堂最支持蔣渭水的，大概就算雙方聯手指責總督府頒布「臺灣新鴉片令」。林獻堂不惜多年情緣，將連雅堂自櫟社中除名，埋下連雅堂移居中國之重要因素。

後來在林獻堂一九二九年的日記中，可以看到如下的記載：

新（指新曆）九月十五日：八時餘渭水來……

……與渭水議昨日支部所決議三條，渭水皆贊成。惟……渭水則主張……兩方意見相去頗遠。

午餐後渭水、遂性往訪幼春、階堂……

新九月二十一日：……寄去民眾黨之寄付金二千元之殘額四百元。

新十月二十日，臺北：八時半將訪蔣渭水，適春木來，並招之同往，在大安醫院會楊連樹、白成枝、黃江連、楊四川、連雅堂、連震東、李友三等雜談二時餘。

新十一月十日：參列民眾黨中央執行委員會。

這一天的日記，接下去有一段有意思的文字，顯示了林獻堂雖對蔣渭水仍然敬重，但對民眾黨諸位幹部已經心生不滿，並假以辭色。

三時赴民眾黨本部參列中央執行委員會。入門則聞喧嘩之聲，諸當事者正在逐憲兵偵探也。余傍聽會議二時間將先辭退，渭水請講話。余先述欽佩議事之熱心，皆以理智解決而不用感情；次言自治須由一身自治始，若一身不能自治，我黨、我臺灣何能自治？如目下諸君皆在階前小便，於衛生上不潔，於體裁上亦甚不雅觀，此豈不能自治之明證乎？

另外，由獻堂先生的日記也可知道當時的臺灣知識份子對反對運動無法合作的憂心。

新十二月一日：潭子林天來來，謂臺灣運動團體四分五裂，豈無法復再統一乎？……

日記中對蔡培火的不滿民眾黨路線，並思以制衡，也有很生動的描述。

新十二月三十一日：培火謂民眾黨非大整頓不可，欲整頓非肇嘉歸來不可，總是肇嘉必定與渭水衝突。余問其有何方法能使肇嘉歸來，而又不與渭水衝突？他謂使渭水隱退。然此事亦實大不易也，除肇嘉以外，尚有何人？他隱然有自負之意。

一九二九年底，蔡培火的「自負之意」，終於化成了行動，也終於得到了林獻堂的支持。半年後，楊肇嘉回到了臺灣，展現出他的執行力，他與蔡培火聯手創立及主持「臺灣地方自治聯盟」。

一九三一年一月，林獻堂也退出了民眾黨。於是林獻堂與蔣渭水在民族運動的十一年合作關係，畫上了休止符。

丙丁在一九三〇年九月補上了民眾黨中央委員。陳其昌很熱心，安排了《臺灣新民報》來向丙丁做專訪，並且在九月十三日以很大的篇幅刊出。丙丁真的如願復出了。

丙丁終於恢復了他去廈門之前在民眾黨的地位。丙丁重獲健康，又重獲工作的高度及鬥士的名譽。他心情大好，又拚命三郎式地全力投入工作。

八月底有一天，丙丁陪著阿好去拜訪臺南聖教會的高進元牧師。高牧師那時正好和一位來自日本大阪的山岸實之助在一起。山岸來臺灣推銷小學用地圖，卻遇上暑假，盤纏用盡而求助高牧師，來聖教會借住。在九月初，丙丁在報紙上得知山岸氏因積欠大和屋旅館住宿費二十九元而被起訴。丙丁覺得山岸氏運氣眞差，爲了積欠小錢竟要負刑事責任，太可憐了，於是出面替只有一面之緣的山岸付了這筆錢。

山岸回到日本後，向日本的《東亞新報》披露了這件事。《東亞新報》因此刊出一篇〈臺灣善行美譚〉讚揚丙丁的善行。丙丁沒想到這種小事竟也上報，心情愉快，大笑三聲。

更愉快的是，九月二十日，丙丁出席臺灣工友總聯盟的南區執委會，遇到了身披袈裟的林秋梧。林秋梧的出家與其他比丘不同。他依然熱心投入社會運動，所以不但參加工友總聯盟，而且也參加了外圍團體「赤崁勞動青年會」。擔任臺南區主席的梁加升，早稻田大學畢業，在兩年前淺野水泥公司罷工事件就與丙丁合作過。他任命丙丁爲南區執委會的政治部主任。

梁加升熱情地拉著秋梧的寬大衣襟告訴眾人說：「我們這位老弟，四月回到臺灣，馬上做了一件轟動府城的事。他以出家人的身分出來宣傳要廢除『中元普渡』，眞是轟動武林，驚動萬教。我也是佛教徒，我也表示支持。」8

梁加升興沖沖地說：「秋梧和我在八月四日舉辦了一個『反對普渡演講會』，接著在九月四日出版了一本《反普特刊》。」

林秋梧握著丙丁的手。「我們現在正規劃在十月底出版《赤道報》，預計每月出版兩期。雜誌文章包括政治、文學，一方面推廣思想，另一方面推廣文藝。我們期待這種雜誌的功能比報紙的報導式條文更能提升臺灣社會的思想及文藝。」

林秋梧很興奮。他顯然對《赤道報》很有信心，也很有期待。

「《赤道報》的班底，除了我們兩人，還有幾位也很有見地的年青人。他們都是『赤崁勞動青年會』的會員，有莊松林、趙櫪馬、興文齋老闆林占鰲、林宣鰲兄弟。當然興文齋會負責發行的工作。」

丙丁很高興。他一回來，就有這麼多工作等著他，有這麼多朋友可以合作。報社就設在興文齋書局的樓上。大家在此寫稿，在此繪圖，在此印刷。莊松林在十月十日先出了一份廣告。這樣刻苦合作的團隊精神，讓丙丁很感動。

《赤道報》的創刊號在這幾個人的努力下，於一九三〇年十月三十一日如期出版。雖然稱爲「報」，其實是雜誌刊物的性質。

如林秋梧說的，文章包羅萬象，有談政治，有談婦女問題，有詩篇，有雜文。標題及內容都很有趣，如〈馬克斯進文廟〉是馬克斯與孔子對談，還有〈無產階級與兩性問題〉、〈臭人的訃音〉、〈邪貨運動家的十該〉、〈女同志〉、〈新大丈夫誌〉等。更妙的是，有漢文也有日文。

創刊號的封面是一個巨人，站在世界地圖的赤道上，伸手要救起一個要滑落出地球的人。丙丁注意到，臺灣出現在地圖很醒目之處。而日本只有九州及本州的西半部露出，充分表現出這群年青人的「臺灣」爲主的認同觀念，以及「救世」的雄心壯志。

丙丁被這群年輕人的熱心與才情感動了。他們分工得很好。政治性的文章，主要是林秋梧與莊松林負責。刊頭的圖和文藝軟性的文章則是趙櫪馬的傑作。丙丁則寫了一篇談現代婦女的文

8 梁加升一定沒有想到，一九五五年，二十五年後，他因為兒子死於白色恐怖，也出家了。

章，阿好也貢獻了不少意見。

丙丁對這些年輕人的創新力及論述力非常佩服。他也驚異於林秋梧與莊松林對馬克斯的無產階級論如此著迷，甚至連外國詩選都要選自蘇聯—新俄詩選《泥水匠》。丙丁雖然熱心工運，但他定位於為農工階級爭取公平及權利，而非主張農工階級去做「階級鬥爭」。丙丁對「階級鬥爭」、「階級革命」這些字眼還是有顧忌的。因此，他擔憂《赤道報》的未來發展。

《赤道報》第一期的內容已經接近共產主義了。日本政府是不允許極左共產主義的，因此謝雪紅的臺灣共產黨必須跑去上海成立。留在臺灣而路線接近共產主義的農民組合，也已不見容於日本總督府。一九二九年二一二事件後，嚇退了許多溫和的農民，因此農民組合會員大幅萎縮。丙丁隱隱感覺，將來《赤道報》不太可能見容於日本警察，這使他憂心。

丙丁又由《赤道報》想到林獻堂與蔡培火等目前另立地方自治聯盟。他並不反對林獻堂的議會路線，但沒想到，林獻堂與蔡培火連蔣渭水及丙丁等的工友總聯盟都不能接受。他們顯然認為自己也成了工友總聯盟鬥爭的對象，是以心裡不舒服。

丙丁想起當年他問翁俊明先生的問題：如何區分「好的資本家」與「不好的資本家」？但在廣大打擊面下，「好的資本家」也會認為在對方的眼中，「所有資本家都是不好的資本家」。丙丁感嘆著，為了路線之爭，大家互看不順眼，大家愈走愈分歧。大家都贊同「同胞須團結」，可嘆的是，就是團結不起來才需要這樣喊……。

果然，《赤道報》創刊號出版不久，就被日本警察查禁了。

但是，林秋梧這些負責《赤道報》的青年們，還是如期在一九三〇年十一月十五日出版了第二期的《赤道報》。丙丁覺得《赤道報》的左傾程度已經超過了心中的尺寸，因此並沒有在第二期撰稿。

簡吉創辦的農民組合，在日本警察的多次鎮壓之下，沒有被逮捕的中央委員反而愈走愈極端，手段愈激烈，有些人甚至與臺共合流。一九三〇年十月二十、二十一日，臺共祕密在高雄州東港郡新園庄召開「中央常任委員會」，農民組合幹部有多人參加。於是農民組合成爲臺灣共產黨領導旗幟下的外圍組織。這些當然逃不過日本警察的監視。

在這樣日本人與臺灣人劍拔弩張的氣氛中，高砂原住民的「霧社事件」發生了。

第三十九章

一九三〇年十一月一日，第二期《赤道報》問世的第二天中午，興文齋的林占鰲兄弟邀請了林秋梧、丙丁、莊松林及趙櫪馬、梁加升到報社聚餐。興文齋的二樓就是《赤道報》編輯室。

林秋梧出家後，雖然更積極投入社運及創作，但是一切個人禮儀舉止，見面作揖，正襟危坐，一飲一食，仍皆是標準佛學弟子風範。

林占鰲爲了尊重秋梧，全素待客。眾人以茶代酒，先舉杯同賀。

林占鰲表示，昨天及今天已售出《赤道報》約兩百份，這眞是了不起的好成績。林占鰲讚揚道：「松林兄的廣告，效果很不錯！」

林秋梧臉上卻不見笑容，打斷了原有話題：「大家都看到昨天《臺灣新民報》那一則有關日本兵進攻霧社蕃族的報導了嗎？」

除了林占鰲，每個人都搖頭。

於是，林占鰲找出昨日的報紙供眾人傳閱。報導的篇幅並不大，丙丁一個字一個字仔細看完，感慨地說：「蕃族也是臺灣人，但我們竟然都不知道這件事，足見臺灣的社會運動人士對蕃族不夠重視。我們是應該反省。」丙丁嚴肅表示。

林秋梧說：「報導不是很大，但實在太不平常了。日本人竟然死了這麼多。事情是二十七日發生的，十一月一日才見到報導，事態一定很嚴重。」

梁加升說：「蕃族在一九一四年理藩總督佐久間左馬太的征伐太魯閣人與一九一五年沒收槍枝所引起的南蕃事件之後，已經十六年沒有戰事了。再說，這幾年日本政府似乎很重視蕃族。我幾年前在日本時，還遇過日本人招待蕃族遊歷內地的場面。他們一群三、四十人浩浩蕩蕩走在街道上，非常引人注目。我記得他們還舉著旗子，上書『新竹州角板山高砂人先覺者』。」

秋梧有些不以爲然地說：「當然日本人對他們是一手籠絡，一手壓迫吧！角板山上的蕃人也曾被日本兵大舉殺戮。」

丙丁說：「我聽李應章說過，他在總督府醫學校的班上有一位來自角板山大豹社的蕃人，用的卻是日本名字，好像叫做日野三郎。雖曰蕃人，長相、舉止都文質彬彬，成績也很不錯。李應章說，他父親是大嵙崁溪上游角板山高砂諸部落的總頭目。這些部落非常強悍。林獻堂的堂叔林朝棟，光緒年間有名的『棟營』，曾經奉了李鴻章之命去剿伐，結果林朝棟可以打敗法軍，卻打不過角板山的蕃人。但是角板山的蕃人終於還是不敵日本人，死傷慘重，最後只好向日本人投降。但總頭目的條件是要日本人保證他兒子可以接受最新最好的教育。就是這位日野三郎。」

丙丁感嘆說：「連蕃人都知道受現代教育的重要了！日本人來臺灣，最大的功勞就是把教育與進步觀念帶來臺灣。」

最年輕的趙櫪馬也加入談話：「我也聽友人說，最近嘉義的嘉農成立了一支野球隊，選手有臺灣人，有日本人，也有幾位是花蓮、臺東方面過來的蕃人選手。三個不同種族的選手，卻能合作得很好，也相處得不錯。很特別的是，這些蕃人選手身手矯捷，表現突出，都是主將。」

林秋梧感慨地說：「出家人最強調眾生平等。可是我必須懺悔。過去，在我們心中，我們都瞧不起蕃人，違反『眾生平等』。現在想起來，他們過去幾千年來，在這個島上生活得好好的，清光緒之後卻訂了什麼『開山撫番』，說是要『教化番人』，其實哪裡是撫番，實際上是『剿番』。那些開路、墾地，如果蕃人有反抗的就一路殺光，還說什麼『建番學堂』、『德化番人』，頒布什麼『化番俚言』。蕃人固然會出草砍平地人人頭，但平地人如果抓到蕃人，聽說也有割他們的肉來出售的，叫做『蕃膏』。日本總督府也有理蕃政策，固然讓蕃人除掉了『出草』的惡俗，但日本人的手段更凶殘，例如佐久間左馬太的出兵太魯閣。」

梁加升說：「日本人到臺灣的初期，對臺灣的平地人及蕃人都很凶殘。一九一五年他們完成隘勇線的建立。隘勇線如果像清代的土牛蕃界只是分隔平地與山地，不讓蕃人過來平地，也就罷了。最可惡的是，日本人設了隘勇線竟然還通電，結果聽說有一些無知的蕃族小孩竟觸電死了。而蕃人覺得最不能忍受的是日本人沒收了他們的獵槍。他們用獵槍打獵已經將近百年了，結果日本人怕他們拿槍造反，全面沒收。他們沒有槍，變成只好布陷阱狩獵，等於改變了他們百年來的傳統生活方式，自然無法忍受而起來反抗。然後日本又利用這個機會令他們自原來部落遷離。」

丙丁說：「日本人對我們平地人的生活習俗、語言，因為我們還有漢字及漢語，日本人還給我們空間。相對的，蕃人沒有文字，所以日本人對他們的文化似乎相當不尊重。哎，細節我也說不上來，就像李應章說的那位總督府醫學校的蕃人學生，他們必須改用日文姓名，不像我們還可以保有原來的臺灣名。」

林占鰲說：「唉，說起來雖然同樣叫做臺灣人，可是我們和蕃人彼此的相處太少，彼此的了解非常不足。像我到現在，就沒有認識任何一個蕃人。」

丙丁說：「據我所知，梁加升說的通電隘勇線，好像在去年或前年廢除了，所以才有蕃族學生到嘉農及醫學校來唸書，雖然算是特例。

「日本人派了許多警員駐在蕃地，有些警員還與蕃族女性通婚，因此他們已經大約十五年相安無事了，不知道爲什麼又突然發生這麼大的事！而且這次更嚴重。不一樣的是，以前是日本人先打蕃人，這一次是蕃人先出手，而且先預謀再突襲，一下子死了那麼多日本人。看這新聞，日本人死了不少。幾乎所有官員、警察都被殺了。以日本政府的作風，一定也會毫不留情還擊。」丙丁搖搖頭說：「這樣以一部落對一帝國，蕃人的結局會很慘。」

梁加升說：「據新聞報導，這霧社的頭目在一九一一年也參加了『內地觀光團』，絕非無知之人。他會這樣做，一定是忍無可忍，打算玉石俱焚。唉，日本對臺灣蕃人的統治比清代還嚴苛。如剛剛說的，在一九一五年沒收了三萬多槍枝，又強迫遷部落，完全不尊重他們的生活方式。一九二六年有一位日本總督府中對蕃人最關懷的研究員森丑之助，在基隆港內自殺了，聽說他爲蕃人向日本總督府做了許多建議，希望官府改變過度不合理的政策，卻都不被接受。」

林秋梧忿忿地說：「日本人因爲看上臺灣的山林資源，統治我們平地人和統治蕃人的方式很不同。日本政府對我們雖然不好，但還有一套法律，算是法治社會，但是對原來隘勇線內的蕃人就完全不同了。日本人在山地設了五百處『警察駐在所』，部署了五、六千名警察。官員及警察說的就是法律。所以實際上警察就是當地的土皇帝。這一來，原來的部落頭目自然很落寞。再說，官員、警察的水準也一定會良莠不齊。這次霧社爲何出事，我不清楚，我猜就是因爲有那種不把蕃人當人、凡事欺壓他們的日本官員，搞得他們忍無可忍，才會出這麼大的事。而且蕃人這次大概有同歸於盡的決心。我認爲霧社事件與其說是抗日，不如說是抗暴。」

結果，一場慶功宴演變成一場沉重的討論會。

自第二天開始，丙丁等人每天一大早拿到《臺灣新民報》就先找有沒有霧社的相關新聞。

這中間，丙丁和民眾黨政治部主任陳其昌聯絡上了。陳其昌說，蔣渭水很重視霧社事件的發展。蔣渭水認爲臺灣民眾黨不可以只關懷臺灣平地人的權益，應該關懷所有平地人和高砂族的權益。日本人對臺灣高砂族的統治手腕太粗糙，太缺少法治，才引起這次的雙方大殺戮悲劇。因此，臺灣民眾黨一定會爲高砂族發聲。

《臺灣新民報》每天都報導霧社事件最新消息給民眾，並在報紙上開了專欄，廣納讀者來函並刊出。

到了十一月中旬，反抗已近尾聲。外界得知，參與事件的主要人物，大都在過程中死亡。更糟的是，日本人以山砲發射「糜爛性毒氣彈」及以飛機投擲「白磷燃燒彈」等違反國際公約的行爲，也被外界發現了。

在發動事件之初，抗日六部落共約一千三百人。到了十二月中，被殺約三百人，自殺三百人，被俘虜約兩百五十人，約五百人投降。

果然如陳其昌說的，蔣渭水不會沒有聲音的。十二月八日，臺灣民眾黨爲霧社事件發了一個電文給拓務大臣、貴族院議長及內閣總理大臣。

我黨認為霧社事件像向來恣意榨取及生活上之迫害與駐在警察不正、貪戾、殘忍之處置所激發者。應從速將總督、警務局長、臺中州知事以下責任者撤職，並立即保證蕃人之生活，承認其自由，不阻礙其民族發展之政策。尤其宜乘此機會，對向來為保存官吏威嚴、放任非違亂暴、警察萬能之積弊，加以徹底的改革。

蔣渭水爲了保證這封電報寄發成功，本擬親赴臺北郵便總局。但後來一想，爲免打草驚蛇而被日本當局阻擋，決定改由十七歲的兒子蔣松輝騎著腳踏車去。郵便總局人員果然對這高中生疏於注意，蔣松輝闖關成功。

另外，在陳其昌的運作下，臺灣民眾黨也致電日本大眾黨與勞農黨。

我黨歡迎貴黨調查霧社事件的真相，請速派員來臺。

民眾黨的成功操作，把霧社事件變成全日本矚目的政治議題，甚至連國際聯盟也出面譴責日本的臺灣總督府使用毒瓦斯及燒夷彈。

臺灣總督府狼狽不堪。一九三一年一月十六日，十三任臺灣總督石塚英藏下臺，由太田政弘繼任。總督府總務長官、臺中州知事也都下臺。

臺灣民眾黨與蔣渭水，則因霧社事件而成了日本總督府的眼中釘。

第四十章

蔡培火和陳逢源等議會派在臺灣民眾黨之外，在一九三〇年八月另行成立臺灣地方自治聯盟以後，蔣渭水表示不出惡聲，好聚好散。但以臺灣工友總聯盟臺南區爲主的「衝組」黨員卻有一肚子氣。於是，梁加升和莊松林決定召開一場「撲滅地方自治聯盟大演講會」。丙丁本來不想去的，但是主辦的梁加升與莊松林遊說丙丁，表示主辦單位只掛出「臺南勞動團體同盟會」，不提臺灣民眾黨，也不提工友總聯盟，表示責任只由地方人士負責。丙丁捱不過他們的請求，最後勉強答應了。

節目單印好之後，丙丁把節目單帶回家，丟在桌上。

阿好見節目單上印著講者的題目：

「我們為什麼要粉碎欺壓無產大眾的資本家地主的地方自治聯盟？」

「在來慣打官廳馬屁的御用紳士……」

「地方自治聯盟是臺灣的資本家地主團結起來進攻無產階級的狐群狗黨。」

阿好臉色大變，冷冷地說：「過去無力者大會時，也不過罵那些公益派有力者爲『御用紳士』，怎麼這一次罵曾經是同志的人爲『騙子、狐群狗黨』了？太過份了，不能當朋友，至少不必當敵人。」

阿好氣得連晚飯都不肯吃。她向丙丁說：「你們這樣做，日本人一定在暗中偷笑。」

丙丁也開始後悔了。他對林獻堂一直保持敬意。丙丁去過他在阿罩霧的庄園。他設身處地去想，以三少爺的身份與地位，能夠出錢出力，支持文化協會，支持民眾黨，已經相當了不起了。丙丁也很同情農工，共產黨口中的「無產階級」。「共產」的理想是很崇高，但一定要走入無產階級鬥爭資產階級的路嗎？一定要用彼此罵來罵去的「鬥爭」手段嗎？不能分進合擊以達成理想嗎？丙丁心中很掙扎、很矛盾。

丙丁一向認爲，像《赤道報》或工友總聯盟那樣以罷工手段來壓迫資方讓步，給勞工更多的權利是合理的，所以丙丁曾多次聲援他們的罷工活動。但要「鬥倒」資本家就似乎太過份了。勞工與資本家，農民與地主，是否應該利益一致、互相合作，而不是鬥爭、鬥倒。丙丁領悟到，在群眾運動中，這些分際有時眞的不好拿捏。

他望著身邊已經熟睡的阿好。他想，要謝謝阿好提醒了他。阿好比他圓熟，比他冷靜。他想，他很幸運能娶到這樣美麗，多才多藝，又具有政治智慧、精準判斷的妻子。他回臺半年多了，他幾乎忘了自己的病了。謝謝上蒼，希望可以一直維持這樣的健康。

丙丁體會到，「左傾」、「共產」確實在歐洲是很流行，因此這些《赤道報》的小老弟們也都隨著附和。但以他這樣年已三十，有十年社會經驗，也親身領導罷工的人，卻隱隱覺得不安。「共產」也許最理想，但以「階級鬥爭」來達成「共產」卻過份劇烈，似非社會之福。林獻堂，陳逢源這兩位中年紳士的退出，就是一個警訊。「共產」是部份年輕人一廂情願卻不切實際的想法。丙丁領悟，人在團體之中，會受周圍朋友的影響，而無法堅持自己認爲本來的看法。人在群眾之中，會隨著群眾吶喊；人在掌聲之中，會迷失自己。

他警惕著自己。

第四十一章

丙丁坐在餐桌旁，一邊翻閱著《臺灣新民報》，一邊向端著杏仁茶上餐桌的阿好說：「嘿，《臺灣新民報》正式刊出模擬選舉的消息了！」

「你不是早就知道了嗎？」阿好把買來的杏仁茶和油條放在餐桌上。

「哇，杏仁茶油條！」丙丁像小孩一樣興奮叫著，然後對阿好說：「大家希望妳列名臺南市的市議員候選人，我會列名在臺南州的州議員候選人。」

阿好也坐了下來。「哎呀，我沒有什麼興趣啦！」

丙丁倒是興致勃勃。「妳沒興趣，但是妳有名聲啊。線香公司的女工罷工，後來是妳出面幫忙她們合組公司，結果這些女工變成工人兼老闆，賺了好多錢。這是有史以來最成功的勞資對抗，所以妳就出名啦。」

「杏仁茶趕快趁熱喝吧！」阿好有些不耐煩，「什麼對抗？我是幫忙女工們另組公司，是『競爭』，不是『鬥爭』，也不是『對抗』啦。我最討厭你們這些男人，動不動就用一些誇張的名詞，什麼『階級鬥爭』啦、『勞資對抗』啦，刺牙牙好像要打架似的。爲什麼不能『勞資合作』？爲什麼不能『公平合理分享』？用這些煽動性名詞，不但不能解決問題，只有更糟糕。像上次你們辦了什麼『撲滅地方自治聯盟』大會，除了逞一時之快，把雙方的矛盾愈弄愈大，有什麼好處嗎？」

「好了，好了。別再說了。」丙丁也不能不承認阿好說得很正確。「其實，這次《臺灣新民報》辦這個模擬選舉，就是蔣先生授意的，表示願意呼應地方自治聯盟的選舉主張，有彌補雙方裂痕之意。」

丙丁又說：「地方自治聯盟雖然在名義上以林獻堂先生為領導人，蔡培火是出主意的人，實際上主要的執行者，是最近獻堂仙自東京找回來的楊肇嘉。

「那一天楊肇嘉來拜訪蔣渭水，渭水先生希望我也在場。渭水先生說楊肇嘉其實出道甚早，在文化協會成立時就已是林獻堂先生的左右手，只是後來離開臺灣去東京念書並負責協助林獻堂先生處理日本的事物，所以沒有參加民眾黨。楊肇嘉是牛罵頭清水人，長得高頭大馬，方面大耳，確實一表人才。那天楊肇嘉的身份是代表林獻堂先生來和蔣渭水先生商議。我本來還與他爭辯了幾句，但被渭水先生制止了。楊肇嘉不但不動氣，還一直保持微笑，耐心說明，講話非常圓熟。他還說，三少爺對於昔日同志竟然不顧情面地攻擊他，感到非常難過。

「楊肇嘉表示，自治聯盟絕不會攻擊民眾黨，希望民眾黨也不要攻擊自治聯盟。渭水先生馬上答應會約束黨員不再攻擊。雙方決定仍然維持實際合作。我也向楊肇嘉表示過去做得太過火了，不好意思。後來我就離席了，我猜想這個模擬選舉就是後來雙方達成的決議。」

「是啊。」阿好聽到林獻堂與蔣渭水雙方關係變好了，心情似乎好多了。「你們這些自詡進步人士，最近鬧得太不像話了。自從八月十七日地方自治聯盟成立以後，你們對退黨的蔡培火、陳逢源口不擇言地謾罵，惹得獻堂仙也自動退黨。新文協等左派也趁機譏諷這些舊仇人的『自治聯盟』是『第二公益會』、『騙賊』。連你們工友總聯盟也去鬥鬧熱，辦什麼消滅大會。你和那些老朋友韓石泉、蔡培火都疏遠了，現在你的身邊就只剩下一些《赤道報》的同輩或後輩。這樣好嗎？」

丙丁想到最近確實與好友韓石泉好久沒見面了，苦笑著說：「你說的是。」

丙丁拿出一張傳單給阿好，傳單上寫著：「工友加入左翼工會，農民加入農民組合，無產市民學生加入文化協會……不讀《臺灣新民報》，打倒民眾黨及自治聯盟，掃除一切反動團體。」

阿好一覽，眉頭一皺。「你看，民眾黨老罵自治聯盟是大地主，自詡爲也照顧工農的中間派。而現在左翼的工會、農民組合和新文協就痛罵你們民眾黨和《臺灣新民報》，表示他們才是眞正的工、農派，要打倒你們。同樣是臺灣人，同樣要抗爭日本人，卻分成三派，彼此罵來罵去，還罵得這麼難聽，成何體統？讓民間失望極了！我還聽到有人罵你們這些自稱讀書識字的人，說是『臺灣人放尿攪砂未做堆』呢，眞是見笑死了！」

「是的，我聽說了。」丙丁臉色不太好看，趕快把話題拉到模擬選舉來。「我們已經表示二十歲以上除禁治產者，皆有投票權。這些左翼激進團體卻還是決定抵制這一場模擬選舉，拒絕成爲候選人。是他們沒有道理，不是我們。」

阿好搖搖頭。「一般民眾都是喜歡看臺灣人合作。你們罵來罵去，最高興的是日本官廳。民間希望這次模擬選舉之後，臺灣民眾黨與地方自治聯盟可以言歸於好，看看如何復合。獻堂仙與渭水仙兩位是臺灣民眾最信賴的人，也是日本人最尊重的兩個臺灣人，一定得好好合作。老實說，我也覺得蔣先生和民眾黨過去這一年愈來愈走偏了。」阿好嘆了一口氣，「此非民眾黨之福，也非臺灣之福。」

丙丁點點頭：「我也同意妳合則兩利的看法，但是……」

丙丁本來想說，在凝聚「臺灣人意識」的理念下，向日本政府爭取民主自治政治，民眾黨和自治聯盟看法一致，因此雙方是可以合作。雙方關鍵歧見在於對本地資本家與臺灣工農階級的「階級矛盾」。自治聯盟派那些年紀較長者完全置之不理；而近年來對蔣渭水甚有影響力的謝春木、陳其昌等歸臺日本留學生的看法，都主張追求階級平等建立社會主義國家。丙丁也屬於這一派。這就是目前民眾黨與地方自治聯盟雙方的矛盾，也可說是近二、三年逐漸演化出來的。

蔣渭水很尊敬中國的孫文，連民眾黨旗都刻意仿效當年孫文所訂的中國國民黨旗。孫文所領導的中國國民黨，在孫文的最後歲月也發表了「民生主義就是共產主義」的談話，也攜手與蘇維埃的共產黨合作，所謂「親俄容共」。可能蔣渭水受到了影響。雖然孫文在四年前（一九二五年）已死，而且兩年前（一九二七年）在武漢，國共已完全分裂，甚至演變成彼此內戰，但是喜歡「以孫文為師」的蔣渭水並沒有改變他的理念。

丙丁長長嘆了一口氣，社會運動與政黨活動的分際，似乎比他當初想像的要複雜多了。

＊＊＊

「模擬選舉」的結果揭曉了。出乎丙丁意料的是，他本人落選了州議員，反而是阿好當選了市議員。阿好在三十六位市議員候選中名列二十七，得了七十票，比梁加升的三十八票、林秋梧的四十七票都多。另外，韓石泉的夫人莊綉鸞則是一九三票的高票。

臺南市在州議員部份應選四人。在選前，丙丁認為蔡培火、韓石泉這兩位在臺南知名已久的老先覺自是第一、二名。在選前，外界也盛傳柳營劉家來勢洶洶，但丙丁仍然自信滿滿。丙丁的想法是，有民眾黨的加持，他即使不是第三，也是第四。沒想到開票出來的結果出乎他的意料。

第一名是劉清井，第二名是劉明哲。劉清井是出身東京帝大醫學部的名醫，劉明哲則是地方自治聯盟常務理事，也是大東信記的臺南支社長。兩人皆出身臺南著名家族柳營劉家，而非典型社運人士，票數均在一千票以上。第三名才是蔡培火的六九二票。韓石泉醫生六四八票，擠入第四名而勉強當選。次點者（候補）第一名是王開運六三八票，第二名才是丙丁的五一一票。

王開運比丙丁大十二歲，是府城名士，文章、詩詞名家，財力不錯，而以慈善事業聞名。丙丁苦笑著，他標榜「社運人士」的理想性，在民眾心中原來不如醫生、財經名人、慈善家及大家族人士。像韓石泉醫生兼社運與政黨人士，在民眾心目中還不如劉家……。

「原來社運人士、民眾黨主要幹部在民眾心中地位並非如此崇高，不如鄉紳與醫生啊。」他恍然大悟，也默默接受了自己的落選。

丙丁心中還有個陰影。他的病況好多了，病灶變小，而且臉上疤痕也不明顯。但是這樣的好日子，可以再繼續多久？他仍然避開團體照相。像此刻，他相信一定有記者會來訪問阿好，他為了避免暴露在鏡頭下，一大早就躲到民眾黨臺南支部辦公室的小房間讀報，繼續翻著這一天（一九二九年一月十七日）的《臺灣新民報》有關選舉的新聞。

首先，民眾黨表現並不如預期。雖然蔣渭水、陳其昌都當選了，但票數都不是很理想。還好民眾黨在臺中的彭華英及蔡阿信夫婦表現突出。彭華英是臺中州議員的最高票，他的夫人蔡阿信是臺灣第一位女醫生，當選了臺中市議員。蔡阿信的一四四四票，是全國市議員最高票。一介女子竟然是全國最高票，在臺灣眞的是一件值得大書特書的事，也可見臺灣民眾喜歡會讀書、高學歷的人。

但是，蔡阿信的夫婿彭華英與蔣渭水先生感情不是很好，兩人有些漸行漸遠。另外，讓丙丁喜悅的是，臺灣的知識份子中兩位最突出的人士，杜聰明博士及林茂生博士，都在臺北市的當選名單內。

再者，可說是地方自治聯盟執行長的楊肇嘉，表現非常驚人。大甲郡區的楊肇嘉得了九六九九票，是全臺灣州議員的最高票。其他兩位大甲的當選者也都高達五千票以上，與其他地區的數百票當選相比，顯得非常突出。

這位去年才回到臺灣的楊肇嘉，在臺灣迅速出名，還創下紀錄。丙丁想到上次與楊肇嘉見面，見識了他的圓熟及執行力。他必定是未來的重要領導者，丙丁想。地方自治聯盟這次在楊肇嘉的運作下，各地候選人的當選人數與得票數都遠遠勝過民眾黨。丙丁不禁有些憂心。

丙丁繼續翻閱著。很意外的，他翻到一篇讀者投書〈爲『霧社事件』死難蕃人說話〉。作者署名高天成[9]。他知道高天成。他是高長的孫子。高家子弟不是傳教士，就是醫生，更值得注意的是，高天成正是林獻堂的女婿。

因爲霧社事件，民眾黨大出風頭，但也大大得罪了日本總督府。日本總督認爲這是臺灣內部事件，但因爲使用毒氣的事被民眾黨揭開，引起日本其他政黨的批評。蔣渭水寫信到國際聯盟，惹得他們來調查，演變成國際事件，這讓日本政府失了顏面，石塚總督也因此下臺。前一天，一九三一年一月十六日，新總督太田才剛剛上任。

「不知道這位太田總督是強硬派，還是溫和派？」丙丁心中思考著。

正因如此，「霧社事件」這名詞成了日本總督府的大忌。沒想到，高天成竟爲了霧社事件而投書。高天成批評日本政府在臺灣的蕃人統治制度忽視了蕃人的文化與經濟。林獻堂的女婿在報紙上公開批評日本政府，這讓丙丁對高天成及林獻堂多了一份敬意。

「地方自治聯盟」和「臺灣民眾黨」最大的不同，是自治聯盟盡可能不得罪總督府，一貫希望以「請願」來打動日本政府，讓總督府提高對臺灣人的待遇。而民眾黨在蔣渭水的領導下則處處衝撞日本政府。其他工農抗爭，日本總督府尚可忍受，但霧社事件及鴉片問題讓日本政府遭受國際聯盟調查。這是民眾黨人士自認優於地方自治聯盟之原因。而這也是丙丁之所以一貫追隨蔣渭水的理由。丙丁認為蔣渭水與民眾黨才能對抗日本政府，引領社會改革，更希望將來能進一步帶來社會分配正義。丙丁認為這是民眾黨的價值而引以為傲。

在他心中，地方自治聯盟基本上是為自己資產階級的利益而努力，境界上遠遜於民眾黨。丙丁知道蔣渭水很喜歡孫文，而孫文說過，一個社會，有先知先覺者，有後知後覺者，有不知不覺者。丙丁一直認為，蔣渭水就是臺灣的先知先覺者，而且是有人格、有意志力、有勇氣的先知先覺者。

想到這裡，丙丁原先為了地方自治聯盟得票數大勝民眾黨的鬱悶心情慢慢釋然。他還有一個思量，這次的投票資格是有限制的，絕大多數工農群眾並無投票權，所以這次選民的投票行為只能作為參考。

再過一個月，二月十八日就是民眾黨的第四次全國黨代表大會了。丙丁想起去年十二月二十八日的民眾黨中常委會議。在會議中，蔣渭水決定修改黨綱，確定民眾黨要更朝工農運動發展。蔣渭水與陳其昌、謝春木頻頻交換意見，顯然這兩人的影響力愈來愈大。

9 高天成後來在一九五三至六四年間擔任臺大醫院院長，與魏火曜任醫學院院長大約同時，是讓臺大脫胎換骨、奠基聲譽的院長，也是第一位遺體供解剖的臺大醫院院長。

這時，丙丁目光落在《臺灣新民報》上一則少見的內頁廣告：「臺灣新民報記者，謝春木著《臺灣人的要求》」。謝春木是他在總督府國語學校的同班同學，文筆極好，喜歡寫詩，是臺灣第一位寫新詩的人。「詩的模仿」四首短詩，發表在一九二四年，是臺灣第一首發表在雜誌上的新詩，可說是臺灣新詩的《嘗試集》[10]。

四首詩中有首〈煤炭頌〉，丙丁認爲寫得很不錯，因此一直記得。

在深山深藏
在地中地久
給地熱熬了數萬年
你的身體黝黑
由黑而冷
轉紅就熱了
燃燒了熔化白金
你無意留下什麼

丙丁讀得出，謝春木是以煤炭自喻己志。他暗暗鼓掌，也暗暗贊同這個想法，特別在自己得病之後，「燃燒了熔化白金／你無意留下什麼」，更是打動他的心，也以此自況。

謝春木是二林人，與鄉親李應章交好。文化協會成立時，他就率先參加，很早就擔任過理事。二林蔗農事件時，他在日本。回臺後發現二林蔗農事件就是發生在他家的土地上，心中震撼，於是由偏向文學轉爲全心投入政治，他的看法深深影響了蔣渭水與民眾黨。

丙丁也想到，在霧社事件以後，日本人對民眾黨的忍耐似乎已到爆炸邊緣。這次選舉是否會讓日本人以爲民眾黨的社會基礎反不如自治聯盟？由文化協會到臺灣民眾黨成立初期的臺灣，是走知識精英路線，而現在蔣渭水及民眾黨屢屢強調勞農階級，強調無產民眾。這是世界思潮沒錯，但是日本人能容忍臺灣民眾黨這樣主張嗎？丙丁不禁有些擔憂。

10《嘗試集》出版於一九二〇年，作者胡適。此作品為中國現代文學史上的第一本白話詩集，也是開創新文學運動之代表性著作。

第四十二章

當三十多名日本警察衝入會場，舉牌大叫「中止會議」的時候，丙丁似意外又不意外。

在一個月前，丙丁就覺得日本新總督太田政弘絕對不是來向民眾黨表示善意的。他的前任總督石塚，就是因爲民眾黨向國際聯盟爲霧社事件提出控訴所產生的國內外壓力而下台，是以太田一定要向民眾黨表示日本總督的強勢威權。太田總督那頂著光頭、上唇蓄鬚、架著一副圓框眼鏡的軍警相貌，透露著他的冷酷。雖然出身東大，但也有濃厚的警界背景。五年前，他是內閣的警視廳總監。

今天，昭和六年（一九三一）二月十八日，民眾黨在本部召開第四次全國黨代表大會。丙丁在步入會場時，遇到來自葫蘆墩（豐原）的紳士廖進平[11]。廖進平以前是文協「活動寫眞」第一隊的辯士，和第二隊領隊的丙丁自是相當熟稔。

廖進平很高興地說：「少年耶，好久不見了。對了，一年多前新竹的第三屆全國代表大會怎麼沒看到你？啊！你的臉怎麼了？」

「先輩，我身體不好，休息了一陣子。」

廖進平只是表示關心，並沒有再問下去。這位廖進平出身豐原世家，爲人慷慨大方，做事粗枝大葉。他最有名的事蹟是在十五年前，大正五年（一九一六年），他年僅二十一歲，就募了六萬日幣幫忙孫文發動二次革命討伐袁世凱。孫文那時隨手拿了一瓶威士忌回送他，被他視如至寶，一直珍藏迄今。

廖進平是心地單純、大而化之的人，他也屢批時政，包括痛批日本人處理霧社事件的方式，因此被警方羈押多次。對蔣渭水，他抱著崇拜追隨之心。對一些路線、黨綱的討論，他其實不求甚解。兩人結伴走入會場後，在第二排位子坐下。附近的白成枝馬上移位過來打招呼。白成枝也是死忠的蔣渭水追隨者。

今天的參加者有一百七十人左右，但會場已有三、四十名日本警察。

白成枝說：「今天怎麼日本警察好像比以前多許多？」

廖進平不在乎地回答：「新總督新作風吧。看起來這位有警察背景的總督比較難剃頭。」

丙丁附和了一句：「是啊，石塚總督是東大出身的文官。新來的太田總督雖然也是東大畢業，但行政經驗豐富，歷任縣知事、關東廳長官，也當過警視廳總監，看起來是個厲害角色。」

會議開始了，今天的重頭戲是修訂民眾黨黨綱。蔣渭水簡短致詞後，交給司儀去主持會議。司儀李友三是臺灣工友總聯盟的重要幹部，也是民眾黨勞農委員會的委員。他大聲唸出在十二月中常委開會時的決議。

「……民眾黨將以勞動者農民無產市民及一切被壓迫民眾的立場，修改綱領如下：爭取勞動者、農民、無產市民及一切被壓迫民眾的政治自由。……」

司儀唸完後宣布表決，在場的民眾黨員紛紛站了起來，歡聲雷動，有人還不停地拍著桌子表

11 廖進平是畫家廖德政之父，死於二二八事件。

示興奮。

下一分鐘，日本警察開始鳴笛，一面大喊「中止會議」，一面舉著「中止會議」的牌子衝入場內。

廖進平、白成枝和丙丁三人也站起來對衝進來的警察叫罵，抗議日本人中斷會議。會場秩序大亂。有幾位警員衝上了主席臺；有幾位高舉著警棍，向坐在前排的丙丁這邊跑來。他們三位和日本警察周旋多次了，知道如果自己不先動手，日本警察也不會出手太重。三人和警員拉扯了幾下，警員以「破壞公共秩序」為名，宣布逮捕這三人。

不料這時又生變化。在場的日本警員接著又舉出「結社禁止」的牌子。白成枝大為驚訝，喃喃地說：「這是什麼意思？難道要禁止民眾黨？」

在混亂中，白成枝因為腳有些跛，一個不穩，趴倒在身邊的日本警員身上。丙丁伸手去扶白成枝，日本警員叫了一聲：「ばかやろう（混蛋）！」隨著一巴掌打在丙丁臉頰。丙丁一個踉蹌，跌倒在地，右臉頰碰到椅子，顴骨旁腫起，嘴角也滲出血來。廖進平扶起丙丁，作勢要丙丁不要再逞匹夫之勇。就這樣，三人都被警員帶回北署。

到了北署，已有多位民眾黨同志在那裡。蔣渭水坐在地上，臉色漲得通紅，一臉悲憤。不到四年的民眾黨，竟然因細故要被「禁止」，這是眾人都沒有想到的事。會被禁止多久？大家的心裡都有個問號。

丙丁站在牆角，心中則有些驚恐。他剛剛跌倒在地，右臉腫起而且出血。但他發現右臉不覺得太痛，反而有些麻。但這種時機他不敢說，大家在意的都不是自己的被捕或被揍，而是「難道民眾黨到此為止了？」。

一共有十六人被拘留，兩天之後才放出來。蔣渭水、陳其昌等一干人到了民眾黨部前面攝影留念，向黨部做最後一瞥。丙丁找了一個理由婉拒照相，他的心裡七上八下的。

回到臺南的丙丁，在五天後，二月二十三日的報上看到了一篇蔣渭水、謝春木、陳其昌、許胡、廖進平、張晴川等主要民眾黨幹部聯名刊出的抗議聲明：

……臺灣民眾黨雖死，但臺灣人依然存在。只要專制政治存在一天，解放運動也依然存在一天。……基於此次日本官憲違背立憲精神，並且無視結黨自由的人民權利之事，臺灣人大眾必定起來抗議。若是因總督府這無理的挑戰能喚起大眾熾烈的鬥志，民眾黨雖死也不覺遺憾。

臺灣人的解放運動，單靠知識階級及有產階級是不可能獲得成功。臺灣人全體的自由必須依賴勞動者、農民、無產市民的奮鬥才有可能實現，……吾等的當前急務，乃是促進戰線統一，以期早日達成解放運動之目的……

丙丁看著這篇文章，彷佛蔣渭水在他面前一字一字唸著，兩行眼淚不禁流了下來。他被拘禁在派出所的兩天，反而沒有流過一滴眼淚。此刻，他終於了解蔣渭水何以讓日本人害怕了，因爲蔣渭水絕不妥協。民眾黨也讓日本人害怕了，因爲民眾黨將「臺灣人解放運動」與「各階級共同奮鬥」結合的政策，會是一把利劍，會撼動日本對臺灣的壓制。

自從「臺灣地方自治聯盟」脫離臺灣民眾黨以後，蔣渭水就開始使用「臺灣解放」來代替「臺灣自治」。

丙丁和其他的民眾黨員的想法是：不妥協的蔣渭水，絕對會再成立下一個政黨。臺灣人的解放運動，絕不會中斷，也不可能中斷。

當時大家沒有想到，再堅持的人一旦面臨了死亡，也只能向命運屈服。沒有了蔣渭水的臺灣，要等待下一個以臺灣人爲主力的政黨，竟然一等就是兩萬多天，要到民眾黨被禁五十六年後的一九八七年才出現。

第四十三章

沒有了臺灣民眾黨，丙丁回到臺南，就把心力又放在臺南的工友總聯盟活動以及《赤道報》的編輯工作上。

五月一日，他參加了勞動節的大會，也發表了演講。但是，沒有了民眾黨，眾人情緒低落。因爲空閒時間變多了，丙丁也幫林秋梧作「反對普渡」的宣傳。

阿好倒是高興丙丁留在家裡的時間變多了。自從一九二九年的秋天到了臺北以後，阿好非常留意臺北音樂界的狀況，到臺南教會練歌的時間也變多了。她最近愛上了手風琴。阿好也和張福興先生積極保持聯絡。

今年年初，張福興老師告訴他，有一位柯明珠，也是臺南人，比阿好小四、五歲，十六歲時就到日本的大妻高等女學校念書。因爲歌唱得很好，一九二八年入東京的日本音樂學校學習聲樂，今年三月底畢業，已回到臺南。

張福興對柯明珠非常欣賞。一位是第一次到日本接受正統音樂訓練的臺灣人，一位是第一位到日本接受正統聲樂訓練的臺灣女子。

這位柯明珠年紀輕輕就自日本音樂學校畢業，阿好心中好羨慕。阿好因爲未能接受音樂學校的正統教育訓練，心中一直有憾。

阿好很高興，因為她終於見到柯明珠。原來柯明珠在東京時也信了基督教，因此回來後就在教會任職，兩人常在教會見面。

柯明珠回到臺南，很快就被介紹了一位黃醫生。黃醫生也是教徒，黃醫生的曾祖父是當年參與蓋「太平境教會」的泥水匠，因此已經是三代信教。後來，柯明珠與黃醫生結婚，而成為「先生娘」。

七月中旬，丙丁等人又在興文齋的樓上聚會，準備看新出版的第六期《赤道報》。

「唉，六期禁了四期。有幾次，還在印刷排版中，日本警察就進來把東西都沒收了……。」林占鰲悶悶不樂地說。

林秋梧拿起一份去年底出版的《反普特刊》，重重地往桌子上一摔。

「辦不下去了！我想《赤道報》就此停刊吧！我們休息幾個月再說。日本人大概看到『赤道報』三個字就禁了，我想換個名字，出版別的！」

林秋梧環顧眾人。「大家覺得《廢報》這個名字如何？」

莊松林安慰秋梧：「秋梧，沒關係。」雖然秋梧的名號早已改為「證峰法師」，但大家還是習慣叫他秋梧。「我們這些努力不會白費的。和日本人對抗也是如此。有努力，就有收穫。」

這時林秋梧問：「梁加升怎麼還沒來？」

丙丁說：「他去臺中開會，今天晚上應該會回到臺南。希望他會趕到。」

丙丁嘆了一口氣。「日本人的手段愈來愈嚴厲了！農民組合在兩年前成為非法，民眾黨今年二月沒有了。才過一個月，三月間日本人又大舉逮捕臺共，我想臺共也差不多完了。臺共一完，新文協看樣子也無法運作下去。」

趙櫪馬問丙丁：「蔣渭水先生眞的不想再組一個政黨？」

丙丁說：「目前他似乎意願不高。渭水仙三月中在臺北開了一個會議。他說他決定暫時不再成立政黨，但社運工作會繼續進行。例如，他還是臺灣工友總聯盟的顧問，可以用工友總聯盟的名義來舉辦活動。」

丙丁說：「蔣醫生是這樣說的：『此次民眾黨被解散後，可說臺灣同胞個個悲憤激昂，惋惜追念。民眾對本黨有這樣的愛護，眞是我們莫大的自慰。有此民心，不怕無黨。政府雖能禁止政黨，總不能禁止民心。』」

林秋梧恨恨地說：「現在除了那不成大事的臺灣地方自治聯盟，其他的團體都被日本人修理光了。日本人全面逮捕臺共，聽說謝阿女也被捕了。臺共、農民組合、民眾黨，全部被禁。還好我們還有一個次團體臺灣工友總聯盟可以運作。」

丙丁說：「唉，我們民眾黨還算合法的，所以只是被解散而已。日本人將農民組合主要成員都判重刑。簡吉三年前被關了一陣子，好不容易放出來，今年又被捕，而且一判就是十年。

「至於臺共，更糟。日本人視臺共爲非法，抓到就下獄。不論男女黨員絕不留情。謝阿女、楊克煌、楊克培、趙港、陳德興、劉守鴻、王萬得都被抓了。好像只有簡娥還沒被抓到。這簡娥很聰明。還有蘇新也還沒被抓。農民組合的簡吉被判了十年。這些臺共大概也差不多，不會少於十年吧！」

趙櫪馬說：「這謝阿女眞是傳奇啊。一個窮人家的女工童養媳，又當了人家的小姨仔，竟能靠著自修，二十五歲變成莫斯科大學留學生，二十八歲成爲臺共在上海成立大會的大會主席。她多次被日本人逮捕，相信多多少少被刑求過。這女子太令人佩服了。」

莊松林說：「臺灣的反對運動，查某人不輸查甫郎。除了臺共的謝阿女和簡娥，還有一位『土匪婆』葉陶也很有名。她還有一個綽號叫做『鱸鰻查某』。她是農民組合楊貴的妻子。看綽號就知道她作風強悍，我們男人可要加油啊，呵呵。」

莊松林笑完，轉向丙丁說：「對了，嫂夫人也是又漂亮又堅強，又多才多藝，她若全力投身社會運動，一定也會很快出頭，成為焦點。」

丙丁不喜歡大家談論阿好，於是把話題岔開：「對了，最近好久不見韓石泉、黃金火和王受祿三位臺南老醫生了。很懷念他們呢，他們是很好的人。」

丙丁說：「他們好像連自治聯盟辦的活動也不太參加了？我記得一九二八年民眾黨在臺南開黨員大會，王受祿是議長，韓石泉是副議長呢。」

莊松林說：「韓石泉夫妻在去年底的虛擬選舉，不是都雙雙高票當選嗎？」

林占鰲說：「丙丁說得對，王受祿醫生與韓石泉醫生在這一、兩年，家裡都發生不幸的事。他們的大兒子都夭折了，兩人精神都大受打擊。王醫生入了教會，轉而熱衷傳教，連在共和病院的時間都變少了。」

丙丁吃了一驚。「韓醫生的大兒子夭折了？為什麼？什麼時候？」

林占鰲說：「是你在廈門那段時間吧。韓醫生的小孩在週歲前後因病夭折。王受祿醫生的兒子也差不多在同一時間去世。兩人都深受打擊。本來王醫生、韓醫生與蔡培火三人想籌設一個『新生堂集團』專做慈善事業，但後來因為王醫生興趣轉向宗教，韓醫生則專心看病，就沒下文了。現在蔡培火與楊肇嘉成為地方自治聯盟最重要的臺柱。」

林占鰲又說：「韓石泉醫生和黃金火醫生已經不太參加社會工作了。所以我們相對更重要。」

丙丁想起過去情誼，感慨萬千，心想該找個時間去拜訪這兩位醫生老朋友。

這時，梁加升匆匆走了進來。

「喔，你趕回來了！」秋梧趕快轉身去倒茶。

梁加升沒有答話，神色緊張地向大家說：「各位，蔣渭水生病住院了，住在臺北病院。」

丙丁站了起來，「爲什麼？有要緊沒？」

梁加升說：「詳情我也不知道。聽說是最近因爲腹瀉好一陣子，體力精神都很差，整個身子塌下去，竟嚴重到要住院。」

第四十四章

眾人聽到蔣渭水生病住院都很憂心。林秋梧更是長長嘆了一口氣。

「大家要注意自己健康啊！我有一位在臺北師範學校晚我兩屆的學弟叫陳植棋，基隆人，是個繪畫天才，美術學校尚未畢業就兩次入選『帝展』。兩個月前竟然病逝了，才三十歲不到。唉！天嫉英才！」

梁加升驚呼說：「怎麼又是如此？臺灣最好的雕塑家黃土水，一九二〇年成為第一位作品入選帝展的臺灣人，後來又入選四、五次。去年年底也突然在東京急病去世，才三十五歲！」

秋梧長嘆了一聲，說：「這就是命啊！我一九二二年畢業前被校方退學。陳植棋在一九二四年畢業前被校方退學。美術老師石川欽一郎看他很有繪畫天份，家境也不錯，鼓勵他到東京美術學校進修。我參加東京臺灣同學聚會時遇到他，知道他很成功，非常高興。沒想到前幾天收到日本來的消息，說陳植棋去世了，是結核菌跑到腦部……唉！」

丙丁囁囁地說：「別說了，大家都保重就是。我相信蔣醫師會恢復的。他那麼強健，像一頭牛！」經年為病所苦的丙丁，心中對疾病有陰影，很忌憚大眾一直談這些英年早逝的事。而林秋梧大概也沒有想到，三年三個月後，自己竟步上陳植棋的後塵，也因肺結核去世，只有三十二歲不到。

第二天，丙丁聯絡上了與蔣渭水甚爲親近的陳其昌。陳其昌說，蔣渭水因爲腹瀉不適，在七月初住院，豈料腹瀉不但沒有改善，而且發現糞便帶血，人一直瘦下去，體力也極虛弱。最近糞便化驗出病菌來，是腸子的「窒扶斯」，過去中醫所謂「傷寒」之意。

丙丁看到信嚇到了。他沒想到，他心目中的渭水先生，自己是醫生，竟會拖到病情如此嚴重。丙丁告訴阿好，蔣先生病得很嚴重，他要到臺北去幫忙。

阿好知道蔣渭水在丙丁心中的重要。她說：「我與你一起上臺北。」

第四十五章

阿好和丙丁到了臺北車站，就轉往總督府臺北病院探望蔣渭水。車站到醫院，步行只要十分鐘左右。

阿好與丙丁走在醫院光亮平滑中央走廊上。空氣中有著濃厚的消毒水味道。

進了大門，阿好就被這棟建築的莊嚴、壯闊與美麗震懾了。阿好也不滿日本人視臺灣人為二等公民。她本人在末廣公學校也有痛苦經驗。她也支持丙丁投入蔣渭水的文化協會與民眾黨。不同的是，阿好雖不喜歡日本人，卻很喜愛日本文化，也喜歡日本政府的法治觀念及現代化建設。

阿好的爸爸是感染鼠疫過世的。因為阿好的爸爸早死，所以在婚後她把媽媽和跛足的小舅舅都接過來住。

阿好的媽媽告訴阿好，日本人剛來時，臺灣的傳染病一大堆，鼠疫、瘧疾……什麼都有。但自從日本人來了以後，把許多感染病都撲滅了。阿好的媽媽特別提到後藤新平這個名字。阿好記得她媽媽是這樣對她說的：「後藤新平早一點來臺灣就好了，這樣你阿爹也許不會死在鼠疫了。」

而現在，她走在後藤新平為臺灣蓋的總督府臺北病院，她心中對後藤新平由衷產生敬意。總之，她對日本人的感情很矛盾。

阿好與丙丁很快就找到蔣渭水所在的傳染病房病室。陳甜親自出來應門。

因為這是感染病室，加上蔣渭水已經證明是腸窒扶斯細菌感染。所以不論是醫院人員或家屬，進出都要先用消毒水洗手，而且要套上一件醫院的消毒衫。

病床上的蔣渭水，臉頰比原來消瘦許多，面色微黃。看到丙丁夫妻，蔣渭水掙扎地想坐起來，被在病榻旁的正室石有制止了。蔣渭水改以右手打招呼，臉上擠出一個笑容。丙丁走向床榻，蹲了下來，伸出左手，要去握蔣渭水的手。蔣渭水笑笑搖頭，丙丁恍然大悟。石有趕緊站起，把自己的椅子搬到丙丁身邊，丙丁也不肯坐下。

兩人正互相推讓中，一位年輕醫生捧著一個鋁盤走了進來。盤子內是一支很大的玻璃注射筒。醫生替蔣渭水綁上止血帶，尋找血管，準備為蔣渭水做血管注射。丙丁看到蔣渭水的手肘上已是針孔纍纍、烏青片片，不覺「啊」的一聲。

陳甜說：「每天早中晚要打三次營養針。」醫生的技術很不錯，一次就打進血管。蔣渭水說了一聲謝謝，隨後閉起眼睛，讓醫生慢慢注射。

丙丁想到自己在廈門時，也是被打針，但是肌肉注射簡單多了。扎針雖不痛，打完以後的皮下硬塊則讓他吃盡苦頭。

這時陳甜在旁邊告訴阿好，這是五十毫升的玻璃針筒，是現在所能製備的最大針筒。年輕醫生好不容易把針筒內的黃色注射液推完，站起來準備離開病室。石有和陳甜都起身不停以日語向醫生稱謝。

丙丁和阿好看蔣渭水很累，就向石有及陳甜告辭。

阿好和丙丁離開蔣渭水的病室，兩人都心情沉重、沉默不語，緩緩向醫院大門口走去。

丙丁走得非常慢。還沒走到病院門口，他就向阿好說有些累，希望休息一下。還好，臺北病院門口天井旁，有個小喫茶店。兩人在喫茶店坐了下來。丙丁叫了一杯冰茶，阿好點了一杯咖啡與一份長崎蛋糕。天井裡有棕櫚樹與熱帶花木，還有個水池，各色錦鯉游來游去。丙丁全無心情觀賞美景，又嘆了一口氣，阿好知道他憂心著蔣渭水的病情。

兩人離開臺南時，晴空萬里，到了臺北卻是一片陰天。此時更突然下起雨來了。雨滴打在棕櫚葉上，阿好覺得很有節奏感，丙丁卻似乎因下雨而心情更惡劣了。

丙丁問：「我們和詹天馬的約會是幾點鐘？」

阿好說：「他約我們四點在永樂座見面。」

丙丁的表情很疲憊，「我覺得很累，想回旅舍休息。妳可以一個人去嗎？」

阿好點點頭。蔣渭水的病情，看起來比他倆原先想的還糟。她了解丙丁現在內心低落不安。再則她寫信給詹天馬請求見面，是爲了談「映畫」與「音樂」，她了解丙丁在這樣的情況下，不可能有心情談論這些。

她伸出手來，握著丙丁的手，「你別擔心我，從這裡到永樂座會經過我們住的旅館。你坐了那麼久的火車，昨晚在火車上也沒睡好。你先回旅館休息。我到永樂座與詹先生見了面，六點左右回旅館，再一起去吃飯。如果永樂座今天正好有演映畫，我們一起去看！」

丙丁苦笑著，「妳興致眞高，再說吧！對了，替我向詹天馬說聲抱歉。」

第七部 永樂座

《火燒紅蓮寺》的盛況，你們都看到了，永樂座每次大爆滿。
這個新娛樂，日本人稱為「映畫」，上海人稱「電影」……

但要舉行葬儀行列的時候，暗雲低迷，一剎那雨降，恰似蒼天亦為蔣氏而流淚……

第四十六章

阿好叫了人力車。從臺北病院到臺北驛後站附近的旅館，距離不算遠。阿好讓丙丁先下人力車，再到大稻埕的永樂座。阿好看看時間還早，就走到附近很有名的霞海城隍廟。

阿好是受洗的教徒，不舉香，不拜拜。也許是受到丙丁的影響，她對傳統的神祇還是尊敬的。霞海城隍廟是以湊合男女的婚姻著名。她站在霞海城隍的神像前默禱著，請神明保佑她與丙丁身體能平平安安，婚姻能長長久久。

她今天在蔣渭水的病室體會到了人生無常。阿好在一九二九年初見蔣渭水，那時他英氣煥發，丙丁因罹患隱疾而倉皇失措。不想才兩年，現在丙丁精神不錯，反而蔣渭水似乎性命堪虞。她是女人，方才看到陳甜，特別有感。美麗嫻淑的陳甜，與渭水良緣美眷十年，但現在，她很爲陳甜擔心，這段良緣能再延續多久？

阿好自己的母親也是年輕就守寡，她了解長年守寡的女人的可憐。看著陳甜，她很是不忍。阿好又想到自己，丙丁的病是否痊癒，她也不敢奢望。她心中一直有陰影，深怕自己和母親一樣，年紀輕輕就失去丈夫……。一旦失去丙丁，她有五個大人小孩要養。她不敢想像，但是她必須有準備。

去見詹天馬，就是她的準備工作，她的未雨綢繆。認識詹天馬，是一個機緣，卻讓她對未來的日子帶來很大的想像空間。

今年一月十五日模擬選舉結果公布後，她很開心自己當選。阿好本來就是時尚先進、既洋式又有點日本風的女子。她信基督教，唱西洋歌。她終年穿洋裝，從不穿唐裝。她雖然不喜歡日本看不起臺灣人的殖民心態，但對日本人引進的歐洲文明與藝術卻非常喜愛。她自小學習洋樂，不喜歡臺灣傳統歌仔戲及小調。正好這幾年，由活動寫眞到電影的迅速發展，都讓她大開眼界。

臺南本來有本地人集資的「大舞臺」。丙丁的美臺團就常常選擇在大舞臺演出。一九二八年，日本人又蓋了宮古座劇場，更加新穎美觀。新的文明已在臺灣形成中。

一九二九年，宮古座開始播放電影《火燒紅蓮寺》，大爲轟動。阿好非常想看，也向丙丁提了。但是就在一九二八年底，阿好生了老二，兼又丙丁在忙民眾黨的事，於是一猶疑，檔期就過了。然後九月又有新的《火燒紅蓮寺》來上映了。但這次更糟，丙丁發現自己有病，徬徨無主，她也黯然神傷。那是她一生最黑暗的時刻。去年（一九三〇）春節，又有不同的《火燒紅蓮寺》來了，這次則丙丁去了廈門不在臺灣。

今年春節，好不容易丙丁回來了，而且更爲健康活躍，於是她向丙丁提出請求，丙丁也答應了。兩人甜甜蜜蜜到了宮古座。

丙丁以前負責美臺團，播映過活動寫眞，當過默片的辯士。一就座，丙丁就開玩笑說：「我們以前常被日本警察『辯士中止』、『辯士違法』亂叫亂叫。像今天這個《火燒紅蓮寺》，又是大年初一，不知有沒有日本警察在？」

正片一上映，「放劍光」的決鬥、飛簷走壁的紅姑，丙丁完全被迷住了。阿好在旁邊看著丙丁目瞪口呆的表情，心中好高興。

她已經好久沒有看到丙丁心情如此放鬆，神情如此愉快了。扮演紅姑的是上海明星公司的招牌女星蝴蝶，長得秀麗清純。她英氣十足的紅姑扮相，擄獲了全場觀眾的心。而更精采的是辯士。映畫本身已經精彩無比，這個辯士更是功力深厚，講話抑揚頓挫，與劇情同步，完全帶動了觀眾的情緒。這位辯士，一人兼顧男女老小四聲道，還會模擬「放劍光」的光激聲、房子火燒時的爆炸聲、劍士決鬥時的搏擊聲。種種出神入化的演出，讓丙丁這個「辯士」過來人讚嘆不已。

「電影精采，沒想到辯士更是精采中的精采。」丙丁說：「我們去找這位辯士認識認識。」

那天的辯士就是詹天馬。

丙丁見到詹天馬非常高興，詹天馬也很高興能見到丙丁。原來丙丁這幾年的打拚，加上去年的模擬選舉，《臺灣新民報》的報導雖然沒有特別介紹丙丁，但有心之士會主動去關注的。

詹天馬就是有心之士。

他本名詹逢時，是大稻埕的有名仕紳，交往廣闊，又有新式思維。詹天馬不僅認得丙丁，也知道阿好。他向丙丁說：「你好福氣，有這麼時尚又漂亮的夫人，還有知名度。」當他知道阿好有個好歌喉，又會唱西洋古典歌曲時，非常驚訝。同樣的，當丙丁知道這支《火燒紅蓮寺》的映畫就是詹天馬自上海引進臺灣的，也非常驚訝。

三個人非常投緣，期待再相見。詹天馬說，下一次丙丁、阿好夫婦一起北上，他要在大稻埕最有名的咖啡屋招待他們最好的咖啡和洋食。（而數年後，詹天馬在大稻埕開了一間「天馬茶房」，成爲當時臺北最有名的咖啡屋之一。）

沒想到，半年後，夫婦倆竟是在這樣的場合上了臺北。丙丁心情不好，變成阿好單人到永樂座赴會。永樂座是詹天馬在臺北的重要據點，專門放映詹天馬進口的電影。

詹天馬也很期待見到丙丁和阿好，早已迫不及待站在永樂座門口等候。他遠遠看到阿好，就走了過來深深一鞠躬。這時雨勢已停，阿好向詹天馬致歉丙丁沒能來，然後也雙手貼著雙膝，向詹天馬彎腰行禮。

詹天馬興沖沖地說：「阿好老師，我約了陳君玉、王雲峰、李臨秋三位，都是音樂工作者。」詹天馬用「老師」稱呼阿好，讓阿好非常高興。

詹天馬帶著阿好繞過兩個街角，到了一間咖啡屋，三位穿著洋派的男士已在內。詹天馬爲阿好介紹：「這是王雲峰、陳君玉、李臨秋，大家都期待見到老師。」

三位男士知道阿好會唱洋歌，都甚爲驚訝。

王雲峰最先開口：「太好了，我們臺北雖然也有幾位歌者，不過大多是傳統歌仔戲班出身的，對西洋樂曲都很陌生。眞希望馬上聽到阿好老師演唱！」

陳君玉很興奮地說：「我們的機會來了。大家都知道日本蓄音在前年已經被古倫美亞收購了。古倫美亞很早就有出張所在臺北。最近他們看上了臺灣的市場，知道臺灣文化大約介於日本文化及中國文化之間。他們在臺灣的負責人已經錄製臺灣人唱的各種曲調，希望能打入東亞市場。阿好老師還會西洋古典歌曲，眞是太好了。」

阿好謙虛地說：「我並沒有受過西洋音樂的正式訓練，只是跟著教會牧師娘學習多年的歌唱、鋼琴、小提琴及手風琴。但主要的時間還是工作、上班，並非以音樂表演爲主要工作。我對歌唱很有興趣，若能成爲專業歌唱家，我也非常渴望。只是我住臺南，比較不方便。」

「喔，老師是臺南人，」王雲峰說：「我也是臺南人。但是從東京神保音樂學院回來之後，就住在大稻埕了。我在日本是學作曲的，回到臺北，竟當起辯士來了。這位天馬先生是我們『老大』。」王雲峰笑呵呵地說。他看起來是這幾人中最年長的，是一位幽默達觀的前輩。

詹天馬向阿好說：「這位雲峰兄愛說笑。雲峰其實才是臺灣第一位獲得辯士執照的人。我都是向他學的。我說啊，他應該多花時間去作曲及編曲，那才是他本行。」

最年輕的李臨秋坐在一旁一直沒開口。詹天馬說：「雲峰是作曲的，而這位臨秋是作詞的。臨秋今年才二十二歲，已作過〈倡門賢母〉和〈懺悔〉兩首歌，都獲好評。臨秋是好額人底。可惜幾年前他爸爸爲人作保卻被倒了，接著人又病倒。永樂座的老闆陳天來是他母親那邊的親戚，於是他到永樂座從基層做起，不容易啊！」詹天馬憐惜地嘆一口氣，「臨秋現在在高砂麥酒株式會社[12]當採購。不要看他年紀輕輕，他是家學淵源，漢學底子非常好。有時我還要請教他。」

李臨秋有些羞怯，只說一句：「請多多指教。」

詹天馬說：「雲峰，我今天找你和君玉來，想要與你們商量一件事。」

王雲峰年紀最大，和詹天馬也最熟。他又笑謔說：「我們天馬兄錢很多，野心也很大。他要做一番大事業，請大家多多幫忙！」

詹天馬看了他一眼。「雲峰，拜託，別亂了。」他轉頭向大家說：「《火燒紅蓮寺》的盛況，你們都看到了，永樂座每次大爆滿。這個新娛樂，日本人稱爲『映畫』，上海人稱爲『電影』。我相信是一項很有前途的行業。阿好老師也看到了，臺南宮古座擠得幾乎都無法走動了。」

「所以，」詹天馬說：「我想來組一個公司，向上海的幾個電影公司進口電影，一年七、八部左右。」

三個人聽了，都認爲是好主意。

詹天馬接著說：「但是，目前還是無聲電影居多。因此，我想把電影和音樂結合起來。」

三個男士都面露喜色，表示同意。阿好插嘴問：「日本呢？日本有哪些電影公司？有打算進口日本影片嗎？」

詹天馬說：「日本我不熟。日本公司什麼松竹啦、東寶啦，代理人一定是日本人，不可能是我這臺灣人。但我很熟悉上海或香港那些電影公司，像明星、星光、聯華。他們一年拍好幾部，賣座都相當不錯，背景臺灣人也容易懂。我和雲峰可以當很好的辯士。」

詹天馬笑著看了阿好一眼。「現在臺北有永樂座，臺南有宮古座，我希望將來連新竹、臺中、西螺、斗六、嘉義，甚至岡山、麻豆、羅東，全臺大小城鎮都能有規模較大場所可以來播放電影。也許將來可以有『電影院』這個名稱。」

「但是哪來這麼多辯士啊？」王雲峰說。

詹天馬說：「是啊，將來會需要許多辯士。現在辯士還要考試，希望將來不必。像《火燒紅蓮寺》劇情簡單，沒有辯士說明大概也看得懂。但也可以有劇情曲折有趣的。」詹天馬愈說愈高興，神飛色舞，「去年成立的聯華，有一位當家女明星叫阮玲玉，公司替她量身製作了一部愛情電影。聯華的卜導演我見過，他對我談了不少他的構想，是男女的戀愛故事。我相信來臺灣會受歡迎。但是我們要有一些宣傳的新手法，讓大街小巷民眾都知道，不能只在報紙登電影廣告，那只限於少數看報紙的人。我想用音樂來宣傳。即使電影演完了，唱片還可以賣很久。」

陳君玉呵呵笑著，「天馬兄眞有生意頭腦。我覺得電影和曲盤將是未來臺灣社會兩大熱門。大看起來未來有聲電影是趨勢，我們不需要爲辯士煩惱。電影加歌曲是好主意，還可以有曲盤。大

12高砂麥酒株式會社為日治時期臺灣唯一啤酒廠，二戰後幾經更名為建國啤酒廠，現稱為「台北啤酒工場」。

家一起來！我們來製作一些臺灣自己的歌曲。」

「臺灣的歌曲！太好了！」阿好也很興奮，「我主要唱西洋歌曲，但如果有好聽的古調配上臺灣味的新詞，我覺得會很不錯！」

一直不說話的李臨秋這才開口：「阿好老師的想法眞好。舊曲新詞，一定很受歡迎，也容易流行起來。」

詹天馬說：「好吧，以後我們多聯繫。阿好老師，希望能聽到妳的歌聲，配上臨秋的歌詞。」又轉頭向李臨秋說：「臨秋，你平時話不少，今天怎麼那麼安靜？很反常喔。」

李臨秋笑說：「我必須以酒配話，不是咖啡。」眾人大笑。

陳君玉向阿好說：「古倫美亞的日本老闆最近開始注意到臺灣歌及臺灣歌唱家。阿好老師，就像我剛剛說的，妳以洋歌見長，氣質又特殊，與其他臺灣歌手不同，臺灣能有多樣歌唱家是好事。」

詹天馬也說：「我相信電影與音樂是未來的文化主流。最近中國也有人在創作各類歌曲。我們臺灣作曲家要表現給中國人和日本人看。」

阿好很高興能見到這些臺北音樂人，心中期待未來可以成爲臺灣演唱西洋藝術歌曲的代表。他們一起走出咖啡屋時，阿好想：「今天眞是有收穫的一天。」能與臺北的樂壇及影壇人士有了連結，她開始對未來充滿新想像。

此刻，眾人都沒想到，十六年後，就在詹天馬所開的「天馬茶房」，會發生一件臺灣歷史重大事件，影響了所有臺灣人的命運。那就是「二二八事件」。

第四十七章

雖然阿好在臺北病院探視蔣渭水之後，就隱約覺得他可能無法好起來。但是蔣渭水病逝的消息一傳出來，她還是深感震驚。

阿好在第二天就回臺南了。丙丁告訴阿好，他要留在臺北，陪他心目中的臺灣英雄走過最後的日子。

阿好知道丙丁的心情。她早已體會，蔣渭水是丙丁人生的導師、生命的明燈。蔣渭水創立的文化協會、臺灣民眾黨，用日本人的話說，讓丙丁找到了「一生懸命」的地方。她也因此有些擔心。才半年前，民眾黨解散了，現在，蔣渭水凋謝了。兩個重大變化來得如此急遽，如此密集，並且幾乎都沒有前兆，丙丁承受得了嗎？

連阿好自己都無法相信，那英俊、挺拔的身影，智慧而幽默的話語，以後再也看不到、聽不到了。沒有蔣渭水、沒有民眾黨的丙丁，會不會失去了生命之火？

丙丁的來信很簡短，只說蔣渭水的告別式已定在八月二十三日於「大眾講座」舉行，因此命名為「大眾葬」，由臺灣工友總聯盟主持。丙丁是籌辦這個「大眾葬」的主要負責人之一，因此，他會在臺北留到「大眾葬」之後……。

丙丁又說，蔣渭水臨終交代遺囑的時候，他也在場記錄。

後來丙丁回到臺南，告訴阿好，在場還有蔣渭川、杜聰明、羅萬俥和黃師樵。記下文字的是黃師樵，而五個人都簽了名。丙丁潸然淚下，說：「真不知如何描述我那一刻的心情。」

在《臺灣新民報》對「蔣渭水大眾葬」大幅報導，阿好看到了「盧丙丁」的名字。她一字一字讀著：

> 於是由司式者楊慶珍君於八時三十分正式宣告舉行告別式，先後請遺族、葬儀委員集會葬者著席，即由盧丙丁氏謹讀告別式詞，而所謂大眾葬葬儀，即在莊嚴裡開始了，式詞讀完後會葬者一同起立，對蔣氏默禱一分間。次楊氏宣告遺言被禁止之後，其長男松輝繼續祭祠，讀得聲淚俱下，會葬者亦隨之嗚咽不已。
>
> 次入會葬者吊詞，其時臨監警官要求檢閱吊詞，不得已即將全部吊詞六十餘通，在同場受其檢閱，其中被削除的字句很多。先向葬儀委員代表邱明山氏讀吊詞（中止），次工總聯臺北區代表白成枝、同本部代表李友三、臺南區代表梁加升、高雄區陳九、本社代表羅萬俥、臺灣借家人同盟市川、如水社李根盛、霧峰林偕堂、臺北醫師會謝唐山、臺北維新會黃江連、臺灣中華會館林揚川、大溪革新會黃師樵、臺北勞動青年會曾得志、萬華勞動青年會蘇竹南、赤崁勞動青年會陳明來、大同促進會蔡玉麟、臺南店員會吳世明、彰化同志代表許嘉種、虎尾楊克明、花蓮港林仲謨、基隆劉福來、萬華曾金水、臺中廖進平（中止）諸氏、前後相繼讀吊詞，時已過十時，但因時間的關係，以外來有三十餘通的吊詞，盡皆省略。其次由張晴川氏披讀吊文吊電共二百餘電，遠由東京、大連、上海、南京、廈門、廣東寄來者不少。
>
> 但要舉行葬儀行列的時候，暗雲低迷，一剎那雨降，恰似蒼天亦為蔣氏而流淚。

葬者不稍退卻，隨著遺骸而行。該行列以「故蔣渭水先生之臺灣大眾葬葬儀」之靈旂當先，次即音樂、吊軸吊聯、花環、遺像、護衛工總聯會員數百名、遺骸、葬儀委員、會為工總聯會員數百名，其次舊同志及工總聯會葬者，後即一般會葬，均以四人排一列而行，參加人員總計有五千名之多。由永樂座出後，經舊南街、太平町、石橋仔頭、舊本部前、圓環、日新街、新店尾、天主教堂前、牛埔仔，至馬偕病院前解散。

但自永樂座出發後，雖自陰雨不絕，葬儀行列皆照預定進行。送葬者蜿蜒作一長列，沿途堵列圍觀之市民不計其數，實是臺北空前之葬儀行列。於行列中，當局派武裝警官八十名，沿途取締。

阿好在報上也讀到，在大眾葬之後，蔣渭水的朋友們也有了一個聚會，提到大家要合作經營蔣渭水遺留下來的「大安醫院」。新聞上還有丙丁的名字，丙丁也是承諾要接續經營者之一，但這些發起人希望招募更多的同志，並發表了一個「趣意書」：

大安醫院為故蔣渭水先生之遺業，創始於大正五年，迄今以閱十六星霜矣。蓋先生生前所行之社會運動政治運動，專賴大安醫院作根據地又為眾同志之集合所，諸多便益。是大安醫院與臺灣解放諸團體大有歷史上之關係也。於是吾人因欲留先生之遺業，承繼先生之遺志，希圖招合有志創辦實質的社會事業，俾先生遺業垂于永久紀念，茲將大安醫院改組，以大眾本位實費診療為宗旨，以別記條件募集出資金，希祈有志諸彥贊同援助，即幸甚焉。

阿好很高興，如果丙丁能實際去掌理醫院的經營，有了生活的新目標，這樣也不錯。但是丙丁不是醫生，所以大概只是出錢供應資本吧。

阿好苦笑著，其實家裡已經不如以前那麼富裕了。只是丙丁不管家務事，都是阿好在打點。

過了幾天，丙丁回來了。丙丁見到阿好，第一句話就是告訴她：「陳甜出家了。」阿好嚇一跳，但馬上就懂了。她真佩服陳甜。

阿好說：「地方自治聯盟的人到了許多啊，唉，大家平日能這樣團結就好了。」

丙丁說：「遺憾的是，林獻堂沒有到。聽說他看到『大眾葬』，聯想到『農工大眾』，所以決定不來，由林偕堂代表前來。」

阿好打圓場，「每個人都有特殊考量之處，彼此尊重，互相包涵吧。」

阿好也問丙丁，他下一步有什麼計劃？丙丁說他這陣子有些累了，先休息幾天。他打算先投入工友總聯盟的事務，與一些友人，林秋梧、林占鰲、莊松林等商量後決定。

丙丁又說：「這次的大眾葬，我辦得太成功了。外界有『死渭水，嚇破活總督』之話，結果好像我被日本警察特別注意了！」

阿好有些擔心。「怎麼了？日本警員有叫你去問些什麼嗎？」

丙丁說：「沒有，你不必擔心。日本警察只是到大安醫院來找我和陳其昌，要我們在各地的蔣渭水追悼會不要有太過激烈的言詞。後來也聽說，在許多場追悼會，那些旗幟標語都被日本人沒收了。」

阿好想了一下，說：「我想日本人是想了解蔣渭水的後繼人選是誰。沒有了民眾黨，沒有了蔣渭水，以後，原來的民眾黨黨員、原來的蔣渭水信徒，是由誰來領導，這對日本人當然很重要。目前，他們也許會猜想，北部陳其昌、中部謝春木、南部盧丙丁三人最有可能吧！」

丙丁點點頭。「這次我們九個人表示願意繼承大安醫院的經營，日本人認爲我們是以大安醫院爲掩護，繼續集會活動。不過……」丙丁語氣有些落寞，「有些同志，像謝春木、陳其昌，表示對局勢很失望，覺得再組一個黨也沒什麼意思了。不知他們另外有什麼想法。」

丙丁長嘆一聲。「想不到民眾黨被解散以後，蔣渭水先生因爲身體不好，沒能來得及再組黨就過世了。現在原來的民眾黨員開始四散了……可惜啊。」

第四十八章

可是丙丁卻有一件事沒有告訴阿好。

他在臺北病院幫忙照顧蔣渭水的時候，有一天在病房外面的走廊發呆。一個病房的歐巴桑似乎有些好奇地望著他的臉。他警覺地摸摸自己的臉頰，感覺原來開刀的疤痕旁邊似乎又長出小小硬塊。丙丁再找了一面鏡子，果然又隱約出現皮膚紅斑。

丙丁心中有數，但是他決心不告知任何人。他挨了這麼多苦，又打大楓子油又開刀，才讓他可以再與蔣渭水一起多奮鬥一年。

這也許是他人生最精彩的一年，在民眾黨的最後一年，他扮演了重要角色。他本來以爲上天對他丙丁很殘忍，如今他發現，上天對蔣渭水竟然比對他丙丁更殘忍。

蔣渭水走了，他丙丁的好日子也差不多要結束了。因爲他的病好像也復發了。

現在，就像他對阿好說的，蔣渭水死了，因而有更多人會對丙丁有所期待。丙丁現在的重心是臺灣工友總聯盟，這個工友總聯盟是民眾黨被解散後留下來的最大組織。支援工人是他的職責，他的使命。在臺北的時候，他已在報上看到臺北有印刷工人罷工。罷工並沒有結束，自七月下旬一直拖到現在，事件愈鬧愈大。《臺灣新民報》每週都在第四版頭條刊出。在臺北時，他爲了照顧蔣渭水就沒去注意細節。到了九月，他發現幾乎全臺灣的印刷工人團體都已派人到臺北去支援了。有兩名臺南工友總聯盟的印刷工人北上支援，卻被日本警察逮捕，而且下了監牢。

丙丁看到報紙，氣得粗話出口：「幹！」

就在這時，一位派出所所長來到丙丁家。這位中級日本警察丙丁已認識好幾年，他笑嘻嘻地走入丙丁家。他對丙丁說，前陣子丙丁在臺北大出鋒頭，報紙多次報導，成了全臺知名人物，因此特別來拜訪丙丁這位名人。

阿好趕緊捧出茶與餅乾來招待所長。丙丁馬上領悟這位所長是來監視自己行蹤的！

丙丁等這位日本人巡查部長離去，大怒說：「四腳仔竟直接進入我家來探視我行蹤！我下午就去臺北。我要向臺北警局抗議，要他們釋放這兩位工人！」

阿好本來以爲丙丁去了臺北一個多月，應該可以待在臺南一段時間，沒有想到，派出所的探查刺激了丙丁的抗拒心，他又要北上，而且打算去警察局抗議！

阿好心中好失望，但也沒說，只是默默替丙丁打點行李。

丙丁匆匆走出家門。阿好站在門口，目送著丙丁的背影愈走愈遠，最後終於忍不住噗一聲哭了出來。

第四十九章

一九三二年到了。

一月一日的《臺灣新民報》上，登了一大篇〈臺灣解放運動界概況〉，內文介紹盧丙丁為「臺灣工友總聯盟之領導者」。自從蔣渭水過世後，丙丁出現在報章的次數大為增加。但臺南日本警員到家中「拜訪」的次數也大為增加，讓阿好覺得心煩。

而且警員也不只是拜訪丙丁。有時丙丁不在，他們就與阿好「喫茶聊天」。因為丙丁去年九月為關照兩名由臺南上臺北支援印刷工人罷工的工人，去臺北警察局抗議而上了報紙。到了三月十一日，又輪到阿好上了報紙和《婦女公論》的版面，而且還介紹她是民眾黨鬥士盧丙丁的夫人。於是丙丁、阿好成了臺南日本警方最注意的一家。

事情經過是，曾經擔任過「婦人公論社」總編輯，現任「中央公論社」社長的嶋中雄作來臺，並鼓勵臺灣各大城市也成立「愛國婦人會臺灣支部」以及地方分部。「婦人會」以日本內地婦女為主，約兩百人，臺灣婦女二十位，而阿好當選了臺南支部幹事。於是《婦人公論》做了專訪，但臺南日本警察威脅要唯一臺灣人幹事阿好退出，否則解散該會。阿好為了顧全大局，選擇退出。

阿好雖然退出了，但顯示她是臺南聲望最高的婦女。她心中依然高興。

而在這年（一九三二年）農曆春節還發生了一件阿好和丙丁始料未及的大事。

去年春節是阿好最快樂的一個春節。她和丙丁看了人生中第一場電影，也讓她認識了臺北最尖端的音樂人、電影人。她對自己的人生開始有了不一樣的憧憬。她很早就對丙丁說，今年春節要去宮古座看今年演出的電影。

去年七月，詹天馬向她提到要組公司，進口上海的中國電影。詹天馬果然說到做到。今年一月三十日，阿好在《臺灣新民報》上看到一則詹天馬登的廣告。詹天馬的公司叫「巴里影片公司」。巴里公司引進的《桃花泣血記》預定於今年春節在永樂座上映。詹天馬與王雲峰爲了《桃花泣血記》，合作創造一曲也叫〈桃花泣血記〉的宣傳歌，歌詞就是電影的劇情。從臺北回來的丙丁告訴阿好，詹天馬和王雲峰租了一輛小拖車，兩人站在車上，拿著麥克風，在臺北大街小巷穿梭，播放他們兩人創作的歌，等於做電影宣傳，果然在臺北造成大轟動。不但唱片大賣，電影也大賣。

「這人眞是天才！」丙丁也好佩服這位樣樣通又點子多的詹天馬。

而在臺南，宮古座今年也選了詹天馬進口的影片，叫做《清宮祕史》。阿好興趣缺缺，大失所望。還好可以容納更多觀眾的電影院大舞臺來了稀客。「日本松竹大舞團」新曆年在臺北演出後，開始全臺巡迴，春節二月六日在臺南演出。丙丁說，他大年初一準備在家接受朋友拜年。大年初二若依臺灣人的習俗，是妻子回娘家，但阿好的母親就在家中一起住，於是全家決定初二當天去大舞臺看松竹歌舞團的表演。

二月四日，除夕前一天，天色已黑。丙丁吃完晚飯，突然門口有敲門聲。阿好去應門。一位高瘦男子頭戴紳士帽，帽沿壓得甚低。看到阿好，來客把帽子一脫，卻是李應章。

「應章先輩，好久不見！」丙丁看到李應章，大吃一驚，迎上前去招呼。

雖然天氣不算太冷，李應章卻穿著長大衣，拎著一個頗大也似乎頗重的行李。

阿好問李應章：「吃飽了嗎？」他搖搖頭，阿好趕快轉去廚房。

這不尋常。丙丁知道一定事出有因。

李應章很快吃完，很餓的樣子。阿好接過飯碗，轉身再去添飯。

一直默默無語的李應章，終於開口：「丙丁，我是順道來向你們道別的。」

「順道？去哪裡？」丙丁問。

「去廈門。」李應章愴然一笑。

「從臺南？你一個人去？」阿好想到李應章的家人。

「是，只能以後有機會再接他們過去了，也不知要等多久。」李應章點點頭，神情落寞，「我打算自安平偷渡。」

空氣頓時凝結了起來。

李應章先打破沉默：「我決心離開臺灣，離開日本人統治的地方。日本人派人長期監視我，我隨時有再被逮捕的可能。我也痛恨日本人。」

阿好站起來。「我去整理房間給應章過夜。你們好好聊聊。」

李應章也站起來向阿好稱謝。

李應章喝了一口熱茶，眼睛直視著丙丁。「自從我出獄後，日本人還是不放過我。我覺得整天被跟蹤，早晚會再被日本人逮捕。再說，以大局來看，日本人現在什麼都不容許。民眾黨解散了，蔣渭水死了。簡吉在獄中，農民組合也差不多四散了。臺灣共產黨幾乎全被逮捕。謝阿女、蘇新都被判十多年。我們這十年來的努力……唉！在臺灣繼續拚，也拚不出什麼局面來。所以我要走，離開臺灣。我打算去廈門，繼續和這些日本四腳仔對拚！只要不在臺灣，日本人就抓不到我。」

丙丁不知如何回答。雖然被日本人當二等國民，雖然也被日本人逮捕多次，雖然現在應該也是被日本警方作記號特別在監視他，他倒是從來沒有想過要離開臺灣。

李應章又說：「丙丁，你知道嗎？陳其昌、謝春木，都已經離開臺灣了。」丙丁驚訝地「啊」了一聲。

「謝春木去年十二月自基隆離開的。他從廈門寫信給我，我才知道。陳其昌也到了廈門。我不想申請旅券。我不想和日本政府打交道。我要去中國和日本人對幹。明天晚上，麻煩你送我到安平……」

燈光下，李應章的表情很堅毅。剛剛進門時的落寞完全不見了。

想到明天一別，他日也許難再相逢，兩人半生交情，或就此斷絕。

「應章，我們一直爲臺灣奮鬥，離開臺灣，能再爲臺灣奮鬥嗎？民眾黨被解散以後，蔣渭水在多次討論中，從來沒有表示過要離開臺灣這塊土地，所以我也從來沒有想過離開臺灣。」丙丁搖搖頭，「我在廈門那半年，恨不得早日回臺。我無法想像長年離開臺灣家鄉。」

李應章點點頭，想了一下。「去年的九一八事件，讓我意識到日本軍方現在抬頭了。日本人對滿洲有野心，以後對中國也會有野心。果然幾天前，日本又在上海發動『一二八事件』。這是基於日本人想成爲東亞第一的心態，他們野心太大了。我到廈門，一方面是不願意在臺灣被日本人逮捕；另一方面是幫助中國對抗日本，遏止日本人的野心。」

丙丁說：「所以你到廈門是爲了幫助中國對抗日本，而不是幫助臺灣人對抗日本？」

李應章有些意外丙丁會這樣問，也尖銳地回答：「我的想法是，幫助中國對抗日本，就是幫助臺灣，也許可以爲臺灣走出新局面。」

兩個多年好友竟然有些針鋒相對了。丙丁反射性地思索著：「可是現在臺灣屬於日本國，你在中國對抗日本，就是間接對抗臺灣啊！」這是他從前沒有想過的，也不知道是否正確。

面對尊敬的好友，他壓抑了下來沒有說出口，改口說：「在臺灣，在中國，想法終究會不同。我的努力目標還是臺灣。臺灣應該是臺灣人的臺灣，我要繼續爲臺灣人努力打拚。」

李應章的語氣也較緩和了：「我看到了。新聞中常以民眾黨鬥士稱呼你。」

丙丁說：「其實你才是爲臺灣打拚的大前輩。在二林事件，你一位醫生挺身爲家鄉農民奮力發聲而坐牢，也因此有了簡吉的『農民組合』。臺灣人會永遠記得你的。」

「有良心的知識份子都應該爲可憐被剝削的人民發聲。除了農民，還有工人及一般底層民眾。」李應章激動地說：「可惜臺灣共產黨被日本人解散了，謝阿女也被逮捕了。我曾認眞考慮過是否加入臺灣共產黨。謝阿女是我們彰化人，我以她爲榮。」

丙丁說：「我知道共產主義最近在日本很流行。共產國際的聲勢也很大。但我對共產主義與『無產階級鬥爭』的理論不算眞正了解。蔣渭水、謝春木在民眾黨的後期，也會使用『無產市民』一詞，這或許成了民眾黨被解散的原因之一。在直覺上，我不喜歡『階級鬥爭』這樣的口號。臺灣人要反抗的是日本政府，不是所有的有錢臺灣人，甚至不是所有日本人。你也有許多你尊敬的日本人老師，所以我們不必完全排斥好的日本人。臺灣人的社會應該合作多一點，矛盾少一些。講『階級鬥爭』，讓我感覺到臺灣人互鬥的味道。」

丙丁覺得他的思慮從來沒有那麼清晰。「我被稱為『鬥士』，但我的爭鬥對象只是日本政府，不是所有日本人，更不是臺灣人。對貪婪無度、當日本政府狗腿的臺灣有錢人，我們鬥他，可不是階級鬥爭字面上的所有臺灣有錢人都鬥。那沒有道理。」

丙丁繼續說：「剛剛你說，希望藉由幫助中國，來幫助臺灣走出一個新局？這讓我想到翁俊明醫師。翁俊明到了廈門，先參加了同盟會，然後加入中國國民黨。應章，你到了廈門，會去找翁俊明也介紹你進入中國國民黨嗎？還是如你剛剛所說，你喜歡共產黨？但是現在謝阿女在獄中，臺共四散了，難道你會參加中國共產黨？」

丙丁也沒想到，自己會一講講這麼多，他以前就常擔任辯士，算是能言善道。

「丙丁，老實說，我不知道。」李應章這次變成苦笑，「此去廈門，我當然還是會想念臺灣，想念我的妻子和兒女們。但我現在只希望能平平安安到達廈門。我這次雇了小船偷渡，要橫渡臺灣海峽黑水溝，風險當然還是有的。你先請媽祖庇佑我平安到達廈門再說吧。我今晚來打擾你，要想麻煩你們明天下午帶我去臺南天后宮上一柱香，再帶我去安平找到那位漁家。」

李應章又回到剛來時的黯然神傷。「等我安頓好，我會寫信給你，感謝你幫我這個大忙。」他仰天長嘆，「請上天保佑我，讓我人生的下一階段能更成功！」

丙丁說：「應章，你今天舟車勞頓，早點休息吧。你這一趟，是鄭成功當年來臺的逆向。他當年由廈門而金門料羅灣而臺灣鹿耳門，你明天由鹿耳門到廈門。鄭成功是我們的開臺聖王。明天我們先去大天后宮，再至延平郡王祠祭拜鄭成功。然後我們去運河搭船到安平，送你上船。等船開了，我們再回家。」

李應章說：「不行。船有可能近午夜趁家家戶戶放鞭炮時才起航，你送我找到船家即可，然後你趕回來吃除夕年夜飯。這樣比較不會讓日本警察起疑。安平港口重地，不可能沒有日本警員巡邏。何況你又是臺南的大名人，若出現在不應該出現的地方，反而會害我走不成。」

丙丁哈哈大笑。「我要當鬥士，不要當名人。」於是兩人互道晚安。

第二天上午，丙丁起得甚早，李應章卻已經在後院練武打拳。

丙丁說：「哇，不知道你會拳術。」

李應章說：「你知道西螺七崁？我們雖然不是張廖家族，但我們李家和西螺七崁張廖氏都來自漳州詔安客家。西螺七崁的練身功夫也一直都是我們詔安客自保的功夫。」

後院陽光熾亮。李應章和丙丁邊聊天，邊注視著丙丁的臉。丙丁知道李應章在觀察什麼，心中發虛，藉口尿急，轉頭就走。李應章的聲音卻仍然由後面傳來：「丙丁，你臉上的紅斑多久了？還有，你的右手掌爲什麼好像與左手不一樣，常常要用左手去拿東西？」

丙丁聞言停了一下，但沒有回頭。

李應章說：「丙丁，昨晚燈下昏暗，我就覺得怪怪。今天陽光明亮，我才敢確定。丙丁，你自己也心知肚明吧。」

自從去年八月初在臺北醫院被院內女工友盯著看以後，最近這五個月，丙丁也自覺這個紅斑有些變大了，前額更出現一個新斑塊。另外，他的右手掌麻木感明顯增加。丙丁知道，病魔終於又回來了。他用工作麻痺自己，但仍一直與阿好分房而睡。去年十月，有一位要來募款的女士進了他家，一見到他竟然臉色大變，如見惡魔，幾乎是逃出戶外，也不知是否爲了這個？

丙丁低聲回應：「請到飯廳吃早餐吧。」便舉步回房。

李應章有些尷尬。步入餐室，阿好已經準備好早餐，她看到只有李應章一人，問道：「咦，丙丁呢？」

李應章猶疑了一下，問阿好說：「嫂子，兩年前丙丁突然有半年不見人影，還辭去民眾黨一切職務，去了廈門半年，外間的傳聞是治病，原來不是外間所說的肺疾？」

阿好聞言嚇了一跳，但終於點點頭。兩人在餐桌上坐了下來。

李應章嘆了一口氣。「唉，丙丁怎麼這麼運氣不好，得了這個病？」

阿好長長嘆了一口氣，表情淒苦。

李應章低聲說：「嫂子，我想妳一定也知道，日本總督府前年在臺北新莊山坡地建造一所樂生院，已經啓用了。警察一發現有癩病病人，就會抓到那裡強制隔離，其實等於是終生關在那裡集中管理。聽說日本人在內地也是這樣做。嫂子，要小心，不要讓丙丁被抓走。法院判刑還可以出來，樂生院一進去就出不來了。」

這時，丙丁走出來了，默默坐在餐桌邊。

阿好望著丙丁：「丙丁，今天下午，我陪應章到廟裡及安平就好了，你不要出門。」

丙丁想一想說：「到廟裡拜拜由妳陪應章去，安平由我去。我一定要送應章。然後我會回來吃年夜飯。」阿好是教徒，是不舉香拜拜的，但是她也答應了。

應章沒想到丙丁會這樣安排，他想了一下說：「丙丁，你不要勉強。千萬小心，不要因爲這個而被抓走。」

丙丁笑得很難看。「抓走就抓走吧。我想通了，命運不由人。連蔣渭水那麼強壯都說走就走，我算什麼。我應該做的事，還是要做。」

阿好說：「丙丁，你別任性了。這樣好了，我陪應章去大天后宮。晚上到安平，我們三人一起去。年夜飯媽媽會弄好，我們來得及回來就好。」

於是午飯後，阿好陪同李應章去了大天后宮，又順路走到關帝廟、天壇，以及鄭氏家廟。李應章發現，這些廟彼此距離並不遠，但一趟走下來，也有些累了。

四點左右，雇了人力車，三人先到運河邊。這裡離丙丁舊家不遠。丙丁和阿好一家及岳母、岳舅搬到開山町新家後，丙丁的父母及哥哥一家還住在老宅內。

三人坐上了停泊在運河的「蓬蓬綠」馬達小船，往安平開去。這裡就是古代的「臺江內海」，但在十九世紀初就已經淤塞。日本人在大正年間開了這個運河，成爲到臺南安平間的水陸幹道。

李應章把聯絡好的安平船家地址給了阿好，阿好找到了船家。船家說，要等一家人吃完年夜飯，發給小孩壓歲錢，哄小孩入睡後，大約十點離家。十一點開始放鞭炮時才開船。

船家說：「現在才五點半，你們要不要去附近走一走再回來？」

阿好問李應章，要不要去荷蘭人留下來的城堡遺跡走走？冬天的五點半，太陽雖有餘暉，但李應章顯然無此雅興。船家也看出來了，很慷慨地說：「今天除夕，你也找不到飯桌仔可以吃飯。若不棄嫌，你就在我家一起吃年夜飯吧。」

丙丁和李應章兩人，相對告別。丙丁說：「祝你好運，請速聯絡。」

兩人不能握手。李應章拍了拍丙丁的肩膀，說了聲：「你也珍重。」

＊＊＊

一個月後，丙丁收到一封李應章寄自廈門的信。打開只有一首詩。

十年杏林守一徑，依然衫鬢兩青青，
側身瀛海豺狼滿，回首雲山草木腥，
潮急風高辭鹿耳[13]，雞鳴月黑出鯤溟[14]，
揚帆且詠歸來賦，西望神州點點星。

再一個月後，李應章又有來信。他在廈門鼓浪嶼開了一所「神州醫院」。
阿好不解地問：「爲什麼是神州醫院，不是臺灣醫院？」
丙丁說：「別急，他在前信中說『且詠歸來賦』，他還會回臺灣的。」

13 鹿耳指的是鹿耳門。我們由此詩得知他是從安平偷渡離開臺灣，而非一般想像的搭渡輪到廈門。本詩出處《世間何處是桃源——李應章（李偉光）研究》上卷，五〇七頁，參見註一一七。
14 鯤溟，指臺江內海的多處鯤鯓（沙洲）。

第五十章

李應章一眼看穿丙丁的隱疾，這對丙丁是個很大的打擊。回到家中，丙丁勉強吃完年夜飯，就上床就寢。

丙丁對在熟人面前露臉，突然有了恐懼症。

初一當天，梁加升等好友來拜年。丙丁以感冒爲由，躲在房間裡沒有出來。

初二有日本來的歌舞團。丙丁也決定不去了，由阿好帶媽媽去看。

過了初五，丙丁決定，去韓石泉醫生的診所拜訪他。

韓醫生比丙丁大四歲，兩人一直有很好的情誼。早在臺灣文化協會的時代，兩人就是親密戰友，而韓醫生就像是丙丁的「大師兄」。

韓醫生在治警事件之後，成了丙丁心目中的英雄。一九二六年六月二十日，臺南文化協會讀報社的「第三回文化演講」，韓石泉、丙丁與陳逢源擔綱，聽眾竟達三千人，丙丁大爲興奮。韓醫生雖有開業醫館的繁忙工作，仍然熱心參與各種活動。讓丙丁印象最深刻的，是兩人多次共同演出文化協會的「文化劇」。丙丁對韓醫生以一位醫生之尊，願意這樣挪出時間，還粉墨登場，非常敬佩。

一九二七年七月十日，臺灣民眾黨成立，韓石泉與丙丁都是中央委員。另外一位臺南名醫大先輩王受祿醫生，與丙丁都是民眾黨臺南支所的委員。一九二八年，丙丁開始擔當要職，任宣傳部及勞工部主任，又擔任臺灣工友總聯盟的高層。

在淺野水泥廠罷工事件中，丙丁擔任領隊之職。淺野水泥廠在高雄，離臺南五十公里，坐火車近兩小時，韓先生竟然也放下醫生館業務，多次出現在工廠相挺。在稍早的「臺南製鹽會社」罷工事件，韓醫生也參加了。韓醫生可說是丙丁在臺南最好的長輩友人。

一九二九年九月，丙丁知道自己生病了。後來對同志們可說是不告而別，去了廈門半年。在此期間，王受祿與韓石泉的長子先後夭折。兩位醫生大受打擊，生活重心開始轉向。一位轉向宗教服務，一位轉向專心行醫。因此，一九三〇年下半年到一九三一年底，這段丙丁東山再起最活躍的時期，與韓醫生反而較少來往。

一九三〇年，蔡培火的臺灣地方自治聯盟這一派與臺灣民眾黨決裂，而韓石泉一向是跟著蔡培火走的。於是蔣渭水、丙丁屬民眾黨，蔡培火、韓石泉則屬臺灣地方自治聯盟，但並未影響丙丁與韓石泉的私交。在一九三〇年底《臺灣民報》舉辦的議員模擬選舉，州議員方面韓石泉當選，丙丁落選，而兩人的夫人都當選了市議員。在慶祝會上，兩人互相熱絡道賀。那是一年前的事了。

李應章自安平出走後十天，是正月初九天公生。臺南民眾的百年習俗是「天公生」當天，民眾在天未破曉就應該去「天公廟」拜拜，因此天公廟擠得水泄不通。丙丁現在小心多了。他既不願被看出，也不願有傳染給別人的危險，於是他等到九點人少時才去。他拜跪在玉皇大帝殿前，望著簷上那個有名的「一字匾」，祈求天公祖讓他的病早日治癒。求到後來竟有些自怨自艾地說：「天公祖啊，爲什麼這樣懲罰丙丁？丙丁做錯了什麼事？」

丙丁在神明之前跪了許久才緩緩站起，拖著沉重的步伐，走到附近不遠的「韓醫師診所」。

韓石泉看到丙丁好高興，兩人話題集中在蔣渭水身上而嘆息不已。

「大眾葬那天，我也到場了，看到你那麼忙，就沒前去向你招呼。」韓石泉感嘆地唸著：「唉，大家都是為了臺灣啦。同胞須團結，團結眞有力。蔣渭水眞是為我們臺灣做了許多事，可惜……。」

丙丁點頭說：「唉，好人不長命。」

丙丁接著告訴韓醫生：「李應章、謝春木、陳其昌都到中國去了。」

韓醫生在總督府醫學校是比李應章大三屆的學長，嚇了一跳。「眞的？」待知道他是一個人偷渡出境，更覺得不可思議。

丙丁終於克服心魔，向韓醫生透露了他的隱疾，又詳細說明自己的病情，自三年前發現，如何服用中藥，又如何到廈門找翁俊明打大楓子油，現在則似乎又復發了……。

韓醫生傾注全神聽著。丙丁說完，他一臉慎重地說，丙丁目前的臉部紅斑和右手手疾確實很容易啓人疑竇，不宜在公眾露面。

「可是，那我應該如何才好？」丙丁泫然欲泣，「老實說，我也想離開家。我在家，也會感染阿好及三個小孩……。

「我曾想過出家，到開元寺去和林秋梧一起，但是開元寺太有名。要不然去大崗山出家，或者更遠，去東部深山的寺廟。可是寺內的僧人，就有被感染的可能啊，我不能這樣做……

「我也想過，或到關帝廟（關廟）那一帶靠山處搭個草屋獨居，自己種菜過日，或許十天半月拜託阿好跑一趟，帶一些乾糧給我吃，帶衣服來換洗。但我也怕接觸了我的衣物會感染……。

再說，我這府城阿舍（富家子弟），老實說，要我去山中獨居，承受風雨烈日，我也自知不可能。」丙丁自嘲一笑，「而且，日本警察管理嚴格，大概也不可能躲得掉……」丙丁嘆了一口氣。

韓醫生說：「你有沒有想過再到廈門？再請翁醫生替你打大楓子油？你第一次的效果眞的相當不錯，爲你爭取到大約一年半的時間……」

丙丁苦笑。「不瞞韓醫生，這幾年我已賣了不少田地。我也必須爲小孩留點家產。」

韓醫生想一想，說：「丙丁，我建議你再到廈門去治療。我雖然不是這方面的專家，但依我所知，像你上次的好效果是少見的。你再去廈門治療，你們家中生活費，我每個月會去補貼一些。」

丙丁打斷韓醫生的話：「韓先生，不行，不行。不能讓你破費。」

韓醫生說：「你不用客氣。這治療費用很龐大我知道的。雖然你們家是有底子的，但治療費用眞的太多。但反過來說，也是値得的。」

丙丁想想，韓醫生說的話，不無道理。病不能不治，花費難免。若要再到廈門，除了醫藥費，還要生活費。他不再說話，但心中湧起一股哀愁。

此時護士進來通知，有病患來診。丙丁茫茫然站起，在心亂如麻中向韓醫生道別。他只依稀記得韓醫生臨別時說，去廈門前要讓他知悉……。

丙丁低著頭，像無頭蒼蠅一樣走著，遇到路口就轉彎。韓醫生點出了他一直沒有想到的家中經濟問題，讓他驚心。這一向都是阿好在掌理。他要謝謝阿好從不讓他煩心。但以後呢？

他邊走邊想。眼前，韓醫生認爲他應該去廈門治病，他接受了。但是去了廈門，何時回來？最讓丙丁難過的是，他才三十二歲，難道人生的意義就此到了終點。到廈門再接受治療，如果邀天之幸可以再度有效的話，他能夠再奮鬥多久？一年？一年半？半年？三個月？他心知肚明，復發是必然的。而如果治療效果不好呢？難道就一直在廈門不回來？

他有些灰心，而又不甘心。他漫無目標地走著。猛一抬頭，發現面前就是運河岸邊。十天前，除夕下午，他和阿好護送李應章逃亡到廈門的起點。

一陣大風迎面吹來，帶著濃濃鹹味，丙丁驟然清醒，望著運河遠端。目光盡處再過去就是安平，就是鹿耳門，就是大海。而大海那一邊就是廈門。現在，李應章、陳其昌、謝春木都在那裡。可能不久之後，他也會在。然而，為什麼？廈門什麼時候變成這麼多臺灣人的求生出口了？

他的鬥志又回來了。他要自己樂觀以對。首先，韓醫生的意見是對的。他盧丙丁的情況其實與李應章差不多。留在台灣，早晚落入日本警察手中。遠去廈門，才沒有被日本人逮捕的後顧之憂。若進了樂生院，他丙丁的下半輩子就不見天日了。不能讓他的病成為他生命的休止符，像阿好彈鋼琴時常聽到的，鏗然一聲，戛然休止。他不甘心如此。只有去廈門，他未來才有可能待機而動。也許奇蹟還會出現，他還可以再回臺奮鬥。

他心念一動。他想，他會無意中走到這裡運河岸，也許是天公祖指示他，必須循著李應章到廈門的路？這一趟和三年前那一趟不一樣。自從去年蔣渭水大眾葬後，他已成了日本警察點名做記號的危險份子。這一次，他如果也申請旅券自基隆或高雄離臺，萬一被看出有病而遭逮捕，一切就完了。他絕對不能冒這個險。也許是天公祖要他仿效李應章，自雇船隻自鹿耳門出航。只要到了廈門，他就可以免去被日本人逮捕的恐懼，不必躲躲藏藏。

他又想到阿好。韓醫生提醒他，他若去廈門，阿好必須負擔家計。他現在在工友聯盟的薪水雖不多，但離開臺灣後，只有阿好在合作社的薪水，要養全家是不可能的。何況他去廈門，還要帶走一大筆錢才能生活，才能治病。

他了解阿好，他開口要多少，阿好都不會說不。但是他不能像以前那樣不知天高地厚，要多少就拿多少了，他必須多留一些給阿好。家中還有六個人，小孩也快上學了，而只有阿好一人在賺錢。他希望他在廈門隱姓埋名之餘，還能做一些臨時工，以支持自己的生計。

丙丁想起阿好現在最大的心願，是希望能進唱片公司，去發揮她的音樂天賦。丙丁想，我離開之前一定要好好盡心盡力，助她完成這個心願。再則，如果阿好能被唱片公司接受，收入當然會比在合作社的薪水好很多。

第五十一章

自從丙丁確定復發以後，阿好心裡也是百般折磨。她知道，丙丁的好日子過完了。她們夫妻兩人的好日子也過完了。過去這兩年已是上帝的恩賜。今後，丙丁要以公眾人物的姿態出現，需要奇蹟。

過去的夢魘又回來了，而這次更可怕的是，一九二九年還沒有樂生院，現在樂生院已被總督府列爲重要建設，肅清癩病成爲總督府重大衛生政策。一旦丙丁被送入樂生院，那麼夫妻倆從此等於是人間永隔。因此當丙丁向阿好說，他決定聽從韓醫生的建議去廈門時，阿好馬上贊成。但是，當丙丁說他決定由鹿耳門走，而不是向日本政府申請旅券時，阿好本來有些猶疑，但想想也同意了。這讓丙丁有些意外。

「這樣我們要多花一大筆錢喔。」丙丁不安地望著阿好。

「只要你無恙就值得。」阿好非常乾脆。「丙丁，我擔心的是安全。你一定要平安到達廈門，我會等你回來。還有，你上次去廈門的銀行帳戶還在，我會定期匯款給你，不必擔心。」阿好伸出手來，執著丙丁的手，這是兩人好久以來未有的親暱。

丙丁震動了一下。他的心在淌血，他不敢看阿好，別過頭去。阿好卻擠出一絲微笑說：「不用擔心。」

阿好知道，以後的苦日子很多。兩人相處時只能故作堅強，不能崩潰。從兩年前開始，她已經不知有多少個晚上翻來覆去，思索如何應付丙丁不在身邊的日子。

第二天，丙丁寫信給翁俊明。信中請求翁俊明幫他再進口一些大楓子油，也請翁俊明能再度幫忙他。不久，翁俊明的回信到了，翁醫生同意先爲丙丁買三個月份的大楓子油；但也向丙丁表示，這次丙丁必須在廈門自行租屋。不過，翁醫生很周到，他說可以先爲丙丁找一家離醫院不太遠的小民宅。

丙丁在不久後就收到那封李應章說他開設「廈門神州醫院」的信。丙丁大爲振奮。這表示他在廈門又多了一個倚靠。

丙丁和阿好開始安排到廈門的漁船。很幸運地，兩人憑著除夕那天的印象，很快找到那位船家，也商定了出航的日子。丙丁決定，清明節掃墓之後動身。

第五十二章

丙丁感激上天賜給他一個這麼美好的妻子。阿好生得好看，又有音樂天賦，而且處事條理分明，個性堅強果決，猶勝男人。

丙丁出身於傳統家庭，喜愛漢學。自從娶了阿好，耳濡目染，加上阿好的調教，丙丁對西方洋樂也很熟悉，懂了一些韻律，有時還會不知不覺哼上一些西洋歌曲。他本來就有些文才，後來開始試著把洋歌配上漢文歌詞以自娛。

安排了到廈門的行程之後，丙丁想完成的心願是，讓阿好能夠如願進入臺北的唱片公司。這樣阿好可以成名，收入也會大大超過合作社薪水。丙丁希望在去廈門前，能爲阿好在這方面鋪路。阿好雖然一身絕藝，但缺點是她住臺南，與臺北的音樂界較疏遠。丙丁想著要如何讓阿好「一鳴驚人」，讓曲盤公司的老闆欣賞她，非她不可。

丙丁想到了蔡德音。蔡德音是丙丁這次在主持大眾葬期間認識的得力助手。在他眼中，蔡德音是位年輕奇才。他沒有接受正式教育，家中是私塾，父親是臺南私塾老師。不尋常的是，蔡德音十歲就去廈門，巧遇一位來自北京的青年大學生。短短一年，他就學得一口好北京話。回到臺灣後，以文會友，結識了王詩琅、廖漢臣、楊貴等臺灣文士，加上他有進步思維，才二十歲就在文協及農民組合的刊物上寫文章。丙丁曾經延攬他爲民眾黨開課教北京話。蔡德音兼又多才多藝，有好歌喉，會唱歌，會作詞，也會編戲，見多識廣。

丙丁邀請蔡德音到家裡來，希望他能與阿好合作，爲阿好作詞。蔡德音同意丙丁的說法，阿好適合藝術歌曲，但是西洋藝術歌曲在臺灣市場不容易大賣。他想了一下說：「若歌曲直接取材歐洲，臺灣民眾恐怕不習慣。我在廈門的時候，看到中國也開始有流行歌曲或小調出現了。北京大學音樂團有一位湖南人黎錦暉，編了不少兒童歌劇。一九二七年，《麻雀與小孩》在上海公演，很受歡迎。我那北京的朋友很喜歡，送了我一張唱片。妙的是，黎錦暉在劇中使用了中國古曲〈蘇武牧羊〉，把古曲注入新生命，以新曲貌展示。因此我也有個想法，我想試用〈蘇武牧羊〉的曲調，配合臺灣現在最紅的女性出頭及自由戀愛的歌詞。這也符合阿好女士的形象。」

蔡德音解釋了「蘇武牧羊」的典故，接著自己清唱了〈蘇武牧羊〉的曲調。

阿好聽完，說：「曲調很優雅，但有一股淡淡的憂愁。」

蔡德音又問：「旋律如何？」阿好回答：「別有韻味。」

蔡德音終於鬆了一口氣：「那就好。歌詞交給我。〈桃花泣血記〉是女性追求自由戀愛，要求拋棄舊式禮教，符合進步民眾心理，所以大受歡迎。進步民眾才會看電影、買唱片。讓歌曲紅起來的主要是歌詞。」

蔡德音微笑著說：「所以我們的歌詞要引起進步民眾的共鳴。進步民眾以年輕人居多，要寫出年輕人、年輕女性的想法。」

阿好笑問：「通常是先有詞再有曲，你怎麼正好相反？」

蔡德音笑笑反問：「丙丁兄的〈月下搖船〉，不也是先有曲，再有詞？」這次換成丙丁大笑。

丙丁在旁插嘴：「蔣渭水成立文化協會，強調的就是新文化、現代化。過去的歌仔戲，內容是舊時代的思想，唱腔也落伍了。德音說得極是，我們要抓住新潮流，歌詞、歌曲都要讓人耳目一新。」

蔡德音說：「丙丁先生完全正確。這就是〈桃花泣血記〉大賣的原因。我們要抓住這個時代精神及人心趨向。」

蔡德音又說：「晚輩有一疑問。現在曲盤公司紛紛成立，我們的歌要請哪家唱片公司替我們出曲盤？我最喜歡的是古倫美亞。〈桃花泣血記〉大成功後，古倫美亞的日本頭家柏野正次郎對發行臺灣歌曲很有興趣。所以古倫美亞已經簽下了純純，也準備大舉招兵買馬。夫人的歌喉、涵養及氣質與純純完全不同。我認爲古倫美亞會有興趣。」

阿好望著丙丁說：「我也喜歡古倫美亞。我們先準備好。我們不等待機會，我們製造機會。」

丙丁向蔡德音說，希望早日看到蔡德音爲〈蘇武牧羊〉填上新詞，並由阿好唱這首歌。

蔡德音終於交卷了，歌名叫〈紅鶯之鳴〉。

〈紅鶯之鳴〉的歌詞是蔡德音爲阿好量身訂作所寫，因爲蔡德音知道丙丁與阿好投身社運與政黨而遭受日本人刁難的艱辛。於是蔡德音把阿好化身爲一隻紅鶯，以平民女子的口吻訴說著女性的奮鬥過程與心情。

第五十三章

別離的前一天，丙丁和阿好整個白天相對無語。

上次丙丁去廈門，他的心情是振奮的，因爲他自己有信心再回來，阿好也滿懷希望。果然治療見效，丙丁回到臺灣，而且有了轟轟烈烈的一年，見證了臺灣民眾黨被解散，見證了蔣渭水的遽然去世，主辦了蔣渭水的大眾葬，並在蔣渭水的遺囑上簽了名。這些在臺灣歷史會被永遠記憶的大事，丙丁都參與了。

但是，這次卻大不相同。這一去，何日得再相見，兩人都沒有信心。再赴廈門，只是無奈的抉擇。

到了夜晚，丙丁躺在床上，望著天花板發呆。房門開了，阿好走入丙丁房間，一言不發，鑽入丙丁的被窩，緊緊抱住丙丁，不停啜泣。

丙丁有些不知所措地回抱著阿好，吻著阿好的耳際。

阿好的手伸入丙丁的衣襟內，撫摸著丙丁的背。丙丁震動了一下，因爲他知道他的肩胛處有一塊皮膚，最近似乎變硬，而且表皮有破損。

「阿好，阿好。」丙丁心中想閃避，卻又捨不得，反而把阿好抱得更緊，右手也笨拙地伸入了阿好的衣內。丙丁猛然想起，這邊手指是有病的，趕忙把手抽出，換了一個姿勢，改用另一邊的手，阿好也配合著。

兩年多的禁忌，瞬間被突破了。阿好與丙丁的每一吋肌膚，粘爲一體；兩人的汗珠，凝爲一體；兩人的喘息空氣，混爲一體。

激情過後，丙丁軟弱地說：「阿好，去洗澡吧。」阿好卻反而轉身過來，抱住丙丁，同時用嘴唇封住了丙丁的嘴唇。

＊＊＊

第二天早上，丙丁用完早餐，就去翻找阿好收藏的曲盤。接著把唱機也搬入自己房間，緊閉房門，但歌聲還是自門縫傳出。

阿好聽見，丙丁反覆地播放著〈*Auld Lang Syne*（友誼萬歲）〉，一遍又一遍。

這是一首情人互相道別的著名洋歌。阿好聽到丙丁播這條歌，體會到丙丁的臨別依依之情。自己又未嘗不是如此……。她也配合著低哼，心中泣血，但必須故作堅強。

然後，丙丁不再播放了，但房門依然閉著。到了中午，丙丁終於走了出來，依舊默然無語。

下午，丙丁拿著請岳母買來的尪仔標及一些糖果、玩具，向三個小孩說：「阿爸又要離家一段時間了，你們要乖乖聽阿嬤及媽媽的話。」小孩似懂非懂地點點頭。

丙丁又說：「叫阿爸！」

三個小孩似是知道有些不平常，都叫了「阿爸」，但表情並不歡悅。

丙丁卻很高興地笑出聲來，似乎很滿足。「友仁好乖，文哲好乖，香芸好乖。」

傍晚，阿好和她那位有些跛足的舅舅陪著丙丁，到運河搭小汽船到安平找那位船家。船家帶著兩人走到接近外海的地方。停在岸邊的漁船，比上次李應章那一艘要大一些。船上的漁夫也有好幾位。阿好甚爲欣慰，這樣看起來，除非遇到大風浪，安全應該無虞。

今天風平浪靜，讓阿好更爲放心。船家告訴阿好，船大約再一刻鐘就要開了。丙丁猶疑了一下，自口袋裡掏出一封信，交給阿好，說：「回家看。」阿好點點頭，把信放入隨身的皮包。月亮出來了。農曆初三的上弦月掛在天上，丙丁的臉色慘白。

阿好說：「上船好好睡一覺。」丙丁也點點頭。

兩人在家中已約好，此次是偷渡，爲了逃避白金町日本警察的監視，丙丁只在節慶之時以賀年片報平安。兩人盡量少寫信。信件經由丙丁的哥哥，住在港町的哥哥盧本代轉。

終於，船慢慢離岸而去。在暗夜中，丙丁依然不停地向阿好揮手，阿好也不停向丙丁揮手回應。農曆初三的月光太微弱了，船隻與丙丁很快地消失在夜幕中。

想到丙丁此去，不知何年何月才能歸來，說不定竟成永別，今天或許就是兩人的最後一面……。阿好再也忍不住，雙行眼淚流了下來。

＊＊＊

回到家裡，阿好迫不及待拆開信封，拿出丙丁的信。原來丙丁爲〈*Auld Lang Syne*〉添上了自己的歌詞，還寫上標題〈離別詩〉。阿好低聲唱出：

今日離別　不知著時　能得閣再相見
我真無愛汝咱分離　那鴛鴦來分枝

驚是驚今仔日　頭毛烏烏相見
此後去的　更再相會　敢在白髮的時
咱現時是　抱著心願　各人東走西去
致使咱歡喜的過日　變成乾燥無味
著這世間欠了知己　親像無光的詩
惜別惜離　只好合唱　離別的歌詩

比較特別的是，丙丁署名「守民」。守民，是丙丁寫文章時偶爾使用的筆名，是「守護民眾」的意思。阿好知道，這是丙丁表示，他依然不忘社運。丙丁的心願是希望再歸來，爲臺灣社會盡力。

原來丙丁整個早上就是在寫這首歌詞，要向她道別。阿好將信小心翼翼收好。她知道，流淚是沒有用的。其實自兩年半前，她就已有心理準備，會有這麼一天，她不只要承擔丙丁留下的負擔，還要替自己開拓前程。她已準備好了，只等機會來到。

第五十四章

五日節那天，阿好收到了丙丁再赴廈門寄回來的第一封信。

雖然信是由哥哥盧本轉過來的，阿好依然有些意外，因爲和丙丁約好了只寄賀卡。

然而，接到信，讓阿好心中一塊石頭落了地。「謝謝上帝，丙丁總算安全抵達廈門了。」

打開信，丙丁寄上一首他作的詩〈織女〉：

天光坐落織到晚　捻紗梭線定定斷
腳踏手接亂紛紛　頭眩目暗心憂悶
紡來紡去一大捆　艱苦何人可來分
織成錦緞要送君　恐怕無收倒笑阮
不敢向前去相問　暝日哀怨難離全
只好暗暗心頭酸　慢慢紡成相思魂

阿好忍住不落淚。她要訓練自己。這當然是寫給阿好的思念之情。信中未附其他隻字片語，但是，夠了。阿好又喜又悲。

九年前，阿好與丙丁就是七夕之夜結爲夫妻的。明年七夕，結婚十週年紀念日，兩人能不能在一起，是個大問號。

「慢慢紡成相思魂」，這一隔海相思，一在廈門，一在臺灣，要相思多久？

牛郎、織女，猶可一年一會；阿好、丙丁，明年七夕能見面嗎？她自問。

阿好打開鋼琴，邊流淚，邊彈邊唱〈歸來吧，蘇連多〉。

五歲半的文哲，走到鋼琴旁邊說：「阿母不要哭。」

阿好站了起來，勉強擠出笑容，抱起小孩說：「沒有，阿母沒有哭，只是想念阿爸。」

第八部

「跳舞時代」之「紅鶯之鳴」

阮是文明女　東西南北自由志
逍遙佮自在　世事怎樣阮不知
阮只知文明時代　社交愛公開
男女雙雙　排做一排
跳 toroto　我尚蓋愛……

——摘自陳君玉〈跳舞時代〉

第五十五章

柏野正次郎不可置信地望著眼前這位氣質臺灣女郎。她已經唱了一首最正統古典的德國歌曲，舒伯特的〈野玫瑰〉，再唱了一首西班牙浪漫曲子〈*La Paloma*（鴿子）〉；現在正在唱的是日本歌〈唐人お吉唄（唐人阿吉之歌）〉。三首不同國籍、不同調性的歌，都唱得好極了。這首〈唐人お吉唄〉，甚至不輸原唱佐藤千夜子。

柏野正次郎自三、四年前開始進口日本流行歌曲盤到臺灣，並不爲臺灣人民接受。一九三〇年，古倫美亞偶然出版了〈桃花泣血記〉而大賣。柏野因此了解，要有臺灣味，根植臺灣的本土歌曲，才會受臺灣人歡迎。於是他聘請陳君玉爲古倫美亞文藝部主任，大量發掘臺灣本土作詞、作曲及歌唱人才。

來應徵的歌手大都以臺灣或日本歌曲爲主。這位林氏好，不但歌曲不同，氣質也迥異。她那一頭俏麗短髮和白底紅點洋裙，完全看不出已經是兩個孩子的媽媽，年齡也比其他應徵者要大五歲以上。柏野覺得她的相貌與舉止帶有高尚家庭的氣質。再翻她的履歷，不得了，竟然當選過模擬選舉的臺南市議員，也曾接受過《婦人公論》的專訪，而他先生則有「民眾黨鬥士」的美名。

「這樣的背景，怎麼會拋頭露面來應徵歌手？」後來在面試的時候，柏野向阿好問了這個問題。阿好的回答令他動容。

阿好說，她感謝古倫美亞用心為臺灣人引進曲盤與現代音樂，讓臺灣迅速現代化。而且願意出版臺灣人作詞，臺灣人作曲，臺灣人主唱，具有臺灣風格的歌曲。所以她希望能進古倫美亞，唱出臺灣人的歌曲。

柏野正次郎有些促狹地說：「那妳怎麼沒有唱臺灣歌？」

阿好正色說，因為現在可以唱的臺灣歌不多。她謝謝柏野正次郎能看重臺灣歌，希望古倫美亞能多製作一些屬於臺灣的好歌。

於是阿好先清唱了蔡德音做的〈紅鶯之鳴〉，然後又唱了蔡培火的〈咱臺灣〉。

臺灣臺灣咱臺灣　海真闊山真高　大船小船的路關
遠來人客講汝美　日月潭　阿里山
草木不時青跳跳　白鷺鷥過水田　水牛腳脊烏秋叫
太平洋上和平村　海真闊山真高
美麗島是寶庫　金銀大樹滿山湖　挽茶囝仔唱山歌
雙冬稻仔刈不了　果子魚生較多土
當時明朝鄭國姓　愛救國　建帝都　開墾經營大計謀
上天特別相看顧　美麗島　是寶庫
高砂島天真清　西近福建省　九州東北平
山內兄弟尚細漢　燭仔火換電燈　大家心肝著和平
石頭拾倚來相供　東洋瑞士穩當成

阿好唱這條歌時，歌聲昂奮，似乎掩不住心內的興奮。柏野雖然聽不懂，但由漢字歌詞，知道這是讚美臺灣的歌。高亢的歌聲讓他體會到阿好對臺灣的感情。

柏野對過去幾年來的臺灣意識運動，只有些模模糊糊的概念。他喜歡臺灣天氣、臺灣風景、臺灣食物，也喜歡臺灣人。他面前這位高雅、美麗的臺灣女士，在應徵過程中，面對著日本老闆的面前高歌〈咱臺灣〉。他為這份勇氣心折。他想，他願意幫助阿好完成心願。

至於那首〈紅鶯之鳴〉，柏野對歌詞並不了解，只覺得曲調特別。他告訴阿好，改天把〈紅鶯之鳴〉帶來給陳君玉評估。

阿好入選了古倫美亞的歌手選拔，在臺南立刻聲名大噪。她本來在臺南就很有名，現在更是家戶皆曉。

兩個月後，新成立的臺南放送局邀請了阿好，請她重唱一遍在古倫美亞應徵時所唱的歌曲。臺南人從來不知道在這以文化自傲的府城，竟有一位女性，不但能以西洋女高音唱腔演唱洋歌，就算唱日本歌也不輸日本歌手。臺南放送局百分之九十播放的是日本人唱的日語歌曲，這天竟然播出臺灣人阿好唱的歌，臺南人大為振奮。那天，阿好的美聲響遍了臺南。

「盧丙丁」和「丙丁嫂」阿好，本來就是全島知名的社交名流，竟然又在音樂界成了名人。許多臺灣知名文士紛紛寄上詞曲給阿好，希望能受到她的青睞，也希望成為古倫美亞所發賣的歌曲。這些文士有臺南名醫黃金火、臺北的廖漢臣，還有屏東「海豐演奏樂團」的鄭有忠。

這一天，阿好帶著蔡德音與〈紅鶯之鳴〉之詞曲，興沖沖由臺南到了臺北。

厚禮數的陳君玉，已經站在古倫美亞的門口，喜孜孜地迎接他們兩人。

蔡德音取出〈紅鶯之鳴〉稿子交給陳君玉。陳君玉收下後，向兩人說：「我來向兩位介紹三位公司最近招募來的同事。」

進了客廳，已有兩男一女在等候，看到阿好，紛紛站起。

蔡德音先自我介紹：「在下蔡德音，臺南人。作詞，過廈門，通北京話。」

兩位男士，一位李臨秋，是阿好原來就見過的。陳君玉指著另一位戴眼鏡的清瘦男子說：「鄧雨賢，作曲者，桃園龍潭，臺北師範，最近才從日本回來。」

蔡德音說：「久仰，〈大稻埕進行曲〉很有現代感。」

原來鄧雨賢就是最近因〈大稻埕進行曲〉一舉成名，而被陳君玉自「文聲唱片」挖角過來。

鄧雨賢很有禮貌地行禮。「請多指教。我其實在艋舺長大。」

陳君玉又介紹另一位年輕女子。「這是林月珠，剛自新竹高女畢業。你們不要看她年輕，她曾與葉陶一起去做嘉義賑災活動。」

大家都知道葉陶與先生楊貴都是農民組合的要角，尤其葉陶綽號「土匪婆」，可以想見其悍。大家都驚訝地看著這位秀麗小女生，看起來一派文靜，似乎與「土匪婆」連不上來。蔡德音更是「啊」驚呼了一聲。

林月珠有些不好意思地說：「還請各位先輩多多指教。」聲音非常柔和好聽。

阿好替蔡德音說：「這位蔡先生也常爲農民組合與民眾黨寫文章。」阿好說完，林月珠與蔡德音都互相給了對方一個微笑。

這幾位，都是臺灣社會的「進步青年」。大家彼此交換著對古倫美亞及對未來臺灣流行歌曲的看法。

阿好看得出來，陳君玉期待李臨秋與鄧雨賢搭檔，這兩人將是未來古倫美亞的臺柱。

李臨秋說：「我出身大稻埕。大家都說，雨賢先生的〈大稻埕進行曲〉再配上郭雪湖先生的『南街殷賑』，大稻埕的意象就整個鮮活起來了。」

鄧雨賢似是個內斂的人。他羞澀地說：「那首曲子，正是從那幅畫給我的感覺創作出來的。」敏感的阿好發現蔡德音後來很少發言，只是雙眼不停偷瞄著林月珠。林月珠似乎也發現了，一直低著頭。

臨別之時，陳君玉向蔡德音說：「柏野社長向我提過蔡先生的大作，他似乎覺得不錯。我會好好想一下，如何出版可以賣得最好。」又向阿好說：「阿好桑，明天我們再見個面。」

第二天，阿好又來到古倫美亞。

陳君玉向阿好說：「有好消息，公司已經正式決定向蔡先生買下這個歌詞。」阿好高興稱謝。陳君玉又說：「阿好桑，妳是公司的重點栽培對象。公司決定除了蔡德音這首，我們也會安排臨秋和雨賢與妳談談，看看能不能寫出一首爲阿好桑量身訂作的歌。妳來公司後發行的第一張曲盤，我們當然要非常慎重選曲。公司希望妳一炮而紅。」

阿好點點頭。「拜託了。」

第二天，阿好和李臨秋及鄧雨賢見面。李臨秋知道阿好當年爲了身爲「社會運動人士之妻」而辭去末廣公學校老師的往事。阿好也透露了因爲知道夫婦倆不可能再有子女，在三年前領養了一個女兒。

李臨秋很好奇地問阿好，爲什麼知道兩人不能再生育。阿好只是笑而不答。

李臨秋沒有再問下去。

鄧雨賢聽了一下阿好試唱的其他歌曲，他覺得阿好的高亢音域和唱腔，是洋式的，不是東方式的。因爲阿好的歌唱學自吳瑪麗牧師夫人，因此是西洋歌劇院的唱法。

鄧雨賢覺得很有趣。他想，阿好這樣的人來唱臺灣流行歌曲，會是如何？

＊＊＊

幾天後，陳君玉坐在辦公桌前長考。桌上放著兩份稿子。

一份是蔡德音的〈紅鶯之鳴〉，曲調是中國傳統的〈蘇武牧羊〉，不過最近在中國因爲黎錦暉的兒童劇而出名。陳君玉去過廈門，也通北京話，對中國市場本來就有期待。他覺得蔡德音這樣的做法很有創意。

〈紅鶯之鳴〉的歌詞是：

日落西　愛人還不來　憂悶在心內
可恨這現代　現世間　不應該　迫阮對還來
我要出頭天呀　何時也不知　我的愛人呀
世間像大海　心把在共船破浪駛上岸頂來
過日敢這壞　生死誰人知　惡兇徒我不愛
要離亦離開　這款的世間　不是咱所愛
借問世人呀　何路有真實的愛

我真難解　這陣何路尋有真實的愛存在
說起文明的戀愛　不過也是作買賣
有錢即來買　無錢太　污辱女性用錢來強買
肉慾滿了後　即時不啾睬　咱兩人的愛
誰人來破壞　對現代咱著取何態度才應該

另一份是李臨秋作詞，鄧雨賢作曲的〈一個紅蛋〉：

想欲結髮傳子孫　無疑明月遇烏雲
尪婿耽誤阮青春
哎唷　一個紅蛋動心悶
慕想享福成雙對　哪知洞房空富貴
含蕊牡丹無露水
哎唷　一個紅蛋引珠淚
春野鴛鴦同一衾　傷情目屎難得禁
掛名夫妻對獨枕
哎唷　一個紅蛋鑽亂心
情愛今生全無望　較慘水鱉墜落甕
堅守活寡十外冬

雖然歌詞都是依照阿好的人生經歷做的，但是調性很不一樣。〈紅鶯之鳴〉的歌詞看來激昂，但曲調並不激昂；一個紅蛋的歌詞是閨中少婦的哀怨，但曲調反而高亢。

陳君玉發現了這個有趣的對比。陳君玉的直覺是，以古倫美亞的立場，阿好的第一張唱片必須是古倫美亞自己作的詞曲，也就是〈一個紅蛋〉。但是，阿好與蔡德音是舊識，感情上較爲親近〈紅鶯之鳴〉。阿好的積極個性，好像也比較會喜歡唱〈紅鶯之鳴〉。

陳君玉比較喜愛〈一個紅蛋〉的歌詞，那有典型李臨秋的婉約隱喻。鄧雨賢的曲則是全新創作，比蔡德音的仿中國曲更具臺灣味。於是他決定，先錄〈一個紅蛋〉。

他突然閃過一個想法，不覺得意地笑了出來。「好主意！」他要讓純純也唱唱看。

陳君玉決定，要出一張曲盤，正面反面都是〈一個紅蛋〉，一面由阿好唱，一面由純純唱。他要比較一下民眾喜歡哪一位的唱法。而且，不論誰較受歡迎，他有把握，這張曲盤都會大賣。李臨秋的歌詞，寫出了不少少婦心中的隱痛與心思。他有個感覺，這個曲子必可傳世。

至於〈紅鶯之鳴〉，陳君玉特別喜歡前半段的歌詞，也喜歡此曲的中國風味。這也是新嘗試。他覺得自己正在引領流行風潮，心情大大愉快。

他邊想邊哼著自己最新作品〈跳舞時代〉。這曲〈跳舞時代〉是陳君玉最近的得意之作，鄧雨賢作曲，他決定由純純主唱。這將是古倫美亞第一首純爲商業用途而製作發行的臺灣流行歌。陳君玉有信心會大紅。

陳君玉考慮著〈跳舞時代〉要和哪一支歌曲合爲曲盤。〈紅鶯之鳴〉爲中國古調，在行銷上甚有優勢。他決定向柏野社長建議，〈跳舞時代〉和〈紅鶯之鳴〉合為一曲盤，優先發行。

陳君玉也想，黎錦暉這一號人物似乎頗有才氣。他有個大膽構想，邀請中國的黎錦暉來爲古倫美亞作詞！他相信作風開放的柏野正次郎應該可以接受，甚至欣賞。

陳君玉滿意地站了起來，得意地哼著自己的新歌〈跳舞時代〉的旋律，走出辦公室。

阮是文明女　東西南北自由志
逍遙佮自在　世事怎樣阮不知
阮只知文明時代　社交愛公開
男女雙雙　排做一排
跳 toroto　我尚蓋愛……

第五十六章

阿好好高興，她的美夢成眞了。

公司決定在八月十日到東京的日本蓄音公司爲她錄製曲盤。預計年底就會有她的曲盤在臺灣發售。八月十日離現在還有一個多月，因此古倫美亞要求阿好多撥出些時間在臺北練歌。

阿好處處感受到公司對她的重視與期待。除了最初的〈一個紅蛋〉和〈紅鶯之鳴〉，古倫美亞要她練唱的歌曲，還有陳君玉自己作詞的〈橋上美人〉，以及知名漢文家廖漢臣作詞的〈琴韻〉。這兩首歌，都是鄧雨賢譜的曲。

柏野正次郎也很守信用，決定也製作〈咱臺灣〉的曲盤。她把這好消息告訴了蔡培火。蔡培火大樂。他從未想過這曲充滿臺灣意識的〈咱臺灣〉，竟然是日本人當老闆的唱片公司來發行。

另外，公司爲了配合阿好唱西洋藝術歌曲的特質，選了兩首西洋名曲讓她去發揮，一曲是〈搖籃曲〉，一曲是〈甜蜜的家庭〉。兩首都是用北京話演唱的。顯然是柏野一方面希望阿好發揮西洋藝術歌曲的專長，一方面把目光投向中國的廣大市場。正好阿好的漢學涵養也不錯，她是「芸香詩社」一員，所以柏野要讓阿好用北京話唱。

最讓阿好感受到柏野的用心良苦，是他竟然邀請到了在中國很知名的黎錦暉來作曲作詞，當然是中文歌詞。

柏野親自把黎錦暉的詞曲拿給了阿好。阿好知道，柏野這樣不惜重金，是希望阿好能成爲古倫美亞打入中國市場的先鋒。這是其他臺灣歌手，例如公司的臺柱純純（劉清香）做不到的。

阿好回到臺南家裡，三個小孩全都圍上來叫著：「阿母！阿母回來了！」

阿好不在家時，都是她媽媽替她帶小孩。阿好把小孩一一抱起來親熱。老大友仁和收養的女兒香芸，都已經滿六歲了，現在在她以前任教的末廣公學校幼稚園上學。香芸竟然也表現出跳舞的天賦，讓她非常高興。

阿好把兒女哄入睡後，小舅一拐一拐地走到她面前，很愼重地拿一封信給她。是由哥哥盧本轉來的丙丁來信。

自從阿好進入古倫美亞，她給丙丁的信都只提公司的事。丙丁的信，也大多簡短報平安。阿好和丙丁似乎漸漸有了默契。丙丁不談他自己在廈門的生活，因爲有信到，就是報平安之意。而阿好，也不提家中瑣碎之事。

在上一封信中，阿好寄給丙丁公司爲她請廖文瀾作詞、鄧雨賢作曲的〈琴韻〉。文瀾的原名是廖漢臣。廖漢臣是近來崛起的年輕漢文好手。今年年初廖漢臣在《新高新報》發表了作品〈賣花的少女〉及新詩〈短詩二首〉。丙丁讀了大聲叫好，阿好也覺得這首〈琴韻〉眞的也顯示了廖漢臣的才華。

琴聲響　春風吹　聽來聲聲悲
愁無限　推昧去　目屎流　滿胸圍
一聲落　一聲起　哀愁入阮耳

彼個人　那知影　阮的心　即傷悲
又哀怨　又傷悲　心肝為伊碎
伊那彈　無一定　相像阮　淚那垂
翻過來　轉過去　更深夢昧圓
心暗淡　老沒開　琴聲響　無停時

阿好打開丙丁的信，竟然也是一首歌詞，丙丁特別寫著題目〈悲嘆小夜曲〉，又附上原曲名〈*Serenata, Rimpianto*〉。這首小夜曲是阿好在家裡喜歡唱的。原曲是男高音，於是丙丁也常常和阿好和音哼著。沒想到丙丁竟然爲這首歌添上了自己所作的詞。

世事茫茫難意料　愁又萬恨
虧得當初時　心神費不少
妳我的青春　放落海底流……

阿好看到「你我的青春，放落海底流」，不覺一陣鼻酸，淚滿目眶。

阿好也注意到，丙丁的字有些與以前不同。仔細看，筆劃似有些拉扯，好像他寫字時手會抖，或者是無力，無法一筆寫完。阿好知道，她不願看到的事發生了，丙丁可能因爲右手神經症狀有些惡化，所以寫字開始有些障礙。

阿好的淚珠掉了下來，滴在丙丁的信紙上。

第五十七章

阿好家中來了兩位不速之客，是趙櫪馬和莊松林。

這兩位都是丙丁的好友。丙丁這次偷渡廈門，事先只向他們透露說會有廈門之行，並沒提到治病的事。兩、三年前丙丁在廈門時，還寄了一張風度翩翩的照片給莊松林和梁加升。兩人得意之餘，也相信丙丁的病應該已癒。沒想到才兩年，丙丁又要去廈門。莊松林隱隱約約覺得，丙丁可能又復發了。但丙丁既然不說，他們也不好說破。丙丁也去開元寺向「證峰法師」林秋梧辭行。林秋梧也不問原因，只說：「阿彌陀佛。佛祖保佑你遠行愉快。」

去年十月，阿好進入古倫美亞，趙櫪馬和莊松林也來道賀。那一天，趙櫪馬露出羨慕的神情。後來，阿好由蔡德音處得知，趙櫪馬也到了臺北。他加入泰平唱片公司成爲作詞家。泰平公司是臺灣人設立的唱片公司，是後起之秀。

「嫂子，」趙櫪馬喜形於色，「我自六月底升任泰平公司的文藝部負責人了。」

「恭喜，櫪馬！」阿好爲他高興。趙櫪馬才二十二歲不到，有此成就眞是不簡單。

莊松林在旁邊豎起大拇指。「櫪馬眞是厲害，不但作詞，也擔任流行歌專輯製作人，而且以北京話創作詞曲。櫪馬希望有一天泰平的唱片能賣到上海及廈門去。」

阿好看著丙丁的這些老友，心想，這些好友眞的都是又有才華，又認眞。

「最近秋梧好嗎？」阿好想起丙丁這位常有驚人之舉的好朋友。

櫪馬笑著說：「證峰法師嗎？他一直在擔任南瀛佛教會講師，依然反普，依然以寫文章為樂。」

莊松林說：「這一次櫪馬榮升，我們昨天還一起去開元寺看他，向他報告這好消息。秋梧好像變瘦了。」

「希望將來我可以為嫂子作詞或出唱片。」臨別之時，櫪馬意味深長地向阿好說。

櫪馬離開之後，阿好覺得應該把這好消息告訴丙丁。她想到剛剛莊松林說的「櫪馬也在為泰平公司以北京話創造歌曲」，心中浮上一個想法。

第五十八章

古倫美亞的臺灣人群集在蓬萊閣相聚。這是大家爲阿好、清香、青春美、鄧雨賢八月去東京錄製曲盤的歡送會。其實老闆柏野已經以公司名義辦了一個餐會，但是喜歡喝酒又生性慷慨的李臨秋認爲不過癮。「柏野眞小氣，每個人一盤壽司、一碗勝丼（炸豬排蓋飯）或天丼（炸蝦天婦羅蓋飯）、一碗茶碗蒸、一碗味噌湯、一小甕清酒，就叫做『餞行宴』了！」

去東京的時間已經排定。八月十日至九月一日，先由林氏好帶著小童星陳秋代打頭陣。一週後，九月七日到九月二十八日，由清香、青春美接棒，作曲的鄧雨賢也排在這個梯次。

清香比阿好小七歲，但出道比阿好早多了。她因爲〈桃花泣血記〉、〈懺悔〉而大紅特紅，成了古倫美亞第一位專屬歌手。其實在更早，古倫美亞已經發行了不少清香的歌仔戲曲盤。

清香人如其名，清秀、客氣、溫柔。自從開始轉向流行歌曲的領域後，她新取了藝名「純純」。這位年輕女歌星的個性，確實也單純可愛。

大家一坐定，李臨秋馬上點了三瓶甘泉老紅酒。純純一看，不安地問李臨秋：「臨秋，大酒家的酒會不會很貴？我們都不太喝酒，不必馬上點這麼多。」

「清香，少囉唆，我今天心情好。最近我們合作的〈懺悔〉、〈倡門賢母〉這兩條主題歌大賣。我也憑妳的福氣有賺一些錢，別擔心。」李臨秋迫不及待乾了一大杯，放下酒杯，單刀直入向純純提問：「清香，什麼時候帶妳那位總督府台北醫專[15]的張醫生來給我們看一下啊？」李臨秋還是改不了用純純的舊名。

純純漲紅了臉，低下頭來，用幾乎聽不到的聲音說：「可是他家裡不同意……」

李臨秋頓覺不好意思起來，趕緊話題一轉，對象變成蔡德音。「德音，這次也要錄你的歌了，恭喜恭喜。今天阿珠怎麼沒來？你和阿珠什麼時候請我們吃喜酒？」

老實人蔡德音突然被李臨秋一問，有些不知所措。他和林月珠，其實也面臨同樣的問題：家長反對。但是他不願說出。

阿好也知道蔡德音對林月珠有好感，趕快爲蔡德音解圍：「臨秋，別鬧了，德音是古意人。」

李臨秋嘆了一口氣。「唉，現在人家選女婿，最上選是醫學生，其次是師範生。雨賢兄，嫂子是臺北第三高女畢業的，眞讓我們羨慕。對了，這次去東京，嫂子有沒有要跟著去啊？」

鄧雨賢本來就內向寡言，此時只是淡淡一笑。「我牽手愛清靜，堅持要住鄉下。連臺北都不喜歡，就更不會去東京了。」

李臨秋一個人鬧不起來，覺得沒趣，自乾一杯之後，把對象轉到同是男性的陳君玉，說：「不仔，你也二十八歲了，怎麼還不結婚？我們公司新招募的女歌手，個個年輕貌美，活潑可愛，你不必這麼挑吧！」原來陳君玉原名「陳不」，他是熱情但不多言之人，對李臨秋說：「臨秋啊，酒別喝太多。要學我，多喝茶。」再轉向阿好說：「阿好樣，這次柏野請了在東京的奧山貞吉爲妳的歌編曲，表示很重視我們。」

15 原來的總督府醫學校在一九二二年改名為台北醫專。

阿好笑著點點頭。陳君玉又轉向作曲家姚讚福說：「我對我們合作的〈夜半的大稻埕〉很期待，相信你可以一炮而紅。」姚讚福本唸神學院，因爲對音樂的興趣，放棄成爲牧師而成爲作曲家，來到古倫美亞。姚讚福也不是喜愛喝酒之人，他向李臨秋舉杯笑說：「臨秋，你剛剛一個人喝酒的樣子，給了我靈感，我有一天會來做一曲〈苦戀的酒杯〉。」

李臨秋回了一句：「我哪有苦戀什麼？」正好看到遲到的周添旺和愛愛兩人一起走進來。李臨秋好高興找到了新話題，「哈哈，添旺仔、愛愛，原來惦惦吃三碗公半的是你們兩個？」於是大家又起鬨了。愛愛才十五歲，長得非常可愛，公司大家把她當小妹妹看。大家笑得特別大聲。

周添旺有些發窘，趕快否認：「沒有沒有，別誤會別誤會。愛愛因爲在公司裡工作得較晚，從榮町到這又有一段距離，愛愛不敢一個人來酒家，所以我留在公司陪他一起來。」

李臨秋這時已經有些醉意，又舉杯一乾，然後重重地把杯子碰在桌上。「唉，看到你們談戀愛好羨慕。我牽手是我家童養媳，我連相親的機會都沒有。你們都好命，真令人羨慕！」

阿好和蔡德音都住在臺南。她只知道蔡德音爲了追求林月珠，留在臺北的時間變多了。現在她才恍然大悟，公司其他同事的不少韻事，她都是後知後覺。連今年五月一日公司新招的這兩位新同事周添旺與愛愛，似乎也惺惺相惜。

阿好在這群年輕人之中，一方面年紀稍長，又是三個兒女的媽媽，一方面性格也比較嚴肅，與其他女歌手竟似隔了一層。只有蔡德音與她比較有話談。李臨秋也不敢拿阿好開玩笑。

看到這些沉醉在愛情中青春快意的年輕人，阿好心中隱隱作痛。她想起分隔在廈門的丙丁。大夥兒盡情吃喝。付帳的時候，大家希望分攤。滿臉通紅，雙眼已經瞇成一條線的李臨秋大喝一聲：「什麼話，當然是我作東！」然後向女侍揮手，大叫一聲：「付錢！」

第五十九章

阿好掩不住心裡的興奮，到東京的夢終於成眞了。

到了東京，負責編曲的奧山貞吉來與阿好等一行人相會。奧山貞吉四十多歲了，是一位老頑童似的人物。更不平常的是，他有好幾年的海上生活。他曾經在輪船上當樂師，因此常常在舊金山上岸，有機會去體會美國初流行的爵士風潮。在歡迎阿好與陳秋代的餐宴上，奧山向阿好與十歲的小歌手陳秋代，講述他過去在日本與美國的所見所聞。大家談得開心，也培養出很好的感情和默契。

但是，等到八月十日正式開始錄第一曲〈一個紅蛋〉，卻有些狀況。奧山很讚美阿好的音色超過他的期待；但阿好本人卻感覺奧山的編曲與她的唱法似乎有些不順。阿好自己的解釋是，因爲她走的是西洋傳統古典音樂唱法，不是奧山過去所習慣的方式。

八月十四日錄〈紅鶯之鳴〉及〈咱臺灣〉，阿好試圖調整她自己的唱法，總算兩人都感到滿意。此後所錄的〈四季譜〉、〈孤鳥嘆〉、〈閒花嘆〉、〈昏心鳥〉、〈落霞孤鶩〉，阿好也盡量讓自己的唱法減少一些古典音樂唱腔，多一些流行音樂的味道。

阿好西洋古典音樂唱法是自小與吳瑪麗夫人練唱起就根深蒂固的。有時，阿好也會覺得以自己的學經歷身份，與其他唱歌仔戲或小調出身的歌手平起平坐，被評頭論足，會覺得有些委屈。

而其他歌者也認爲阿好「個性孤高」。

吳瑪麗和張福興都曾經向她提到，日本有一位三浦環，因爲唱浦契尼歌劇《蝴蝶夫人》而出名，巡迴世界，在歐洲各大劇院演出……。這才是阿好心中眞正的夢。阿好期待目前的古倫美亞是她的第一步。

到了八月底，她與陳秋代的六十五首曲子全錄好了，但阿好一心求好求全，又要求重錄幾首。一直拖到九月一日，在重新灌錄〈琴韻〉之後，已經沒時間了，阿好才快快結束她的努力。

她希望用自己的美聲，唱出與臺灣其他歌手不一樣、揉合西洋古典與臺灣流行的風格。她希望她的歌可以讓臺灣之外的日本人、西方人所重視。這是她與丙丁在加入文化協會之後，就念茲在茲的「臺灣精神」、「臺灣風格」、「臺灣文化」。這是她錄音時的心願。但是，這次錄音成果，她感覺沒有原先期待的那麼完美。

連奧山貞吉也看出來了。有一天中午休息，在用餐時，奧山貞吉突然放下筷子，若有所思地向阿好說：「我想啊，阿好樣的風格與天賦，應該看看有沒有機會去拜三浦環先生爲老師。但可惜三浦老師一直在歐洲演唱。」阿好聽到奧山這樣的知己之言，非常感動。她回答說：「我知道三浦先生，她在我心目中像神一般。」

奧山又似自言自語，又似在向阿好建議：「三浦先生有一個學生叫關屋敏子，也唱得極好。若能拜敏子樣爲師，也非常好。」

奧山貞吉這番話，等於替阿好指出一條新路線、新憧憬。積極的阿好於是拜託奧山貞吉，請他在閒暇時帶她到神田的曲盤店，收購關屋敏子的西洋歌曲唱片。她向奧山說，能買到愈多愈好。阿好下定決心，回臺灣後，她要用關屋敏子的曲盤當老師，學習關屋敏子的唱法。

第六十章

阿好的曲盤終於在市面上陸陸續續發行了。

世間事，有時候很巧妙。〈一個紅蛋〉本是古倫美亞爲阿好主打的歌，但在發行時，曲盤的兩面，一邊是阿好主唱，八月十日所錄；另一面則由純純來唱同一曲，在稍晚九月錄的。這樣的安排，是臺灣首次，民眾感到很新奇，而且兩位歌手都唱得極佳，因此銷路很好。

周添旺讚美李臨秋：「這首歌的歌詞眞好，唱出好多女人的心聲。我預測百年以後，仍然會有人唱。」

不過，眞正大賣的卻是稍早公司發行的另一張，阿好的〈紅鶯之鳴〉加上純純的〈跳舞時代〉。這張唱片開紅盤，幾個月就售了一萬張。

阿好向蔡德音道謝。阿好也寫信向丙丁報告了這個喜訊。到了第二年（一九三四），公司逐步推出阿好擔綱的好幾張新曲盤，包括與廖漢臣合作的〈琴韻〉、黎錦暉用中文寫的〈落花流水〉、蔡培火作詞曲的〈咱臺灣〉、陳君玉添詞的〈橋上美人〉，以及兩首洋歌〈甜蜜的家〉和〈搖籃曲〉。

阿好更期盼的，是獨唱演唱會。在演唱會中，她是唯一的主角。她可以選自己喜愛的歌，唱自己最拿手的唱法。

一九三三年十一月二十九日，阿好在臺南公會堂獨唱演出。

一九三四年一月十七日，阿好在臺南放送局獨唱演出。

一九三四年五月，阿好在臺南鹽水街職員會慰安音樂會獨唱演出。

一九三四年六月三十日，她又於臺南放送局演出。

在一月十七日臺南放送局的演唱會，她第一次在公眾之前唱出丙丁思念她的情懷。阿好對著麥克風，用西方名曲，配上丙丁的詞，向臺南鄉親唱出丙丁與她這對苦命鴛鴦的深情內心悲嘆。

妳我的青春　放落海底流
永遠一去不回頭
……
三更後　想起當初放聲哭
啊……啊……

一曲唱完，她的眼淚汩汩流下，旁邊工作人員一臉訝異。而阿好卻能迅速擦去淚水，轉頭向他們笑了一下，作了一個「繼續」的手勢。

於是，她又唱出現在臺灣最紅的歌曲，由丙丁找來蔡德音作詞的〈紅鶯之鳴〉。在一刹之間，她的歌聲由義大利小夜曲切換爲中國古調的〈蘇武牧羊〉。

＊ ＊ ＊

古倫美亞一九三三年在東京灌錄的唱片，現在結果分曉了。由鄧雨賢改自平埔曲調，周添旺寫詞，純純主唱的〈月夜愁〉，大紅特紅。臺北的大街小巷都在唱「三線路」。大家一致認爲周添旺的詞寫得太好了，而鄧雨賢的新曲也如鬼斧神工。

阿好的〈紅鶯之鳴〉雖然也大賣，但是阿好所有主唱歌曲的銷售數量仍然遠遠比不上純純。

然而，有一好沒有兩好，純純的感情之路卻大受挫折。那位臺北醫專的醫學生，因爲家庭的阻撓，還是離開了純純。就像她在〈月夜愁〉唱的「心愛的人，那抹來……」，而且是永遠不會來了。純純黯然神傷。

〈紅鶯之鳴〉紅了以後，帶給蔡德音信心。再不久，傳出了蔡德音和林月珠私奔到臺南，離開公司的消息。阿好在驚訝之餘，衷心祝他們幸福。

然後，陳君玉突然向公司辭職，到了另一家臺灣人的「博可望唱片公司」。古倫美亞的文藝部主任由周添旺接任。有人說，是因爲周添旺作詞功夫太厲害，賣座超過陳君玉的歌。另一個原因是，陳君玉不滿公司遲遲不肯出版陳君玉與姚讚福寄予厚望的〈夜半的大稻埕〉[16]。因爲公司認爲陳君玉的歌詞太艱深，太文藝腔，不像周添旺那麼大眾化，讓市井小民都會唱。陳君玉一走，姚讚福也離開古倫美亞，轉到了「勝利唱片公司」。

周添旺與老搭檔鄧雨賢合作的新曲〈雨夜花〉，也是純純主唱，立刻轟動全台，甚至比〈月

16 一九三七年，古倫美亞終於發行了這首〈夜半的大稻埕〉。事實上那時陳君玉、姚讚福早已離開古倫美亞，姚讚福也已在一九三六年因〈心酸酸〉而走紅。

夜愁〉還大賣。

阿好已經看出，在流行歌曲市場，純純將永遠是最亮的那一顆星。她比不上。但是她也沒有氣餒，她把目標望向另一方。她在去年赴日本與奧山貞吉深談之後，就持續在公司所訂的日本內地音樂雜誌收集關屋敏子的資料，同時繼續努力不懈地練著西洋聲樂歌曲。

陳君玉、蔡德音相繼離開古倫美亞之後，阿好在古倫美亞頓覺孤單寂寞。另一方面，在泰平的趙櫪馬又頻頻來訪，於是阿好慢慢有了離開古倫美亞而轉到泰平公司之心。

阿好喜歡趙櫪馬。這年輕人一向把丙丁視爲作詞前輩，甚至老師級。如果轉到泰平，她和趙櫪馬一定可以相處愉快。但是，泰平的人才、市場通路自然都不及古倫美亞，她心中也有些猶疑。而且，她對柏野正次郎有著濃濃的感恩之心，因爲柏野正次郎眞的對她很好。

第六十一章

中元節到了。臺南的街上像往年一樣，家家戶戶在街道正中央擺了流水席。幾十個大長桌連成很壯觀的桌陣，桌上擺滿了給好兄弟享用的豐盛祭品，街頭還搭了讓和尚唸經的牌樓，祭拜之後則讓遊民吃個高興。全島有不少廟宇在舉行「賽豬公」，比賽誰的豬公養到最重。

因爲普渡，人力車無法通行。阿好由趙櫪馬陪著，也在人潮中緩緩步行。她是教徒，不是出來拜拜湊熱鬧。她剛剛去探訪丙丁好友證峰法師林秋梧。

林秋梧爲「反普」奮鬥了五、六年，普渡依然盛行，反而是秋悟自己病倒了！阿好想，民間習俗無法以「講道理」去改變之，效果可說是「蚊仔叮牛角」。現在秋梧奄奄一息地躺在病床上，丙丁則躲在遙遠的廈門。兩位年輕社運鬥士竟然都逃不過病魔。阿好不禁神傷。

這些臺灣知識青年，從文化協會開始，爲了臺灣社會的進步，爲了提升臺灣人的地位，一方面向臺灣舊社會宣戰，一方面與日本人周旋。他們看不慣臺灣舊社會，努力引進西方思潮，試圖打破舊傳統、舊習俗，提升臺灣人涵養及文化。他們堅持理想，奮力不懈。

他們已經努力了十年。丙丁最先投入，阿好接著也投入了。她曾經是第一位加入臺南婦女會的臺灣人。丙丁因爲健康而中斷了，她則繼續以另外一種方式轉進。她一方面引入洋樂，一方面試圖以音樂唱出臺灣新精神。也許離成功還很早，但是她很努力。

三天前，趙櫪馬又來拜訪她。同來的除了梁加升、莊松林，還有一位與阿好年紀很相近的氣質女子。

「嫂子，我帶簡吉夫人來與您認識。」梁加升說。

「請多指教。」簡吉夫人彬彬有禮。

阿好也還禮，大家馬上談開了。原來簡吉的妻子陳何也是府城人，比阿好大四歲。巧的是，她娘家與丙丁家相隔不遠。一談起來，陳何和阿好一樣，都是先在公學校任職。陳何在公學校認識了簡吉，然後自由戀愛而結婚。這個巧合讓兩人覺得彼此很相近相知。

陳何自臺南女子公學校畢業後的第二年，經過八個月的雇員講習會訓練，十五歲就被分發到鳳山公學校當「訓導心得」。她在公學校遇到臺南師範畢業、喜歡拉小提琴的簡吉。三年後，一九二一年，十九歲的簡吉與十八歲的陳何結爲夫妻。以後，就是大家所熟悉的，一九二五年，由於李應章的二林蔗農事件，激發了簡吉。簡吉也像丙丁一樣辭去鳳山公學校的教職，在一九二六年成立臺灣農民組合。

臺灣農民的山林田地，當年被日本以法律手段沒收及強占了許多，兼又農民爲官方種植的報酬不甚合理，因此農民組合一開始就聲勢浩大。

梁加升說：「如果我沒有記錯，一九二六年十二月初，農民組合第一次全島大會在臺中召開，大會報告會員兩萬多人，兩百多位代表出席，連日本的勞働農民黨和農民組合都有代表參加。那時民眾黨的代表就是丙丁兄。」

阿好馬上接著說：「是的，我記得。後來丙丁回到台南家，對簡先生讚不絕口。簡先生的好友李應章醫生也是丙丁老友。他們一定互相欽慕已久，想法也近似。」

梁加升說：「是啊，民眾黨的工友總聯盟就是同一理念的實行。」

簡吉的經歷，所有從事臺灣社會運動的人都很清楚。日本政府對比較溫和的民眾黨猶勉強忍，但對號召農民極力反抗資本家的農民組合就沒有那麼客氣了。一九二九年二月十二日，簡吉第一次被捕。他一年後出獄，繼續抗爭。他後來與臺共愈走愈近，更是犯了日本人大忌，於是一九三一年再度被捕。這一次，一判就是十年。

陳何只好帶著孩子回到臺南娘家住。正好她考上臺灣總督府臺南醫院看護婦助產講習所。她一面接受兩學年的助產婦訓練，一面撫養三個小孩。

阿好笑笑說：「我與陳何姐很像。我也是帶著三個小孩。」

兩位堅強女子，都是丈夫健在，卻分隔不能相見；都帶著三個孩子；都靠母親的幫忙撫養孩子，還自力去打拚出自己的一片天地。身爲社會運動者之妻，就必須如此堅強。兩人相視一笑，彼此的心酸感同身受。

但阿好卻更心酸。「妳的簡吉，終有出獄之日；我的丙丁，卻可能此生無法再相見了。」

梁加升感嘆地說：「總督府把農民組合視爲眼中釘，一九二九、一九三一年兩度逮捕簡先生，非把簡先生長期關在監獄不可……。這幾年，大家爲了臺灣社會，都很辛苦……。唉，外面用一句話來形容這些民族運動志士：『放某放子爲臺灣。』丙丁先生如此，簡吉先生也是如此。令我們這些後輩敬佩不已。」

趙櫪馬在旁邊說：「何止『放某放子爲臺灣』，還『賣田賣厝顧臺灣』呢。」

莊松林說：「您們兩對夫妻太令人尊敬了。丙丁先生獻身民眾黨及工友總聯盟，阿好姐也開臺灣西方音樂風氣之先。簡吉先生提個小提琴，就像孔明搖著羽扇，談笑之間，一呼百應，就成立了兩萬五千人的農民組合。陳何姐則為臺灣助產士先驅。您們都是我們後輩的楷模。」

阿好說：「加升先生，你從早稻田回來幾年了？謝謝你和丙丁一起奮鬥了這麼多年，付出也很多。」

梁加升說：「我一九二六年回來臺灣。淺野水泥罷工時開始與丙丁兄結緣。我現在在《臺灣新民報》工作。唉，誰也想不到，蔣渭水先生身體看起來那麼好，卻說走就走。丙丁兄也為了身體的問題要長期休養。前幾天，我們幾位也去開元寺探視了林秋梧，希望他能夠好起來。」梁加升長長嘆了一口氣。

阿好大吃一驚：「秋梧生病了？什麼病這麼嚴重？」

莊松林說：「大概是肺癆吧，聽說咳了好幾次血。他的母親前幾年好像也是肺癆過世的。」

梁加升說：「唉，他近年像唐吉訶德一樣致力反普，看起來好像功效不大。臺灣民眾的幾百年習俗，不是幾篇文章就可以翻轉得過來。倒是他努力為開元寺護產，功不可沒。」

阿好問：「護產？怎麼一回事？」

梁加升說：「這是開元寺的內部問題。開元寺自鄭經時代以來，就是名剎，寺產很多，於是引起地方勢力覬覦。幸得秋梧及住持得圓和尚聯手，終於護住了。只是秋梧的身子也累垮了。我們前幾天去看他，臉色蒼白，瘦得不成樣子。」

陳何在一旁也說：「這肺癆確實很難治……。唉，健康最重要。工作要努力，身體也要顧，否則一切都成空啊。我在臺南醫院兩年，雖然是在產婦人科，也看到不少產婦驟逝，家人不能接受的場面。生命無常啊。」

「生命無常。」在旁的阿好，不禁也很有感慨。

「生命無常」，阿好想起丙丁。她心念一動，想到丙丁送給她的詩詞，這是她與丙丁恩恩愛愛的最好見證。臺灣再無其他任何一位男子能有丙丁這般才華，對她這般愛戀。自新婚之夜，丙丁長年地寫給她美麗情詩，應是臺灣夫妻間獨一無二的。雖然篇數不算多。

剎那間，她覺得自己好幸福，好滿足，所以招致了上天的嫉妒……。丙丁這些情詩，是愛的見證。她至少要把丙丁寫給自己的〈月下搖船〉、〈織女〉、〈紗窗內〉三首愛的詩篇留下來，譜成歌曲，唱出來讓世人知道。阿好希望丙丁也能以作詞家的名字，永遠留在臺灣的音樂史上，而不只是「社會運動工作者」。但是她沒有把握古倫美亞可以為每一篇丙丁的情詩譜曲及出版。

她望著趙櫪馬，心思轉動。也許唯有這位死忠的丙丁追隨者可以替她完成心願。為了丙丁，也許她必須自古倫美亞轉到泰平。正好櫪馬現在是泰平公司文藝部長，這個機會她必須把握。

臨別時，阿好約了趙櫪馬，請他幾天內帶她到開元寺探視生病的秋梧。兩人相約的時候，沒想到正逢中元節。

秋梧看到阿好來看他，非常激動。

阿好在秋梧的眼神中，看到了這位青年的悲憤與絕望。

才三十二歲，竟然已經快走到生命盡頭。滿腔社會改革的熱情，宗教改革的壯志，看起來不敵惡疾而即將永遠斷線。

「生命無常」，是大家都會掛在嘴邊的話，但很少有人想過，自己也會面臨這樣殘酷的命運。不幸的，丙丁與秋梧都盛年罹病，一位遠走，一位臥床。

十月十日噩耗傳來，證峰師父林秋梧圓寂了。

幾天後，阿好與櫪馬有了推心置腹的談話。

趙櫪馬以泰平公司文藝部長的身分向阿好承諾，若阿好願意轉爲泰平專屬歌手，泰平會在一年內將丙丁的三首詞〈月下搖船〉、〈織女〉、〈紗窗內〉譜曲，並由阿好主唱，出版曲盤。

趙櫪馬回到公司後馬上請張福興爲〈織女〉作曲。屏東的鄭有忠，早就表達爲〈紗窗內〉作曲的意願，〈月下搖船〉則本來就有曲調。這些積極的作爲，讓阿好非常感動。於是在十一月初，阿好匆匆轉到了泰平。

＊＊＊

到了十二月底，泰平以林氏好爲主力，發表三張新唱片的海報。這三張都是盧丙丁作詞，由阿好主唱。阿好也以泰平歌手的身分拜訪《臺灣新民報》。

阿好長考以後，決定將秋梧過世的消息告知丙丁。她對著一九二二年那張丙丁、秋梧及李應章三人的合照發呆。那時，三人皆踏出校門不久，滿懷雄心壯志，如今才過十二年，三人皆已不在臺灣了。秋梧不在人世，丙丁在廈門，李應章則更早就離開臺灣。

最近，莊松林說有消息傳來，李應章在廈門的醫院不知何故被日本當局搜查。李應章僥倖逃出，但目前行蹤不明。

阿好一陣鼻酸，合起相簿。這三位臺灣青年的奮鬥曲，竟令人如此悲愴嘆氣。就像丙丁所添詞的〈悲嘆小夜曲〉了。

阿好此刻無法預知的是，盡了全力爲丙丁和她出版曲盤的趙櫪馬，竟也在五年後，一九三九年於香港遽逝，只活了二十八歲，甚至比林秋悟還短命。

第九部

悲嘆小夜曲

現在不得將妳懷抱　暗暗傷心目屎流
月色有意照床頭　秋風無情遍心透
啊……見景傷情
世事茫茫難意料　愁又萬恨
虧得當初時　心神費不少
妳我的青春　放落海底流
永遠一去不回頭

——摘自盧丙丁〈悲嘆小夜曲〉

第六十二章

一九三〇年代不但是臺灣流行歌與臺灣唱片的開花時期，也是日治時代臺灣新文學的茁壯期。更奇妙的是，臺灣新文學與臺灣新音樂密切相扣，作詞家往往就是文學家。

一九三三年十月二十五日，「臺灣文藝協會」在臺北江山樓成立，成員有廖漢臣、蔡德音、黃得時、王詩琅、陳君玉、林月珠等。一九三四年七月十五日，臺灣文藝協會發行了《先發部隊》。這是一本白話文寫作的刊物，由廖漢臣擔任主編。一九三五年，迫於臺灣總督府的要求須接受一部分日文作品，改稱《第一線》。後來會員又全部加入了「臺灣文藝聯盟」，改而發行《臺灣文藝》。

一九三三年才成立的泰平公司，不但是屬於臺灣人的唱片公司，也是一家力挺臺灣新文學的公司。

泰平公司的文藝部長，在一九三三年創立時是陳運旺，一九三四年由趙櫪馬（啓明）繼任。泰平公司雄心勃勃，抱著在流行音樂上超越古倫美亞的企圖心。一九三四年，泰平公司在《先發部隊》上刊登唱片廣告，上面印有「壓倒一九三四年的唱片界」。青春美、阿好都先後到了泰平。作詞者包括廖漢臣、黃得時、黃石輝、趙櫪馬等文學健將；作曲者有陳運旺、鄭有忠等。公司發行的流行歌詞會刊登在文學刊物──「臺灣文藝協會」機關報《先發部隊》中。泰平也發行名爲〈先發部隊〉的歌曲。

趙櫪馬不僅愛好文學，也積極參加社運。泰平不但發行大眾愛好的情愛歌曲，一九三四年七月也出版關懷臺灣社會的寫實歌曲〈街頭的流浪〉，描述失業人士狀況，而被總督府認定有害而查禁。這是臺灣史上第一首禁歌。

一九三五年的新春第一天，趙櫪馬到阿好家拜年，同時拿一份計劃書給阿好。阿好看了簡直不敢相信自己的眼睛。泰平公司替阿好安排了一個環島巡迴演唱會，共九場。全是獨唱演出。

時間是二月六日到二月十七日，也就是自正月初三到正月十四。這是臺灣所有唱片公司從未有過的大手筆。而且，趙櫪馬還替阿好安排了在一月二十日接受《臺灣新民報》的專訪，爲環島巡迴熱身宣傳。

環島演唱的全部安排是：

二月六日　嘉義公會堂
二月七日　彰化公會堂
二月八日　臺中公會堂
二月十日　臺北鐵道旅館
二月十二日　臺北放送局
二月十六日　臺南公會堂
二月十七日　臺南放送局

臺灣環島，九場個人獨唱，這眞是至高的榮耀。

阿好由衷感謝泰平公司的特殊禮遇，以及趙櫪馬對她的多方協助。

一月二十日，阿好接受《臺灣新民報》的專訪。《臺灣新民報》用「人氣歌手」稱呼她，標題是〈努力使臺灣的民謠進出世界〉。這個標題的高度，瞬時讓阿好提升到臺灣歌手唯一國際級的格局。

在報導中有這麼一段。記者問她：「哥倫比亞（即古倫美亞）是什麼時候辭退了的？」關於此問，阿好似乎有什麼不能明言之處。記者即轉換話頭，問她入泰平唱片會社後的感想與成績。

阿好的回答是，泰平對她很好，而且表示對於正在賣的唱片〈紗窗內〉、〈月下搖船〉，她很希望能夠超過〈紅鶯之鳴〉。

過了幾天，就在春節的前兩天，有一件更讓阿好雀躍，更完全想不到的好消息出現了。

阿好收到了一張邀請函，臺北婦女會邀請阿好二月十日下午參加臺北婦女會舉辦的「關屋敏子歡迎會」。又說關屋敏子來臺後將先拜訪總督府，然後旅遊臺灣，熟悉一下臺灣的風土人情，再考慮是否於二月底或三月初在臺北辦一場個人演唱會。

「關屋敏子要來臺灣了！我終於可以見到關屋敏子了！」

阿好的腦中又閃過：「那麼關屋敏子會到我的音樂會嗎？」因爲二月十日那天晚上，阿好本來就排定在臺北鐵道旅館舉行獨唱會。

想到關屋可能出席她的獨唱會，阿好先歡喜後惶恐。如果關屋坐在觀眾席上，她很怕自己會緊張唱不好。

第六十三章

阿好在如雷的掌聲中，緩緩走到舞臺中央。臺下聽眾人人熱情拍手，迎接她的出現。臺上，她的背後排了一長列陳炘送來的祝賀花圈。

下午，看到送花者是陳炘，她好感動。陳炘，這個名字讓阿好印象深刻。婚後的第三年，丙丁去參加林獻堂在霧峰舉辦的夏季學校之後告訴阿好，陳炘先生是這次講得最好的講師。

丙丁模仿陳炘的演講口吻：「要提升臺灣人的地位，不僅要提升臺灣人的文化，也要振興臺灣的民族產業資本。而且改變土地資本，走向商工資本發展，才能與日本人分庭抗禮。」丙丁說，這是他聽過的、最深刻的臺灣財經的演說。因爲林獻堂、蔣渭水都沒有這種視野。

臺中人陳炘在留學日本之後，又到美國哥倫比亞，成爲臺灣第一位留美經濟學博士。一九二六年，他結合林獻堂，籌組一個「糾集臺灣人資金，以供臺灣人利用」的「大東信託株式會社」，等於是向日本的獨佔經濟挑戰。他現在是大東信託株式會社專務取締役（總經理），董事長是林獻堂。

舞臺上擺滿了由陳炘這位全臺灣第一位留美經濟學博士，又是臺灣金融先驅者所送來的眾多花圈，阿好覺得好驕傲。

她今晚選的第一首歌《悲嘆小夜曲》，是她正式在大庭廣眾的演唱會中唱這首歌。節目單上寫著Toselli曲，盧丙丁詞。

阿好心想：「盧丙丁可不是泛泛之輩。丙丁曾是臺灣民眾黨的宣傳部主任和勞工部主任，是在蔣渭水遺書簽字者的五人之一，也是蔣渭水大眾葬的致詞者。目前為了躲避日本人的監視而躲藏著。是一個為臺灣社會奮鬥、為臺灣社會受難的臺灣男子。我林氏好，是盧丙丁的妻子。這首歌代表丙丁的音樂和文學造詣。我阿好以丙丁為榮，以丙丁為傲。我要在這大庭廣眾之下，唱出丙丁對我的真愛，唱出丙丁對臺灣的情懷。」

向觀眾鞠躬後，她閉上雙目，沉澱一下興奮的心情。她相信，今晚的觀眾席上，會有許多與丙丁奮鬥過的好友，會有許多曾聽過丙丁的名字、讀過丙丁的新聞，而沒有見過丙丁的臺灣人……。她再度張開眼睛，舉頭向上望，張開口唇，緩緩以顫動的高音，清脆唱出丙丁寫給愛妻阿好，以義大利小夜曲為曲調的臺語押韻情歌。

月光暝　三更後　聽見鐘聲敲
當初時妳的傾國貌　忽然浮在我心頭
眠夢中　驚醒後　依仍笑容留
現在不得將妳懷抱　暗暗傷心目屎流
月色有意照床頭　秋風無情遍心透
啊……見景傷情
世事茫茫難意料　愁又萬恨
虧得當初時　心神費不少

妳我的青春　放落海底流
永遠一去不回頭
啊……紅顏薄命
三更後　想起當初放聲哭
啊……啊……

在全場幾乎凍結的空氣中，她唱完最後一個音符，再徐徐把目光望回台下。

本來整場觀眾肅靜無聲，剎那間爆出如雷的掌聲。她優雅地拉著長裙的下襬，深深一鞠躬，然後轉身，走回後臺。

她喝了一口水，再度出場。這次她唱的是西洋方農村民謠〈打麥歌〉（*Threshing Wheat*）。阿好瞬時化身爲農村的頑童，唱腔、表情皆活潑調皮，聽眾情緒頓時高昂起來。

接下來由「屏東鄭有忠管弦樂團」串場，讓阿好休息一下。鄭有忠本人的薩克斯風獨奏，也贏得滿堂采。

阿好再度出場。這次她一口氣唱了兩首歌，第一曲也是丙丁的情詩〈紗窗內〉，去年底泰平公司出了唱片。第二曲是她在古倫美亞唱紅的〈紅鶯之鳴〉，這曲盤已賣了一、兩萬張。唱完這兩曲，上半場尚未結束，觀眾就開始大叫「安可」。阿好依曲目再唱了一條西洋爵士風格的〈漂泊者之夢〉。觀眾的情緒沸騰了，全臺灣只有這位阿好，能將西方古典歌曲、爵士風味歌曲、臺灣本土歌曲、日本現代歌曲，全都混著唱，而且唱得絕美。阿好又唱了有深厚底蘊歌劇素養才能唱出的〈蘇爾末格之歌〉，這是挪威作曲家葛利格「皮爾金特組曲」中最受歡迎的獨唱，阿好以豐富的抒情方式唱完，結束上半場，也贏得滿堂采。

休息十分鐘之後，進入下半場。阿好這次又唱了一首西洋歌劇選曲，兩首日本歌，然後「鄭有忠管弦樂團」表演了〈泰綺絲冥想曲〉。最後，阿好再出來唱壓軸的〈賽維利亞理髮師〉。這是一首音階變化多端，難上加難的西洋經典歌劇選曲。阿好展現功力一氣呵成。裊裊餘音，繞著臺中公會堂的大廳頂上。

聽眾全部站起，齊聲有節奏合叫著：「安可！安可！安可！」阿好與伴奏的鄭有忠管弦樂團出來謝幕五次，聽眾安可聲更大，這次換成齊叫：「臺灣歌！臺灣歌！臺灣歌！」

於是阿好再度出場。阿好的安可曲是〈春怨〉。這是臺南與韓石泉醫生齊名的社會運動醫生黃金火作的詞，泰平公司去年底發賣的唱片。聽眾對社運人士所作的歌曲特別捧場。當阿好以臺語唱出第一小節「牡丹紅豔開／帶露含香人所愛」後，觀眾開始慢慢附和著阿好的節拍，此起彼落地合唱著。當唱到最後一段時，已成大合唱：

黃金我無愛　情意投合心花開　悲戀在心內
親愛我君來安排　親愛我君來安排

阿好紅著眼眶，帶著微笑，再度向觀眾鞠躬。滿堂掌聲也再度響起。

第六十四章

林氏好站在臺北鐵道飯店的門口，抬頭望著這棟又壯觀又典雅的建築。這是日本建好西部縱貫鐵路後，一九〇八年落成的紀念象徵。阿好不能不讚嘆，日本人雖然對臺灣人不公平，但對臺灣眞的是很用心建設，不因爲視臺灣爲殖民地，而給臺灣比日本本土差一等的建設。

縱貫鐵道與鐵道飯店，代表了日本將臺灣帶進了現代化，也帶來了西洋美學。她的願望也是把西洋的音樂美學引進臺灣，也讓臺灣音樂能進入世界。

她走入飯店。挑高大廳與古典吊燈，眞是美輪美奐。這大概是總督府之外，臺灣最漂亮、最精緻的建築了。她沒有進過總督府，也許總督府也沒有如此之美。

她找到了婦人會舉辦茶會的房間。日本人有守時的習慣，她又是後輩，所以提早到了。關屋敏子還沒到，阿好先和婦人會的出席者聊天。除了她，全是日本婦人。

關屋敏子出現了。讓阿好驚訝的是，關屋敏子的父親也來了。

關屋敏子見到阿好，很親切地握住她的手。兩人不約而同地說：「眞高興見到妳。」

關屋敏子與眾人一一打了招呼後，關屋敏子與阿好又成爲茶會的談話中心。

關屋敏子說，她在報紙上看到了阿好在臺中獨唱會的曲目。她很驚訝，臺灣竟然有人能夠唱這麼寬廣的西洋藝術歌曲。關屋問阿好是在哪裡學的？關屋的父親在旁邊幽默地插嘴：「我向敏子說，阿好樣將來會是敏子未來在市場上的大對手。」

眾人皆大笑。阿好不好意思地說：「阿好自年輕時隨牧師娘吳瑪麗及另一位義大利聲樂家莎樂可莉學習。前年到了東京，買了許多關屋老師的唱片。我很認眞聽老師的唱片，揣摩著老師的唱法反覆練習。能夠一睹老師的風采，是一生的願望，深感光榮。因此特意自臺南前來參加，敬請指教。」

關屋敏子感動了。她沒有想到，在這陌生的臺灣，居然有如此以自己為師，聽自己的唱片來勤練的歌者。

將結束時，大家合照留念。阿好本來站在後面的第二排，沒想到敏子小姐和他的父親都邀請阿好去坐在第一排敏子的身邊。阿好本要推辭，關屋的父親竟然說，今天是婦人會，我站在第二排就好。阿好受寵若驚，也就不好意思再推辭了。

散會後，關屋又約阿好明天見面。關屋說：「明天，妳再唱那三首歌給我聽。」

敏子小姐迫不及待要教她，讓阿好由衷感謝。沒想到竟有如此際遇，阿好舉頭，感謝上帝。

第二天，在鐵道飯店的房間中，敏子親自彈鋼琴爲阿好伴奏。阿好則依在臺中當天的曲目，唱了〈悲嘆小夜曲〉、〈賽維莉亞理髮師〉和〈百家春〉三曲。阿好唱完，敏子小姐指導她發音法以及一些歌唱技巧。兩人整整練習了兩小時。阿好沒想到能親受敏子教導，覺得宛在夢中。

臨別之時，敏子小姐依依不捨地握著阿好的手：「阿好樣，妳願意到東京來嗎？這樣我可以有更多時間教導妳。」關屋敏子竟主動表示願意收她爲弟子。

阿好狂喜，以清脆的聲音回答：「老師，我願意！」

阿好全島巡迴演唱會的最後兩場在故鄉臺南。一場在臺南公會堂，一場在臺南放送局。

臺南公會堂的演唱結束之後，許多鄉親來向阿好道賀。阿好在演唱時就看到韓石泉醫生和夫人坐在前排。演唱會結束後，她擠開人群，找到韓醫生，向他道謝每個月的生活資助。

韓醫生和藹地笑著：「恭喜妳，現在名氣好大。」韓醫生又說：「我也決定在三月底到九州熊本大學進修。等拿到博士學位才回臺灣。」

阿好向韓醫生及夫人行了大禮。「謝謝您們這幾年來的照顧，阿好感激不盡。」

在臺南家鄉，有韓醫生；在臺中，有陳炘；在臺北，有古倫美亞的同事、泰平公司的同事；也許在東京，會有關屋敏子與她的父親，大家都對她很好。自己的命運，眞是又坎坷，又幸福，讓她百感交集。

＊＊＊

四月下旬，阿好接到了關屋敏子四月十三日的來信。

敏子小姐說，她正在安排巡迴演唱會，預定四月在名古屋，五月初在大阪，六月中在東京。關屋敏子建議阿好在五月十日或六月六日左右到日本。她在信上說：「憶及和妳見面時愉快的情景，也經常向父親談論起，現在惟一心一意期盼妳光臨東京。來訪東京的日期如果決定了，敬請通知。」

對阿好來說，到東京去拜訪關屋敏子是平生大願，然而她也必須在去日本之前，爲泰平公司完成一些既定的曲盤製作。泰平已經爲她優先製作了丙丁的三首曲子：〈月下搖船〉、〈紗窗內〉、〈織女〉，也已完成黃金火醫生作詞的〈春怨〉。爲了答謝櫪馬，阿好也唱了櫪馬的〈恨不當初〉、〈啼笑姻緣〉。泰平又安排她唱〈秋夜相思〉，這首歌是新人陳達儒作的詞，阿好看出了他的潛力，期待能再與他合作。

趙櫪馬本來希望阿好製作丙丁作詞的〈悲嘆小夜曲〉。這已成了阿好每次音樂會必有的招牌歌，阿好也同意了，但一轉念，也許等去東京向關屋敏子拜師學藝回來，這首歌可以唱得更好。趙櫪馬想一想也覺有理，於是與阿好約定，待她五月十日去日本、六月上旬回臺後，可以開始製作這首〈悲嘆小夜曲〉。

卻不料，四月二十一日清晨六點零二分，新竹及臺中發生七級強震。新竹、苗栗、臺中共三千多人喪生，二十萬人無家可歸。這是日本統治臺灣以後的最大災變。音樂界主動籌劃了自五月十一日至六月五日環島的賑災音樂會。

緊要關頭，阿好當然不能缺席。她有始有終地參加了三場：五月十一日的臺南公會堂、六月三日的臺東公學校講堂、六月五日的花蓮昭和紀念館，三場皆獨唱演出。她選擇到偏僻的臺東、花蓮，那是她二月時泰平爲她安排的全島巡迴沒有去的地方。待一切工作完成後，延至六月十日，阿好才啓程由基隆搭船赴日本。

阿好即將至東京拜關屋敏子爲師的消息，馬上成了大新聞。臺灣的《新民報》日文版在五月十四日以大標題刊出，並刊出關屋的信函。

然後，五月十九日，《大阪朝日新聞》的文藝版也以頭條刊出，標題是「臺灣出生，歌唱家新星林樣，將以關屋敏子弟子的身份，意氣風發上京，希望向世界介紹臺灣民謠」，還附有一張阿好短髮、長裙的俏麗照片。

六月十日，阿好搭上「大和丸」號啓程。到了日本。除了《臺灣新民報》大幅報導，日本的

《報知新聞》也刊出一張關屋與阿好見面的大照片，兩人都笑得愉悅。關屋親切地把左手搭在阿好的右肩上，阿好則有些羞怯地低著頭，可以看出兩人的好交情。文字標題則是「迎接期盼之愛徒，關屋敏子喜上眉梢」。

於是阿好的名氣打入日本。這是臺灣歌手的第一人。

第六十五章

臺北市下奎府町派出所警員於七月二十日上午，在大稻埕「始政四十週年臺灣博覽會」展覽場帶回一位懷疑是癩病的男子。

警察見到這位男子在博覽會興建中的展覽館附近徘徊，並對建築物有暴踢及吐口水之行爲。警察上前勸阻時，卻發現該男子臉上有斑塊，右手手掌萎縮變形，故懷疑爲癩病患者。

警察查出該男子並非臺北市居民，亦非遊民，係投宿於太平町金山旅館之客人，且已長期住在金山旅館超過一個月。男子亦說不出長期投宿金山旅館的原因或目的，於是帶回北署審問。更重要的，請衛生課警察來檢查是否爲癩病患者。

自從一九三〇年底樂生院落成使用以後，日本政府在臺灣大肆宣傳癩病病人強制隔離的政策。這種觀念已經深入人心。政府明訂每年六月二十五日爲「癩預防日」，以「無癩州，無癩縣」做爲施政目標。在町役場、市役所看板上也張貼「癩菌滅絕，國土淨化」的標語。

因爲這些措施，癩病病人大多心生羞恥感。部份病人自行向官府報到；部份病人則心生恐懼，西躲東藏。他們深怕一旦被發現，將永別家人，甚至永遠脫離社會，等於一生就此終結。不少癩病病人不敢住在家中，到處躲藏。一些小旅館就成爲他們躲藏的第一選擇。

警方也發現了，通知旅館業者，要特別注意相貌行動怪異之長期投宿客，於是這些投宿客只好在各旅館間搬來搬去。這也造成患者家屬的自卑感，甚至在病人被警方查到而要移送通知聯絡時，盡量撇清關係，幾乎等同拋棄。這實在是人間悲劇。

男子雖臉有斑塊，但依然面帶英氣；衣著雖舊，也算乾淨整齊。

回到下奎府町派出所，警員要調查男子身份。男子說他叫盧丙丁，臺南人。派出所內臺籍人員大吃一驚。連日本警員也想起這個名字，三、四年前常在報上看到，依稀記得是很活躍的社會運動人物，民眾黨的要角。臺灣的報紙還曾經稱讚他是「鬥士」。

待丙丁自己供出，妻子就是「古倫美亞蓄音會社」專業歌手林氏好，警員更是嚇了一跳。正好一個月前，日本全國知名的關屋敏子收了臺灣歌手林氏好當入門弟子的新聞，早已轟動臺灣。派出所的警員或雇員，家中有林氏好唱片者大有人在。林氏好已是臺灣社會名流，而且形象良好，爲社會各界欣賞及認同。沒想到，她的丈夫竟然既是臺灣民族運動份子，又很可能是癩病患者。

「不可思議啊。」警察心想。

警察望著垂頭喪氣的丙丁，繼續填寫表格。「資產無，生活普通。」

警察接著打電話到丙丁登記的戶籍「臺南市港町」派出所。對方說，丙丁雖然戶籍在港町，人早已遷出，且在一九二八年底就將房子充作「臺灣民眾黨臺南支部事務所及附屬讀報社」。丙丁與妻子林氏好及兒女等目前居住在白金町四丁目。

警員又打到白金町派出所。對方如獲至寶大叫一聲：「終於找到他了！」原來丙丁這兩、三年一直行蹤不明，未在臺南出現過。白金町派出所說，自一九三一年蔣渭水大眾葬之後，派出所就奉特高警察之令，每週去查訪盧宅。卻不料大約自一九三二年五月之後，突然不再見到丙丁。

家人亦堅不透露行蹤。

北署派出所警員聞言大吃一驚，趕緊上報特高警察。於是有特高警察陪同來參與問訊。

因爲警方懷疑丙丁有癩病，於是請臺北州衛生課警察醫來爲丙丁做檢查。警方也達成決議，因爲有可能送樂生院強制隔離，在癩病診察有結論之前，先不通知家人。

特高警察詢問丙丁，這幾年躲到哪裡去了？丙丁知道對方是特高警察，表情不再沮喪，變得強悍，不但拒答，還冷冷笑說：「不用你管。」特高警察正要一巴掌下去，看到丙丁臉上斑塊，急忙把手收回。丙丁的表情更傲慢了。

新建的北署是有水牢的，警員本來想把丙丁丟入水牢逼供，想一想也不太妥當。被懷疑有癩病的丙丁，反而像是凶神惡煞，讓北署所有警員心生恐懼。大家的共同想法是，要趕快把這傢伙弄走！

七月三十一日，臺北州衛生課的檢驗結果出來了，確定丙丁罹患癩病。署名渡邊的一位警察醫下了「斑紋癩」及「神經癩」的診斷。下奎府町警員反倒鬆了一口氣，開始準備公文給新莊樂生院，要擇日移送。

下奎府町派出所打電話給臺南市開山町派出所，表示已決定八月十二日上午九時移送。雙方決定通知丙丁家人，允許家人在當天八點到下奎町派出所探視丙丁。探視完畢，立即移送樂生院。本來有特高警察表示丙丁身分特殊，不擬准允家人探視，但經討論後，大家都同意一旦強制進入樂生院隔離，可說是終身隔離，站在人道立場，雖然丙丁是「危險份子」，仍然決定准允家人探視。

依照日本國法律，這樣癩病患者終生隔離的政策不僅在臺灣嚴格執行，在日本國內也如此。

類似臺灣樂生院這樣的隔離園區，日本已有好幾處。有不少園區設在沿海島嶼更形隔絕。像岡山長島「愛生園」、琉球沖繩「愛樂園」。連朝鮮也在小鹿島有類似隔離園區。

北署拘禁房在地下室。丙丁初入北署就被懷疑癩病，所以獨居一間。雖然北署是近期才蓋好的新大樓，但是部分警員已在北署服務多年。丙丁在北署進出多次。最後一次是三年前，一九三二年春，丙丁爲了「臺北印刷公會罷工事件」北上聲援而被拘捕。不少員警對丙丁猶有印象，因爲他不僅曾是民眾黨要角，還是「左傾人士」，在街頭一向敢說敢衝。卻沒想到這位鬥士如今落難至此。

令派出所的人也感到驚訝的是，雖然丙丁幾年前似乎甚爲富裕，現在竟幾乎沒有什麼產業。警員推測丙丁爲了社會運動慷慨捐輸不少。而特別令北署員警也暗暗佩服的是，他還有一位知名的妻子。丙丁這些過往讓員警對他的感覺是惋惜之餘還有著敬意。特別是臺籍員工。

由於丙丁現在是歸特高警察所管理的「臺灣民族運動人士」加「左傾思想」加「癩病患者」加「長期行蹤不明」，特高警察要求派出所人員須每日呈上一份丙丁之言行報告。過去丙丁進來北署，都一副笑嘻嘻、反倒引以爲傲的樣子。這次，丙丁終日默默不語，側臥在牢房一角，幾乎只有三餐送到的時候才坐起來吃飯。但有時不知在懊惱什麼，會突然連續捶著地板。

這一天，七月三十一日，一位日本警察來到他牢房，隔著柵欄用日語告訴他：「癩症診斷確定，只待北署與樂生院的行政公文往返手續完成，就會正式移送。」雖然是預料中事，丙丁依然頓時臉色蒼白。他木然無語，又回房間一角躺下。這次，他整天翻來覆去，中餐、晚餐都沒有動，夜不成眠。

一位私下很欽佩丙丁的臺灣籍夜班工友，聽到他一面敲著床板，一面怒聲低叫「幹，幹」，於心不忍。他知道丙丁整日未進食，於是蒸熱了自己值夜班帶來當點心的粽子來到丙丁柵欄前，低喚：「丙丁様、丙丁様。」

丙丁抬起頭來，望了他一眼。臺籍工友用臺語說：「丙丁様，我們臺灣人都很尊敬你。」丙丁見來人是臺灣人，倍感親切，於是起身走到柵欄前。他飢腸轆轆，不假思索就接過粽子並道謝。丙丁吃完粽子，再把粽葉經由柵欄遞回給臺籍工友。

丙丁意猶未盡，又向工友要了一杯水，然後和工友聊了起來：「謝謝你，我好幾年沒有吃到臺灣粽子了。廈門也有粽子，但是遠不如臺灣粽子好吃。」不料旁邊傳來一聲日語暴喝：「ばかやろう（混蛋）！竟敢私下給犯人東西！」竟是被值班日警發現了！那臺灣工友嚇得臉色蒼白。

更糟糕的是，這位日警是位在臺灣出生的日本人，聽得懂臺灣話。他先賞了工友一個巴掌，然後轉身對丙丁說：「承認吧！所以你是自廈門偷渡回來的。」丙丁見日警對臺灣工友動粗，也火上心頭。「是又怎樣？不是又怎樣？」

日警嘿嘿兩聲。「承認了就好！明天向特高警察說吧。」

丙丁聽著日警離去的腳步聲，也後悔自己沉不住氣。

果然第二天早上就有特高警察來盤問丙丁有關自廈門偷渡來臺，以及他何時偷渡出境的細節。「我們查不到你自昭和六年（一九三一）迄今之後有旅券申請記錄。」

丙丁回應道：「我是臺灣人，本來就一直在臺灣沒有出境，當然沒有申請記錄！」

這位特高警察看起來文質彬彬，口氣也很斯文平靜，「我知道丙丁様是硬漢，我也不想向你逼供了。」

警察拿出一張紙和一支鉛筆，經由柵欄遞了進來。「你自己招供吧。等你的答覆交回，我們才供應食物與飲水。」

丙丁向他嘿嘿乾笑兩聲。特高警離去前也向他微笑了一下說：「好自爲之。」

丙丁回到他的角落，躺了下來，強迫自己睡著。到了下午五點左右，那位特高警察來到牢房，向丙丁揮手示意，大概是表示自己要下班了。丙丁這時也早已起身，又餓又渴，於是也向警員做了一個手勢。丙丁的右手此時已不方便寫字，他左手執筆，慢慢寫了幾個字交給特高警察。

特高警察一看，紙上是歪歪斜斜的幾個漢字：「臺灣是臺灣人的臺灣。」

特高警察不但不生氣，反而豎起大拇指，然後掉頭走了。幾分鐘後，工友送來一大杯水及另一張白紙，但是沒有食物。

第二天的早上，特高警察又來打招呼。看到丙丁沒有打算寫字，他淡淡地說了一句：「這樣下去我們兩人是雙輸。」

這句話觸動了丙丁。丙丁沉思了一下，拿起筆來，在紙上胡亂寫了「臺南↓新竹↓臺北」幾個字交了上去。

沒想到，食物和飲水馬上送來了。但那晚的日本工友再也沒有出現過，讓丙丁覺得很內疚。在與特高警察鬥氣的時候，反而是丙丁意志最高昂的時候。

飲食恢復正常後，丙丁頓生失落感。他的思緒又回到臨被送到樂生院終生隔離的失落感。他生命的意義，將在被送到樂生院那天宣告結束。爾後在樂生院的日子，與行屍走肉何異？他爲臺灣奮鬥了十多年，卻以這樣的方式結束，太不甘心了。

他又想起阿好和他的三個小孩。

哥哥在一封信中告訴他阿好將赴日拜關屋敏子爲師的消息。這個訊息讓丙丁對阿好的事業完全放心。他決定不打擾阿好。可是他思念三個孩子，這也是他決定由廈門偷渡回來臺灣的原因。

三個月前，他自廈門偷渡回到新竹之後，有好幾次，他到了火車站。只要買一張車票坐到臺南，就可以見到他日夜思念的阿好和小孩。但他就是沒有勇氣坐上火車。他害怕太多的不確定性；怕在車上會被鐵路員或乘客看出他的病；怕突然在台南家中現身，反而讓小孩受到驚嚇；怕回到臺南，會讓左鄰右舍甚至路上行人認出，反讓日本警員抓走。

如今，他好後悔沒有回去臺南，沒有見到小孩，卻還是落入日本警察手裡，也還是面臨要被送到樂生院終身隔離……

他想著，一旦被送入樂生，警察的通知會讓臺南的左鄰右舍、朋儕同志都知道他生病的事。他的三個小孩今後會被人瞧不起，而且說不定也會影響到阿好的前程。這次在警署，他已經見到這些警員知道阿好是他的妻子時所露出的不可置信的眼神。他想起那句臺灣俗語：「一蕊花插在牛屎頂。」

他不願再拖累他最親愛的兒女，最親愛的阿好。他希望阿好能成功。友仁、文哲、香芸長大後，能因媽媽的成功而沾光。不要因爲有個癩病的爸爸，而隨時隨地被人指指點點。

他自己進了樂生院後，就等於自人間消失了。他不願他的家人因爲心中懸掛著他而不幸福。

一個念頭在丙丁心裡徘徊著。

警察來告訴他，已經訂三天後八月十二日上午九點出頭，將他由北署送往樂生院。警員又說，特高警察特別允准當天上午八點半，他與家屬可以有三十分鐘的道別時間。警方已在前一日通知他在臺南的家人。

對丙丁而言，能在進樂生院之前，意外再見到自己的家人，他喜出望外。他拜託警員給他一支筆、一個信封及幾張白紙。警員說，可以給他，但信的內容必須經特高警察看過，才能放入信封黏起。丙丁無可奈何點點頭。

丙丁的右手已經變形痲木，有時拿著的筆會掉下來。他雖然練習用左手寫，但並不習慣。他用右手寫了信。他的字不像以前那麼飛揚了，有點笨拙、歪斜，像是正在學字的孩子寫的。

信終於寫完了。他滿足地鬆了一口氣，把信交給管理人員。半小時後，特高警察親自把信送回給他，並友善地點點頭。丙丁攤開信，又看了好幾遍，終於下定了決心，把信放入信封。他閉起雙目，把信貼在胸前，淚水自兩邊眼角落下。

第六十六章

八月十二日上午八點不到，自臺南來探望丙丁的家人已經到了北署。除了阿好，還有老父與丙丁的大哥。丙丁事先知道，警署規定探親家屬有年齡限制，因爲怕小孩子在警署哭鬧。三位小孩不能來，讓丙丁有些失望。

丙丁的老父六十歲了，白髮蒼蒼，執著拐杖。因爲依規定一次只能見一人，由老父先與丙丁會面。丙丁見到老父，竟痛哭失聲，跪請老父原諒他的不孝。老父見到丙丁之前本來老淚縱橫，見到丙丁下跪反而平靜下來，要丙丁不要自責。老父說：「你已經爲臺灣人做了許多事了。我以有你這個兒子爲傲！」老父要丙丁保重，也告訴丙丁，他本來爲丙丁準備了一些肉乾、鹹蛋，但北署的警員說，不准許家屬送食物或其他物品。

丙丁的哥哥盧本向阿好說，他只需要三分鐘向丙丁說珍重再見，讓阿好有十七分鐘的時間可以和丙丁相聚。

阿好入了會客室，見到三年未見、滿臉鬍渣的丙丁，捨不得地說：「丙丁，你瘦了。」丙丁啜泣淚下。阿好平靜地說：「請爲我及孩子好好保重。我會好好照顧小孩，請你放心。」

阿好知道丙丁想看三個小孩，說：「小孩子都很乖。友仁、香芸在末廣公學校的表現也很好。」她又講了些小孩子的趣事，終於讓丙丁露出笑容。丙丁點點頭，感謝阿好一人照顧三個小孩。夫妻三年不見，而十分鐘後又近似永別，兩人反而表現得理智平靜。

丙丁向阿好說，他永遠想她。阿好唱了一小段丙丁作詞的〈月下搖船〉作爲回報。丙丁緊緊握住她的手。

丙丁突然感慨地說：「告訴友仁、文哲，要他們長大後不要涉政治。每天站在第一線和日本人對衝，太辛苦了。」阿好點點頭，眼淚終於流了下來。

丙丁問：「家裡有我的印章吧？」阿好有些不解，又點點頭。丙丁以左手自懷中掏出一個信封，很愼重地交給阿好，淒迷一笑說：「阿好，別了。請保重。」阿好接信一愣，說：「我會帶小孩去樂生院看爸爸。」丙丁點點頭。

於是，哥哥最後入內。

阿好打開信。丙丁的字歪歪斜斜只有兩行：

一、辦好離婚手續。

二、小孩改從母姓。

第六十七章

丙丁坐在樂生院派來的車子上由一位特高警、一位北署警員及一位樂生院派來的警衛陪同，開往樂生院。

丙丁在車上，不禁回憶著前塵往事。

六年前，他初知自己罹患癩病，非常恐慌。先是胡亂找漢醫吃了一陣子漢方，後來不好意思鼓起勇氣，去找了他的精神導師，也是西醫的蔣渭水指點迷津。蔣渭水向他提到了最新西醫治病的大楓子油。

他眞感謝蔣渭水介紹了在廈門的同學翁俊明醫生。翁醫生又非常幫忙，耐心爲他施行半年的大楓子油注射治療。感謝天公祖，這次的大楓子油治療竟讓他的人生有了一九三〇年下半年及一九三一年一整年的壯闊生涯。

他不禁譴責自己。他參加了文化協會，就是要學習現代觀念，何以在自己生病時，又糊糊塗塗回去用傳統的漢醫治療。西方的新思潮除了制度、文化應該學習，連醫藥也是應該學習的。他想，蔣渭水、黃金火、吳海水、李應章、賴和、韓石泉、丁瑞魚、林瑞西這些醫生，也許就是接觸了西方醫學新觀念，比較了西醫及漢醫的大幅不同科學內涵，進而體會到西洋與日本各領域的進步，才有文化協會之創立吧！

但是好日子只有一年半。更糟的是一九三一年對臺灣、對丙丁都是不幸的一年。先是民眾黨突被解散，接著蔣渭水遽逝。然後丙丁的好日子也過完了，惡疾又回來了。這一次，因爲日本政府開始雷厲風行在搜查民間的癩病病人，他選擇偷渡廈門。翁俊明醫生幫忙他在一家小旅館住了下來。

翁醫師說，已如丙丁來廈門之前的信上所託，買好三個月份的大楓子油。丙丁卻搖搖頭說：「反正不久之後又會復發，那有何用？我的手這樣半殘，又有何用？民眾黨散了，蔣渭水死了，僅存的工友總聯盟又能做多少事？有多位朋友知道我有癩病，他們也都認爲我是沒有用的人了。我繼續治病又有何用？」丙丁沮喪地向翁醫師說：「我盧丙丁是廢人一個了！」

翁醫師臉色一變，說：「男子漢大丈夫怎麼如此沒志氣！你託我買了三個月的大楓子油，我就想你有治療的決心，才會替你找房子。你第一次用大楓子油效果那麼好。你有沒有想過？許多患者根本沒有機會用，沒有足夠的錢用，還有許多人打了也沒有用！你如此命好，竟還自暴自棄！你投入臺灣民族運動，和日本人對抗的精神哪裡去了？」

翁俊明一番話把丙丁說得面紅耳赤。翁醫生又說，一個大男人如沒有對抗癩病的意志力，是一件荒唐的事，不配稱爲男人。

丙丁低頭說：「對不起，我就是要治療才到廈門的。請醫師原諒我一時糊塗、失志。」

翁醫生慢慢地說，這次語氣比較和緩：「這樣好了。我也知道打大楓子油很辛苦，所以我們改爲每週注射一次，但要打足六個月，甚至九個月至十二個月。多一分治療，多一分效果！」

「我安排上次替你注射的看護婦來負責，這樣好嗎？」丙丁的意志力被翁醫師帶起來了。這次他挺直了身子，響亮回答：「是！先生！」

半個月後，他又開始大楓子油注射。皇天不負苦心人，六個月後，臉上斑塊明顯改善。丙丁心情大好，就繼續再施打下去。但是右手掌的萎縮變形不但沒有好轉，反而有愈來愈嚴重的趨勢。這讓他既高興又擔憂。

他初抵達廈門時，萬念俱灰。經翁醫師的激勵且治療見效之後，他開始想與老朋友李應章見面。李應章到廈門以後曾寫信給他，說他在廈門的醫院叫「神州醫院」。於是丙丁找到了在鼓浪嶼的「神州醫院」，也見到了李應章。

李應章熱情地歡迎他，請他在餐館吃了一頓豐盛的中飯。兩人斷斷續續談了三個多小時。

兩人雖也談了一些臺灣的故鄉人與故鄉事，但李應章似乎更熱衷於談論中國共產黨的現況與發展。這讓丙丁有些納悶。因爲他從不認爲中共的發展與臺灣有什麼關係。若要關心，也應是臺共或執政的國民政府。但臺共已經幾乎被日本人全部逮捕了。國民政府則與共產國際早已分裂。「國共合作」早成過去式。此刻，國民政府蔣介石的軍隊視共產軍隊爲叛亂團體。在江西瑞金一帶，國共內戰正酣。

臺灣是在清國的手中割讓給日本的，因此蔣渭水、林獻堂等對推翻清國滿族的人士如孫文、梁啓超頗有好感，甚至崇拜。林獻堂曾邀請過梁啓超來臺。蔣渭水則對孫文與國民黨情有獨鍾。林獻堂較期待日本政府對臺灣的變革。蔣渭水則在觀念與做法都深受孫文影響。

丙丁由於蔣渭水的關係，也較傾向國民政府。丙丁知道，李應章曾經很崇拜彰化同鄉謝阿女，因爲她創立了臺共，怎麼現在變成喜愛中共了？丙丁不認爲國民政府有能力幫助臺灣人，中共更不可能了。臺共還屬於日共系統；中共屬於共產國際，距離臺灣太遙遠了。因此，當李應章的話題一直繞著他對中國共產黨的好感與期待時，丙丁見到李應章的熱情逐漸冷了下來。

後來李應章終於向丙丁承認，他已正式加入中國共產黨了。李應章的表態讓丙丁感到驚訝。因爲這表示兩人所認同、所追求的，已經有了偏差。

丙丁想到翁俊明。翁俊明也正式參加了中國國民黨，甚至想擔任國民黨政府的官員。但翁俊明的談話仍然心繫臺灣。他希望經由國民黨政府來影響臺灣。翁醫生是因爲不想住在日本統治的土地上而不住臺灣。他雖然參加了中國國民黨，但仍充滿臺灣心、臺灣情。因此丙丁對翁俊明仍然充滿敬意。

李應章到廈門後，卻有了大轉變。他在臺灣奮鬥多年，被日本人迫害而決定拋家棄子來到廈門，但現在他的言談中，臺灣家鄉卻已非他最關切的人民與土地了。這讓丙丁覺得意外。

李應章解釋，中國共產黨是反日的，國民黨蔣介石則比較親日。先反日再說。「反日」成爲李應章加入中共的緣由。李應章又說，他知道謝春木和陳其昌也到了廈門。「他們兩人對中共也都很有好感。」

丙丁對這句話半信半疑，但是沒有繼續問下去。

與李應章的重逢就這樣結束了。丙丁帶著這個內心衝擊回到他的住處。他覺得充滿疑惑，需要再想一想。

雖然與李應章見面的談話沒想像的契合與愉悅，但李應章畢竟是他的多年好友。廈門還有不少臺灣人，但李應章和翁俊明是這裡唯二他會想拜訪談天的人。鼓浪嶼博愛會醫院也有不少臺灣醫生，丙丁並無意願去結識新朋友。

大楓子油的治療開始之後，那種肉體疼痛讓丙丁不堪由廈門本島跋涉到鼓浪嶼。爲求藥效，丙丁忍著痛打了近一年的大楓子油，加上他沒裝設電話，因此有足足一年沒有去鼓浪嶼找李應章，也沒有他的消息。

丙丁再到李應章的「神州醫院」，已是第二年（一九三三年）的秋天。這一次，李應章興沖沖地告訴他，他爲中國共產黨立了不少汗馬功勞。中共黨員集結的贛西，偏處內陸，取得西方國家之高貴藥品相當不易。他藉開業醫院之便，進口了不少國外藥品，再由專人轉交中共高層。他也成功掩護了一些被國民政府追捕的共產黨員，因此很受黨內重視。

李應章說得神采飛揚，丙丁卻興趣缺缺。他再向李應章問起謝春木、陳其昌這些臺灣老友的下落，李應章卻總是含糊帶過。

丙丁覺得他和李應章之間因爲認同對象已異，過去的交情大概回不來了。

丙丁覺得臺灣人相當可憐。像李應章，他愛臺灣愛到深入骨髓，但因爲日本人對他的迫害，讓他對臺灣家鄉的愛，不可思議地轉移到中共及中國。他長嘆了一聲，又轉念一想，人各有志，各有對前程的選擇與命運，他必須尊重這位老朋友的選擇。

丙丁開始思念起林秋梧、梁加升、莊松林這些臺南的老友。好久沒有他們訊息了。自廈門的報紙不可能看到這些臺灣民族運動或工運中級幹部的訊息。他在給臺灣家人的信中也不敢去提及這些，免得連累家人。丙丁偶有衝動，想要寫信給這些老同志，但是每次一想到他的病，以及自己寫字不便的右手，就頹然放棄這個念頭。

終於，一九三四年底，丙丁再到鼓浪嶼。他愕然發現「神州醫院」已被警方以封條圍了起來，人去樓空。有幾位日本警察進進出出。他聽到鄰居在討論李應章，知道李應章似是成功逃走，沒有被日本人逮捕。他心中感到欣慰。

丙丁慢步離去，百感交集。李應章也離開廈門了，他在廈門更寂寞了。丙丁雖然與李應章努力的方向已有不同，然而，友情仍在，而且丙丁對李應章爲追求自己理想而奮鬥不懈的精神，依然充滿敬意。

臺灣本土的抗爭運動爲日本人緊迫壓制，李應章、謝春木、陳其昌等人爲了能再走出一條新路來，離鄉背井，眞是名符其實的鬥士。反觀自己，這兩年眞是乏善可陳。唉，天公祖啊！爲什麼讓他得到這種絕症？

一九三四年結束的幾天前。丙丁收到臺灣的來信，帶來了他無法接受的消息。證峰法師林秋梧圓寂了。他悲悽地呼喊秋梧的名字，失眠了好幾天。

秋梧的死，讓丙丁決心離開廈門回臺灣。當一九三五年的元旦來臨的時候，丙丁對著黎明的第一道曙光下了決心，他要儘早回到臺灣。秋梧死了，他自己的病算什麼。

當年，他、秋梧、李應章三人在學業完成後，都參加了文化協會，都有著爲臺灣民族運動獻身的理想。他們到嘉義拜訪另一位文化協會會員林瑞西醫師，留下一張合照。他最喜歡這張合照。沒想到，才十三年後，林秋梧死了，自己病了，李應章則已渡海中國。

李應章選擇了新的奮鬥目標，看起來，他會在中國落地生根。

林秋梧竟然以三十二歲的年紀登上鬼籙，但至少在臺灣奮鬥到最後一刻！

他盧丙丁則因爲惡疾變得肉體上半殘，精神上也等同廢人一個，不得已在這廈門島上苟活偷生。他既不能像李應章一樣異鄉生根，也不像秋梧一樣爲家鄉盡力到最後一口氣。他幾乎像是遊民整天無所事事。他爲自己感到羞愧！

他的心突然清明起來。他到廈門超過兩年半了，已經漂泊了一千天，該回臺灣了。不必考慮回臺灣能不能做些什麼，因爲他在廈門什麼也沒做！

他已經斷斷續續又做了大約兩年的大楓子油治療，病況頂多就是控制到這個程度了。他對著鏡子，臉上及頸上的斑塊已大爲縮小，但惱人的是右手萎縮始終無法改善。

但是他已下定決心，他要回臺灣。

他想站在故鄉的臺灣泥土，他想呼吸故鄉臺灣的空氣，他想見到家鄉的妻兒與臺灣的民眾！如果，邀天之幸，哪一天臺灣的抗爭運動又再起，只要他的身體病況不算太差，他還是可以拖著病投入，燃燒出他人生最後的火花。

於是，丙丁開始安排由廈門回臺灣的路。

因爲他是偷渡來廈門的，沒有日本總督府所發的來廈門旅券，他也只能偷渡回臺。

他在廈門人生地不熟，摸索了兩個月，一無所成，只好再去拜託他在廈門唯一的倚賴，翁俊明醫生。

翁醫生聽到他要回臺灣，非常高興，拍著丙丁的肩說：「這就對了！」

半個月後，五月中，翁醫生替他找到了一艘漁船，願意載他到新竹。幾經籌劃，決定在端午節之後找天氣好的日子開航。

一九三五年六月九日夜間，船到了新竹南寮的外海。丙丁回到了闊別三年的臺灣，他忍不住熱淚盈眶。

六月十日下午，丙丁迫不及待自新竹電信局打了一個長途電話到臺南家，卻是阿好的小舅接的。小舅告訴他，很不巧，阿好正好今天六月十日在基隆搭大和丸到日本。她到東京去是因爲日本女高音關屋敏子願意收她爲弟子，大概要七月初才會回來。他電話不敢打太久，怕電信局人員起疑。

丙丁掛下電話，又失望，又高興。他在廈門時知道阿好成了古倫美亞的歌手。他沒有想到阿好的表現可以出色到受到日本名師的青睞。

他爲阿好能更上一層樓而高興。丙丁也知道，他不宜回臺南家，否則大概很快會被日本警察逮捕，那就前功盡棄。阿好既然在古倫美亞任職，應該會常常到臺北來。於是幾天後，他買了火車票，由新竹到了臺北。

大隱隱於市。他先找了一家在大稻埕的小旅館住了下來。阿舅說，阿好七月初回到臺灣。因爲離家久了，他猜想阿好應該會回臺南和小孩相處一段時期。他希望，阿好可以在七月下旬來臺北古倫美亞時，到他投宿的旅社找他。丙丁想一想，如果阿好來探望他，不能住太差的旅館，於是選擇了太平町的金山旅館。他記得他多年前曾經與阿好來住過，印象不錯。

住進金山旅館的第二天上午，他一大早就去大稻埕慈聖宮拜拜，謝謝媽祖庇佑他成功回臺。他在廟埕的小攤子飽餐一頓，滷肉飯、香菇肉羹、豬腳、排骨湯……。臺灣的食物味道讓他感動地眼淚都掉了下來。他更思念臺南的虱目魚鹹粥，但他不敢奢望。他買了一個粽子，還切了一些香腸熟肉，帶回旅館當中飯。到了晚上，他又忍不住去廟口的小攤子逛。不方便的是他必須用左手吃，他不敢讓別人看到他的右手。所以他多用湯匙，而少用筷子。

之後他膽子愈來愈大，也愈走愈不避人群。有好幾次，他到永樂座附近，看市場中人群熙熙攘攘，聽小販吆喝賣藝，大人小孩圍觀起鬨。他心中非常舒暢。想到廈門的孤寂歲月，他後悔自己沒有早一點偷渡回來。

他貪婪地張目四望，像是要彌補兩年多來的缺席，卻突然瞥見一位日本警察向他這個方向走了過來。日本警察如果遇到「遊民」、「流氓」會抓去派出所審問。他一陣心虛，壓低頭上的帽子，慢慢閃入亭仔腳。

他七月初又打了電話回家，小舅說，阿好七月中才會回來。七月十七日，他終於聯絡到阿好。電話那邊，阿好的聲音有喜悅，也有憂慮。阿好說，她本來預計到八月才北上。丙丁回來，她急著上臺北。因爲七月二十一日是小舅生日，她決定在爲小舅做完生日後，二十三或二十四日到臺北。她也叮囑丙丁在臺北不要到處亂跑。

在久別以後，能再度聽到阿好的聲音，讓丙丁高興極了。

過了幾天，他連續打了電話給莊松林、梁加升及林占鰲，告訴這些好朋友他回到臺灣了。這些好友接到丙丁電話都很興奮，但也一致認爲，丙丁到臺南太危險。應該是臺南的朋友們大家找個好日子，一起到臺北探訪他。大家希望能利用丙丁全島性的號召力，再爲臺灣工友總聯盟做出一番局面來。梁加升說，這幾年因爲日本總督府愈趨嚴苛，臺灣人的反對運動已經被壓抑得幾近苟延殘喘了。

後來丙丁再與梁加升聯絡時，梁加升表示，大家已經看好日子，七月二十七日星期六晚上，一共六位朋友一起搭夜車上臺北。二十八日星期日中午，大家將設宴歡迎丙丁歸來。丙丁聽到這好消息，有說不出的高興和期盼。

想不到，對七月底的期盼與喜悅，現在都成爲泡影了！

那一天，七月二十日上午在廟口攤子吃早餐時，聽到旁邊客人的談話，提到十月起總督府將盛大開催「始政四十年博覽會」。除了臺北公會堂及新公園的會場外，在大稻埕也有展覽場。丙丁很好奇，漫步到了該預定場地，果然見到許多建築工程。佔地之大，也出乎丙丁預料。丙丁記得十年前，一九二五年，始政三十年的時候，文化協會曾公開決議拒絕配合，表示這其實是「臺灣民族敗績紀念日」。見到這些用臺灣人稅金所蓋成的歌功頌德建物，他又惱又怒，反射性重重踢了一腳，又忿忿吐了兩次口水。卻不料被警察看到了。

丙丁斜眼看了兩位押送他的日本警員。「ばか（蠢蛋）！」他不禁在心中暗罵了一聲。

車子已經過了新莊市街，道路兩旁出現綠油油的山林。一轉彎，出現一條大路。車子開始爬坡，道路分叉成二，左路朝上，直上樂生院的大平臺，右路往下，由大平臺下山。但是一般入院院民，只有自家裡被送進樂生院的路，沒有自樂生院被送回家中的路。丙丁知道，這一刻自己已經走在這一條不歸路上。

樂生院到了。他在廳舍左方的小路下了車。在有「外來」（門診）牌子的房間，他接受詳細的問診及體檢。

主治醫生很親切，自我介紹說他叫馬嶋。丙丁看到他「患者身分帳」的右上端特別寫著大字：「臺北市下奎府町一～五」。這是北署的地址，表示他已經被做了記號。

樂生院的工作人員也小心翼翼。因為這是史上第一次，樂生院來了一位由特高警察送過來的患者。

丙丁由北署移送樂生院的文件，除戶籍資料及家產外，還寫著：

病名：斑紋癩及神經癩

入療養所理由：久住旅館，有病毒傳播之虞。

而在樂生院之病患資料欄上，本人之思想及信仰欄填著：

有左傾之思想，由特高監視中。

性質及性癖：沉默寡言，陰險，對官廳及官員易有非難或攻擊之行為。

趣味特技：音樂。

有無犯罪：無。

第十部
樂生院

外表健康的人，不可憐而又不能理解此病。
我們為社會犧牲才來到此地生活的，
不能對此表示同情可憐的，
講白的，是比病人更卑鄙，不屑一顧的人。
必要促其反省，喚起同情心，讓其悔悟……

——摘自盧丙丁「樂生院退院演講詞」

第六十八章

丙丁由同一位警衛帶領，進入園區。他先進入消毒池完成消毒程序，再經過禮拜堂、佛堂，進入院民所住的房舍。丙丁瞥見廳舍的第三進有一個大病房，滿滿都是病人，可能有四、五十個人之多。有哀吟聲傳來，讓丙丁覺得很不好受，卻又感同身受。警衛說，那是重症病房。他又笑著向丙丁說：「你的病症算是輕微的，所以你被分配在蓬萊寮。」

蓬萊寮位在佛堂之側。蓬萊寮的門口，一位較年長約四十歲左右者在門口等候，自我介紹說：「我叫梁文喜，是蓬萊寮的戶長。」蓬萊寮其實是一個分隔爲兩間相通的大病室所合起來的屋子，一共可以住到二十九人。每人一張床和一個桌子、一把椅子，一個衣物箱。兩床之間，以布簾隔開。除了丙丁之外，今天稍早有一位叫張火丁的病人，也住到蓬萊寮來。結果現在二十九床完全住滿。丙丁的床，正好在靠近兩病室分隔壁之旁的邊床，比較不受打擾。更巧的是，他的隔床正是戶長梁文喜。

丙丁一面整理自己的床及桌子，一面打量著病房環境。有幾位室友圍了過來，向這位新來室友打招呼。

有幾位病友說，盧丙丁這個名字有些熟悉，不過「丙丁」本來就有些菜市仔名。梁文喜說：「他是有名的民眾黨幹部喔。」

丙丁向諸室友打了個招呼。又私下向梁文喜說：「這病室眞是太小了。」梁文喜說：「這是所有院舍中最早完成的三棟之一。因爲患者增加太快了，現在院方正在擴建新病舍中。」

梁文喜帶著他到公共澡堂洗了澡，再到公共食堂吃了大廚房所準備的食物，每人一份。晚飯後就寢。

這是丙丁來到樂生院第一天的生活。

丙丁第一次見到這麼多自己的病友，非常震撼。他發現重症病友的症狀非他所能想像。有不少人臉上布滿褐紅色腫塊，遠望猶如獅臉。相較之下，自己臉上及頸部的腫塊，可能因大楓子油的治療效果，已經消腫而只留下少量腫塊及斑紋。

也有不少患者因下肢之神經病狀明顯不良於行。若以手掌的病況來說，有不少人不但肌肉萎縮，而且關節變形，以致手指如雞爪；有的甚至指節腫大斷裂。丙丁雖然也有萎縮現象，但比較起來已經輕微許多。

丙丁突然體會到「物傷其類」是什麼意思，也對這些比他嚴重多多的病友們充滿了同情。

第二天早上，梁文喜向丙丁以及新進的張火丁說：「來，我來帶你們參觀園區。」有幾位病友也表示希望同行，於是有六、七人結伴而行。

他們步下蓬萊寮的臺階，先到大佛堂。眾人向佛祖拜了三拜。正好一位林石獅先生也來禮佛。眾人說他是院民副代表。林石獅見到盧丙丁，連說：「久仰。」也加入隊伍。

眾人帶丙丁走過炊事場及浴場。一根巨大煙囪聳入天空。梁文喜告訴丙丁，這裡的病人衣服都在鍋爐房內經過高溫洗滌消毒。這煙囪就是鍋爐房排煙處。丙丁說：「我在總督府臺北病院也見過這樣的煙囪。」林石獅聞言，興奮地說：「是啊，我聽上川豐院長說過。院長很自豪說，這是臺灣最先進醫院的象徵。」

大家再前行，見到院方已在興建一些新患者宅舍，但格式與丙丁所住的蓬萊寮不同，是ㄇ字型。林石獅說：「最近病友急速增加，最早蓋的蓬萊寮、福壽寮、平安寮已經裝載不了兩百多人。因此院方緊急加蓋房舍，也向地方募款增蓋院舍，並表示將來就以地方名來爲院舍命名。」

眾人繼續前行。林石獅又說：「聽說去年三月或四月，教會的戴醫生建造的『樂山園』也正式啓用了。我聽說，樂山園的病患住的是四人一間的磚造小房子，而不像我們樂生院的大雜院病房。戴醫生是照顧臺灣痲瘋病人的先驅。其實總督府的照護法則都是照著戴醫生的方法去做，所以院方從善如流，還在蓋的新患者宅舍就是這樣四至八人一間。希望我們將來也可以搬到這樣的房舍，那就太好了！」。

丙丁見行政舍廳之側竟有一大塊空地，好幾位病友在玩野球。丙丁驚訝地說：「竟然還有野球場。」林石獅說：「是的，我們稱爲『運動場』，不限野球之用。對了，剛剛我們炊事場邊側也有一棟『演舞場』。我們也組了一個劇團，可以演練，也會擇日表演。」丙丁因爲手的殘疾，球類運動不太可能。劇場則是他所好，大爲興奮。

看完球場，梁文喜說：「我們去看我們的救命樹大楓子樹吧，看看是否開花了？」

丙丁一聽是「大楓子樹」，也很有興趣，就和病友們一起走到行政廳舍二進旁的一棵樹。這棵樹的地上圍了一個約直徑三公尺圓型土坑，外爲水泥地，顯然是特意栽種的。此樹大約有兩個人的高度。丙丁打了上百次大楓子油，卻是第一次見到大楓子樹，心中有種異常親切的感覺。

林石獅說：「這棵樹是戴仁壽醫生由印度進口進來的。戴醫生在建造他的樂山園時，向印度購買了三株還是四株大楓子樹苗。他分給樂生院一株，其他就種在樂山園。」

梁文喜說：「我還記得，四年前這株樹種下時，我與你都站在旁邊，默禱這株救命樹趕快長大，趕快開花結果，可以提煉種子成爲大楓子油。那時這棵樹只有到我們膝蓋這麼高，現在雖然已經比我們高出許多，但還不知哪一天才能有種子讓我們提煉大楓子油？我們全園兩百多人都期待這株樹趕快開花結果，因爲這是現在所知唯一有效的癩病治療方法。」

丙丁突然冒出一句：「打大楓子油後，屁股要痛上好幾天。」

其他人聽了丙丁的話，眼睛都隨之一亮，異口同聲說：「丙丁兄打過大楓子油？」

丙丁有些不好意思地說：「是的，至少一百次以上。」

眾人聽了都嚇一跳，以不可置信的眼神望著丙丁。

梁文喜說：「丙丁先生，我相信大家都好羨慕你。也許你的手和我的手的差異，就是有注射和沒有注射大楓子油的區別。」

原來梁文喜和丙丁一樣，都是右手掌有病。但丙丁只是右手掌肌肉與指間肌肉退化而萎縮。梁文喜不但關節變形成雞爪，甚至有些指節掉落而完全殘廢。

丙丁這才知道，原來大楓子油在臺灣竟然如此可貴。而他有可能是全園區中唯一接受過大楓子油治療的人。

他實在太幸運了，不但能早期治療，而且拜阿好之賜，打這麼多劑。成爲古倫美亞名歌手的阿好，月薪三百元，幾乎是公學校教員的十倍，因此能匯足夠的錢到廈門，讓他第二次在廈門期間可以接受一年多的大楓子油治療。

在剎那間，丙丁體會到，他可能是臺灣最幸運的癩病病人。

梁文喜向林石獅說：「我等了五年，病況已經拖到這種嚴重，大概打也沒什麼用了。眞希望院方能直接向日本內地進口，給一些病情較輕的患者優先使用。不知院區的日本人患者有沒有大楓子油可用？」

林石獅說：「聽說上川豐院長在日本有豐富的大楓子油使用經驗。他上任樂生院長後，向政府申請能大量採購大楓子油給樂生院民用。但因預算龐大，不被總督批准。日本患者有沒有得用，我也不知。」

丙丁說：「喔，有多少日本人患者？」

「有二、三十人。他們在另外一區。」林石獅指著另幾棟較小的房舍，「聽說他們還有整個家庭住進來的，以方便照顧小孩。」

林石獅又說：「院方也希望我們臺灣患者有『家』的感覺。對了，其實我們還有一位臺灣醫生賴醫師，他相當照顧我們。改天丙丁兄一定可以見到他。」林石獅又說，院民朋友還組成野球隊及劇團、鼓吹隊。林石獅又說：「樂生院還有一份刊物，院民也可以投稿，叫做《萬壽果》。」丙丁聞言大喜，他想，以後可以投一些詩作到這個刊物。

丙丁環顧這樂生院的環境。青色的山巒、新鮮的空氣，房舍也蓋得不錯。還有佛堂、禮拜堂、交誼廳，和親切的室友。丙丁不得不承認，這確實是個安度餘生的好地方。說是世外桃源也許過分。但若能忘掉過去，忘掉家人，忘掉原來的朋友與志業，這倒是個無憂無慮的地方，除了自己的病情。

丙丁舉頭，望著天上的白雲，心中苦笑，「天公祖啊，祢怎麼給我這樣哭笑不得的人生？」

第六十九章

更讓丙丁驚奇的是，八月十八日晚上，林石獅替丙丁辦了一桌酒席，作爲丙丁的歡迎會。陪賓以院內的臺南市病友爲主，還有蓬萊寮的室友，一共十二人。通常在園區，大家都早眠，所以宴席在下午五點就開始了。

丙丁覺得讓林石獅破費很不好意思。林石獅說：「不客氣，不客氣。院方有經費補助！」丙丁說：「院方爲什麼對我這麼好？」

大家興高采烈大快朵頤，喝了酒後，開始猜酒拳。「六連，七巧，單操，八仙！」吆喝不停。這時一位穿醫師服的人走了進來，林石獅和其他病人馬上站了起來，說：「這位就是我們臺灣人賴醫師了。」

賴醫師非常親切，向丙丁說：「盧先生，久仰。」他不像院方上級，反而像朋友。「我先自我介紹，我是賴尚和，嘉義人。一九三一年自京都大學拿了博士學位回臺灣，擔任臺北更生醫院醫師。那時，正好盧丙丁君主持蔣渭水醫生的大眾葬，令人印象深刻。」

丙丁似笑非笑。「謝謝醫師，但這些都是過往了。沒想到我會在這個狀況見到您。」已有旁人遞給了賴醫師一杯高砂酒廠出品的啤酒。丙丁舉杯向賴醫師碰了杯子，然後一乾而盡。

賴醫師向丙丁笑笑說：「我聽說丙丁君打了上百劑的大楓子油，這可能是我知道打最多大楓子油的患者了。」賴醫師打量了一下丙丁又說：「看起來效果不錯喔。」賴醫師又說：「有什麼我幫得上忙的，可以告訴我。」

丙丁有些感動了。這次他自己倒了一小杯甘泉老紅酒，又是一飲而盡。「丙丁以這杯向先生致敬。」眾人也紛紛舉杯向賴醫師：「賴醫師是這園區第一位臺灣醫師，我們非常感謝。」

賴醫師又喝了一杯，然後有些不好意思地說：「我是下班前趕來致意，還得回家與小孩吃飯，不宜多喝。抱歉了，告辭。」原來賴醫師全家都住在園區旁邊的醫師宿舍。

賴醫師離去後，林石獅有些羨慕地說：「丙丁兄在院方中的身份不一樣喔，不但有歡迎宴，連賴醫師都特別來致意。」

眾人繼續飲酒吃菜。因爲機會難得，眾人將食物一掃而盡。林石獅似是有些醉了，大聲叫道：「來，大家來合唱〈樂生院民之歌〉！」接著就獨自唱了起來：「皓日照耀，皎月映射……」院友稀稀疏疏接唱：「明亮的，新莊依山的家，愉悅的，我們樂生院。」

丙丁是喜歡歌曲的。他轉頭問梁文喜：「原來我們還有院歌，有哪些場合會唱？」梁文喜說：「常常唱，不限典禮，院友相當喜歡這首歌。」於是，丙丁學著唱。

皓日照耀　皎月映射
明亮的　新莊依山的家
愉悅的　我們樂生院
高處浮雲的慈愛
賜予此地　不勝感激

雨自天降　風也吹進
靜寂的　新莊依山的家
愉悅的　我們樂生院
時光流逝　宛如小車
在輪轉　新莊依山的家
愉悅的　我們樂生院
命運讓我們聚集　相互扶持一起生活
音信雖稀疏　和睦相助
一生祈願　內心平安

丙丁唱了幾次，很快就學會了。

宴會結束。丙丁與幾位院友帶著醉意，彼此相扶，哼著院民之歌回到病舍。一躺下就入眠。

丙丁在樂生院匆匆過了三個月。

樂生院的生活，說好聽是無憂無慮，說難聽是無所事事。丙丁在外面被視爲社運領導人物，小有全島知名度，有些患者慕名來到蓬萊寮，以認識他爲榮。偶而也有病友希望丙丁話一些當年勇。但丙丁不是好膨風之人，反而覺得有點煩。

院民之歌的好幾段都是眞實的，難怪院民喜歡唱。讓丙丁特別有感的是這兩句：「音信雖稀疏，和睦相助。一生祈願，內心平安。」

樂生院民，每人在外都有家庭。但因爲家人常會引以爲不名譽，病人入院後，家人大都甚少有噓寒問暖式的通信，只有婚喪喜慶式的通知。因此，院民彼此之間反而親如家人。「命運讓我們聚集，互相扶持一起生活。」這是許多病友的共識。

初進院區的興奮過去以後，丙丁又有些心生鬱悶了。他以前在文化協會時代演了不少文化劇，於是他參加劇團，並且爲劇團注入不少他以前社運的想法，讓正在排演的戲多了不少衝突劇情，也更爲好看。中秋節正式公演之後，果然獲得病友好評。但是，賴醫師卻在一次偶遇時告訴丙丁：「日本人認爲你把抗爭精神經由戲劇帶進樂生，有些煩言喔。」丙丁一笑置之。

確實，丙丁因爲他的知名度和好人緣，隱然成爲病友的意見領袖了。連病患者副代表的林石獅也奉他爲老大。有什麼想法，一定先問過丙丁的意見。但是丙丁的心靈終究是寂寞的。

雖然他已向阿好表示辦好離婚，實際上丙丁仍在矛盾中。一方面，他思念阿好和小孩；一方面，他又希望他們忘了他。

他入院的第二個星期，就收到了阿好的來信。但阿好只提到家中一切安好，信中夾了一張大兒子友仁寫給父親的短信。而丙丁的回信，給友仁的是勉勵，給阿好的則是催他盡速辦好離婚手續。這一次，阿好久久沒有回信。

九月十二日中秋節，丙丁的阿兄帶著六十歲老父來探望。但是阿好沒有來。阿兄告訴他，阿好很好，在家陪著小孩。還有，泰平公司的營業狀況沒有很理想，阿好和櫪馬都沒有和泰平續約。阿兄又表示，曾聽阿好提到，泰平公司的前途不太明朗，不知能持續多久。丙丁由哥哥的話才了解，阿好已由古倫美亞轉到泰平，動機是爲了趙櫪馬答應爲阿好錄製丙丁作詞的三首歌曲。這讓丙丁爲阿好的深情感動得幾乎淚下。

第七十章

最期盼的那一刻，終於到了。這天中飯後院守衛通知，阿好來探視他。丙丁一面穿上外衣，一面快步走出寢室。

十二月的樂生院，山風瑟瑟，兼又冬雨濛濛。丙丁本想回室內拿傘，但他太急於見到阿好了，匆匆冒雨而行。還好到會客室只有一小段路。

到了會客室，丙丁欣見阿好和孩子友仁、文哲、香芸都來了。三個小孩都比印象中長高了許多。

丙丁一陣鼻酸。自一九三二年五月起，他已經超過三年半沒有見過三個小孩了。他猶記得兩年半前要去廈門的前幾天，不到五歲的小文哲拉著他的褲腳，仰望著他，稚氣地向他笑著說：「阿爸給我錢。我要去玩尪仔標，買麥芽糖。」他忘不了把掏出的零錢全數給孩子時，小文哲離開時的狂喜表情。

但這一次，小文哲似乎懂事多了，只是囁囁叫了聲：「阿爸。」阿好則面色凝重。

三個小孩都叫了阿爸，丙丁又高興又心疼。他彎身想抱小孩，但想到自己的病，只伸出左手輕撫三人的頭髮。

「以後要聽媽媽的話。阿爸會永遠想念你們。」三位小孩都點點頭。香芸似乎最懂事，說：

「爸爸你也要照顧自己。」

阿好一直站在旁邊默默無語。丙丁轉身，向阿好說：「謝謝妳把小孩帶得這麼好，又乖又懂事。」阿好仍然不發一言，只是點頭勉強笑了一下。

丙丁壓低聲音，似乎怕被小孩聽到。「阿好，離婚書帶來了嗎？」

聽到丙丁這句話，雖然心中早有準備，阿好心中還是一酸。阿好回想起在過去兩個月，有多少個夜深人靜的夜晚，她面對著擺在桌上的「離婚同意書」，內心是如何地掙扎。

她知道，丙丁有此想法是爲了她及三個兒女的未來。他怎麼捨得分離？

分離，變成是丙丁的「大愛」。「大愛」變成分離，而非復合。她雖然理智上了解，但情何以堪？

她何其有幸與這位既柔情又堅毅的奇男子當了十年夫妻，而現在竟然要親手簽名蓋章去結束……。

阿好望著丙丁，凄迷一笑，自大皮包中拿出一個信封，說：「我把文哲、香芸的姓改了，從我姓林。但友仁還是姓盧。」

丙丁看到阿好的手微微發抖，心中又感激又愧疚。他把頭望向一邊，不敢接觸阿好的眼神。

阿好將信封端端正正擺在桌上，兩人相對無語。

終於丙丁先開口：「以後我就一輩子在這樂生院了。祝你……」丙丁說著卻哽咽不能成語。

阿好拿出手帕，爲丙丁擦去淚水，擠出笑容說：「生日快樂。」

丙丁這才想到，今天十二月五日，是他三十五歲生日。在院裡，院民比較在乎的是禮拜幾或農曆初一、十五及特別節慶，對陽曆日期反而不太重視。因爲等於天天放假，陽曆日子與節慶與他們生活不太相關。他想到「山中無歲月」這句話，一陣悸動。

這時守衛說，會面的時間到了。

丙丁把牙一咬。「如果做得到，妳就帶孩子離開臺灣。不要和我有什麼牽連……。祝你們幸福。」

阿好體會出丙丁話裡的意思，身體抖動了一下，輕聲說：「丙丁，請你也保重。」

阿好帶著丙丁的最後祝福，擦乾眼淚，走出會客室。丙丁隔著會客室窗口，不停向著阿好和兒女揮手。阿好和小孩也屢屢回頭揮手。

阿好帶著孩子踽踽下草山，回到臺北。她沒有依照原來的計劃回臺南。她向三位小孩說：「我們在臺北多留兩天。我帶你們到榮町和大稻埕玩。大家要快快樂樂，不要讓阿爸掛心。」

之後在回臺南的火車上，阿好屢屢望著三位小孩發呆。她決定讓小孩忘記這個家庭的陰影。她領悟到，這是丙丁希望她做到的：給小孩一個沒有父親陰影的家。

第七十一章

丙丁一直站在會客室窗口，默默望著阿好與兒女走下山。他的手舉了一半，又放下來，不忍揮手。等四人的身影都已不見，丙丁才拿起阿好放在桌上的信封，還沒打開，淚水就流了下來。從今天，十二月五日，他的三十五歲生日起，他丙丁就孑然一身了。在樂生院沒有牽掛，在人間也毫無期待了。

丙丁在會客室呆呆坐著，直到近黃昏，丙丁才好不容易撫平心境。他打開阿好送來的包袱巾。阿好帶來了五包粽葉米糕，那是他最喜歡的臺南點心。雖然應該已經放了一天，粽葉混著肉燥的香味仍然濃郁。

今天的守衛是臺灣人。他原來就知道丙丁，佩服丙丁，也是阿好的樂迷，因此沒有催促丙丁。丙丁感謝守衛的和善，拿出一包米糕給守衛，還說了聲謝謝。

有臺南的米糕可吃，守衛好高興。他順手拿了一份放在桌上的報紙給丙丁。「這是舊新聞了，給你看。」丙丁又拿了另外一包米糕，請他轉送賴尚和醫師。丙丁打算一包給梁文喜，一包給林石獅，剩下一包留給自己。

丙丁接下報紙，隨手放進阿好帶來裝米糕的提袋。回到蓬萊寮，已是晚餐時分。梁文喜和林石獅分到米糕，驚喜稱謝。

樂生院民一向是吃完晚餐就早早上床就寢。雖然三個寮舍都有電燈，但院方不希望院民使用太多電力，只有維持亮光的小燈。

第二天，丙丁清晨起來，才想到昨天守衛給他的報紙。自從入院後，丙丁就完全沒有看新聞了。一九三二年初，《臺灣新民報》還報導了他是勞工運動領導人的新聞，那是臺灣的新聞最後一次報導他。一九三二年之後，臺灣島內反抗殖民社會運動已經日漸式微，幾乎只有林獻堂、蔡培火、楊肇嘉的臺灣地方自治聯盟見容於日本政府。報紙上社運新聞的報導少了許多。

丙丁在廈門的期間，廈門的新聞更是鮮少有臺灣反對人士的報導。更何況丙丁是離群索居，也不常看報紙。一九三五年，丙丁又回到臺灣之後，住在金山旅館。反抗歲月已成往事，丙丁已不復再有當年之鬥志心境，也很少詳讀報紙了。

丙丁在八月中來到樂生院。自十月十日起，日本總督府在臺北舉辦了一個多月的「始政四十週年博覽會」。對丙丁而言，反是眼不見爲淨。樂生院當局爲日本醫生和職員訂了報紙，也允准患者訂報紙，但少有臺籍院民要求訂報。丙丁入院後心灰意冷，也沒有想訂報紙。

丙丁起床以後，依然不停回想昨天阿好和小孩。「這一生還能見到他們嗎？」百感交集中，他隨手拿起昨天守衛給的報紙。

攤開一看，丙丁嚇了一跳。原來這份《臺灣日日新報》的第一版頭條，報導了日本總督府舉辦臺灣議會選舉的結果。第一頁是各地方的當選人照片及得票數。臺北市議會最高票蔡式穀，一一四五票。丙丁這才知道，十一月二十二日，日本總督府舉辦了臺灣第一次「地方自治議會選舉」。但是臺灣住民，包括臺灣選民和日籍選民只能選出半數，另外一半還是由日本總督府任命。因此總名單上有不少日本人。

丙丁回憶起一九三〇年臺灣民眾黨與《臺灣新民報》舉辦的選舉。那一次是虛擬的，而這次日本人舉辦的是眞實的。丙丁很仔細地看下去，當選的臺灣人，有許多是臺灣地方自治聯盟的富裕人士，而且得票數很高。

丙丁長嘆了一聲。自一九二〇、一九二一年的臺灣議會請願活動起，「臺灣意識」大盛。但後來一九二一年的文化協會，一九二七年的臺灣民眾黨，一九二六年的農民組合，一九二五年的臺灣共產黨，都失敗了。只有當初「議會請願派」的主力人士一脈流傳下來的臺灣地方自治聯盟算是有些初步成功。雖然事實上臺灣人的意志力所能達到的效果還是有限，影響力不到二分之一，因爲一半議員名額還是日本政府指名的。「議會派」是丙丁當年視爲太保守太軟弱的路線。但是，能在日本人統治下存續到現在，只有議會派。這似乎證明林獻堂、蔡培火、楊肇嘉他們的路線才是可行的，儘管日本人給予臺灣人的額度，還是令人失望。

結束了，一切都結束了。我們奮鬥過了，但是我們輸了。

文化協會、臺灣民眾黨，十五年的奮鬥，結束了，可以說失敗了。

蔣渭水過世了。李應章、謝春木、陳其昌離開台灣了。林秋梧死了。

我盧丙丁病了、倒了，連大大方方走在臺南的街道上都不可能了，連和自己深愛的妻子、兒女同處屋簷下都不可得了。現在，如此猥瑣不堪，只能終此一生住在這樂生院，過著天天不問世事、吃喝拉睡的日子。

丙丁回顧過往。他奮鬥過，意氣風發過，人們讚揚過，新聞報導過。這一生，他沒有白過。他對得起臺灣，對得起祖宗，對得起自己了。但是，他對得起子孫嗎？他一陣茫然。

但願子孫知道，曾經有這麼一代臺灣人「放某放子爲臺灣」，奮鬥過，犧牲過。

但是，現在的他什麼都不是。就因爲自己這個病，他不能是候選人，他不能是丈夫，他不能是父親。

「丙丁你眞無用！」他在心裡罵著自己，甚至厭惡起自己來了。

「天公祖啊，我做錯了什麼?!」丙丁把報紙揉了，喃喃自語，望著窗外的烏陰天。

第七十二章

樂生院長上川豐醫師看完臺灣籍守衛呈上來的報告，知道丙丁和阿好已經辦好離婚手續。守衛很盡責，把兩人的對話要點都寫下來。因爲丙丁是警務局特高警察送進來的。特高警察命令樂生院要定期呈報丙丁的日常行爲報告給警務部。這給樂生的醫生及員工帶來很大的壓力與雜務。樂生的日本醫官對特高警察的要求覺得煩不勝煩。人都已經進入樂生院，與社會隔絕了，爲什麼特高警察還如此繁瑣不放心？

但是樂生院方又不能拒絕特高警察的命令，偏偏丙丁又有很強的群眾影響力。他進來樂生才四個月，已經成爲許多院民患者心目中的大哥。丙丁相當投入劇團，因爲這讓丙丁有如回到過去文化協會時的文化劇團歲月。院方也必須把丙丁在劇團的作爲向特高警察報告。

丙丁很高興他在樂生的病友劇團中找回他七、八年前活躍在臺灣社會運動時的記憶。那是他在生命中最有意義的時刻。因此，他習於在戲劇中加上一些反抗與衝突的元素。妙的是竟然常能得到院民附和，因爲這樣戲劇確實較受院民歡迎。於是院方期待的「政令宣傳劇」若一不注意就會變調爲「社會運動劇」。這讓院方更爲頭痛。

有一天，丙丁的主治醫師馬嶋不經意間提到，丙丁可能是他所知的病人中，打過最多次大楓子油的人。因爲丙丁告訴病友，他打了一百多次。這引起院民積極向院方醫師反應，希望能早日進口大楓子油。院民已經等不及院內大楓子樹的成長。而且院民說：「我們只有一株大楓子樹。即使開花結果，種子提煉成功，又能治療幾個病人？」聽說院民準備在今年年底的戲劇這樣演出，變相訴求院方早日進口大楓子油。

上川院長喃喃地說：「可是大楓子油很貴。其實我也每年申請，但都被上頭刪掉。因爲眞的是費用太龐大了。」現在院民兩百多人，將來有可能增加至千人，要全面使用，實不可能。這等於是丙丁爲院方製造了一個難題。「唉，這盧君果然是個令人頭痛的人物！」這是院長的感受。

後來一次醫員會議中，上川院長高興地說：「好消息！前幾天民政長官告訴我，自明年起，我們獲准進口給大約三、四十名輕症患者優先。重症患者因效果有限，目前暫不考慮了。」

馬嶋醫生說：「這盧丙丁眞是好命。我猜測他事實上發病很久了，但因爲接受了超大量的大楓子油治療，所以目前病情如此之輕。若非他的右手有萎縮，以及臉部小小斑紋，簡直看不出他有癩病啊！」

上川院長說：「如果是眞的，那他眞是太幸運了。我在內地也用大楓子油治療了許多病人，但從未用過如此之高劑量的。」

臺籍賴尙和醫師也舉手請求發言。「這麼說，我們醫學上尙無像盧君這樣，接受如此超大量大楓子油治療的例子？上川院長是大楓子油專家，何不就盧君再做一次詳細檢查？說不定上川院長可以寫個病例報告發表在醫學期刊上？」

上川一聽，大感興趣，於是請馬嶋醫生爲之。馬嶋知道這樣自己可以有成爲論文共同作者的機會，也面露喜色。

三週後，馬嶋醫生將一份丙丁的最新檢查報告呈給上川院長。上川院長一字一字讀著。馬嶋醫生很有系統地爲丙丁做了詳細檢查。對每一個看得到的皮膚病變，他都做了抹片，然後以特殊染色去看還有什麼看到癩病桿菌。對稍有腫大的腋下淋巴腺，馬嶋醫生也用針筒去抽取淋巴液，然後做抹片去看細菌多寡。至於右手，馬嶋醫生寫著：「慢性神經萎縮。沒有明顯傷口。」

馬嶋醫生的結論是，丙丁的病變處及各種排泄物都找不到癩病病菌。只有在淋巴抽吸液中，找到極少數有抗酸性病菌。但自學理上而言，這樣體內而非體表之少數病菌，不構成感染威脅。換句話說，目前丙丁的狀況無感染別人之虞。

在下一次的醫局會議中，馬嶋醫生報告了丙丁的澈底檢查結果。他的結論是：「長久而大量的大楓子油治療可以讓病人達成滿意的治療效果。雖然原已造成的器官傷害無法逆轉恢復，但患者確實可以達到無感染危險的狀態。」馬嶋醫生停頓了一下，又說：「請示院長，既然如此，我們是否可以考慮讓治療效果如此成功的患者重入社會？」

「重入社會？」上川院長疑惑地問道：「茲事體大喔。」

馬嶋醫生尙在猶豫如何回答院長，賴尙和醫師先說話了：「院長先生，如果盧君確無傳染給他人之虞，在人道考量上，是否可以考慮讓他出院。」

經賴醫師一問，上川院長陷入思考。在醫學理論上，讓丙丁出院似無不合理，並且也合乎人道考量。而且，院長進一步思索，樂生院方也可以因此免去許多行政麻煩。

上川院長回過頭來，要馬嶋醫生表現意見，因爲馬嶋才是主治醫生。

馬嶋醫生小心翼翼地回答：「以醫學的角度看來是如此。但是這在樂生院開張之後，是史無前例的。屬下建議，以特案向總督府報告，由總督府來裁決是否可行。」

上川院長臉色嚴肅。「不論如何決定，我們必須負所有責任。讓我們先把癩病相關法條弄清楚。我們詳細看看明治四十年（一九〇七）頒布的〈癩預防法〉。」

上川院長唸著：「癩患者未爲療養且無救護者，依行政官廳之命令所定入療養所以爲救護。但適當時應由扶養義務人照顧患者。」

「各位醫生，我想這句話很重要。」上川院長站了起來，拿起粉筆，在黑板上寫下：

適當時應由扶養義務人照顧患者。

上川院長又坐了下來。「各位，馬嶋醫生在報告書上寫著『分泌物及排泄物，包括淚液、鼻汁、唾液、血液、尿等，已難以檢查出癩病病原菌，應極難傳染病人，可說是無感染他人之虞。』那麼各位的意見，是否適用這個『適當時』之定義？」上川院長指著黑板上的字。

在座的醫生遲疑了一下。有兩位點頭，另有兩人，不表意見。

上川院長說：「雖然在醫學上，盧君的病情符合這個法條上的定義，可是我還是有顧慮。第一個考量是，盧君會是第一位適用這個法條而自樂生院出院的人。有一就有二，如果有住民或家屬，每隔一段時間就提出要求，像盧君這樣的澈底檢查，以尋求出院可能，我們將難以拒絕。又如大家所知，這次的檢查，整整花了馬嶋醫生兩週的時間，這是特例。我們沒有能力，沒有時間，也沒有經費對住院的兩百多個病患都這樣做。

「第二個考量是，我們讓一個癩病患者回到人群中，是否恰當？因爲我想到，我醫學院畢業後之所以決定從事癩病研究，起因於我在醫學生時，看到《東京日日新聞》這樣寫：『我國的癩病病患人數僅次於印度，以人口比例來看的話，是世界第一的國家，這樣的事實是國家的恥辱。』我的老師光田健輔先生，是岡山長島愛生園的第一任院長。他自多年前就對男性患者進行結紮手術。他的理論是，癩病汙染了日本『血統的純潔』。光田先生的作法我並不贊成，但是我贊成他的隔離政策觀點。」

「我也去找出日本對癩病病人進行國家隔離政策的構想起源。」上川院長說：「一九二六年，內務省衛生局預防課長高野六郎，提出『絕對隔離的根本構想』的報告書上所說：『爲了使同胞脫離此一殘酷的痛苦，隔離政策是慈善事業和救濟醫療事業中最重要的工作。』」

上川院長繼續說：「我想諸位今天會在這裡工作，大概心情和想法也都與我一樣。」上川愈說愈激動。「我們既了解癩病病人隔離之必要，但也同情癩病病人殘酷的痛苦。所以我們放棄了當富裕的開業醫，放棄了當威風的大學教授，來到這臺灣的樂生院。我向大家表示敬意。」

上川院長笑一笑。「讓我們再回到盧君的處理問題。盧君還有一事。就在幾天前，我們收到臺南市役所寄來的公文。盧君和他的妻子林氏好女士，已經正式辦好離婚手續了。」

大部分醫員都露出驚訝的表情。

上川院長指著黑板。「所以盧君的『扶養義務人』應該是誰？」

有醫生說：「盧君家不是還有兄弟嗎？」

馬嶋醫生說：「盧君的病歷上，住所上寫的是『臺北下奎府町四－五－六』，這是北署的地址。所以我們必須上報北署，而不是通知他在臺南的家人。不是他的已離婚妻子，也不是兄弟，不是父親。我們只能向北署報告，由北署來全權處理。」

於是上川院長請馬嶋醫生和祕書擬了一則有關處置盧丙丁的函文，送到北署。

第七十三章

丙丁步出行政廳舍。剛剛上川院長等人對他說的話，讓他感覺如在夢中。但是，這是眞的，他的病友們已圍著他向他道賀。

三天前，丙丁被叫進行政廳舍中的醫生辦公室。馬嶋醫生和賴醫師都在場。上川院長告訴丙丁，因爲他的檢查報告證實已無感染給他人之虞，所以院方決定讓他出院。上川又說，這可能要歸功他長期又大量的大楓子油治療。丙丁聽了，簡直不敢置信。「我可以出院了？」

上川院長繼續說：「從今年開始，樂生院的輕症病人也將獲准開始使用日本進口的大楓子油了。希望他們有像盧君一樣好的療效。」丙丁聞言大喜，說了聲：「謝謝上川院長。」

在旁的馬嶋醫生也高興地說：「本院爲了這個會增蓋一所替患者打針專用的治療室。」[17]

上川院長又向丙丁說：「丙丁君病歷上的住所是臺北下奎府町的北署。我們已依法向北署上報。北署的回函也在昨天收到了。」

馬嶋醫生說：「北署也同意讓盧君出院。但回函附了一張到廈門旅券申請書，事由是『親戚

17 樂生院的「恩賜治療室」於一九三六年啟用。參見范燕秋教授著《一棟建築的前世今生：樂生院「恩賜治療室」文史調查》，二〇一七年出版。

訪問』。」馬嶋醫生說，院方希望丙丁依北署的指示塡好旅券申請表格，好讓院方把表格送回北署，再看北署如何指示。

馬嶋醫生又說：「樂生院民尙未有這樣入院又出院的，你是第一位。因爲你入院才五個月，因此也不能算是我們病院的治療效果，功勞應該歸於大楓子油的長期治療。」

也在一旁的賴尙和醫師說：「丙丁君，北署寄來的旅券申請書，事由寫『親戚訪問』。你在廈門有親戚嗎？」

丙丁搖搖頭說：「只有朋友，沒有親戚。」

賴醫師說：「那麼我要提醒你，來函是警務局發來的。塡了這個旅券申請表格，你就必須依申請到廈門去，而非回臺南家。」語氣中透露著關心。

丙丁以感激的眼神望著賴醫師。他心想，日本人如何能阻止我由廈門回臺灣？我再偷渡一次，有何難哉？但他只是規規矩矩地回答：「我了解，我願意遵從警務局的安排。」

於是，丙丁塡了旅券申請書，呈給馬嶋醫師。終於，一切程序都敲定了。樂生院決定在一月十八日爲丙丁舉辦一個盛大出院歡送會。然後一月二十日早上，北署會派車子來接丙丁出院。

這個消息一公布，全樂生院都轟動了。樂生院的患者過去只有病故、自殺或逃走的，從未有堂堂自大門出院的。丙丁如在夢中，他沒想到竟然可以堂堂走出樂生院的大門，重入社會。

他想，首先，他被北署規定要去廈門，北署會通知他的父兄嗎？大概不會通知阿好？因爲在法律上，他與阿好已經離婚，沒有家族關係了。北署會准許家人來送行嗎？北署知道他曾經由廈門偷渡回臺灣嗎？他又想，他本來就是徹頭徹尾的臺灣人，警署也寫著他沒有犯罪紀錄，想辦法回到臺灣有什麼不對？

他沒時間思索這些，因爲讓他驚喜的是，在一月十八日還有歡送會，而且可以對病友致詞。送別茶會在禮拜堂舉行。兩百多位病友來了八十多位。幾乎所有還可以行動的輕症病友都出席了。唱完院歌，林石獅致開幕詞。接著，丙丁上臺了。

丙丁站在臺上，環顧著八十多位病友們。想到過去五個月又一週的樂生院病友們互相照顧的生活，他真的是有些依依不捨。然而，他的心中也再度燃起了雄心壯志，「我的病，痊癒了！」他好久沒有站在臺上了。他彷彿又回到五、六年前，站在臺上面對眾多群眾，爲了啓發臺灣民眾的意識，爲了替勞工爭取權利，慷慨激昂地發言……。

面對病友群眾，丙丁恢復往日的亢奮。他一發言就滔滔不絕。他談大楓子油，談與病友們的情誼，談野球，談劇團，談自己的治病心得。說著說著，往日的口吻漸漸出現，主要是呼籲病友們要互相幫助，要同心協力。他還引用一句臺灣諺語「猛虎不如陣猿」，這是臺灣人在反對運動中常用來激勵群眾的話，意指「一群猴子，只要團結起來，連猛虎也不是對手」。

丙丁不知道的是，他所講的每一句話，都由在場臺籍守衛逐字記錄下來，呈報給樂生院上川院長，再由院長呈報給警務局長。

報告

下午二時十五分，在禮拜堂慰安室，大約八十名患者集合，召開患者盧丙丁的送別茶話會，下午四點四十五分結束。狀況如左

一、林石獅開會致詞

二、楊水錫致詞

這次盧先生治癒出院，我們受到種種照顧，而且教導許多，非常感謝。離別雖說遺憾，也是高興的事；如果像盧先生一樣，認真地療養，可以治癒的。希望各位和睦相處，努力療養。

三、盧丙丁答謝詞

今天，由於個人的理由，和大家離別，承蒙各位的照顧，非常感謝。我入院五個月又一週，這有意思的五個月期間，沒有犯錯。能和各位每天一起生活，都是託各位的庇蔭。

我們到此地體驗社會所認為的悲慘，接受到身體上各種的知識，是拜進入此地之賜。世間雖然有各種的病痛，但是沒有比這種癩病更悲慘的疾病。

本島人的生活欠缺共同協助，這一點必須要改正。這是最令人擔心的事。兩百多名患者共同生活，由於這種疾病是最悲慘的，大家應互相退讓。而每天一起生活，如果彼此之間還爭吵不休，那就沒有什麼意思了。不要區分種族或內（內地人）臺（臺灣人），同病者必須要溫和。若是人各異志，則什麼辦法都沒有。

不但對待外部大家要一起合心協力，對內部也要相互妥協，彼此幫助；希望有知識的人為沒有知識的人著想，自己有能力的話，協助他們生活過得有趣味。

如同逃脫者一般，有必要處理問題的話，醫院是允許的，這中間必須遵守規則的時間；若是當局無法理解，不允許的話，不妨講求方法。而有各式各樣的方法。必須得好好想一下此疾病，思考減少悲嘆的方式。

我因個人的關係，不能和各位兄弟姊妹一起度日，無法照顧大家，是由於種種的緣故；說真的，我想和各位一起生活，未能如願，實在是悲傷的事。

明朝即將離別，內心卻依依不捨。雖說身體分開了，到了外面，依然想念各位。希望各位生活天天能過得快樂爽快，兄弟姐妹互相扶持。

病友之中，有人自認完全不能治癒，如果充分注意的話，應可治好到某種程度。將來根據各式研究，或許會發明治療的方法也不可知，因此，期望各位不要只看過去而失望、自暴自棄。

昨天發表出院，明天一早出發，無法再一一話別，不好意思，敬請諒解。

最期待的是，一定不要傷害自己的身體直到復原。保有這樣的精神，肯定會變好。

現在有效的藥是大楓子油注射，其他藥物只不過是補助藥物。現在的科學只有這樣的發明；不過假如不懈怠，熱心接受治療，將會好轉。

併發症也要不懈怠地接受治療，本疾病（痲瘋病）不致於絕命的；死亡一定是併發症造成的。生病的話，有必要好好運動，充分睡眠。遵從治療的話，一定有效果的，即使不能復原，也不可停止。

外表健康的人，不可憐而又不能理解此病。我們為社會犧牲才來到此地生活的，不能對此表示同情可憐的，講白的，是比病人更卑鄙，不屑一顧的人。必要促其反省，喚起同情心，讓其悔悟，若還是不能理解，則提供諮詢。「猛虎不如陣猿」，一個人無論如何拚命努力，也敵不過多數的人，這種情形下，眾人團結來對抗也無妨。

感謝為我們工作的醫生和護士。

原來的團體有棒球隊、劇團。打棒球是運動，觀眾也愉快，劇團也為患者演出，各團有各自有趣之處。

以協助會來說，每個人出一點，金額雖小，積少成多；給貧困的患者的話，自是感謝。自己的身體也會因此感到爽快。

到目前為止，因為醫院制定的規定未能令患者周知，產生許多的阻礙，即使患者有什麼要求，醫院也根本不能理解，難以謀求心意的溝通，招致患者蒙受各種損失。

假使在醫院有好的命令，召開董事會，通知大家，大家也可以理解。

不要因為我不在而感到失望，希望大家通力合作。我雖不在，也可藉由會面或信件等方法溝通意見。

因我個人因素，不能一起為此努力，甚為遺憾。

今天讓各位破費為我送別，真的過意不去。

結束時，有梁楷、宋丕文、張水景的致謝詞。

以上

昭和十一年一月十八日

守衛 許家福

樂生院長 上川豐 殿

第七十四章

一九三六年一月二十日早上，丙丁步出樂生院的大門。他回頭望了一下他住了五個月又九天的「臺北州新莊郡新莊街頂坡角仔頂坡角二百六十三番地，臺灣總督府樂生院」。他又歡喜又不捨，在北署派來的兩位警員的檢視下，步上了北署的公務車。

這是丙丁在臺灣，以及在世界上的最後身影。此後，人間再無人眞正見過盧丙丁。他的臺南家人收到警方通知，知道丙丁會被遣送廈門，但家人無法去送行。既不知船班，也不知自哪個港口出發。

在當年的檔案，有丙丁的旅券申請二九四〇九五番號。雖然住所是「臺南州臺南市港町二～二二」，但加附了備註「新莊郡新莊街頂坡角仔頂坡角二六三」。當時的廈門或福州總領事館並沒有丙丁在廈門下船後的報到記錄。

總之，此後沒有人再見過丙丁。丙丁像一團迷霧，沒人知道丙丁何時自這個世界上消失？如何消失？因何消失？

第十一部 離鄉・歸鄉

她突然發現天色已經有些微亮了。
她看到左側的海面，有一個地方愈來愈亮。
剎那間，如飛箭射出來的燦爛陽光，讓她不敢直視。
在晨曦照耀的那一刻，她發現船正前方海面，
清楚地有個大島的身影浮現。
黎明以前的黑暗再長，
也會在一剎那被升起的日頭在瞬間突破。

第七十五章

阿好決定全家六人都遷居日本。三個小孩，友仁、文哲、香芸，母親以及小舅，加上自己，一共六人。

在新莊樂生療養院交付離婚協議書給丙丁後，回臺南的路上，阿好下定了決心。丙丁仍然在她心中，但一家人的人生將重新開始。丙丁會永遠在她心中。但只在她的心中，在家人的心中，不在大家的生活中。

離開臺灣，是唯一能做得到的方法。

因爲東京有她的恩師關屋敏子相助，她決定搬到東京。關屋敏子非常親切，時有通信，讓阿好非常感激。

僅是一個人到日本留學很容易，舉家搬到日本是個超大工程。何況有老人，有小孩。

阿好決定在離開臺灣之前辦一場惜別會，地點選在屏東。因爲這兩年，阿好和屏東的有忠管弦樂團建立了好交情，好默契。日期訂在九月二十一日，她的曲目也選好了，而且節目單印得特別精美，更附上詳細介紹。

六月中排練的某日，鄭有忠似有所感地向她說：「阿好，此去日本，妳大概會很久不能回臺灣。比起妳們臺南府城，屏東是偏鄉草地。但是，妳們府城人看到的都是福佬人世界，頂多再加上一些客家人的世界。但在屏東，我們可以看到你們在府城看不到的不同人群。他們有不同的生活，有不同的文化，不同的音樂，不同型態的優美。」

阿好說：「有忠，我知道臺灣還有山地蕃族的文化與音樂。蕃族的音樂方面，臺北的張福興老師十多年前就由總督府安排做蕃族音樂調查。他第一站去了日月潭，出版了《水社化蕃杵音及歌謠》。臺灣的蕃族好像還分許多族。張先生後來還收集了哪些蕃族音樂，我就不知道了。」

有忠說：「百聞不如一見。我們屏東有個山地門，那裡有排灣族，如果能去了解他們的音樂，爲妳所唱的歌曲加入臺灣山地文化因素，會很有意思，或將蕃族的歌曲改編爲現代臺灣歌曲，會是音樂界的驚喜。」

「對了，」阿好說：「我記得純純那首大賣的《月夜愁》，也是鄧雨賢改編自平埔族音樂。只是周添旺作的詞，把場景搬到臺北市的三線路上去了，所以大家都忘了這個背景。」

鄭有忠說：「進入山地，要向警務局申請特許。地方派出所好像還沒有這個權力，我來試著申請看看。」

然而，這個申請終於未能通過。有忠和阿好都很失望。鄭有忠是一位很樂觀的人，收到被駁回的申請書，他竟哈哈一笑說：「無魚蝦也好。日本人在我們屏東公園的一個角落建置了兩間山地屋，找了幾位蕃人住在那裡，供遊客拍照。他們天生會唱歌，我們去屏東公園找他們，或許能有一些收穫。」

於是在一個豔陽天，鄭有忠偕同阿好及幾位友人到了屏東公園。

這對排灣族夫婦不知與多少遊客合照過，卻第一次有遊客來與他們討論他們族裡的音樂，非常感動。但是他們很害羞，以公園中有其他遊客爲由，不敢高歌，只是低吟了小曲。排灣男人說，在他們地磨兒的部落族人，才是唱得眞好。他們對著山谷高吭古曲，那才能顯現他們歌曲的歷史底蘊與族人感情。在屏東公園這樣的環境，無法體會排灣歌曲的意境。有忠與阿好聽了，也覺得很有道理，就不再強求了。

＊＊＊

一九三六年九月，另一件事情震撼了臺灣人。大家耳語相傳，又變成軍人擔任總督了。政策又要改變了嗎？原來的中川健藏離職，新到的總督叫小林躋造，是海軍大將轉任。

日本總督換人是每三、四年必有一次的事，但這次不一樣。臺灣的知識份子聞到了不祥的氣息。因爲中川是東大出身，小林卻是海軍大將。日本自一九一九年以後，由田健治郎到中川健藏，九位總督都是文人，怎麼現在又派軍人來擔任總督了？

其實在今年日本二二六事件之後，整個日本和臺灣的政治氣氛，就有明顯的轉變。

大約一九二〇年到一九三〇年，是日本最開放、最自由、知識份子廣泛接受西方思潮的年代。臺灣人也敏感地感受到這個自由開放的氣息，臺灣的社會運動雖然是進兩步退一步的狀態，但能感受到政府的逐步鬆綁。

情勢的改變，約自一九三一年開始。一九三一年二月，民眾黨被解散。一九三一年九月十八日南滿鐵路事件，張作霖被炸死。一九三二年滿洲國成立，軍方勢力愈來愈高漲，政治氣氛也愈來愈肅殺。一九三二年五月，首相犬養毅遭到暗殺。而這次的二二六事件，連已下臺的前首相竟然也列入清除名單。

「二二六事件」是日本空前未見的年輕軍官集體造反事件。他們以「尊皇討奸」爲名，列出一個「清除名單」，包括好幾位前首相。他們雖然失敗，但影響很大。此後日本軍國主義的路線可謂已完全建立。大正時代的自由開放氣氛，一去不復返了。在這樣的氣氛中，軍人臺灣總督的再現，其意義非常明顯。過去臺灣人爲爭取臺灣人平等地位可以進行種種社會運動的好日子，大概也即將終結。

七月中旬有一天，阿好在臺北遇到林呈祿與陳炘。兩人都在嘆氣。

「太可怕了，我想整個日本會落入軍方專政。」林呈祿嘆息著。

「那麼，臺灣人的地位，一定又會出現變化。」陳炘也有同樣憂慮。

阿好告訴林呈祿與陳炘，她正打算全家六人都遷居日本，雖然也許不能一次完成。

兩人目瞪口呆，都說阿好比男人還勇敢能幹。兩人雖然不知丙丁發生了什麼事，也不好去問，但自阿好的言語中，他們的感覺是，「丙丁似乎已經走出阿好的生活了」。

看到臺灣又出現軍人總督，阿好回想到當天林呈祿的預言果然是正確的。她雖然離開臺灣在即，依然爲臺灣憂心著。

一九三六年九月二十一日屏東音樂會上，阿好空前地唱了十首歌。有兩首「守民」的歌，包括那曲招牌〈悲嘆小夜曲〉，還有鄭有忠作曲的〈紗窗內〉。趙櫪馬作詞、鄭有忠作曲的〈雨悽悽〉，關屋敏子特別傳授她自己創作的歌曲〈野玫瑰〉〈川路柳虹作詩〉。〈蘇爾未格之歌〉、〈賽維利亞理髮師〉這兩首阿好最拿手的西洋名曲獨唱當然也是不可或缺。這個音樂會是阿好的「感恩音樂會」。她帶著感恩的心，離開了臺灣，期待著在日本的新生活。

第七十六章

阿好和三位兒女，興奮地數著平間寺的鐘聲。這是一九四〇年的最後一天，十二月三十一日，所謂「大晦日」的夜半。一家人「初詣」（新年參拜）到全國知名的川崎平間寺做「除厄迎新歲」儀式。阿好、媽媽和小舅，三位大人站在一堆群眾中向川崎大師默禱。香芸、友仁和文哲則興奮地數著平間寺的鐘聲。阿好覺得鐘聲的迴音似乎撫慰著她的心靈，在鐘聲中，阿好向川崎大師默禱，希望一家人平安，也保佑丙丁平安。

一九三六年底，她先把香芸帶到日本接受舞蹈訓練。阿好變成有兩個家，一在日本，一在臺灣。她本人主要在日本，先在臺灣與日本之間幾度來回之後，終於全家人都搬到日本。這幾年，她絕口不提丙丁。孩子們察言觀色，也從不提到爸爸。但是丙丁始終在阿好心中。

丙丁被日本警務部從樂生院送往廈門，她是事後才知悉的。警務部的通知寄達盧本手中時，已是八月底了。警務表示，丙丁已在八月二十一日由特高警察陪同出境赴廈門。

阿好想想，這樣也好。

她心知肚明，丙丁心中有她，她心中有丙丁。送行只是造成兩人更大的痛苦。她了解丙丁要求離婚的意思，丙丁要她把孩子帶好帶大。但是，讓她納悶的是，從那天迄今，好幾年了，不再有丙丁的任何訊息，丙丁既沒有寫信給她，也沒有寫信給哥哥盧本。更奇怪的是，也未曾聽說有人見過丙丁，她甚至去了派出所詢問日本警員，仍然一片空白。後來她只有死了心。

她會舉家遷到日本，也是為了忘掉過去，忘掉丙丁。可是她如何忘得掉丙丁？她如何忘得掉過去？

她在心中想過無數次，丙丁會不會已經凶多吉少了？但是丙丁活著也好，不在了也好，在臺灣的教堂，在日本的寺廟，她都為丙丁默禱，希望丙丁有一天能平安歸來。

阿好感謝著神明，也感謝關屋敏子，感謝日本的友人。她和家人來到日本，一家人很順利地安居下來。承蒙老師關屋敏子的安排，她得到不少在東京表演的機會。阿好一家也得到其他日本友人的照顧。與關屋敏子同為三浦環女弟子的泉信子，也非常照顧她。阿好第一次來平間寺參拜，就是泉信子帶她來的。

泉信子介紹阿好加入他們的合唱團，也給了阿好不少演唱會的機會，而且報酬頗豐。更讓阿好感謝的是，泉信子驚訝於香芸的舞蹈潛力，介紹香芸去舞踊研究所接受專業訓練。香芸是阿好近幾年的驚奇與寄望，香芸四歲時被阿好收養，正值阿好初知丙丁罹病，心中紊亂。那時的部份心情就是後來〈一個紅蛋〉中，李臨秋的歌詞中所描述的那般。

香芸在六、七歲時，阿好就讓她接受歌唱與舞蹈的訓練。但阿好自己太忙，無法花太多心思在香芸身上。香芸到日本時十一歲多，長得亭亭玉立，而且身形修長，渾然就是舞蹈家的模樣。阿好先帶她來日本接受舞蹈訓練。香芸的好表現，讓阿好對下一代的未來有了期待。

很諷刺的是，在日本，臺灣人反而受到較公平的待遇，不像在臺灣時受到歧視。阿好後來領悟到，因為能來到日本的臺灣人都是學有專長的精英。

自一九三七年開始，東亞大局又有了變化。因為日本發動了對中國的戰爭，於是政治局勢又更嚴峻。在臺灣，原被允許的漢文被禁了，報紙只能用日文發行，臺灣人的許多空間也變狹窄了。日本總督府在臺灣開始厲行皇民化政策，臺灣人被強制認眞學習日文，使用日文。過去丙丁在進行社會運動時，若隱若現的漢文化認同或中國認同，當然更是被嚴禁了。

阿好在東京的臺灣人中也頗具盛名，常常有音樂會的表演。她在日本常用的名字是「林麗美」。一九三九年秋天的一次音樂會後，一對年輕夫妻在演唱廳門口等著阿好，拿出兩張曲盤，請阿好簽名。阿好看到一張〈月下搖船〉，一張是〈紅鶯之鳴〉與〈跳舞時代〉合輯。她大爲驚訝，就請這對青年夫妻到附近的喫茶店稍歇聊天。

青年自我介紹說，他叫蒲添生，來東京與日本雕塑大師朝倉文夫學雕塑。他的新婚妻子是嘉義畫家陳澄波的女兒。阿好說：「哇，眞是藝術家庭，陳澄波是臺灣第一位入選帝展的畫家，畫壇第一人。」阿好也知道，朝倉文夫則是第一位入選帝展的臺灣雕塑家黃土水的老師，而黃土水已不幸早逝。她想，這位年輕人眞有福氣。

蒲添生又說，他記得大正十五年（一九二六），他在嘉義曾經很迷「活動寫眞第二隊」。每次有「活動寫眞」到嘉義，他一定會偷空去聽，因此記住了「盧丙丁」這個名字，沒想到結婚後在妻子收藏的曲盤上，也看到「盧丙丁」的名字。

青年夫婦知道丙丁並未能來日本，也有些傷感。阿好沒有想到，在東京會遇到知道她阿好、也知道丙丁當年在臺灣事蹟的年輕臺灣夫妻，非常感動。

「凡走過必留下痕跡。」阿好想，也默默向丙丁說：「丙丁，你會留在臺灣人心中的。」

但阿好在東京可說是深居簡出，甚少與其他臺灣人來往。倒是鄭有忠在一九三九年來到東京的「帝國音樂高等學校」學習一年，並組了「有忠室內樂團」，在東京小有名氣，東京的臺灣人常去捧場及聚會。這是阿好一家謐靜歲月中難得的熱鬧日子。

阿好家族來到日本，生活安定愉快。日本在一九三七年發起在中國的戰爭，對這個沒有年輕男人的家庭，倒是沒有造成明顯影響。沒有想到，一九四一年十一月二十三日，一個晴天霹靂，關屋敏子因為感情的挫折，在一場演唱會之後突然自殺而死，還不到三十八歲。

阿好失去在日本的最大支柱，非常傷心。

壞消息接踵而來。在關屋敏子自殺之後兩個星期，日本的軍方竟然偷襲珍珠港，挑起對美國的太平洋戰爭。儘管戰爭初期，日本在南洋的軍事行動似乎很順利，但臺灣的情勢又有進一步的改變。臺灣變成日本軍事南進太平洋的最重要基地。同時，日本在臺灣的「皇國臣民化」運動全面展開，不只是日語的推行，漢文的禁止，而且包括姓名的日本化及信仰的日本化。臺灣人也開始加入戰場。一九四二年二月起，開始實施志願兵制度。

阿好曾經一度也是「臺灣人運動」的鬥士，此時人雖在日本，不能無感。

最懷念臺灣的則是阿好的母親。阿好的母親與阿好相依為命三十年了。阿好是少見的全力投入職場多方爭取女性權益的女子。媽媽的長期全力支持，讓阿好沒有後顧之憂。阿好對母親的感激，無法以言語形容。

阿好的母親離開臺灣七年了。她懷念著臺灣的一切，特別是臺灣的節慶。阿好的媽媽，心境上還是過著臺灣老一代慣用的農曆。她會說：「啊，今天臺灣是五日節，應該綁粽。」「啊，今天是冬至，要吃圓仔。」雖然在日本沒有粽子，沒有圓仔，沒有月餅，但是每年到了這些臺灣節日，母親的心境總是好像仍在臺灣過節。

阿好的母親本來就是小粒仔，年紀愈大，愈來愈乾瘦，加上愈來愈駝背，人也愈來愈矮小。

阿好可以不太費力地把她背起來，像背著一個大孩子。阿好也順著孩子們稱母親為阿嬤。孝順的阿好會邊背著阿嬤，邊唱著臺灣童謠或自己的歌曲，繞著家裡的榻榻米房間而走，背累了再把阿嬤放在榻榻米上。這是逐漸老邁的阿嬤在日本的生活中最快樂、最幸福的時刻。

一九四四年的農曆正月十五元宵節，是阿好最後一次背著阿嬤，唱歌給阿嬤聽。阿好向媽媽說：「阿嬤，今天臺灣是元宵暝，大家在舉花燈。」阿好的媽媽慢慢地應聲：「還有吃狀元糕。」

但是，兩天之後，阿嬤就過世了。阿嬤的遺言是：「希望能葬在臺灣。」阿好噙著眼淚，握住媽媽的手，點頭說：「阿母，好。」阿好把這句話牢記在心。阿嬤火化之後，阿好把骨灰放在一個甕內，供在廳上，天天膜拜。

香芸和友仁都十七歲了。臺南的習俗，滿十六就是成年。兩人幾乎都是阿嬤帶著長大的。阿好收養香芸之時，並沒有童養媳的意思。香芸多才多藝，美麗大方，更難得的是，香芸的舞蹈極受好評，竟然得以進入有名的松竹俳優專門學校，接受舞、歌劇的訓練。友仁對音樂也有興趣。兩人朝夕相處，又在異鄉，很自然成了愛侶。於是依照臺南的習俗，就在阿嬤過世的百日之內成婚了。

一九四四年之後，戰局已經明顯不利於日本，敗象漸露。其實在更早的一九四三年四月，海軍大將山本五十六陣亡，接著帝國海軍艦隊好幾次大敗仗。到一九四三年底，美國已經收復大部份的南洋島嶼。一九四四年六月十五日，日本本土受到美國轟炸機的空襲。北九州的八幡鋼鐵廠受到轟炸。

美機的空襲讓敏感的阿好震撼了。她知道，九州被轟炸，那麼東京被美軍轟炸只是早晚的事。阿好開始思索，是否應該離開東京？她必須及早做準備。

幾天後，又有第二次美機空襲。阿好預料，日本，包括東京，被戰火波及已不可免，她必須爲家人找一個沒有戰火的安全國度。

接著阿好又發現，她最重視的家開始面臨雙重威脅。有一天，她在一次公演之後，從臺灣朋友處聽到，有住在大宮的臺灣人家庭十六歲的兒子收到「徵用令」，到神奈川的高座海軍航空技術廠當軍伕。這是一所製作和維修神風特攻隊零式戰鬥機的工廠，聽說日本政府專門徵用臺灣籍的少年工來此工作，同時也接受訓練，做爲未來零式戰鬥機駕駛的儲備。

阿好回到家中，已身懷六甲的香芸和年邁的舅舅煮好了晚餐。十八歲的友仁和十五歲的文哲，也自中學放學回到家裡。一家人共用晚餐，其樂融融。阿好珍惜這個家。她認爲，維持這個家的完整是她最重要的使命。她也向母親的牌位默禱，請母親大人寬心。

當天晚上阿好做了決定：再搬家！離開東京，離開日本，到滿洲國去。

第七十七章

阿好一家五口，扛了兩個大皮箱，搭火車由東京到廣島。火車轟隆轟隆，駛過日本的農村田野。十一月晚秋，已是瑟瑟冬色。這是小孩子們第一次坐長途火車到關西。香芸已有五個月身孕，閉著眼睛休息。友仁與文哲望著窗外風景，興致高昂，完全沒有遷居異國的憂慮。在他們心中，阿母是萬能的，一切有阿母扛著，他們無憂無慮。友仁不時關照已懷孕的香芸。阿好本人照顧年邁而跛足的阿舅。文哲則揹著阿嬤的骨灰罈。阿嬤當然也要隨著家人到滿洲國。雖然陰陽兩隔，他們是永不分離的一家人。

火車駛近京都。阿好知道京都有個比叡山，但不知自火車上是否望得見。香芸一路上很興奮，她望著窗外，愉悅地哼著這幾年在日本很流行的〈旅の夜風〉。歌詞很符合現在阿好與家人的心境。阿好特別喜歡這首由日本詩人西條八十所做的歌詞。

越過好花田野　穿過狂風暴雨
直向前走　才是男人生存之道
珠雞啊　別為我哭叫了
我在月光下的比叡山獨行

溫柔體貼的你　獨自一人
出發走上他鄉之旅
可愛的孩子　是女人的生命
哼唱著搖籃曲　心情卻感寂寞

加茂河畔　已是濃濃秋意
夜風陣陣　沁入我的肌膚
生為男人　怎能哭泣
道旁樹影　隨風搖曳

我倆的愛情前程　烏雲重重
兩地相隔　各自神傷
門口的桂花樹　也會感染到我們愛的悲歡
等待寒冬過去　萬物回春

這首歌本來就是無可奈何只好分別的愛侶間男女對唱。阿好哼著，眼前出現丙丁的面容。這幾年，丙丁音訊全無，她也不敢再冀望。她感覺到丙丁已經不在這個世間了。一九三五年十二月五日，丙丁三十五歲生日那天，樂生院一別，就是兩人在世間的最後訣別。丙丁要的，就是要求她好好照顧這個家。

這一點，她已無愧。友仁音樂學院畢業。香芸松竹舞團訓練完成。文哲也已上了中學。友仁、香芸的孩子即將出生，那會是丙丁的第一個孫子。

這次在出發前，她也向滿洲國的新京交響樂團去函。對方非常高興，馬上回函說，很榮幸阿好能加入新京交響樂團擔任專屬歌手。新京交響樂團也表示願意面試香芸。如果合適，會替她安排一個位置。

阿好所以選擇滿洲國，是因爲滿洲國沒有戰火，而且臺灣人在滿洲國的地位與日本人平起平坐。許多臺灣人在滿洲國受到重用，例如新竹人謝介石自滿洲國成立就擔任第一任外交部長，現在則是滿洲國駐日大使。一九三五年，阿好還在臺灣時，正逢謝介石由滿洲國外交部長轉任駐日大使之際，衣錦還鄉，回到臺灣。日本總督盛大歡迎，環臺旅遊。所以這幾年，有不少臺灣高等人才視滿洲爲發展的新樂土。特別是滿洲國的重工業很發達，醫生很缺。於是臺灣的工科及醫科人才趨之若鶩。

阿好一家人坐火車到了廣島。他們在廣島搭船到朝鮮釜山，然後又自釜山換搭火車。他們不會想到，八個月後，廣島會成爲世界上第一個被原子彈摧毀的城市。他們這天遇到的廣島市民，許多人將會在同一天的同一時辰登上鬼籙。這是人類歷史的悲劇。

火車在朝鮮的平原上奔馳。由窗外農村的景色看來，朝鮮人的生活似乎甚不如臺灣。阿好也知道，雖然臺灣與朝鮮目前同爲日本殖民地，但日本政府對臺灣的建設比朝鮮好太多。相對之下，朝鮮人對日本人的反抗也比臺灣人激烈太多。朝鮮人甚至刺殺了日本首相伊藤博文。而伊藤博文正是一八九五年與李鴻章談判而取得臺灣統治權的最重要人物。

火車一路貫穿朝鮮，到了最北端的鴨綠江畔新義州。過了鴨綠江就是滿洲國。檢查證件之後，阿好一家換乘南滿鐵路的火車。

阿好一家人對滿洲國的第一印象就是「冷」。比起東京冷太多了。滿洲國地廣人稀。在這十二月，鐵路兩旁的景觀幾乎全是雪景。橫亙在滿洲與朝鮮之間的山脈叫長白山脈。阿好恍然大悟，就是因爲山頂長年積雪。

終於滿洲國首都新京市到了。阿好一家人站在新京火車站外，望著準備長期居留的陌生城市。冷風吹來，臉上的皮膚一陣疼痛，有如刀割。雖然已穿上大衣，身體內、鼻腔內的冷空氣則一路闖入肺部。這樣的刺骨冰冷，讓友仁與文哲幾乎要哭出來了。阿好終於找到了事先約好來接他們的長老教會人士，飽吃一頓熱餐。

他們再由新京搭火車到四平，安頓下來。住進屋子後，房間燒炭，終於克服了這個凜冽的寒冬冷天。

第七十八章

阿好這次來滿洲所預作的安排，是經過她從幼年就關係深厚的長老教會系統。長老教會安排了與阿好原已相識多年的陳嘉音醫生。

陳嘉音醫生出身嘉義番社口，因家庭世代是長老教會信徒，中學就讀臺南的長老會中學[18]，也每週日都到太平境作禮拜。那時阿好剛從公學校畢業，也常到太平境做禮拜及練歌。陳嘉音比阿好大三歲，像照顧妹妹一樣照顧這個年幼喪父、又聰明又有歌唱才華的女孩。後來阿好當了公學校老師，陳嘉音也到了日本名古屋大學去學醫。很幸運地透過教會系統，兩人彼此都知道對方的訊息。阿好被關屋敏子收爲女弟子，在日本的陳嘉音知道了，還寫信給阿好道賀。

待阿好遷居東京，陳嘉音也有所聞。一九三八年，陳嘉音得到名古屋大學博士學位，學校有意延聘他爲教員，卻被日本籍醫學生抗議，說不能讓臺灣人來教日本人。學校教授也罷課，理由是不願臺灣人與他們同列。

陳嘉音沒想到身爲博士還會受到種族歧視。他意識到臺灣人之悲哀，於是毅然離開名古屋大學。他先到日本人占領的中國華北地區、天津、開封、山海關遊歷。最後他選擇到新京滿鐵醫院任職，並同時擔任長老教會長老。因此，當阿好寫信給滿洲長老教會時，已經闊別十多年的兩個人又連上了線。

阿好及香芸在新京交響樂團找到了職位。但陳長老認爲新京新都城太遼闊，而且城市建設尚未完備，不適合阿好一家人。陳長老把這一家人安排在四平市。四平是老市街，小而方便，而且臺灣人多。

阿好第一次登台表演，是在新京最大表演廳的「協和會館」。這是一九四五年二月，在日本及臺灣是昭和二十年，在滿洲國則是康德十二年。

阿好在四平市最好的朋友，是一位也姓林的鳳山人，叫林金殿。林金殿娶日本太太，很早就到滿洲，改姓「森」（もり）。他生性風趣，擔任四平市協和會的事務長，相當照顧臺灣人。協和會的由來是滿洲國提倡五族協和。五族分別是大和（日本）、漢族、滿族、蒙古及朝鮮。

經過陳嘉音及林金殿的介紹，加上自己的知名度，阿好很快認識不少臺灣朋友。有一位翁通逢醫生，是阿好在東京的舊識，也是爲了躲避空襲，更早由東京來到滿洲。翁醫生也在四平的醫院執業，與阿好家特別有往來。

有一天，林金殿說，在新京的黃子正醫生，邀請阿好去黃醫生的新京府邸吃飯。阿好嚇了一跳，因爲大家都知道黃子正是溥儀皇帝的御醫兼好友。林金殿說，黃子正很好客，很照顧臺灣人。翁通逢醫生也在受邀之列。

在宴席上，黃子正醫生笑嘻嘻地爲阿好介紹另外一位客人郭松根醫生，是目前滿洲大學的唯一臺灣人教授。郭松根教授表示，他在臺灣就知道阿好與丙丁的大名。

郭松根教授眼睛圓大透亮，戴著一副圓眼鏡，看起來非常聰明睿智的樣子。他的臺南腔臺語

18 即今日的長榮中學。

更是讓阿好覺得非常親切。

郭教授說，他也是臺南人，算起來比丙丁小兩歲，一九二六年自臺灣總督府醫學校畢業。那時丙丁是「美臺團」的「寫眞第二隊」要角，也常與韓石泉醫生在「文化劇團」的戲劇中擔綱演出，在臺南已小有名氣。

「有一次我也坐在台下，觀看我醫學校前輩韓石泉醫生及臺南同鄉丙丁先生的演出，非常感動。」郭松根說。

滿洲國的郭松根教授和東京的雕塑家蒲添生，年齡有些差異，卻不約而同提到美臺團且知道丙丁，阿好感到文化協會「活動寫眞」對臺灣民間影響不小。

「一九二九年到一九三三年，我在臺北總督府擔任衛生部技手。阿好女士在那時成爲古倫美亞專屬歌手，我也買了好幾張曲盤。我喜愛音樂，也喜愛旅行及文學。」郭松根謙虛、溫雅、彬彬有禮，阿好對他印象好極了。

黃子正接著說：「我是大稻埕人，也是總督府醫學校畢業。因爲謝介石先生的牽成，到滿洲開設了『大同醫院』。沒想到竟成了滿洲皇帝的好朋友，呵呵呵。」

林金殿說：「郭先生是不得了的怪才。他畢業後，先到中國和南洋遊歷，還去新加坡的英國人醫院任職。總督府任職後，先拿京都大學醫學博士，後來又留學法國，拿到巴黎大學博士。郭先生是滿洲醫科大學唯一的臺灣人教授，全滿洲最德高望重的臺灣人。」

郭松根好像很不喜歡被人這樣誇耀奉承，有意避開話題，轉頭對翁通逢說：「翁醫生是東京東洋醫學院畢業的？」

翁醫生說：「是的，我兩年前畢業。我是嘉義義竹人。家兄翁通楹比我早到滿洲。他在新京，所以一直要我搬到新京去開業。但我嫌自己開業太麻煩了，我一直在四平的『信愛醫院』當小兒科醫生。」

郭松根笑了出來。「你是翁通楹的弟弟！我們是好朋友啊。翁先生沒有告訴我，他還有一位醫生弟弟也在滿洲。翁醫生不喜歡自己開業，你哥哥又希望你到新京，那麼到滿洲大學來當我的助手如何？」

翁醫生大喜。阿好和林金殿也恭喜他。黃子正笑著說：「郭松根教授是滿洲臺灣人的『大名』。」

這時林金殿有些憂心地說：「看起來日本人會戰敗。滿洲國是靠日本人支持的。日本戰敗，滿洲國會如何？」

黃子正似笑非笑地說：「我想美國人不至於攻打滿洲。滿洲國自己的軍隊也許不足看，但有關東軍在，也有過去中國的國民黨軍隊，如熙洽、於芷山、張景惠等人，應該都還可以打仗。」

郭松根笑說：「滿洲國又沒有參戰。金殿兄不必太早操心。」

黃子正也呵呵一笑。「松根兄是智者。」

郭松根又哈哈一笑。「可是智者千慮，必有一失。」

一場臺灣人盛宴，在賓客的歡樂笑聲中結束。

有這些親如家人的臺灣朋友，阿好一家很快安定下來。在滿洲的吃食甚至比在東京好。日本在滿洲實施的配給，分成三種：日本人、滿洲人、朝鮮人。而臺灣人屬於日本人項下。到滿洲的臺灣人教育程度都很高，任公務員的很多，且官職都屬高階。當醫生的更不在少數。生了病，大家都要找臺灣醫生，連皇帝溥儀的御醫都是臺灣人。臺灣醫生在滿洲國的地位，走路有風。日本人和臺灣人配給白米，且量極多。朝鮮人只能配給白米及粟米。滿洲人則配給高粱。糖和菸的配給也很多。阿好家是不抽菸的，友仁和文哲乃把香菸拿出去交換其他食物或用品。

冬天過後，氣溫變得非常宜人。一個春暖花開之日，香芸分娩了，生了一個白白胖胖的男孩。阿好有了孫子，非常高興。新到滿洲國的這一家人，不論身心，都過得很愉快。

第七十九章

然而，好景只有九個月。一九四五年八月八日半夜，新京長春突然發出空襲警報。有不明國籍戰機來襲新京的天空，又是飛機的隆隆巨響，又是照明彈的閃光，非常可怕。到了八月九日天亮，大家才知道，原來是蘇聯突然向日本宣戰。這是日本政府和滿洲皇帝始料未及的。因爲一九四一年四月十三日，日本和蘇聯訂有日蘇互不侵犯條約。

接著，美軍續八月六日在廣島投下第一顆原子彈以後，八月九日長崎也被原子彈轟炸。日本崩潰了。八月十五日，日本投降。

八月十七日午夜，溥儀宣布退位。八月十九日，溥儀的小飛機在奉天機場擬轉飛日本時，被蘇聯紅軍俘虜。黃子正也在溥儀身邊一起被俘。

蘇聯向日本宣戰後，蘇聯軍隊如潮水般湧入滿洲，在各地燒殺姦搶。日本女子不敢再穿和服，也大半去理光了頭髮。蘇聯兵最愛手錶，他們往往手上掛滿了搶來的手錶。

滿洲國結束了。新京又回到長春的舊名稱。

長春、四平的臺灣人很快組成臺灣同鄉會，由郭松根擔任會長。郭松根憑著他懂法語，匆匆學習了一週的俄語，就去與蘇聯軍部談判，希望保障臺灣人的安全。郭松根提醒蘇聯兵，臺灣人現在的身份是「戰勝國」，與日本人、滿洲人有所不同。

但還是有些臺灣人遭到不幸。有一位擔任發電廠所長的臺灣人，在蘇聯軍隊要拆卸電廠儀器設備時出手阻擋，被對方當場擊斃。林金殿也失蹤了。有人說他因爲妻子是日本人，一起被蘇聯兵逮捕了，可能已經被送到西伯利亞。日本平民顛沛流離，被俘者眾。

更混亂的是滿洲國的情勢。滿洲國滅亡了，但是重慶的國民黨政府軍隊卻不能來接收，來的是中國共產黨八路軍。原來日本關東軍投降蘇聯後，幾十萬人都被送往西伯利亞。

更混亂而撲朔迷離的是滿洲臺灣人的地位。臺灣人應該算是戰勝者，但臺灣人卻必須逃難。首先是逃脫蘇聯的魔手，然後是逃脫出八路軍的控制區。而國民政府的軍隊卻姍姍來遲，因爲共黨八路軍不讓國民黨軍隊來。

蘇聯支持中國共產黨八路軍，把關東軍和滿洲軍的軍事裝備及物資都給了八路軍。八路軍趁機訓練軍隊，擴張軍備，軍力大增。於是滿洲到處是蘇聯兵及八路兵。因爲蘇聯軍的阻絕，國民黨軍無法進入滿洲。一直到一九四五年十一月，八路軍與國府軍隊在山海關附近打了一仗，八路軍輸了，國府軍隊才到達瀋陽。

滿洲現在改稱「東北」，成爲國府與共黨的戰場。他們南北對峙，以四平爲界，展開爭奪戰。這是一九四五年底。

一九四六年一月，幾乎原來全中國的共產黨軍隊已完全集結在滿洲，而改稱「東北民主聯軍」。國民黨軍到達東北的軍隊則有新一軍（孫立人）、新六軍（廖耀湘）以及十三軍（杜聿明）。於是一九四六年三月，四平街竟然變成國府軍及共產軍短兵相接的決戰場。

第一次的四平街會戰是三月十三日到三月十七日。兩軍激戰了一百小時左右，國民黨軍大敗。四月十八日，國民黨新一軍又開始進攻四平街，兩軍開始拉鋸戰，你來我往，這是第二次四平街戰役。五月十八日的第三次戰役，杜聿明和孫立人終於擊敗林彪部隊，先攻下四平，然後一路北上，進駐長春。國民黨軍沿松花江與東北民主聯軍相對峙。

臺灣人當然是希望國府軍獲勝的。於是大家鬆了一大口氣。

還好戰爭都是在城外打，沒有巷戰，對四平街居民沒有影響。有趣的是，每到中午十二點左右，兩軍就會自動休兵，城外不再有槍砲聲。於是如果中午時分突然安靜下來，就知道是十二點了。然後一個小時之後，槍聲又響起。有時如果居民屋後所養的雞少了一、兩隻，就知道是國民黨軍贏了，進城偷雞打牙祭。

＊＊＊

阿好對時局的判斷很準確，早在一九四五年九月，在四平的阿好就判定愈早向南逃愈有生機。於是他們在十一月底就到了瀋陽。因此當一九四五年十二月國府軍隊到達瀋陽時，阿好一家已經在瀋陽，沒有被捲入四平街的戰役。

阿好參加了瀋陽臺灣同鄉會舉辦的勞軍歡迎會。香芸也訓練了一批臺灣同鄉的女孩子，組成「南星舞蹈團」，還僱了樂隊。勞軍晚會很盛大，國府三民主義青年團主任王書麟大表讚賞。飽經世故的阿好知道，回臺灣的路千里迢迢，有許多環節必須打通。與三民主義青年團建立好關係，絕對是必要的。

瀋陽是滿清入關統治中國前的舊都城，人口和規模都比號稱新京的長春大得多。滿洲國成立的時候，幕後掌控大局的日本人的考量是，瀋陽太偏南，離中國太近；哈爾濱又太偏北，蘇聯的影響又太大。最後選擇了中間的長春做為都城，並規劃發展，稱為「新京」。

阿好在瀋陽認識了許多原來在瀋陽的臺灣人。食物極度缺乏，大家吃得不好。香芸的小嬰兒，阿好的金孫，發生腹瀉。阿好和香芸乃向在南滿醫院工作的臺灣醫生章榮熙求助。

在瀋陽的臺灣醫生特別多。因爲這裡有個南滿醫學堂，有不少臺灣人就來這裡學醫，畢業後在滿洲的大醫院服務或開業。除了章榮熙醫生，最有名的是來自花蓮的張宗仁、張依仁、張果仁三兄弟。

瀋陽臺灣同鄉會的會長叫李清漂。他的夫人與阿好成了好朋友。在瀋陽的勞軍晚會就是她與阿好撐起來的。香芸南星歌舞團中的成員招募，她也幫了大忙。雖然瀋陽以南並無共軍，但東北戰爭正打得火熱，整個東北都是軍事地區。自瀋陽到天津的交通，沒有通行證寸步難行，連出城都不可能。鐵路公路更完全是軍事管制，幾乎只有公務及軍事人員才有出入的可能。

阿好一家人只好暫時在瀋陽住了下來，靜靜等候情勢的進一步發展。

一九四六年一月，三十多位臺灣家庭的青年志願加入青年軍報國，並表示希望加入新六軍青年軍獨立師二〇七師[19]。他們後來也投入四平戰役，讓三民主義青年團的王書麟主任非常高興。

在瀋陽的臺灣人，爲了拉攏國府軍隊及三民主義青年團，主動辦了好幾次勞軍晚會。

敏銳的阿好很快發現，她擅長的那些歌曲，在新局面之下簡直毫無用武之地。因爲不論是臺語歌曲或西洋歌曲，對國軍而言，都很陌生。她過去受歡迎的演唱曲目，臺語歌例如〈一個紅蛋〉、〈紗窗內〉，甚至改編自中國古曲調的〈紅鶯之鳴〉，或是西洋名曲〈蘇爾未格之歌〉、〈賽維利亞理髮師〉、〈風流寡婦〉，都不會引起國軍們的共鳴。

阿好趕快去苦練〈昭君怨〉、〈黛玉葬花〉兩首中國傳統歌曲。〈昭君怨〉還有點熟悉，她由臺灣的歌仔戲，對故事也算了解。〈黛玉葬花〉的故事和曲調對她而言則很陌生。

在與三民主義青年團的來往過程，大家逐漸發現雙方的觀念與行事作風差距很大。例如臺灣人非常守時，但三青團那些人對時間的觀念很模糊。在辦理事情時，臺灣人會想到每個細節，力求精準；而三青團的人答應的事，例如來支援的人員數目、答應的座椅調動，常無法實現。

總之，他們所承諾過的一切，都必須大打折扣。這讓阿好和臺灣同鄉會的人員覺得相當不習慣。雙方也常有一些小摩擦，而當然臺灣人這一邊必須忍耐下來。

四平街戰役終於在一九四六年五月二十日左右結束了。林彪的共黨大軍北撤到哈爾濱。這是自一九四五年八月八日以來，滿洲臺灣人的最好消息。對國府來說，能收復四平與長春，也算是在東北與共產黨軍戰鬥近半年來的最大勝利。

國府蔣介石委員長與國防部長白崇禧也到了東北來視察。他們先到瀋陽，然後一九四六年五月三十一日到達長春。這是國府在東北最得意的一刻。當時他們大概不會想到，兩年後，一九四八年，國府軍隊反而在長春被林彪的十萬共軍大包圍，長春城至少十萬人民餓死。東北的國府軍隊近乎全軍覆沒，以後東北戰局就急轉直下，終至失去了整個大陸。

在瀋陽的時候，有一個小插曲。蔣介石突然拉肚子，隨從醫官帶的藥又不夠好，於是到了南滿醫院。在南滿醫院值勤的張依仁醫生治好了蔣委員長的病。張依仁醫生因此被頒發了一紙「中華民國軍醫證明」做為獎賞[20]。

19 一九四八年十一月二日在瀋陽被殲滅，約三千人逃出。
20 沒想到八個多月後，一九四七年三月，這一張證明救了張依仁醫生一命。而他的父親張七郎與兩個兄弟，均被國民黨軍隊槍殺。

四平大捷後，三青團和臺灣同鄉會當然應該在長春舉辦盛大的勞軍大會。於是阿好和香芸又奉三青團的命令，由瀋陽到長春，參加勞軍大會的演出。經過了近半年，現在阿好已經非常熟悉一些中國傳統歌曲。〈昭君怨〉、〈黛玉葬花〉唱得駕輕就熟，也字正腔圓了。而香芸也熱衷於用一些中國的傳統歌曲來編舞，帶有中國民族舞蹈的色彩，她的「南星歌舞團」也相當出名。

＊＊＊

「哇，阿母的名字出現在頭條標題耶！」友仁拿著報紙高興大叫。

阿好聽到也很高興，把報紙接過來。但是，全是方塊字的報紙，似乎每個字都懂，但合起來就沒有完全懂。有些詞句的意思，她必須要半用猜的，特別是一些成語或典故。和以前讀《臺灣新民報》的感覺不一樣。日本時代臺灣人在私塾學到的「漢文」，和中國的五四運動的「白話文」，竟然有如此大的不同。

場面豪華　節目繁多

並有名歌手林女士登台獻藝

國軍勇士無不精神倍增　連叫不絕

三青團舉辦之慰勞國軍演藝大會盛況空前

〈本報訊〉三民主義青年團長春分團，為慰勞國軍長途跋涉，關山重重來拯救我東北同胞於倒懸之下，特於公會堂創辦國軍慰問演藝大會，由五月卅一日起至六月一日之二日間。第一日天氣雖然降雨，但國軍諸位毫不避免前來，參觀者絡繹不絕。是日節目繁多，國軍連連叫絕，盡興而返。

第二日因天氣良好，國軍前來觀賞者較第一日尤為踴躍。出演的諸位，也特別大顯身手，有中國名歌手林麗梅女士獨唱「昭君怨」及「黛玉葬花」，喉音清脆，哀婉動人。尤其日僑的二村先生，姿態幽默，使人見之不禁捧腹。我國軍將士們，觀此無不笑容滿面，精神倍增，毫無風塵疲倦之色。嗣後，復有東寶歌舞團之舞蹈，表演場面無不精神豪華。其次鋼琴，曲直先生所指揮的學生混聲合唱等，使之更為振奮於茲。慰問國家演藝大會達成任務，圓滿閉會。

林麗梅也是林氏好偶爾使用的藝名。因爲「林氏好」的臺灣味道太重。

阿好漸漸發現，一向被臺灣人視爲同文同種的內地大陸人，文化差異遠比想像中大很多。語言、文字、觀念、作風都很不同。畢竟五十年的分隔，日本人的影響，讓雙方似熟悉卻又陌生。原本臺灣人心目中的「祖國」，和現實裡的「中國」，似乎非常不同。

不再是日本國，不再是昭和了，現在叫做「中華民國」。不再有滿洲國了，現在叫「東北」。在滿洲國的臺灣人，在二次世界大戰結束，日本投降後，反而歷經了整整十個月的戰亂。在長春、四平的臺灣人好不容易度過這段有如難民的日子。現在，大家鬆了一口氣，臺灣人最期待是「歸鄉」。人人希望回臺灣，那才是眞正的家。

歸鄉！這是每一個臺灣人的心聲。

第八十章

阿好很高興，因爲在長春，她又遇到了陳嘉音一家人。阿好與陳夫人緊緊地擁抱。郭松根教授也出現了。現在，他等於是大臺灣同鄉會總會長。他去向聯合國救濟總署交涉如何回臺與回臺路線的問題。

到了八月，阿好一家人自長春回到瀋陽，由瀋陽回臺灣。首先是必須拿到三青團及軍方頒發的通行證，才能取得火車票，出發到天津。

阿好的家族有大人，有嬰兒，以及龐大的道具、樂器行李，還有南星歌舞團團員多人，浩浩蕩蕩。所幸，阿好在瀋陽、長春的幾場勞軍演出，讓一行人的手續可以辦理得很順利。

八月十三日，三民主義青年團遼寧支團部發下了通行證。

茲查林氏好女士（又名林麗梅）為本處歌舞團負責人，現解聘返臺灣原籍。由瀋攜同家族南下，並另組南星歌舞團，準備沿途慰問國軍。攜帶大型手風琴壹隻並歌舞衣服多件，希沿途軍警檢查機關驗證放行，幸勿留難是荷。

右給林氏好女士收執

主任　劉廣瑛

這支大型手風琴的所有人是友仁。友仁自東京最有名的基督教私立大學明治學院畢業，平時則喜愛手風琴。

幾天後，八月十九日，他們再取得東北保安司令長官部中蘇聯誼社建國堂政治部署名吳六榮的軍方長官通行證明。所寫的文字，與三青團通行證明大致相同。

阿好家是第一批離開瀋陽的，這一批有兩百多人。阿好熱淚盈眶，終於能和所有家人登上回臺灣的歸鄉路。這時，離日本投降已經超過一年了。

才不久前，阿好帶著四名家人，自東京搭火車到廣島換坐船。算一算，是一年九個月以前的事。如今她又帶著五名家人，自瀋陽要搭車到天津坐船。只不過，那時的成員與現在的有些不同。現在她多了一個孫子。她既感傷又欣慰。爲什麼她的日子總是在遷徙，在尋求家的安定？維護一個穩定的家，竟是如此不易。

火車在有名的山海關停了下來。出了山海關，就出了東北，所以在這裡有嚴格的軍事檢查。每一個人都接受詳細盤查。臺灣團在此地住了兩夜，才又上車繼續到天津。

到了天津，天津臺灣同鄉會會長吳三連來接待他們，安排了住宿。吳三連是臺南學甲人，與蔡培火甚有交情。一九三〇年，《臺灣民報》改稱《臺灣新民報》。一九三二年，《臺灣新民報》發行日刊，吳三連一直就任編輯。

吳三連在名單上看到了阿好的名字。他特別邀請阿好一家去戲院觀賞話劇。阿好的知名度與南星歌舞團的聲名，讓這一家人在沿途頗受照顧。阿好也應邀到一家中學唱了幾首中文歌。現在她的新招牌歌曲是〈昭君怨〉。

阿好問吳三連，回臺灣的船班何日會有？吳三連苦笑了一下說：「先耐心等候。」等了十天左右，終於有到上海的船班。兩天後，船到上海。阿好很興奮，因爲這是她慕名已久的大城。來接待的團體是「臺灣旅滬同鄉會」。阿好一家人被安排住進漳州小學。他們八月二十二日自瀋陽出發，現在已經九月上旬了。

在上海等候船班回家的臺灣人很多。阿好知道「臺灣旅滬同鄉會」的會長是楊肇嘉，非常高興。她想起一九三〇年楊肇嘉到家中拜訪丙丁的往事，於是向同鄉會要求安排與楊肇嘉見面。楊肇嘉的高大身影與宏亮的聲音、畢挺的服裝打扮，一如十多年前。唯一不同的是頭髮已見灰白。

「哎喲，能再見到丙丁嫂，太好了。您們什麼時候也搬到滿洲去了？」

阿好正不知怎麼回答，楊肇嘉快人快語，又說：「咦，丙丁兄呢？」

阿好平靜地回答說：「啊，丙丁不在了。所以我與家人移居去東京，到了一九四四年底又去了滿洲。」

楊肇嘉帶著歉意說：「啊，眞失禮。」他不再問丙丁的事。「我也在一九三七年四月先搬到東京。後來一九四一年來到上海。」

阿好感慨地說：「戰爭結束了。我們被日本政府視爲二等國民的時代也過去了。但是我們卻還是一路逃難，好不容易現在快到臺灣了。想到離開臺灣那麼久了，不知臺灣現在怎麼樣了？」

說到臺灣，楊肇嘉的臉色突然變得嚴肅，原來的笑容完全都不見了。

「陳儀去年去臺灣接收前，曾來這裡看我。就在這個辦公室中，我問他，臺灣光復後，不是應該還政於民嗎？何以政府仍然設『長官公署』、『臺灣長官』。這和『日本總督府』、『臺灣總督』有什麼不同？

「沒想到陳儀臉色頓時變得很難看。他並不正面回答，只說了幾句場面話，坐了幾分鐘就走了。陳儀到了臺灣，他與接收大員的表現讓人失望極了。臺灣現在情勢很糟，也很亂。軍事、行政集中於一人之手，與日本時代的臺灣總督比起來，只有更糟。通貨膨脹，物價飛漲，茶、糖……唉，細節我不說了。總之，大家都很失望。陳儀只接收機構和物資，忘了接收人心。」

「楊先生的意思是，現在臺灣人還是二等國民？」阿好有些不可置信。

楊肇嘉沒有直接回答阿好的問題。他嘆了一口氣說：「去年國軍去臺灣接收，臺灣人興高采烈，敲鑼打鼓去港邊歡迎接收部隊。但是才一年不到，臺灣人已經很失望了。國府接收大員的心態是『新征服者』，因此這些大陸籍官員很不得民心，臺灣民間抱怨說『狗去豬來』，也有『炒豬肝（官）吃』的諷刺話語。有位外國記者甚至發表文章說『臺灣倒退了五十年』。

「今年六月，我和『臺灣重建協會』代表團及『臺灣省政治建設協會』代表團偕同其他四個閩臺人民團體，一起由上海赴南京，分別向國民政府、立法院、行政院、國民黨中央黨部、國民參政院請願……希望能『廢除長官公署』。」

楊肇嘉說著，站了起來，在書櫃中找出一大份檔案。「這些，阿好樣請過目吧。」

阿好接過檔案，原來是好幾十份南京或上海發行的報紙剪報資料。標題都很聳動：「救救臺灣人！」「貪汙！壓榨！壟斷！」「臺各團體代表來京請願，要求撤廢行政長官公署！」

阿好在一份剪報上讀到了有關楊肇嘉的新聞。那是這些臺灣代表在七月下旬南京請願之後，八月一日回到上海所召開記者會上，楊肇嘉的發言。

「……又一位代表楊肇嘉講話了。他眼淚直流，震驚四座。『開羅會議後，臺灣歸到祖國的懷抱，不想今天變成這樣……，壞到這樣。我們從前苦鬥三十幾年，要求脫離日本，現在還要我們來請願，還用比對殖民地更厲害的政策來治理我們。』……」阿好看了一下，這份報紙是南京《大剛報》。

又有一份上海《僑聲報》：「……首由臺灣重建協會代表楊肇嘉報告臺灣近狀……他聲色俱厲地說，過去日本統治臺灣時，積極施行『愚民政策』與『經濟榨取』兩大殖民政策，臺灣人民已感痛苦萬分。但自臺灣光復以來，目睹臺灣接受的紊亂以及經濟政治文化各項政策，其對人民的壓迫及榨取，實在比臺灣總督府時更厲害，更可怕！」

楊肇嘉並未正面回答，他搖搖頭說：「唉，回想到十多年前，我們努力對抗日本人，沒想到現在的情況比當年更不如。我剛剛提到的臺灣省政治建設協會就是由臺灣工友總聯盟改組而成，會長蔣渭川就是蔣渭水的弟弟。渭水先生和丙丁先生如果今日還在，他們的反應一定比我更激烈，講話一定比我更大聲。」阿好聽到楊肇嘉提到丙丁，心頭一震。

阿好讀好剪報，把檔案放回桌上，心情紊亂，她問楊肇嘉：「那麼我們臺灣人該怎麼辦？」

楊肇嘉繼續說：「我這樣的言論，當然會得罪陳儀。可是我不能不為臺灣人說話。就像我們當年，不論是設置議會請願活動也好，文化協會也好，民眾黨也好，臺灣地方自治聯盟也好，共同的精神就是『求臺灣人的平等地位』！」

阿好聽了，眼淚差一點流下來。楊肇嘉沒有注意到，又繼續說：「陳儀雖然允許臺灣人選舉，但我不能不懷疑是否公正。八月十六日，臺灣有個『國民參政員』的選舉。在選前的民意測驗，林獻堂先生第一名，我第二名。但正式開票結果，我竟然落選了，林獻堂也只排名第四。」

楊肇嘉乾笑了一下，又說：「對了，我還要提醒一件事，在淪陷區，也就是臺灣以外的原日本統治地區的臺灣人，還要注意一點，就是不要被當作『臺奸』。像江文也，現在就是被視爲臺奸而被扣留。」

阿好嚇了一跳。「臺奸？什麼意思？江文也發生了什麼事？他在日本發展得很好啊，他也一向不參與政治啊。」

楊肇嘉苦笑著說：「臺灣人在戰後，自然就喪失日本國籍。就是因爲江文也在日本發展相當不錯，於是被邀請加入『華北新民會』。『華北新民會』是親日組織，於是江文也被視爲『文化漢奸』，目前尚被拘押中。」

阿好感慨地說：「這樣就是臺奸？臺灣人在日本的統治下，怎麼可能不與日本人或日本團體來往？」

「唉，這其實非常複雜，總之不能樹大招風。只要曾經與日本人多有來往，就有可能被冠上『臺奸』的帽子，也不管你是親日還是反日。像是陳炘，大家都知道他與日本政府對立，竟也因『臺奸』罪名被捕，關了一個多月。」楊肇嘉說：「目前還有其他一些臺灣人也有同樣的遭遇，我們正在盡量爲他們奔走、辯護。」

阿好說：「那我們這些滿洲國居住過的臺灣人呢？」

楊肇嘉說：「我會有些憂心。你們回去臺灣以後必須謹慎些，低調些，最好不要炫耀在滿洲國的經歷。滿洲國很可能成爲你們的『印記』，一個『汙點』，而且長期跟著你們走。」

阿好點點頭，默然無語。來的時候高高興興的心情，變成擔心與沉重。

「對了」，楊肇嘉一笑，「阿好樣與南星歌舞團在長春、瀋陽都有勞軍表演，還被報紙大幅報導。這對你們一家人是相當有利的。」

阿好聽了精神一振。「我們在天津時，也在小學的禮堂演出過。」

楊肇嘉說：「那麼同鄉會也在上海替你們安排一場演出好嗎？」

阿好欣然同意，將表演大綱初訂後，就向楊肇嘉告辭。

南星歌舞團和阿好的演出果然獲得滿堂彩，阿好非常高興。

阿好現在的招牌歌變成〈昭君怨〉與〈黛玉葬花〉。她讓香芸去當主角，自己退居二線，她希望香芸的「南星歌舞團」可以打響名號。

沒想到，才兩、三天後，又有消息傳來。楊肇嘉也被扣押了。聽說罪名正是「臺奸」！

阿好嚇了一跳。楊肇嘉說他正在為被冠上「臺奸」罪名的人奔走，結果自己卻被控為臺奸。她想，臺灣人真的要謹言慎行，對政府不滿的話，不要講太多……。阿好覺得國民政府的做法，有一點是日本總督府不敢做的，就是對不服從人士「先套一個罪名，抓起來再說」[21]。

沒想到，由上海到臺灣的船班如此難等。時序已經進入十月了。

十月初，阿好接到一個訊息，竟然是李應章！李應章派了一輛車子來接她。車子載她到一家「偉光醫院」的門口停下。阿好想起一九三二年的除夕夜，丙丁與阿好送李應章到安平偷渡到廈門。沒想到，李應章也到了上海。李應章可以派車來接她，顯然他在上海發展得很順利。

在偉光醫院的二樓客廳，阿好見到了十四年不見的李應章。李應章比在臺灣時蒼老甚多，也變胖了。

李應章很熱情地迎接她：「這是我的醫院。對了，我現在改名叫『李偉光』了。」

阿好見到故友很高興。「應章，好久不見。」阿好呼喚著老友的名字，心中浮起李應章在偷渡前夜，在自己家裡的往事，感覺恍如隔世。

李偉光眉飛色舞地說：「我幾天前剛剛自臺灣回來。正巧在報紙上看到嫂子在上海公演的報導，才知道妳在上海。」又說：「我也很納悶呢。原來嫂子遷居東京，又到了滿洲。我爲什麼又曾經聽說，丙丁和其昌後來在廈門被吸收了，丙丁成爲日本軍特務機關之人員，其昌則擔任『中支那派遣軍』的『報導部員』？可有此事？」

阿好大爲震撼。「這亂講的！你知道丙丁的，丙丁怎麼可能去變成日本的特務？丙丁在一九三六年一月二十日被日本人押到廈門後，就一直沒有任何消息。偉光兄是聽誰說的？」

「唉，我也忘了。那很久了，一九四〇年左右吧。也只有這麼一次。」

阿好很激動，一直搖頭說：「不可能！絕對不可能。我了解丙丁。他絕對不可能會在日本人機構做事！否則他不可能不與我及兒女聯絡，不與父兄聯絡。」阿好連說了四個「不可能」！

李偉光又說：「其實我也半信半疑。我去年底見到了陳其昌，他也很氣憤地否認了。他說他在南京是擔任國民政府間諜『長江一號』，不是爲日本人做事。唉，戰亂時期總會有許多傳言，也不知是眞是假。」

李偉光笑笑地改變了話題：「終於光復了。不久以後，老朋友又可以聚在一起了。只是不知道是在臺北？還是上海？這次回去，我發現臺北變了好多。」

「臺灣現在怎樣？嫂子還好嗎？」阿好很期待地問著。

「還好吧。」阿好不知他這三個字是指臺灣，還是指謝愛。

21 楊肇嘉於九月二十五日被捕，十一月一日交保，關了三十七天。

李偉光很高興地說：「我到臺灣下了飛機，才知道長官公署特別派了人來接我。我見到了陳儀長官，他很熱情招待我。我回去二林的家一趟，停了三天。我在臺灣十天左右，就又回上海了。」李偉光補充說：「我是以上海臺灣同鄉會會長的名義回去的。」

李偉光見到阿好似乎有些困惑的樣子，說道：「哈哈，上海這裡的臺灣同鄉會團體很多，大家都簡稱『臺灣同鄉會』，所以容易混淆。妳大概也見到了楊肇嘉吧。他在這裡很活躍。他也正在爭取臺灣的一些位置、代表之類的。」

阿好聽得出來，李偉光提到楊肇嘉時，語氣不是很友善。阿好也發現，李偉光和楊肇嘉提到陳儀時，兩人的態度相差極大。阿好只是點點頭，沒有答話。

這時，一位打扮入時、穿著旗袍的婦人，捧著茶點出來。

「這是我內人。」李偉光笑著介紹。兩位女性互相行了禮。

阿好有些意外，隨即笑著說：「啊，夫人眞是貌美。」心中則想著，看起來李應章會長住上海，不會回臺灣了。

「我來上海超過十年，終於不必再忍受日本人的氣，我們就是這個國家的主人。現在，我的家庭、診所與事業都已經在上海，再幾個月，我會把兒女從臺灣接到上海。上海是大都市，是臺灣與大陸之間的門戶，而且本來就有許多臺灣人在此謀發展。不知道嫂子是否知道？霧峰林家、板橋林家在上海也都有置產。現在大家都是中國人了。在臺灣，在上海，沒太大差別。」李偉光有些得意地說。

阿好想，李偉光說得也對。現在在上海，在臺灣，都是中國。在臺灣，如楊肇嘉說的，上面還有個「行政長官」。在上海，說不定臺灣人的地位反而比較好。可是，阿好心裡還是想回臺灣，那才是自己的家。

愈接近臺灣，當年與日本人對抗的心情就愈回來。她心中又出現當年丙丁常對她說的，蔣渭水的一句話：「臺灣必須是臺灣人的臺灣。」這是當年蔣渭水用「臺灣自治」爲目標去向日本人爭取平等及權利的理念。

她捧著茶，望著李應章，不，李偉光。李偉光很有自信地說，他是這個國家的主人。但是，阿好想到楊肇嘉的話，臺灣人似乎還不是臺灣的主人。她本人像是個難民，在臺灣的臺灣人則頭上有個「長官公署」。

「啊，對了，現在謝春木也常在上海呢。」李偉光的話，打斷了阿好的沉思。「他也改名叫『謝南光』了。他後來去了重慶國民政府的國際問題研究所工作，有少將頭銜。他日語好，又在日本念過書，很被重用，好像即將出任『中國駐日代表團』的官員。」

阿好客氣地說：「恭喜了。你們這幾位老朋友都發展得很好，眞爲你們高興。」

「對了，」李偉光說：「還有一件事，是關於翁俊明醫師。」李偉光頓了一下，「嫂子記得他嗎？」

阿好說：「是的。丙丁在廈門，多虧他照顧及治病。」

李偉光說：「他在三年前死了，好像是被下毒謀殺，死在漳州。」

阿好驚訝地差點說不出話：「被謀殺！」

李偉光說：「是的……，唉，這個亂世！那時他的職位是『中國國民黨臺灣黨部籌備處主任委員』。」

阿好喃喃地說：「亂世……是的。」心中哀痛，她懷念這位丙丁的大恩人。雖然她沒有見過翁醫師，但是她曾聽丙丁說，翁醫師雖然人在廈門，所作所爲都是爲了臺灣……。「臺灣黨部」，丙丁說得對。阿好在心中向翁醫師致敬哀悼。

李偉光有意結束談話了：「有船的話，我會替嫂子注意，優先讓你們上船。」

「李會長，」阿好對李應章改變了稱呼，「你剛剛提到丙丁。麻煩你，有任何丙丁的訊息，請你一定聯絡我。我回臺灣後，會住在原來臺南白金町家。我回到臺灣馬上寫信到這個『偉光醫院』給您，請幫忙尋找丙丁。」

李偉光禮貌地說：「夫人。我一定會。我也會盡力打聽。」

阿好稱謝，然後告辭。

歲月不但在每個人的臉上造成痕跡，也在每個人的心中造成痕跡，在不知不覺中改變了人與人之間的關係。阿好在回家的路上感慨著。當年丙丁與李應章是好友，但是現在，她與李應章，不，李偉光之間變得生份又客套了。反而，當年和丙丁曾經不太契合的楊肇嘉言必稱臺灣，讓阿好覺得心思相近而倍感親切。

每個人的不同選擇，造就不同的人生。可是，丙丁，你連自己做選擇都不可能。阿好在心中爲丙丁抱屈。

但是，這就是人生。她必須面對自己未來的人生。她家還有四個兒孫依賴著她。現在最急迫的，是阿好帶著這一家人回去臺灣之後，如何安定下來？她在臺南的老房子還在，回去的居住沒有問題。然後再來找工作。她對香芸的南星歌舞團有信心。她準備回到臺灣，把香芸扶植起來。

另外，李應章的話，又燃起阿好尋找丙丁的希望。阿好不相信丙丁會到日本人情報機構任職……。一九三一年後，臺灣人到廈門、上海、重慶的各方人馬不少。阿好想，回到臺灣後，再來拜託在大陸的朋友打聽。

「丙丁……」阿好默禱：「希望我們夫妻能再相遇。」

終於，阿好接到通知，有船了！再過兩天，她就可以回到她日夜想念的臺灣了。阿好的眼淚流了下來。

阿好叮囑文哲，把阿嬤的骨灰甕用心擦拭。在漫長等待的旅途中，骨灰甕陪著他們，就像阿嬤陪著他們，庇佑他們。

阿好想起阿母臨終前的那個元宵節，她揹起阿母的瘦小身軀，告訴阿母，今天臺灣是提花燈的晚上。

阿好雙手合十，向骨灰甕拜了三拜。「阿母，我們明天要回臺灣了！」

第八十一章

阿好發現她站在新京協和會館的門口，手上持著一張入場券。她的身邊，也擠滿了等待入場的觀眾。她是新京交響樂團的特約歌手，通常是不需要入場券就可以直接進入劇院裡。她想不起今天有她的節目，心中有些茫然，爲什麼會在這裡排隊？

觀眾開始入場了。後面的人潮推擠著，她身不由己跟著向前走。進入劇院，她持票一看，座位很好。是第三排，正中央。

她很快找到位置坐下。今天很奇怪，周圍的聽眾幾乎都是講臺灣話。她舉目四望，看到西裝筆挺的陳炘與葉榮鐘，以及仍然穿著唐裝的林獻堂。三人並肩坐在她左前方的第一排。

要開演了，可是她左邊的位置還是空的。燈光暗了，第一個節目開始，竟是李香蘭。李香蘭是大明星，應該是壓軸啊，怎麼變成開場者。李香蘭先唱了〈蘇州夜曲〉，很不尋常的是李香蘭今晚怎麼穿日本和服唱這首歌？更奇怪的是，等李香蘭唱完，掌聲卻是稀稀落落的。

這是怎麼一回事？

李香蘭又唱了一首〈莎韻之鐘〉。這次她打扮成臺灣高砂族少女的樣子。唱完後赢得滿堂彩。這次聽眾的反應與〈蘇州夜曲〉卻完全不同，許多人甚至站了起來鼓掌。阿好想，是因爲這位莎韻是宜蘭的高砂族嗎？

望著正在謝幕的李香蘭而疑惑不已的阿好，耳邊突然傳來一聲：「阿好！」竟是丙丁的聲音。阿好嚇了一跳。一轉頭，眞的是丙丁坐在自己的身邊。

她忘情地驚喜叫出：「丙丁！」突然意會到音樂會還在進行。阿好壓低聲音：「丙丁，你怎麼進來的？音樂會還在進行呢。」她不自覺地緊抓著丙丁的手。丙丁只是笑，以眼神示意她注意臺上的表演。

奇怪了，臺上竟然也是阿好。臺上的阿好，雙眼含情，嘴角帶笑，唱的正是丙丁送她的第一首情歌〈月下搖船〉。臺上的阿好臉上笑得甜蜜，唱著：「你唱歌，我搖船，想著心內笑吻吻。」臺下的阿好也忘情地和聲唱著。

這次觀眾給阿好的掌聲比李香蘭還熱烈許多，還有人吹起口哨來。臺上的阿好再三鞠躬，臺下的阿好，則正在歡喜和丙丁重逢。「丙丁，眞不敢相信你回來了。」

丙丁說：「是的，我回來了。妳喜歡嗎？」

這時臺上的阿好卻又唱起丙丁添詞的〈悲嘆小夜曲〉。

妳我的青春，放落海底流。永遠一去不回頭。啊……紅顏薄命，三更後，想起當初放聲哭，啊……啊……

阿好不知道臺上的阿好爲什麼要選這首悲悽的歌，有些不自在。旁邊的丙丁竟然把手伸了過去，輕拂著阿好的頭髮。

丙丁說：「放心。她唱她的，我回來了。而且，我的病也好了，我們永遠不會再分開了。」

阿好正想問，「你的病好了，你怎麼沒有馬上回來找我？你這幾年到哪裡去了？」

這時臺上的阿好正好唱完。有小朋友上去獻花。阿好仔細一看，卻是才十歲的香芸。觀眾掌聲響起。阿好也跟著鼓掌，並向身邊的丙丁說：「您看，香芸現在長得又高又漂亮了。」

不料她一轉頭，看到坐在她身邊的已經不是丙丁，卻是十九歲的大兒子友仁。友仁手中抱著出生幾個月的嬰兒，她那位一直還來不及報臺灣戶口的長孫。

阿好大吃了一驚，大聲呼叫：「丙丁！丙丁！」就此驚醒。

原來卻是一場夢。阿好坐了起來，船艙有些晃動。阿好想起她昨天中午登上了回臺灣的客輪。睡在阿好身邊的香芸母子，仍然睡得很香。

終於要回臺灣了，回到闊別十年，而七年未見的臺灣。

從昨天登船之後，阿好就感慨地想著，終究，臺灣還是家鄉。大約八年的東京，一年的滿洲，一年的流浪逃難，終於結束了。繞了一圈十年，終於又回到臺灣故鄉了。

「阿母，」阿好默禱著告訴媽媽：「我們快回到臺灣了。」

天色仍然灰暗，但阿好已無睡意。阿好摸黑上了甲板。秋天的海風有些涼意，她打了一個寒顫，走向船頭。船的方向應該是臺灣所在的東南方吧。她冀望能看見臺灣，但眼前只有一片黝黑的海洋。

阿好倚著船欄，望著臺灣的方向，臺灣應該快到了。她希望能儘快瞥見臺灣的陸地。她最後一次自東京回臺灣是一九三九年，已有兩千多個日子不曾踏上臺灣的土地了。隨著臺灣家鄉意念的浮起，丙丁的意象也逐漸強烈。

剛剛的夢，怎麼會夢見丙丁？丙丁已經好久沒有入夢了。她回想夢境，突然心內一震，「難道是丙丁親自來告訴她，他已經不在人間了？今後由友仁、文哲和孫子繼承了……？」

她不自覺低聲呼喚著：「丙丁、丙丁……」她陷入回憶。

從當初丙丁在新婚之夜寫給她〈月下搖船〉。然後，丙丁投入文化協會。丙丁在上完夏季學校回來，興奮地向她述說陳炘和林茂生等人的演講給他的啓發。然後，她為了支持丙丁，辭去公學校職務，也慢慢投入婦女運動。忽然，丙丁罹病，兩人又苦難又各自奮鬥。……後來丙丁進入樂生院，兩人只好辦離婚手續。丙丁奇蹟式地出院，卻又惡夢式地失蹤。最後，她告別臺灣，逐步把家人分批遷移東京。沒想到，東京亦非久居之地；再來，滿洲；再來……竟是近乎逃難。

命運如此神奇。她們一家浪跡天涯，繞了一大圈，還是回到臺灣。臺灣才是故鄉，臺灣才是她的奶與蜜之地。

她突然發現天色已經有些微亮了。「天光了！」她看到左側的海面，有一個地方愈來愈亮。她沒想到，天光日出的過程如此之快，本來一片漆黑的海面，由晨曦微亮到太陽跳出海面時間很短。剎那間，如飛箭射出來的燦爛陽光，讓她不敢直視。

在晨曦照耀的那一刻，她發現船正前方海面，清楚地有個大島的身影浮現。阿好沒想到，日出與臺灣的影像竟一起到來。黎明以前的黑暗再長，也會在一剎那被升起的日頭在瞬間突破。

天光時刻，臺灣在望了。

「天光了，臺灣！故鄉！天光了！」

「臺灣故鄉，我回來了！」

「阿母，我們回臺灣了！」

「丙丁，我們回來了！」

【後記】

漢生．樂生．樂山

二〇〇八年十一月，我因緣際會擔任了「衛生署漢生病病患人權保障及推動小組」召集人。沒想到，這一當就是十年。直到二〇一八年，我要求卸任，理由是我已經當了十年，該換人了！到了二〇二〇年，我才恍然大悟，這段經歷在我生命中，原來如此重要。

會接下這個召集人的位置，是因爲當時衛生署署長葉金川及中部辦公室執行長黃焜璋的一通電話：「這個委員會，需要一位醫師。」

我當時的想法是，一九七二年，我還是臺大醫科六年級學生時，曾有緣參觀過園區原貌；後來二〇〇四年前後，我擔任過總統府人權委員，對醫療人權有基本上的了解。我的醫師身份，讓我以能照顧漢生病人爲榮。於是我欣然接受。

很幸運，這樣的決定讓我得以爲漢生病人略效薄力。因爲這個際遇，我可說是二〇一〇年以後最了解樂生療養院的醫師之一。更幸運的是，我有一段時間可以與兩位傑出學者共事，讓我受益匪淺。一位是歷史學者范燕秋教授，她長期效力樂生歷史文物研究。另一位是法律學者蘇惠卿教授，她於二〇〇五年陪同病人遠赴東京，終於告贏日本政府，替二戰結束前入院的院民爭取到了日本政府的賠償。

確實，在此小組的運作之初，有不少病人因初遷到迴龍醫院的組合屋及新大樓，加上捷運工程尚未完工，產生了不少大大小小的問題。人權小組開會時，醫院院長及各級行政主管、醫療主管都出席會議，加上最息息相關的捷運局、文化部或新北市文化局，都有派人出席或列席。因此，病人代表提出的醫療照護問題，馬上可以高效率解決；一些與捷運施工有關或文化保存的問題，則可以迅速得到跨部會解決方案。

我最得意的一件事是，二〇〇九年，政府宣布發放老年年金予全國六十五歲以上人士，但每位樂生病患已按月領了政府的補助，依法被排除在外。本人權小組經過討論，認爲內政部的解釋不甚合理。二〇一〇年二月一日，我陪同人權小組的四位樂生院民委員黃文章、吳西梅、劉長標、陳榮村，赴內政部拜會簡太郎次長，終於替院民們爭取到這份老年年金。錢雖不多，對病人卻不無小補。

二〇一三年以後，有關院民的院區照顧，大致已上軌道，於是我們的工作逐漸轉移到〈漢生病病患人權保障補償條例〉第八條：「政府應於樂生療養院內適當範圍進行漢生醫療園區之規劃，作爲紀念及公共衛生教育之用。」

依我的看法，這是政府在制定此條例時，融合各方建議的最好結論，極具遠見。有了「樂生醫療人權園區」，不僅可以長期保留舊園區的重要部分，兼可將臺灣的漢生病歷史與歷史文物，以及各院區的歷史、病人的歷史、醫師的歷史，全部保存下來。在這樣的規劃下，一個「漢生病博物館」就呼之欲出了。

當時的黃焜璋執行長與李乃樞院長，對這個園區有不錯的遠見及全盤規劃。他們先考察目前日本已有的漢生病博物館，再參照國內的條件。「漢生醫療人權園區」的計劃終於獲得國發會通過，預算十點四億。預期在二〇二四年建成後，園區應有「樂生人權森林公園」、「漢生病醫學史料館」、「樂生生活聚落」、「樂生廣場」等。因為衛福部之樂生院／迴龍醫院為法定之執行單位，於是衛福部成立了「漢生醫療人權園區籌備小組」。

我認為這些硬體建設、博物館規劃及管理，非我們三位教授學者的專長，因此我推薦了國內博物館管理大師呂理政教授加入團隊。二〇二〇年，適逢樂生院成立九十週年。可說是臺灣醫學史掌門的范燕秋教授，在文化部的協助下，舉辦了一系列的大型演講。在二〇二〇年十月二十三日的「樂生九十週年紀念國際工作坊」，在下有幸擔任主講人，以醫生及作家的觀點，向各界人士泛談漢生病。這也算是我擔任十年的召集人與十二年委員的心得報告。

遠在二〇〇八年底，我第一次試圖了解園區及院民時，就已受到未曾想像過的震撼。范教授和蘇教授為我介紹一位當時已年近八十的女院民黃女士，她是院裡的兩姐妹之一。她笑瞇瞇地告訴我，她原來的居處是「臺南濱町」。巧的是，「濱町」正是我臺南老家友愛街一帶在日本時代的地名。我再問她是何年來院，她的回答竟然是「昭和十八年」。她還對我道歉，表示不知如何換算成民國（應是一九四三年），也無法轉換成今日的地名。

這讓我極為震撼。這位原住我家厝邊的少女，在我未出生前，就已被迫離開臺南鬧區濱町的家，而被送到這遙遠陌生又與世隔離的「臺北州新莊郡新莊街頂坡角」的樂生病院。她的人生凍結在七十多年前，她十四歲被送入樂生的那一刻。雖然她的病在多年前已痊癒，她的人生卻早已和院外的世界斷線，無法回歸社會。因此，她寧可長居於樂生。這就是現在樂生院的現況，所有病人均已痊癒，但他們寧可繼續在樂生，就像日本時代的樂生院歌：「命運讓我們聚集，相互扶持，一起生活。」

漢生病是一個歷史悠久的病。在中國，可以溯及孔子的弟子冉伯牛的「斯人也，而有斯疾者」。那時的觀念以爲這是「天譴」，周遭親友都怕怕，不敢接近，於是冉伯牛就去躲起來「自我隔離」。

在西方，有關痲瘋的記載，則在耶穌的年代就有了。

在一九六〇年左右，大約我小學六年級時，有一部有史以來囊括最多奧斯卡獎的影片，就是描寫羅馬帝國的史詩電影《賓漢》。我對電影的最後一段其實一知半解，只知道原本高貴美麗的賓漢母親及妹妹，因罹病容顏走樣，羞於見人，躲進了「痲瘋谷」，以長袍遮面，連自己的哥哥也不願相見。後來他們是靠著耶穌基督的神蹟，用河水洗滌而治癒的。

這是我第一次懵懵懂懂得知，所謂「痲瘋」是一種如此可怕的病，而不只是臺語所稱的「骯髒」。我要等到大學時電視重播，才眞正了解這部電影中描寫的主旨是猶太文化遇到羅馬文化時的衝突。可憐的痲瘋病人都認爲此病是天譴，而自卑，而棄世獨立。惟有等待，「神蹟」才能治癒此病。這些想法，東西方皆然。因此，來自加拿大的戴仁壽醫師（Dr. George Gushue-Taylor，中譯名以臺語發音，他其實不是神職人員）在一九三五年建立「樂山園」時，就在入口的最醒目之處寫上：「叫長大痲瘋的潔淨。」（出自聖經〈馬太福音〉第十章第八節。）

也許因爲聖經寫了這一段話，後世神職人員認爲照顧這些「大痲瘋」的病人是教會的責任。那時隔離病人與常人的，是病人的自卑感與常人的恐懼感。因爲這些病人謀生不易，在清代臺灣就已經有收容痲瘋病人的慈善園區。例如彰化八卦山下，在清代乾隆年間就有「彰化養濟院」，由善心人士共同出資來收容。這個做法，無形中等於隔離社會上不幸的病人，主要是因爲這些病人已經失去謀生能力。

一八七四年由挪威醫生漢生（Hansen）發現了引發此病的病菌。爲了維護病人人權，不使病人爲「痲瘋」或「癩病」之名汙名化，因此近年來我們都改稱「漢生病」。西洋之 Leprosy 之病名則不用改，因爲 Leprosy 意爲「鱗片」，指的是病人皮膚病變常覆蓋一片鱗屑，字面上並無歧視之意。弔詭的是，漢生菌的發現，證明了此病並非過去所令病人自卑的「天譴」。然而這不但沒有爲病人帶來地位的提升，反倒是病人更大厄運的開始。因爲這表示病人會將疾病傳染給別人。在二十世紀初期之前，醫界對這個病束手無策，於是只能訴之隔離。

第一個啓動「以隔離來減少漢生病患」的就是漢生醫師。由於他的強力推動，改變了人類對痲瘋的管制方法。一八七七年，挪威通過「挪威痲瘋法法案」，規定痲瘋病人必須隔離治療。一八七五年，挪威全國有一千七百五十二位漢生病病人；到一九〇〇年只有五百七十七位。於是病人隔離法成爲世界趨勢。漢生醫師因爲對痲瘋的醫學發現及管控成效，得到全球的尊敬。

二十世紀初，日本（包括臺灣、朝鮮）的罹病人口，在世界上排名甚高。日本當時是東方強國，怎可被視爲東亞病夫？於是政府決定強制隔離病人。日本政府訂每年六月二十五日爲「癩預防日」，口號是「癩菌絕滅，國土淨化」。地方官員更以達成「無癩縣」、「無癩州」而自豪。一九三六年六月，台灣的「癩病全島大收容」，有一百零四人被送入樂生院。

在民間，臺灣的西方教會醫院最早注意到漢生病患。在臺南的新樓醫院，英國人馬雅各醫生二世在一九一五年之前就已開設了「癩病門診」。一九一一年，戴仁壽醫師在結婚當天下午就離開倫敦，搭船來臺灣。他先到新樓，參與了馬雅各醫生二世的門診。一九一五年接任新樓院長，一九一八年返回英國。

現在大家公認，戴仁壽醫師是臺灣第一位爲苦難痲瘋病人尋求治療及解脫者。以下抄錄一段他本人在一九五三年十二月二十七日撰寫的〈臺灣的反痲瘋工作紀要〉（A Brief History of Anti-

Leprosy Work in Taiwan）中的文字（吳瑞松譯，《樂山五十》四十三頁，一九八四年出版）。

戴仁壽醫生於一九一一到達臺灣時，見過一宗痲瘋病例。從那時起，他偶而診治過這種病例……。他於一九二三年再度來臺時，攜進了二十四瓶大楓子油來治療痲瘋。一九二五年二月……直到一九二五年六月，計有三十個痲瘋病患者每週來院（馬偕醫院）門診一次。至一九二五年底，已有九十個患者……遭到當地居民的反對。但是戴仁壽拒絕停止治療工作，且宣稱新約聖經馬太福音第十章第五至第八節中，耶穌基督有指示要滌盡痲瘋患者。他懇求教會應盡力協助治療。

一九二三年秋，戴仁壽途經印度時，參觀英國癩病專家蜜勒博士（Dr. Ernest Muir）的痲瘋收容園區。到了臺灣，戴仁壽雙頭並進，先在馬偕醫院開設癩病特別門診，又向對街的雙連教會購買土地，成立一個收容病人的小型園區。因爲病人愈來愈多，他求見日本總督內田嘉吉，報告癩病在臺灣的狀況，提議興建收容病患的療養社計劃。

一九二八年，戴仁壽醫師提出報告，他的兩百六十個病例中，三十三%屬於皮膚性痲瘋，二〇%爲神經性，四十七%爲混合性。戴仁壽又估計，在島上至少有四千人罹患此病，其數字或許在兩倍以上[22]。

一九二八年四月，戴醫師找到新莊地區山坡地作爲療養院預定地。一九二九年一月二十五

22如果以當時臺灣人口五百萬計，至少有五千人罹病。大約是一千人之中就有一人，或每十萬人中有一百人。

日，他與當時衛生部長奧田達郎一同視察，後來竟被日本政府徵收；一九三〇年十二月，日本總督府先成立了「樂生療養院」。一九二九年，戴醫師又覓得樂山園現址；一九三五年，終於完成啓用。

在日治時期的臺灣，大楓子油幾乎是治療此病的唯一藥物。戴醫師首自印度引進大楓子樹，希望樹長大後能採集種子，提煉大楓子油以治病。因此現在樂生院及樂山園均有大楓子樹，成爲當年歷史的見證。

樂生療養院的第一任院長是上川豐，一八九二年生，廣島人，京都大學畢業。樂生的第一任臺灣人院長則是賴尚和醫師，嘉義人，一九二五年臺北醫學校畢業，一九三一年京都大學博士，一九三三年進入樂生院。

賴院長的兒子賴麟徵，一九三二年生，一九六二至一九九〇年長期擔任臺大醫院病歷室主任。他寫了一篇〈樂生療養院員工眷村與我〉，文中提到二戰結束後某一天，賴尚和醫師在樂生院門口巴士站被院外居民用竹棍襲擊，於是自樂生院離職。可見樂生院仍然被附近居民排斥。

二〇一三年，我撰寫小說《傀儡花》，寫一八六七年羅妹號事件之後，美國駐廈門總領事李仙得與瑯嶠（今屛東滿州、恆春）原住民頭目卓杞篤簽訂和平協定的歷史。李仙得之後長居日本，結婚生子。李仙得外孫女關屋敏子後來成爲日本有名的歌唱家，並於一九三五年來到臺灣，收了臺灣人林氏好爲女弟子。

我在查閱林氏好的資料時，發現她的故事竟然牽扯到樂生療養院。原來，林氏好的夫婿盧丙丁被日本人送進樂生院。盧丙丁也不是普通人，他是蔣渭水的「臺灣民眾黨」宣傳部及勞動部主任。我在《傀儡花》的第四三七頁「註」寫了一段：「……一九二三年，林氏好嫁給盧丙丁。盧丙丁是蔣渭水在臺灣民眾黨的得力助手。一九三二年，蔣渭水去世。盧丙丁旋被日本人逮捕，傳聞被送入樂生療養院，爾後轉送廈門。總之，自此音訊不明。……」

盧丙丁的特殊際遇讓我驚訝。他何以進入樂生院？竟可以出院？更奇怪的，出院後並未返家，而被日本人直接送到廈門？然後「音訊不明」？這太離奇了！

更巧的，盧丙丁、林氏好都是我的臺南府城同鄉。他們的住宅離我家直線距離不到一公里。如果眞如盧丙丁家屬的記載，那麼日本人好像就變成假造病名、非法囚禁。這簡直是當年蘇聯粗暴對待政治異議人士的作法。如果說法屬實，那麼我們常讚揚的日本人在日治時代尊重「法治」、「對異議份子寬容」的說法就不完全成立了。

因此，我開始探索這個「盧丙丁之謎」。很幸運的，原來二〇一〇年元月，臺北市曾經舉辦了一個「盧丙丁與林氏好伉儷紀念特展」。感謝盧丙丁與林氏好的孫子林章峯先生，承蒙他提供了許多寶貴的資料。

現在我每次到了樂生院，想到八十五年前，臺灣鬥士盧丙丁曾經也在這個院區山野中踽踽而行，心中眞有說不出的感慨。

這是一本向二〇年代及三〇年代的臺灣先輩致敬的書，也是我一直自許的「小說化歷史」的典型。所以我特意加了許多這年代臺灣先輩的照片，希望能長留他們的身影，讓臺灣後代知道。也謝謝遠流包容我這樣做。二〇二〇年代，臺灣的公民素質已受到全世界注意，這是這些先輩們留給我們的精神教育與傳承。

在寫這本書的過程，承蒙太多太多貴人及好友的幫忙，在此致謝。

我特別要感謝樂生療養院的院民們。感謝臺師大范燕秋教授，爲我提供了許多盧丙丁先生的相關史料。謝謝李筱峰教授，本書重要人物林秋梧是他的舅舅，承蒙李教授送給我已絕版的《臺灣革命僧》。謝謝好友李柏亨先生費心翻譯不少日文文件。謝謝蔣渭水基金會的蔣朝根執行長、蔣理容女士，提供了許多相關資料，並幫忙審視文中的歷史錯誤。謝謝林章峯先生爲保存並收集盧丙丁與林氏好家族的資料所做的努力，令人感動，乃有黃信彰先生策劃二〇一〇年「盧丙丁與林氏好伉儷紀念特展」及林氏好歌曲CD的發行。謝謝臺南大學黃意雯教授提供林氏好的資料。謝謝中研院許雪姬教授幫忙查詢日本時代之旅券檔案。謝謝吳豪人教授對日本警政制度的說明。謝謝陳郁秀董事長提供音樂相關資料，劉美蓮老師幫忙審視文中音樂史料。謝謝歷任樂生人權小組委員的黃焜璋執行長、蘇惠卿教授、張瑞昌社長，歷任的樂生院李乃樞院長、賴慧貞院長、施玲娜院長，以及樂山張嘉芳院長。謝謝黃士豪、陳婉寧、洪芳怡、林太崴、許莊臨諸位音樂達人，在臺灣流行音樂領域的指教。謝謝黃煌雄先生及高志明先生在近四十年前讓我知道臺灣有「蔣渭水」這位偉大人物。謝謝蔡烈光女士告訴我她父親蔡德音與母親林月珠的一些往事。謝謝陸之駿先生，是他介紹我與李應章的孫女見面。特別要謝謝郭宏義律師，他給我的稿紙有一種神奇的魔力，讓我能源源不絕地寫下去。特別感謝顏萬進先生，以三天年假看完本書，點出許多關鍵重點。當然最感謝的是Spencer及Stela夫婦，讓我使用 88 工作室。我也要謝謝我的助理佳慧，我的書寫及修改方式，只有她才看得懂。同時也要謝謝遠流王榮文董事長一路相挺，以及編輯團隊孜懃、意雯、明雪的專業協助。

最後，謹以此書，獻給臺灣文學的傳道者，林瑞明教授。

島之曦・真摯推薦

【專文推薦】

當第一道曙光鑿穿了鴻濛

吳豪人（臺灣人權促進會前會長、輔仁大學法律學系教授）

There is a crack, a crack in everything.
That's how the light gets in.

——Leonard Cohen, Anthem.

島之曦——臺灣島的第一道曙光。對於我而言，本書的一切謎團，均始於此。

小說家陳耀昌書寫臺灣，始於十七世紀，也就是大航海後期進入世界史的臺灣，《島之曦》已經是第五本。但是，他爲何並不認爲一六六二年（鄭氏）、一六八三年（清朝）甚或一九四五年（蔣氏）是臺灣的晨曦？他爲何認定一九二〇年代（從「大正民主」到昭和初期的日治），是臺灣的黎明期？

第一種可能性，奠基於歷史學。

凡是研究臺灣史、乃至於世界史的學徒學究，都可以旁徵博引、宅氣橫溢地告訴我們：單就殖民地而論，一九二〇年代所顯示的獨特性有多麼明顯。如以臺灣為例，則晨曦正是啓蒙主義與現代性的暗喻。在現代性的驕陽照耀之下，無論前近代的明鄭、滿清，同時代的、乃至於近未來的（受困於帝制與納粹／史達林小學兩極夾縫的）國共，率皆猶疑黯淡，恍如非理性、反文明的蠻族。相較之下，陳耀昌以臺灣議會運動、治警事件為序幕，帶出一系列臺灣民族、階級運動的英雄人物，「啓蒙曙光」的象徵性可謂十足。

當治警事件發生之際，臺灣社會已初步具備了一個「公民社會」的諸般條件。以哈伯瑪斯（Jürgen Habermas）所謂的「市民的公共性的概念」看來，其時在臺灣出現的媒體（如《臺灣青年》、《臺灣民報》）或結社（如臺灣議會期成同盟會），都是以近代立憲主義（明治憲法）為基礎，有組織地挑戰總督的委任立法權。這些媒體或結社的中心人物，也和前近代的「讀書人」、「士大夫」全然不同，而是若林正丈所言的「新興知識人」。這些新興知識人接受現代教育、具備啓蒙主義的文化教養、受過醫學（科學）／法律（權利意識），甚至神學等專業訓練，並且能說一口流利的（而且是都會知識份子的）日語，擁有或至少追求全球視野與國際連帶。

與武裝抗日的前輩們不同，他們放棄武裝抗日，嘗試以思想或「合法的」言論與行動，進行公民不服從的抵抗。臺灣總督府固然視其為背中芒刺，卻不能不承認這群臺灣人對於現代性的認識，並不在日本人之下。所以治警事件這般大規模羅織的政治審判，卻只能以取締「微罪」的治安警察法起訴，而且第一審法官，居然判決被告們全體無罪。在往後將近一百年裡的臺灣——或許直到太陽花運動——此等「奇蹟」可從未再現。假如發生在日本，這麼精采的事件、出現這麼一大群英雄被告、反派統治者以及跨海馳援的日本／沖繩律師，不知道已經被松本清張、司馬遼太郎及其徒子徒孫寫了多少本書，拍成多少部電影或大河劇了。

第二種可能性，來自於文學史的詮釋。

宋澤萊在《台灣文學三百年》的自序裡曾經談到，加拿大文學批評家弗萊（Northrop Frye）以春夏秋冬的四季循環，分別套用在「原始社會的神話」與「文明社會的文學」裡，「使我茅塞頓開，解答了我三十幾年裡所想的問題」。春夏秋冬套用於文學的具體結果是什麼呢？「文明社會的春天階段會出現傳奇（浪漫）文類；夏天階段會出現田園、喜劇、抒情文類；秋天階段會出現悲劇文類，冬天階段會出現諷刺文類……四季循環完畢，還會復活過來，又出現下一個四季的循環」。

宋澤萊便是以此爲基礎，對三百年來的臺灣文學進行分析。雖然他的重點是「春夏秋冬的四個階段不必有一定時間的限制/文學不是悲觀的，任何文明、文學都可以再生，死而復活」，但是這和陳耀昌的《島之曦》——以及其餘的歷史小說書寫——有什麼相關呢？因爲宋澤萊在二〇二一年初某個（由我擔任引言人的）演講中，提到這個理論，並且明確地指出：「包括在場的新生代小說家陳耀昌醫師在內的、近年來開始流行的臺灣歷史小說書寫潮，正顯示了臺灣文學春天的到來。」而臺灣文學的春天，顯然與臺灣政治與社會的春天重疊，也就是進入了最有活力與希望的時代。既然如此，則陳耀昌的歷史小說，正是應運而生的傳奇浪漫文類，那麼無論錫名晨曦或春暉，其差別也就無關宏旨矣。

然而，仔細閱讀本書之後，我發現陳耀昌似乎並不是一個浪漫的傳奇文學小說家。他也不是

「國族無極願無窮」的深心悲願、巴不得人家不知道的臺灣國族主義者。他甚至不是一個天眞的啓蒙主義者。

否則，他又何必選擇盧丙丁做爲主角？

在人才輩出的一九二〇至三〇年代的臺灣，盧丙丁縱然被總督府視爲蔣渭水的左右手，他仍然是一個不甚爲後世所熟知、記憶的人物。當然啦，從創作的角度觀之，如此選擇，未嘗不是書寫歷史小說的「樂趣」所在——惟其事蹟湮沒不彰，才給予小說家更多的想像空間，更多的筆底迴旋。

不過，在本書中，對於任憑想像揮灑的「樂趣」，陳耀昌顯然極其自制，自制到了幾乎讓讀者懷疑他是刻意避免「傳奇/浪漫」的「春天」效果。他做足了歷史學究般考證、還原的笨功夫，幾乎到了「附魔」的程度。他對於歷史細節的推敲提問，以及因而發掘出的歷史眞相，不知道讓多少學院派的專業史家受窘。相反的，在史料不足處——也就是縱然恣意騁其想像，也絕不會有人抱怨的時候，陳耀昌卻擱筆了。環繞盧丙丁而出場的歷史人物，佔了那麼多篇幅，卻個個淡淡進場、淡淡退場，彷彿在較量誰的發言最爲雋永簡潔，如《世說新語》。

最明顯的例子，就是作者如神探一般，終於查明了盧丙丁空前絕後的「進出」樂生院，以及隨後不可思議的「被出國/被旅行」，從此人間蒸發的原因，都與統治者的變質墮落（從大正到昭和）與殖民地官僚（公衛菁英與特高警察）間的矛盾密切相關。在推理完成（好吧，雖然大部份是狀況證據），犯人呼之欲出，正值得小說家盡顯本領、大書特書之際，陳耀昌竟然還是讓盧丙丁淡淡地「不知所終」，「後遂無問津者」！

這也未免太不「春天」了。

雖說寫歷史小說講究虛實相間，只不過「實」的功能並不只為「虛」架設背景，還得破除不實之實；而「虛」的目的也不只在於為「實」增添娛樂效果，更負責提出解釋。就本書而言，就是要為亡者發聲，為被侮辱與被損害者平反。縱然無需使源義經變作成吉思汗、無需讓胡太明化身胡志明，但處處皆實，那還寫歷史小說？這是我初次閱讀本書的過程中，最無法理解，也最為古人忿忿不平的一刻。

這時候，我剛看完了本書第七十四章，而且以為下一頁就是「劇終」。

沒想到，之後還有足足七章，交代盧夫人林氏好。我這才開始逐漸意識到，陳耀昌如此自制的目的。

儘管篇幅似乎分散而不平均，但他仍以盧丙丁夫婦的青壯人生做為全書的兩條主線，讓讀者看到：殖民地的政治啓蒙與文化啓蒙，兩者對殖民宗主國（戰前的日本——以及更重要、更畫龍點睛的——戰後的中國）而言，感受到的危險程度落差甚大。而這不但預示了夫婦未來走向，行將趨於崎嶇或平順，更無言地嘲諷了前後兩個殖民政權本質的差異。

一方面，政治丙丁愈受到總督府的迫害，就愈發顯露我島之曦，即彼島之暮（進入昭和時代的日本）。而藝術阿好在政治丙丁的末路晚年，不但得到殖民者（西歐現代性的亞洲代理人）青睞，居然還能短暫征服／討好下一波殖民者（啓蒙文化上的鄉巴佬），使阿好能夠保全盧氏家族性命，於下一波亂世與黑夜。

我並不是想證明文化藝術的政治騎牆性，或者音符、線條、色彩、影像的艱澀文法，較能掩飾政治不正確。我的意思是，無論政治丙丁或藝術阿好，一旦啓蒙了，就再也回不去奴隸狀態。

因此盧丙丁夫婦（與當代臺灣人未來）的命運，無論再如何顛沛坎坷，都已不再是毫無自覺與自決權的原始奴隸狀態了。這就是康德（Immanuel Kant）所謂的不恃外力的精神上成年，也就是啓蒙，也就是第一道曙光。

至於天亮（啓蒙）之後，是風和日麗，還是颳風下雨，並不相干。至少，戰前的我島之曦或彼島之暮，戰後的我島之暮與彼島之曦，無論如何輪迴流轉，直至今日，西側始終是黑暗大陸。

既然《影武者德川家康》裡的德川家康，一開場就被暗殺；《三劍客》裡的主角，其實是第四個劍客，那麼《島之曦》爲什麼不能陰暗絕望如暮色？光明來了，黑暗還會遠嗎？何況，如果文學四季之說屬實，即使（像我這種）仍然滿腦子諷刺文類的冬日犬儒，也不妨豁達的效法 Leonard Cohen，躲在地下室，當個自以爲在寫聖經的小猶太人。

對我而言，書名之謎到此算是解開了，但只解開了三分之二。還差一個碎片，最重要的碎片。因爲第一道曙光，同樣照耀在本書的變奏曲，也就是「痲瘋／癩病」——漢生病的情節上。

近代以前，「痲瘋／癩病」是「天譴」（死亡政治，至死方休），近代之後是「國恥」（生命政治，無所遁逃）。所以盧丙丁沒有被殖民者打敗，卻因罹患此病，而第一次在小說家筆下意志消沉，生無可戀。他這個體驗，是其他民族／階級運動的大小英雄們所共同欠缺的。因爲這個體驗，不但如亞當、夏娃被逐出完美的伊甸樂園，還更進一步，被逐出任何不完美的人類所建構的不完美社會。罹病猶如死亡般終極平等，不分民族、階級，完全「內地延長」，毋須「一國兩制」。入樂生院者，從此人鬼殊途，只能相濡以沫，與世再無干涉。

然後，奇峰突起。盧丙丁居然空前絕後的「進出」樂生院，獲得了弔詭之至的「社會死」的瀕死體驗。這讓他在樂生院離別宴上的演講虎虎生風。他大聲疾呼，直指不同情憐惜患者的院外人「卑鄙無聊」，並呼籲病友們應團結抵抗，促使歧視者悔悟的講詞，實在遠遠超越了戰前所有殖民地抵抗運動的類型與派別、經驗與想像。

讀到這一段貨眞價實、又幾乎無人得知的歷史，使我無法不聯想到二〇〇四年因捷運而被迫遷，並因而展開抗爭的樂生院民自救會的長輩們。我還記得當年院民陳再添阿伯告訴我，支持他在如此逆境中長期抗爭的原動力，是因爲他「發現」自己也是人，也有人權。

第一道啓蒙曙光確然存在。儘管曾經被極力忽略掩蓋，小說家陳耀昌，仍然奮力揭開了一絲縫隙。

【專文推薦】

他們的臺灣之愛與大衆之愛

陳芳明（政治大學臺文所講座教授）

長期以來，我已經非常熟悉陳耀昌的歷史小說。從最早的《福爾摩沙三族記》與《島嶼DNA》，一直到《傀儡花》、《苦楝花》、《獅頭花》，小說故事不一定相同，大部分是以原住民爲敘事主體，以及他們與外來殖民者的戰鬥與抵抗。他的筆尖所到之處，往往可以帶出讀者的燃燒魂魄。縱然故事議題有異，卻同樣指向臺灣歷史的多元與繁複。他是一位醫生，卻擁有豐富的臺灣歷史知識，更擁有一個博大的心，容許不同的階級、族群、性別都同時登上歷史舞臺。

這種書寫策略，從文學研究的觀點來看，就是一種新歷史主義（new historicism）。所謂新歷史主義，便是以多元而複數的觀點，看待過去曾經發生的故事。從前的中國歷史書寫，如果不是以漢人爲中心，就是以男性爲中心，或是以異性戀爲中心。這樣那樣的中心論，等於貶抑不同族群、不同性別、不同階級的生命存在。

陳耀昌歷史小說的特點，長久以來便是嘗試突破單一價值的中心論。那種片面的、獨斷的、霸權的敘述方式，曾經主宰許多帝國的歷史書寫。身爲醫師的陳耀昌，顯然並不受到那種霸權式的思維方式所影響，總是以一種開放的、開闊的、開展的視野，觀察歷史舞臺上曾經演出過的種種人物。他的筆觸，不容許使用聚光燈投射在特定的族群身上，而是把整個舞臺的燈光都全部打亮。讓舞臺上出現過的演員都不會被觀眾錯過，容許所有演員公平地接受觀眾的喝彩與歡呼。

《島之曦》這部小說，是發生在日本殖民統治臺灣的時期。曾經被稱爲瘴癘之地的臺灣，必須要到一八九五年日本軍隊進駐海島之後，殖民者才開始注意到疫病的存在。所謂瘴癘，指的是霍亂、痢疾、傷寒、天花等各種流行病。漢人先民抵達臺灣時，毫無差別地遭到島上疾病的侵襲。經過長達二十五年的時間，也就是一九二〇年左右流行病才慢慢地消失。日本殖民者用盡全力來對付島上疫病，並非是爲了臺灣住民著想，而是爲日本資本家來臺投資所考慮。不過爲了長久之計，殖民者在一八九九年就設立了臺灣總督府醫學校。這部小說並非是疾病史，而是一部臺灣音樂史，也是一部臺灣工運史。

一九二〇年代，是臺灣知識份子反殖民運動的黃金時期。那段期間，也是左派右派不斷結合、不斷分裂的時期。所謂右派，大約是以林獻堂爲中心的知識份子團體；所謂左派，則是以臺灣農民運動、臺灣共產黨爲主幹。那是一個風起雲湧的時代，無論左派右派都是受到日本現代教育的啓蒙。他們卻因爲世界觀與社會觀的認識差異，而開始展開一系列的團結與分裂。這部小說的精彩之處，並非在強調抗日團體之間的矛盾與衝突，而是藉由主角盧丙丁偶然患了癩病，從此拉出一條抗日運動史，也拉出一條疾病抵抗史。

《島之曦》不同於過去的歷史小說，並非只是依照年代先後展開敘述，而是藉由疾病的惡化，來描述殖民地知識份子的兩種抵抗。一方面要對付具體可見的殖民統治，一方面也要對付看不見的疾病侵蝕。盧丙丁參與社會改革的同時，又同時要與體內的癩病對抗。整部小說最精彩之處，便是臺灣抗日團體內部發生了左右兩派的分裂。一九二七年，中國知識份子發生國共分裂，同一年日本左翼團體也發生分裂。作爲政治運動下游的臺灣文化協會，也開始出現左右兩派的對峙。在臺北領導抗日運動的蔣渭水，離開他當初所組織的文化協會，另外設立臺灣民眾黨，並且也把他所發行的《臺灣民報》帶走。盧丙丁是一位眞正的行動者，凡是能夠對抗日本統治者的方式，他都樂於去參與或領導。

客觀形勢的變化，往往超過殖民地知識份子的預測。不僅是殖民統治加緊對臺灣的控制，甚至疾病也開始侵襲。當時的臺灣知識份子，小說中的主角盧丙丁，在無意間染上了痲瘋病，整個故事從此便以雙軌敘述的方式，拉出殖民地知識份子的兩種困境。參與政治運動的臺灣人，眼見自己陣營的夥伴陷入疾病的痛苦，似乎也無法伸出援手。陳耀昌在描述整個故事的過程中，有意點出當時知識份子是如何展開兩面作戰。一方面是政治壓迫者，一方面是疾病侵襲者；前者屬於公領域，後者屬於私領域。盧丙丁在小說中就被置放在進退兩難的困境，既要參加反殖民的抗日運動，而自身又要進行疾病的治療。

這部小說精妙之處，便是在抗日與抗病之間，拉出一條愛情故事。小說中的女主角林氏好，是臺灣殖民史上的一位歌手。她顚覆了傳統女性的固有形象，在一九三〇年代是一位相當知名的流行音樂歌手。她是當時古倫美亞（Columbia）唱片公司的專屬歌手，幾乎可以視爲開時代風氣的旗手。這樣前進的一位女性，又與臺灣政治運動的主幹盧丙丁結盟，更使他們的愛情故事成爲傳說。他們兩位夫妻一起走在時代的最前端，抗日運動並非只是反抗而已，他們也同時開創了社會風氣。陳耀昌在描述他們的愛情故事時，其實也融入他們的臺灣之愛與大眾之愛。他使用雙軌敘述的說法，一方面彰顯臺灣政治運動的開展，一方面也揭露私領域的愛情故事。

如果把他們的愛情故事置放在一九二〇年代，就可以窺見當時政治人物的起伏升降。從意識形態的光譜來看，臺灣社會存在著從極右派到極左派的政治團體。還未分裂之前的臺灣文化協會，基本上都是由右派知識份子所領導。文協在一九二七年分裂成左右兩派，使得抗日運動的力量分散了。尤其在一九二八年臺灣共產黨成立時，極左的勢力儼然成形。中間偏左是臺灣民眾黨，蔣渭水離開了臺灣文化協會，而盧丙丁也跟著蔣渭水。面對如此強烈的形勢，熱心參與政治運動的盧丙丁不免感到失望，他的夫人阿好也感到非常失望。在整個政治形勢惡化時，盧丙丁的病情也跟著惡化。

這是陳耀昌的春秋之筆，他把殖民統治與疾病傳播拿來相提並論。盧丙丁的癩病愈來愈明顯，就像臺灣的政治運動也愈來愈惡化。從殖民地的歷史來看，一九二〇年代所有的政治團體都一一遭到解散。最主要的原因是，日本軍隊已經開始準備要侵略中國。整個臺灣的政治團體，如果不是被解散，就是重要成員遭到逮捕。當政治人物的活動空間被壓縮之際，也正是殖民地作家、美術家、音樂家開始尋找伸展的空間。只有文學與藝術的靜態發表，再也沒有政治言論的發抒。這樣的變化，正好緊緊扣合盧丙丁癩病的惡化。臺灣政治運動的黃金時期終於到達盡頭，殖民地知識份子不得不改變抵抗的方式，開始以文學、藝術手法來強調臺灣主體性的存在。

這部小說是陳耀昌的一次重要突破，他同時整理兩條歷史主軸，一是臺灣政治運動史，一是臺灣疾病傳播史。但更重要的是，小說加入林氏好的藝術追逐過程，正好點出臺灣文化主體性的發展。盧丙丁罹患癩病是生命中的一個悲劇，卻可以反襯殖民地知識份子的抵抗精神。他們夫妻分別投入政治運動與藝術運動，非常清楚拉出了兩條時間的演變。這可能是陳耀昌小說藝術的重要挑戰，當他投入殖民地歷史的重新建構，一方面重建臺灣命運共同體的意義，也一方面理出臺灣疾病史的脈絡，足以讓二十一世紀的讀者重新認識已經消失的文化記憶。

在某些時刻，小說並非是虛構，反而可以協助後人重新認識殖民地社會的發展過程。陳耀昌把疾病當作一種政治來看待，那是一種翻轉的書寫策略。這部小說提供了一個讓我們重新省思的管道，使我們的歷史視野更加開闊。

【推薦】臺灣文化協會一百週年最佳獻禮

王德威（哈佛大學東亞語言文明系暨比較文學系講座教授、中央研究院院士）

《島之曦》是陳耀昌醫師繼《福爾摩沙三族記》、《傀儡花》、《獅頭花》後又一部力作。這本小說描繪日治時期臺灣社運先鋒盧丙丁（一九〇一～一九三六），及傳奇歌唱家林氏好（一九〇七～一九九一）伉儷跌宕起伏的生命，他們心氣互通的才情，相濡以沫的志業，以及無可奈何的病厄與困頓。在此之上，則是臺灣二三十年代風起雲湧的啓蒙風潮和民間運動。從「臺灣文化協會」到「臺灣民眾黨」，一輩臺灣先賢的奮起與挫折，理想與幻滅交互形成驚心動魄的時代。

盧丙丁是臺灣政治史上驚鴻一瞥的人物。他曾是一九二〇年代臺灣民眾黨宣傳部和勞工部主任，也是蔣渭水遺囑記錄者之一及葬禮主持人。盧在臺北師範學校畢業後即追隨蔣渭水，先後加入臺灣文化協會、臺灣民眾黨、臺灣工友總聯盟。他的左翼色彩使他在地域、國族抗爭外，更從階級角度及全球解放的立場思考臺灣。一九三六年盧丙丁失蹤，從此成爲歷史謎團。相形之下，林氏好的一生更是多彩多姿，從基督教家庭背景到歌唱事業，從遷居日本到移民滿洲國，在在顯示她的智慧與生命力。

盧丙丁與林氏好因兩情相悅而結合，但他們的婚姻其實聚少離多。盧丙丁獻身殖民時期民主運動，林氏好醉心音樂。他們在政治、文化活動上各有各的追求，卻能相知相惜。從盧爲妻子所塡歌詞即可得知。三〇年代初盧丙丁遠行之際，林氏好以一人之力維繫家庭，同時持續自己的歌唱事業。盧丙丁歸來後，政治壓力與疾病威脅變本加厲，在在考驗夫妻的韌性與毅力。一九三五年後，盧屢遭逮捕以至失聯，最後被關入「痲瘋病院」，不知所終。林氏好日後默默教養子女，度過將近一甲子的歲月，本身就是一則傳奇。

這段傳奇中最大隱喻是盧丙丁的病。二〇年代末他罹患漢生病（痲瘋病），這在當時是極其棘手的惡疾。他輾轉臺灣、大陸就醫，與此同時參與政治的熱情未嘗稍減。一九三五年盧丙丁被送入醫院「療養」，之後的診療記錄與離院經過無從得知。他的「病」到底意味著什麼？是藥石罔效的絕症，還是九死不悔的信念？是身體與環境搏鬥的寓言，還是欲加之罪的代號？病帶給這對夫妻最艱難的考驗，也體現他們精誠所至、無畏生死的勇氣。

過去三十多年來有關臺灣歷史的資料不斷被發掘而公諸於世，但盧丙丁、林氏好的傳奇卻一直湮沒不彰。陳耀昌醫師因緣際會，偶然獲得林氏好在日本師從聲樂家關屋敏子習藝的資料，由此展開他的探索，抽絲剝繭，一點一點累積盧丙丁、林氏好的生命本事。不足之處，則代之以說部想像。他延續《傀儡花》等作的風格，出虛如實，藉人物的悲歡離合鋪排臺灣歷史的面貌。

二〇二一年適逢臺灣文化協會一百週年，陳耀昌醫師以《島之曦》作爲獻禮。重溫盧丙丁爲愛妻所寫的〈月下搖船〉、〈織女〉、〈紗窗內〉、〈離別詩〉、〈悲嘆小夜曲〉等歌詞，我們見證一對台灣精英伉儷的浪漫情懷，而這樣的情懷在工運、反殖、爭取主權在民的呼聲中，顯出更大的寄託和更深遠的抱負。經由陳醫師的大作，盧丙丁、林氏好的故事終於浮出地表，獲得遲來的重視。

【推薦】以史實爲本，讀小說也讀歷史

吳密察（國立故宮博物院院長、歷史學者）

陳耀昌醫師是臺大的血液腫瘤科名醫，近年來涉獵臺灣歷史，並博搜史實撰爲歷史小說，極獲好評，甚至得獎，進而被改編爲電視影集。最近他又以一九二〇年代中期至一九四七年臺南故鄉人之臺灣文化協會會員、臺灣民眾黨活躍份子盧丙丁、歌唱家林氏好夫妻爲題材，寫了這部《島之曦》小說。

我個人側身學院爲職業的學院歷史學者，心理上經常「有憾」。那是因爲晚近的學院歷史學著作，多採分析式的專題寫作模式，甚至經常在文章中引述難懂的史料原文、使用概念性的詞彙，顯得乾燥無趣，甚至令人望而生畏。但是陳醫師的臺灣歷史小說雖然名爲「小說」，但卻相當重視史實，他廣泛地蒐羅多數的史實之後，再設計場景與對話，以小說的形式將這些史實聯屬起來，因此有時也像是注重故事情節的傳統（非學院）歷史寫作。這樣的歷史小說提供了比較豐富的歷史情節，所以我總私心期待陳醫師的臺灣歷史小說，正可以用來彌補我們這些學院歷史著作的不足，可以成爲擴大歷史讀者、普及歷史知識的有效作品。

《島之曦》小說中的主角是盧丙丁與林氏好。這兩位主角在一般以第一線英雄人物爲研究對象的臺灣史學界來說，都不算挺有名的人物，而且他們夫婦倆一般是個別登場的。盧丙丁是以一九二〇年代臺灣文化協會會員、臺灣民眾黨黨員的身份被認識的，而且也不似蔣渭水、林獻堂、蔡培火等人知名，勿寧說是被當成地方性（臺南）的活動家。林氏好則只在關心臺灣音樂史、流行文化史的小圈圈中才會被認識到。此次陳醫師的小說，讓這對被分別認識的夫妻攜手一起出現，並且以這對夫妻爲中心將同時代的臺灣文化運動、社會運動的進程與基本的人際關係都給描繪出來了。因此，也可以當成一九二〇至一九三〇年代的臺灣文化運動、社會運動史來閱讀。

《島之曦》小說的另一個特色是，作者以醫生的專業和曾經參與樂生院醫療人權課題之經驗，爲盧丙丁如謎的人生另一面，作了合乎情理的推測。盧丙丁雖然在一九二〇年代的社會運動中頗爲活躍，也在一九三一年臺灣民眾黨領袖蔣渭水逝世之初扮演頗爲醒目的角色，但以後的去向大家所知甚少。小說裡，作者陳醫師對於盧丙丁從樂生院出來後的去向做出了巧妙的解釋（容我賣個關子，讓讀者自己去閱讀小說）。

【推薦】天光之時

周奕成（大稻埕國際藝術節發起人）

「島之曦」的意思就是「島嶼天光」——在二〇一四年三一八學生運動（亦即「太陽花運動」）成為主題曲的歌名。

當二〇一〇年代的新世代成長之時，他們誤以為島嶼才剛天光。事實上早在一九二〇年代，臺灣這個島嶼就曾經目視過朝陽。不過後來又陷入黑暗罷了。

從歷史眼光來看，確實這本小說描述的階段，才是最初的「島嶼天光」。可以說，一九二〇至一九三〇年代人的覺悟，比這時的年輕人還要深廣得多。

臺灣眞正迎向天光是一九八〇至一九九〇年代，也就是民主化運動的年代。對於走過民主化運動的人來說，理解一九二〇年代是不困難的。因爲歷史雖不會重複，但很容易比附。階級左右之爭、統獨問題、激進與穩健路線矛盾，在一九二〇年代發生過，在一九八〇年代也經歷過。政治社會運動者比一般歷史研究者更容易同情理解，進入當事人情境。

陳耀昌醫師參與過臺灣民主化運動。以一位高度人文素養的科學家，蔣渭水醫師的後輩，他得以融入一九二〇至一九三〇年代運動者的精神狀態。

陳耀昌醫師用盧丙丁先生、林氏好女士的角度，切入這段歷史，令人有深邃的感動。盧丙丁、林氏好的心靈，可能是當時臺灣人精神史的最佳 sensor 之一。

透過丙丁和阿好，我們看到臺灣文化協會與臺灣民眾黨身不由己的波折，看到蔣渭水與林獻堂諸君子被思潮拖曳的衝突，看到早期痲瘋病人的苦痛，這些黑夜與雷電。

但我們也看到臺灣人盼望現代文明進步開化的曙光。其實那天光並不來自任何地方，而是來自高貴的人性。人性即是天光。

【推薦】臺灣歷史：被遺忘的一隅

林章峯（林氏家族代表人）

「下輩無知頂輩代誌，惘吠。」這是我一直以來的心情以及遺憾。

當我從父親口中知悉家裡竟然出了兩個偉大的人物，我簡直不可思議地有著極大的疑問：爲什麼不可爲外人所知？內心一股莫名的衝動油然而生。

然而父親的心底所想要完成的最大心願，就是祖父盧丙丁與祖母林氏好兩人一生的合傳。而最主要的目的只是想讓後代的晚輩們，能了解到上一代的先人，是多麼辛苦地在經營這個家族。生具使命感的我，直覺是我該感恩的時候了。

打開家裡塵封已久的櫥櫃，裡面盡是一疊疊書籍、剪報、樂譜、照片等，由於年代已久，只得花時間細膩整理，然後研讀閱覽裡面的相關內容，並且經由父親的口述，再擬定目標方向逐一去搜尋。

這些照片是我的祖母林氏好女士所遺留下來的，其因由應溯自日據時代約一九二一年，距今已整整一百年了。這一段漫長歲月，長輩們是怎麼熬過來的，只有他們才知曉。我從父親口中得知，在當年混亂的時代，祖母他們歷經臺灣的抗日運動，爲逃避日警的搜捕與恐嚇舉家遷移日本，又受到二次世界大戰的洗禮，轉至東北滿洲國，大陸又發生國共內戰，一路逃難搭船回到臺灣，又遭白色恐怖事件的迫害等等，這些照片仍完整地保存至今，可見祖母對其之珍惜與重視。

過去的六十多年中，長輩們未曾提及隻字片語，只因過去那段陰影與夢魘揮之難捨，加上無形的恐懼與壓力長年的羈鎖，都只有長輩們默默在承擔著。而今歲月不饒人，老者老矣，塵歸塵，土歸土，年輕的後代無知頂輩過去的甘苦，豈不哀哉。

陳耀昌醫師以小說家的筆、歷史學者的精神，探究我祖父母盧丙丁、林氏好在日本統治時期的生命史及文化運動。他在撰寫過程中多次與我討論，也喚起我許多記憶，促使我確認原本有些模糊的資料。陳醫生驚人的耐力以及過人的文筆及文思，讓我極為佩服。這部小說雖不能完成父親的心願，但父親或能感到安慰，這是「下輩可知頂輩代誌」重要的成就。

【推薦】天佑臺灣

陳郁秀（臺灣公共廣播電視集團董事長）

《島之曦》這個故事牽動了臺灣民主政治百年的發展……。小說的背景是一九二○到一九四五年間的臺灣，那是一個文化啓蒙、主體意識建立的「狂飆時代」；有志青年隨著國際間民族主義的興起，紛紛熱血地投入臺灣自覺運動，於是成立了「臺灣文化協會」、「臺灣民眾黨」、「臺灣農民組合」、「臺灣工友總聯盟」，以及推動了「臺灣議會設置請願運動」……等，轟轟烈烈的壯舉，震醒了許多殖民統治下委屈的臺灣人之靈魂。

本書的男女主人翁正是參與運動的知識份子，男主角盧丙丁是畢業於臺北師範學校的高材生，畢業任教後卻毅然辭職，在蔣渭水醫生號召之下，成爲第一代社會運動的前鋒。他口才便給，巡迴全國鼓吹臺灣自治自覺運動，後被捕入獄，飽受煎熬，更悲慘的是他患了惡疾，遭政治禁錮而人間蒸發。女主角林氏好，畢業於臺南女子公學校，任小學老師，是位熱情、前衛、聰穎、充滿智慧的時代奇女子。她在夫婿深陷牢獄之災又患惡疾之後，毅然扛起撫養三名子女的重責，並延續夫婿的時代使命，加入臺南婦女會，積極推動社會運動，不被命運所擊倒。更重要的是，在夫婿生死未明的困境中，她還能開創輝煌的音樂事業；她巡迴全島，歌唱內容包括西洋的藝術歌曲、歌劇選粹、日本時代歌曲、臺灣新創歌謠，一心一意想把臺灣的歌謠推向國際……。

盧丙丁文采豐富，林氏好具歌唱藝術天分，是臺灣新文學與流行音樂結合的時代代表，一首盧丙丁所作之詩詞，譜上義大利作曲家Toselli的樂曲《悲嘆小夜曲》，就是這對時代兒女悲壯、浪漫的生命史之寫照。

我因擔任師大音樂系教授期間，致力於臺灣音樂史的研究，剛好林氏好是我研究的內容之一，所以對他們的事蹟十分熟悉。這次由陳耀昌教授撰成小說，特別有感，屢屢想到他們生命史中的種種細節，都讓我十分難過，久久不能釋懷……。

自由民主不會從天而降，是要靠自己爭取的，這是百年不變的定律。臺灣能有今天的自由民主，是許許多多前輩犧牲了他們的生命、家庭和幸福，累積換取而來的。值此時刻，二〇二一年的香港和緬甸仍有慘劇、悲劇，如同百年前的臺灣一般，我們是否應該警惕？自由民主得來不易，但隨時可能消失……，所以千萬不能大意，未來仍要累積，要進步，要好好珍惜。

讀完《島之曦》，內心十分沉重……那種痛，感同身受，深刻心中。臺灣人眞的要珍惜得來不易的民主自由，天佑臺灣！

【推薦】

看見屬於臺灣的黃金年代

張鐵志（作家）

百年之前，一群臺灣的知識份子與有志之士成立「臺灣文化協會」，開啓一場改變臺灣歷史的文化與社會運動。在那個協會、那個時代中，每個人都是一個故事。陳耀昌醫師選擇了一個獨特的切角重返歷史：主角之一盧丙丁也許不是當時最有名的人物，但卻是核心的角色，透過他，我們得以更深入地看到時代的起伏跌宕。另一位主角、他的妻子林氏好，則讓我們聽見三〇年代流行音樂的美好動人。於是，這兩位主角帶我們在「午夜」闖進那個文化創造的、社會改革的、政治啓蒙的屬於臺灣的黃金年代。

更特別的是，盧丙丁是一位漢生病人，且後半生有著懸疑的身世，而陳耀昌醫師除了是一名傑出的歷史小說家，也是推動樂生療養院病患權益的重要醫界人士。於是在本書中，他不只是帶我們走回歷史隧道，更是凝視我們當下時空一群弱勢者的權利——而推動一個更公平正義的社會，不正是百年前風起雲湧的運動最重要精神？

非常感謝陳醫師寫了這本《島之曦》。

【推薦】
在黑暗中尋找光明，永不放棄

廖振富（國立臺灣文學館前館長、興大臺文所教授）

陳耀昌醫師的小說《島之曦》，以日治時期臺灣社會為背景，結合政治運動、臺灣近代流行音樂、漢生病醫療史，透過日治時期政治運動參與者盧丙丁，及其歌唱家妻子林氏好的相戀相知，串聯起波瀾壯闊的臺灣近代史，既是動人心弦、曲折離奇的愛情故事，也是一部臺灣人不計個人犧牲，為追求大眾福祉奮鬥不懈，展現生命尊嚴的實錄。

臺灣社會認識盧丙丁、林氏好的人應該不多，但透過小說的刻畫，讀者不但會對他們這對夫妻的理想追尋感動，為他們「有緣無份」的愛情故事嗟嘆，而殖民地時期臺灣人在黑暗中尋找光明，永不放棄，那段可歌可泣的過往，更栩栩如生呈現在世人眼前。

令人讚佩的是，陳醫師在《傀儡花》、《獅頭花》、《苦楝花》一系列以臺灣原住民族視角書寫的臺灣史小說之後，這次更將觸角延伸到近代。今年恰逢臺灣文化協會成立百年，透過這部小說，我們得以省思文協對當今臺灣社會的啟示與鑑照，意義格外深刻。

《島之曦》男女主角的愛情故事，既浪漫又充滿傳奇色彩。陳耀昌醫師選擇以他們的故事，帶出這一段奮鬥與滄桑交織而成的臺灣近代史，可說別具隻眼。小說主線是以史實考證和想像虛構，描寫盧丙丁、林氏好由相戀結婚，到參與政治運動、獻身歌唱事業的理想實踐。夫妻經歷幾度悲歡離合，盧丙丁全心奉獻抗日運動，不幸卻罹患漢生病而難逃命運的擺弄，而林氏好在丈夫失蹤後，一肩挑起照顧家中老小的責任，以她的歌唱才華謀生，揚名臺日兩地，先是遷居日本，後又遠赴滿洲國，二戰結束後歷經艱險才回到臺灣，而盧丙丁的結局竟是不知所終。

《島之曦》是向日治時期臺灣前輩致敬之作，小說主軸是臺灣文化協會的政治文化啓蒙運動：諸如《臺灣青年》與《臺灣民報》、臺灣議會設置請願運動、治警事件、「美臺團」影片巡迴放映、夏季學校、二林蔗農事件，到文協分裂後的新文協、臺灣民眾黨、臺灣自治聯盟、臺灣工友總聯盟、農民組合、臺共等，還有活躍於當時政治舞臺的左右翼組織及其領導人，如林獻堂、蔣渭水、李應章、翁俊明、謝春木等等，都一一在小說中現身。而支線則是以林氏好的奮鬥歷程，帶出臺灣流行音樂史，也相當引人入勝。至於另一支線，樂生療養院及臺灣漢生病的醫療史，可能是首度出現在臺灣小說中，涉及的醫療與人權問題，至今仍受到關注。

能將上述豐富的歷史融合於一部小說中，舉重若輕，陳耀昌醫師堪稱不二人選。小說中更提供很多值得省思的內涵，所有關心臺灣未來前途者都不宜錯過。

【跨海推薦】

響徹臺灣人心的聲音與歌聲——認識盧丙丁與林氏好

下村作次郎（日本天理大學名譽教授）

與至今臺灣文學界極少的知名臺灣史小說家陳耀昌先生的交往，是始於翻譯他的長篇小說《傀儡花》。《傀儡花》書名日譯為《フォルモサに咲く花》，二〇一九年九月由東京的東方書店上梓出版。上市當初，銷售情況極好。在東方書店的小冊《東方》的「BEST 10」JAPANESE部門獲得九月份的第二名。《傀儡花》改編的電視劇將於今年八月在公視上以《斯卡羅》為題播映。藉這機會，很希望在日本的譯本可以更受歡迎。我深信臺灣文學及臺灣原住民文學在日本的普及，對於實際的日臺理解與交流，是很重要的事。

《傀儡花》的故事敘述因美國商船「羅妹號」在恆春半島觸礁擱淺，十四位船員棄船求生登陸，卻在當地遭排灣族人襲擊的事件。當時剛赴任美利堅駐大清國廈門總領事李讓禮（李仙得）為了解決這事件，採取了一些行動。

在作品最終章，作者寫到一九三五年十月十日那晚，在總督府官邸舉辦「臺灣始政四十週年紀念會」晚宴的情形。在晚宴中，總督中川健藏介紹了西洋歌劇的女聲樂家關屋敏子出場，她唱了日本歌〈宵待草〉與西洋歌曲〈庭之千草〉，並在會場上介紹臺灣人首位被選入貴族院議員的辜顯榮，並與之交談。

「我這次還會到臺南去，我在臺南我有個學生，叫林氏好。可惜此行時間不夠，要不然我還想去高雄和瑯嶠。」

「瑯嶠？」辜顯榮訝異地說：「老師怎麼知道瑯嶠？那是三十年前的老地名了。」

在與辜顯榮的談話中，關屋敏子之所以知道瑯嶠，顯然是因爲處理羅妹號事件的即是她的祖父李讓禮。

前話雖長，但在這裡提到的關屋敏子的學生林氏好，就是本書《島之曦》的主角。但，本書還有另一位主角，就是這位林氏好的先生，活躍於一九二〇至三〇年代的社會運動家盧丙丁。小說的時代背景是從一九二三年八月兩人結婚開始，到戰後一九四六年十月，林氏好與家人一起從上海坐船回到臺灣爲止。

一九二一年十月十七日，以臺灣總督府醫學校與臺北師範學校畢業生爲主所成立的臺灣文化協會，盧丙丁即是其中成員。協會創設時，他任職故鄉臺南的公學校副校長。但，兩年後發生了臺灣史上著名的治警事件，即官方以治安維持法爲由，逮捕了蔣渭水、蔡培火、賴和等四十一位臺灣文化協會的主要成員。丙丁以此事件爲契機，在獲得妻子阿好的理解後，辭掉公學校的工作，專心投入臺灣文化協會的活動，生活往返於臺北與臺南之間。丙丁爲了臺灣的未來，積極參與各種社會活動，追隨蔣渭水成爲臺灣民眾黨重要幹部，後又籌組臺灣工友總聯盟並擔任要職，積極巡迴各地方，以演講會的辯士及舞臺劇等文化形式宣揚理念。

然而，一九二九年六月起，丙丁因身體有恙而被迫暫時放下理想與家庭，前往廈門治病，此次病癒返臺後，丙丁更積極參與民眾黨活動，卻不知這個病，將成為日後他命運多舛的主因。時代走向一九三二年，中國大陸傳來軍靴的聲響愈來愈大。在此時仍為病情所苦的丙丁則於一九三二年五月再次前往廈門，而這群丙丁身邊的同志友伴們，也都各自面臨了不同際遇……

另一方面，丙丁的妻子林氏好因爲與臺灣最初留學東京音樂學校的張福興相遇，開始希望朝歌唱之路發展。當時正好是一九三〇年代日本古倫美亞唱片進入臺灣的時候，阿好經天馬茶房的詹天馬介紹，認識多位當代最重要的流行音樂人士。之後更在音樂界逐漸累積名氣，更如願赴日成爲關屋敏子的入門弟子，精進演唱能力。

在命運的捉弄下，她與丙丁聚少離多，但這樣的日子並沒有消磨她對生活的鬥志。爲了養活一家人，她更積極發展歌唱事業，展現了當代女性不向命運低頭的韌性。

另一方面，病情並未痊癒的丙丁一九三五年六月就從廈門回到臺北，卻與住在臺南的阿好錯過見面的機會，一直隱身在臺北的旅館生活。當時臺灣總督府的漢生病政策，就是於一九三〇年十二月在臺北州新莊郡設立樂生療養院（參照本書後記〈漢生．樂生．樂山〉）。臺灣總督府更在一九三四年六月發布「關於癩預防法臺灣施行之法令」，開始嚴格取締[23]。在這樣情況之下，丙丁被日警拘捕，收容於樂生院。之後，他的人生之路又如何走下去呢？

作者陳耀昌醫師是一九八三年在臺灣完成首例骨髓移植的醫學學者，也是臺灣細胞醫療協會

23星名宏修「植民地臺湾の『癩文学』を読む——宮崎勝雄のテクストを中心に」『日本台湾学会報』第二十一号、二〇一九年七月参照。

創會理事長。但，現在一看本書「後記」，他從二〇〇八年十一月起擔任「衛生署漢生病病患人權保障及推動小組」召集人，因此對於盧丙丁療養所在的樂生院很熟悉。本書眞的是得其所人的作品，也將是承擔漢生病文學一部份任務之作。同時，透過盧丙丁與林氏好的人生，我們可以看到臺灣史的描寫，在作品中充滿了響徹臺灣人心的聲音與歌聲。

本書中提到盧丙丁曾作詞的歌曲有〈月下搖船〉、〈紗窗內〉、〈離別詩〉、〈織女〉、〈悲嘆小夜曲〉。最後，我想要從這首〈離別詩〉裡引用一節爲兩人的故事做個註解。這是當時丙丁爲逃離日警監視偷渡廈門時，寫給阿好信裡的一首詩。

今日離別　不知著時　能得閣再相見
我真無愛汝咱分離　那鴛鴦來分枝
驚是驚今仔日　頭毛烏烏相見
此後去的　更再想會　敢在白髮的時

二〇二一年四月十八日

【跨海推薦】

歷史小說中「文學的眞實」

若林正丈（日本早稻田大學名譽教授）

我也曾有過「文學少年」的時期。那是初中二、三年級到高中一、二年級左右。所謂「文學的眞實」這個詞彙進入我腦海中的某處，應該就是這個時期吧。當時，家中確實有一套《昭和文學全集》，我反覆交替地從書架上取下閱讀。雖說曾閱讀過，但刻畫著大人的愛憎之情、精神的糾葛、社會矛盾的文學作品，身爲少年的我並無法進入其境界，結果，盡是讀著各卷的解說。當然，在那些評論中顯露的文學理論、作家的處世進退，對當時的我而言，自然也是位於理解範圍之外，但對書籍或寫書的人加以評論這件事，讓我覺得很「酷」。

我試著在我腦海中對現在自己所知的概念語彙進行考古學的挖掘，「文學的眞實」這個微微帶著悖論的語彙，無疑地，意外地古老。因此，我推測它收入我腦中的抽屜，應是那個少年時代、知識的原初狀態之際。而後，數十年來我未曾想起。

突然想起這個語彙，是幾年前在臺北的電影院觀賞魏德聖導演的《賽德克．巴萊》。正當我凝視某個畫面時，這個詞彙從我腦海深處的抽屜中悄悄地浮了上來。霧社馬赫坡的頭目莫那．魯道來到一條溪流旁。那是他自己打獵的地盤。花岡一郎（Dakis Nobing）也來到這裡。莫那穿著族服，一郎則穿著日本巡查的制服。一郎從部落的氣氛察覺到起事的日子近了，但他並沒有透露給日本人上司，而是依循自己的判斷來見莫那．魯道。一郎希望莫那再次想起日本力量的強大而放棄起事。對此，莫那．魯道以「Dakis」的族名喚他道：「你將來要進日本人的廟？還是我們祖靈的家？」即便如此，仍覺得應在日本統治下謀求生存之道的一郎說：「頭目，我們再忍個二十年？」對此，莫那魯道答以：「再二十年就沒有 Gaya！沒有獵場！孫子都是日本人了！」接著就讓一郎離開溪谷了。[24]

我認爲這個場景的對話形成了雙重構造。外側構造是身爲日本方的警察花岡一郎和被日本警察統治的馬赫坡社頭目莫那．魯道之間的政治性相互刺探。然而，儘管採取這樣的形式，前述莫那．魯道和 Dakis Nobing 同爲賽德克族人，民族該如何生存下去的深刻對話，才是內側構造的中核。

並沒有史料顯示，霧社起事迫在眉睫之際，這樣的對話曾在莫那．魯道和花岡一郎之間發生。這些對話顯然是電影製作者虛構的場景。然而，像莫那．魯道那樣的疑問，以及與此相反的 Dakis Nobing 的疑問，肯定是深刻地蕩漾在一九三〇年十月臺灣霧社的山地。雖然這是電影，但這不正是我文學少年時代潛入腦海中「文學的眞實」嗎？

以歷史爲題材的文學作品，也就是歷史小說中，作爲作品主題的歷史事件，或象徵歷史潮流的場景，許多時候都藉由登場人物的象徵性臺詞來描繪。當代以歷史爲題材的電影可以說也是一樣。歷史小說／電影的這類場景或臺詞，或許傳達了歷史的某種眞實。這是文學的／電影的眞實。這個眞實的存在，成爲讀者／觀賞者獲得感動的一部份。

只是，那是悖論般的眞實。因爲，擔起訴說「歷史的眞實」之角色者，是小說家／電影製作者所組構的虛構。歷史學者再怎麼揮舞概念或理論，都不能遠離史料所訴說的內容。當然，歷史學者所寫之物，若是依循著應有的學問上的程序進行論證，會被認定爲史實，更精確來說，是被認定爲史實候選之一。

另一方面，文學家的作品是虛構的，在不會被認定是史實候選的前提下，可以走得更遠。可以走多遠？何時可以走遠？在日本曾針對森鷗外的《阿部一族》、《澀江抽齋》等作品，有過其是「如同歷史」或「脫離歷史」的爭論，但我不懂其間的微妙。我只知道，小說家／電影製作者，走得比歷史學者遠，也存在著一些作品在其建構的虛構中，讓人感受眞實，或者，感受歷史。

我還有一個「文學的眞實」之經驗，那不外乎是陳醫師作品《獅頭花》（二〇一七年發表）中的一個場景。時爲一八七五年初，臺灣最南端瑯嶠半島沿岸的枋山（崩山），漢人開拓民「頭人」陳龜鮲進到獅頭山，拜會在內文社的大龜文原住民族部落聯合大頭目（大股頭）遮嫏（Ljakai）。

前一年的一八七四年，瑯嶠半島發生了一個大事件——爲了懲罰遭「番人」殺害的琉球人，西鄉從道率領約三千名的日本軍登陸的牡丹社事件。但是此時，以楓港爲據點、苦於瘧疾的日軍，在北京透過英國的仲介與清廷交涉後，倉皇撤退；進到半島北端枋寮牽制日軍的清軍，快速地進入半島設置恆春縣，更進入「番地」試圖開路。

24 這一幕的臺詞，出自原著腳本魏德聖、族語翻譯伊萬納威（Iwan Nawi），《Kari Toda Patas eyga Sediq baly 賽德克巴萊 賽德克語劇本書》臺北：玉山社，第六十二場的記述。這本書由翻譯者 Iwan Nawi 提供，謹此記之，以表謝意。

陳頭人在向大頭目說明了這次來的清國軍爺（指王開俊）宣布要在瑯嶠半島設置「官府」徵稅這件事後，說道：「皇帝派來的王將軍說，以後我們墾民要向官府繳稅，而且繳的稅，也比我們交付給你們部落頭目的多了不少。也因此，我們沒有力量向大頭目你納租了，還請大頭目體諒。」遮⿰女芴淡淡地回以，那就把土地還給我們。面對陳頭人表示有困難的說法，遮⿰女芴漸漸地激昂了起來。

陳頭人道：「官兵說，過去朝廷視枋寮以南的土地為『政令不及』，並不表示這不是朝廷所管的土地，只是『暫時不去管』。現在朝廷的政策改了，有一位大人（指沈葆楨），自內地來的，說要開始執行『開山撫番』的政策了……。」

遮⿰女芴氣憤地震身怒道：「我們的土地是我們大龜文祖靈留下來的，不是你們官府或皇帝的。我們大龜文也不會承認你們那個四歲小孩子（光緒帝）是什麼皇帝！」[25]

這個場景，凝聚並訴說了臺灣史中原住民族與國家之關係的歷史性巨大轉換點。十七世紀以來，在臺灣島上國家與原住民族的關係史，到了十九世紀後半終於波及了臺灣最南端。這也是之後向臺灣東部，甚至向中央山脈推展的起始。應該有不少臺灣人一邊閱讀這個場景，一邊想起甲午戰爭後獲得臺灣不久的日本，在中央山脈原住民族地區沒有任何統治立足點時，首任總督樺山資紀以「日令」的形式制定「官有林野及樟腦製造取締規則」，宣布無主地國有化——實際上是山地原住民地區的國有化。想來，所謂歷史小說中「文學的眞實」，是能在其中發現濃縮度高的象徵性場景。

那麼，陳醫師《島之曦》這部作品，我從哪個場景感受到「文學的眞實」呢？比起先閱讀小說本身，也有一些讀者先閱讀「序」，所以在這裡我就先不劇透。但請容我這樣說吧。我在小說中的某處看到象徵臺灣近代史重要脈絡多重匯聚，一種歷史的「關口」之場景，並深受感動——日本殖民統治下臺灣人自身追求現代性的文化運動，以及社會運動時代之結束；夾雜著統治國家更替的動亂，而進入漫長沉潛時代的入口；從抑制傳染病和行政的現代性，轉向尊重醫療人權的現代性，這個既深且長的苦澀時期之開端；甚至更深一層閱讀的話，還可以看到，要選擇將臺灣人的富裕自由之夢託付中國，或是寄託於臺灣人自身，這個跨世紀苦惱之聲漸強的起點。

再次地，虛構始終是虛構，無法宣稱是史實。但是，文學家／電影製作者所想像／創造，並呈現在我們面前的「虛構中的眞實」，若具有高度象徵性的話，便可以刺激、活化我們對歷史的想像力。

二〇二一年四月　於日本・相模原市居所

（本文由臺灣大學歷史系顏杏如副教授翻譯）

25 陳耀昌，《獅頭花》。臺北：印刻，二〇一七年，頁二〇五至二〇八。

【跨海推薦】

大器晚成的作家，以醫德之心寫下歷史的浪漫

野島剛（作家、資深媒體人）

陳耀昌是位大器晚成的作家。

過了六十歲才踏入寫作的道路。短短十年間，即完成多部以臺灣歷史爲主題的作品，其中《傀儡花》在日本還曾經被翻譯成日文，受到高度的評價。二〇一九年陳耀昌來日本演講時，我曾協助安排各項事宜，也曾經與他對談過。本書《島之曦》將他的寫作實力再次展現得淋漓盡致。現年七十二歲的陳耀昌，據說每天早晨五點醒來後即開始執筆寫作。到底支撐他的動力來源是從何而來?眞想親自瞧瞧他腦中裝著什麼樣的神奇機制。

今年五十歲的我，擁有的抱負其實是至少到七十歲爲止都要持續寫作。對於這樣的我來說，即使已年過七十卻還能創作出新作品的陳耀昌，就有如玉山一樣是個高遠的目標。

陳耀昌也是名醫生，專攻幹細胞研究，是臺灣首位成功完成骨髓移植的醫生，醫術廣爲人知。在對於臺灣醫學實力方面，我從以前就抱持著很深的敬意。二〇二〇年臺灣成功控制抵禦住新冠肺炎疫情，其防疫政策讓全世界都驚豔。全臺灣無論政府或民間的公衛及醫療專家們，都發揮並積極貢獻所長，也能有這樣的效果。其實臺灣有許多醫師背景出身的政治人物，若追溯到日

治時期，可得知臺灣地方精英份子很多都是醫師或律師出身的。因此在此書中登場的臺灣自治運動重要幹部多爲醫師出身也非偶然。

或許有些臺灣人在傳統上，若想擁有改變世界的志向，都會選擇從醫。醫生通常擁有豐富的想像力，可以從一個問題聯想出整體面貌。就像能從一個局部的疾病，考量到病人整體健康狀況的思考模式一樣。如此，當他們從政時，就能透過聆聽每個人民的聲音，進而思考該如何設計改造整個國家。

陳耀昌還是一位浪漫主義者。

在日本也有很多醫師出身的作家，代表人物有二戰前的森鷗外和戰後的渡邊淳一，兩人作品的共通點就是都很夢幻。陳耀昌的作品也是如此，雖以歷史爲主軸，但總飄逸著浪漫的情愫。

此書所描繪的民族運動家盧丙丁和民族歌手林氏好，在晃盪不安的時代裡結緣。雖然兩人的命運遭受時代翻弄，但是陳耀昌運用了充滿浪漫情懷的筆觸描繪他們的愛情故事。以前在《傀儡花》作品裡他也創作了一段外交官李仙得與原住民蝶妹的浪漫情事，可以說這是陳耀昌寫小說的一種技巧也好，也可說是他不允許自己作品裡缺乏浪漫元素的個性使然吧。

《島之曦》告訴讀者，以前人們所抱持著「臺灣人的臺灣」的夢想，在跨越一百多年的今天也還被人民堅定地承襲著。擁有仁心仁術而大器晚成的作家陳耀昌，又一次將浪漫滿溢的歷史物語送到我們的書架上。

島之曦・時代圖集

發生於日治時期大正4年（1915年）的噍吧哖事件（又稱西來庵事件），為臺灣漢人最大規模抗日行動。圖為事件之後，領導人余清芳等人遭押解經過臺南圓環前。（莊永明提供）

蔣渭水（1891-1931），臺灣文化協會與臺灣民眾黨的創立者，也是日治時期社會運動的重要領導人。（蔣渭水文化基金會提供）

1921年10月17日，臺灣新一代知識份子以非武裝抗日為主旨成立的臺灣文化協會。圖為第一屆理事會，重要成員如前排坐者左起：2黃呈聰、3蔣渭水、4林獻堂、5連溫卿；後排站者左起：1蔡培火、9林幼春、10王敏川、13陳逢源、14賴和、15謝春木等人。（蔣渭水文化基金會提供）

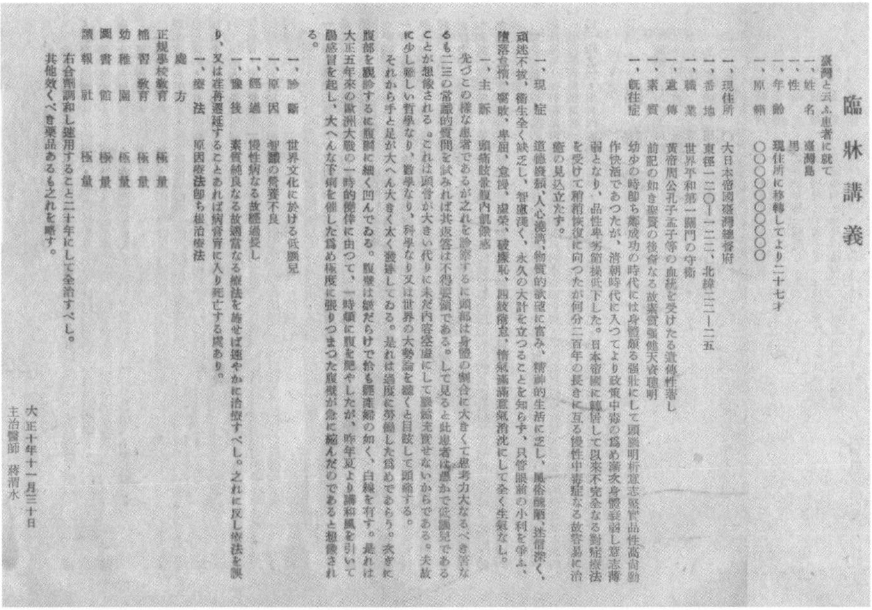

臨牀講義

臺灣と云ふ患者に就て

一、姓名 臺灣島

一、性 男

一、年齡 現住所に移轉してより二十七才

一、原籍 ○○○○○○○○

一、現住所 大日本帝國臺灣總督府

一、番地 東徑一二〇—一二二、北緯二二—二五

一、職業 世界平和第一關門の守衛

一、遺傳 黃帝周公孔子孟子等の血統を受けたる遺傳性著し

一、素質 前記の如き聖賢の後裔なる故素質强健天資聰明

一、既往症 幼少の時即ち鄭成功の時代には身體頗る强壯にして頭腦明晰意志堅實品性高尙動作快活であつたが、淸朝時代に入つてより政策中毒の爲め漸次身體衰弱し意志薄弱となり、品性卑劣節操低下した。日本帝國に轉居して以來不完全なる對症療法を受けて稍稍恢復に向つたが何分二百年の長きに亙る慢性中毒症なる故容易に治癒の見込立たず。

一、現症 道德頽廢、人心澆漓、物質的欲望に富み、精神的生活に乏し、風俗醜陋、迷信深く、頑迷不故、衛生全く缺乏し、智慮淺く、永久の大計を立つることを知らず、只管眼前の小利を爭ふ、墮落怠惰、腐敗、卑屈、怠慢、虛榮、破廉恥、四肢倦怠、惰氣滿滿意氣消沈にして全く生氣なし。

一、主訴 頭痛眩暈腹內飢餓感

先づこの樣な患者であるが之れを診察するに頭部は身體の割合に大きくて思考力大なるべき筈なるも二三の常識的質問を試みれば其返答は不得要領である。して見ると此患者は愚かで低腦兒であることが想像される。これは頭骨が大きい代りに未だ內容空虛にして腦髓充實せないからである。夫故に少し難しい哲學なり、數學なり、科學なり又は世界の大勢論を聽くと目眩して頭痛する。

それから手と足が大へん大きく太く逞しくしてゐる。是れは過度に勞働した爲めであらう。次ぎに腹部を觀診するに腹圍に細く凹んでゐる。腹壁は皺だらけで恰も經產婦の如く、白線を有す。是れは大正五年來の歐洲大戰の一時的僥倖に由つて、一時頗に腹を肥やしたが、昨年夏より講和風を引いて腸感冒を起し、大へんな下痢を催した爲め極度に張りつまつた腹壁が急に縮んだのであると想像される。

一、診斷 世界文化に於ける低腦兒

一、原因 智識の營養不良

一、經過 慢性病なる故經過長し

一、豫後 素質純良なる故適當なる療法を施せば速やかに治癒すべし。之れに反し療法を誤り、又は荏苒遷延することあれば病膏肓に入り死亡する虞あり。

一、療法 原因療法卽ち根治療法

處方

正規學校敎育 極量

補習敎育 極量

幼稚園 極量

圖書館 極量

讀報社 極量

右合劑調和し速用すること二十年にして全治すべし。

其他效くべき藥品あるも之れを略す。

大正十年十一月三十日

主治醫師 蔣渭水

1921年，臺灣文化協會成立第二個月，於11月發行的「會報」第一期刊載蔣渭水替臺灣做診斷的「臨床講義」。這份文獻也成為日後文協活動最主要的根據與目標。（蔣渭水文化基金會提供）

蔣渭水於自家大安醫院旁成立「文化公司」，有各種日本出版的新書報，還有東京臺灣留學生「新民」出版的《臺灣青年》，後改為《臺灣民報》。（蔣渭水文化基金會提供）

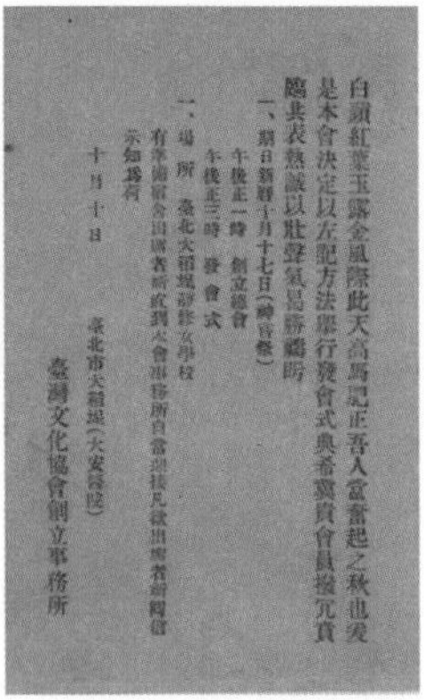

白頭紅葉玉露金風際此天高馬肥正吾人奮起之秋也爰

是本會決定以左記方法舉行發會式與希賛員會員撥冗賁

臨共表熱誠以壯聲氣曷勝禱盼

一、期日 新曆十月十七日（禮拜[illegible]）

午後正一時 創立總會

午後正三時 發會式

一、場所 臺北大稻埕靜修女學校

示知爲荷

十月十日

臺北市大稻埕（大安醫院）

臺灣文化協會創立事務所

1921年10月10日發出的臺灣文化協會成立大會邀請函。（劉克全提供）

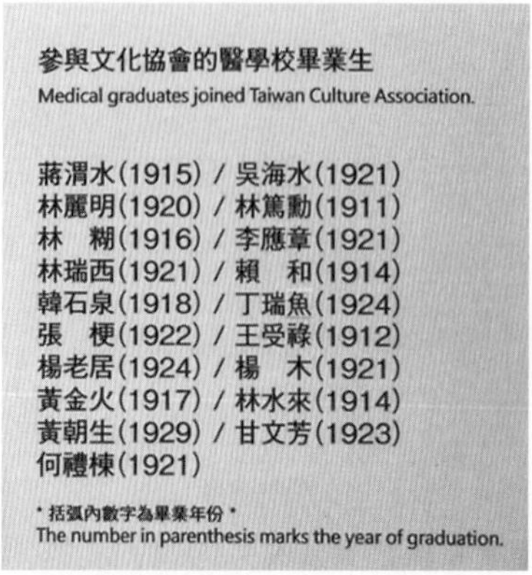
參與文化協會的醫學校畢業生
Medical graduates joined Taiwan Culture Association.

蔣渭水(1915) / 吳海水(1921)
林麗明(1920) / 林篤勳(1911)
林　糊(1916) / 李應章(1921)
林瑞西(1921) / 賴　和(1914)
韓石泉(1918) / 丁瑞魚(1924)
張　梗(1922) / 王受祿(1912)
楊老居(1924) / 楊　木(1921)
黃金火(1917) / 林水來(1914)
黃朝生(1929) / 甘文芳(1923)
何禮棟(1921)

* 括弧內數字為畢業年份 *
The number in parenthesis marks the year of graduation.

臺灣文化協會成立時，許多成員都來自總督府醫學校（即今臺大醫學院），圖為當時曾參加臺灣文化協會的醫學生名單，展示於臺大醫學院「醫學人文館」（二號館）。（陳耀昌攝）

1920年7月16日，新民會發行的《臺灣青年》創刊，封面為創始成員，也多是後來「臺灣文化協會」的要角。由右上起逆時針方向分別為：林獻堂、蔡惠如、彭華英、徐慶祥、蔡培火、林呈祿、林仲澍、王敏川。（蔣渭水文化基金會提供）

1921年1月30日，新民會發起166名東京臺灣留學生與12位臺灣人士連署「臺灣議會設置請願書」，向日本政府提出請願。此活動也促成臺灣文化協會的創立。後續還有多次請願活動進行，圖為1925年2月15日第六回請願團於東京合影。（蔣渭水文化基金會提供）

1923年12月16日發生「治警事件」，多人被捕，這是台灣非武裝抗日活動第一次遭集體政治受害。圖為隔年2月18日迎接出獄者紀念照，後排脫帽者為出獄者，左起分別為鄭松筠、石煥長、蔣渭水、蔡培火。其餘戴帽者皆為迎接者。（蔣渭水文化基金會提供）

1924年10月18日，治警事件二審，29日公判有罪。圖為二審辯論後的紀念合影，前排坐者六人為辯護律師；2排左起：2葉榮鐘、3蔡惠如、4林呈祿、5蔡式穀、6韓石泉、8陳逢源、10林篤勳；3排左起：1蔣渭水、4王敏川、5鄭松筠、6蔡年亨；左上圈是林幼春、右上圈是蔡培火。（蔣渭水文化基金會提供）

本書主角盧丙丁（右），自臺北師範學校畢業後積極投入臺灣文化協會，結識許多志同道合的前輩與好友。此為盧丙丁與林秋梧（左）、李應章（後）至嘉義朴子拜訪前輩醫生林瑞西（前坐者），於診所前合影。（國立臺灣文學館典藏）

《臺灣民報》記者謝春木（中）是盧丙丁（左）在臺北師範學校的同學，林秋梧（右）是他們學弟，三人都是南臺灣推動文化思想抗日運動的主力。（國立臺灣文學館典藏）

1925年10月22日，「二林蔗農組合」因抗爭運動爆發肢體衝突，多人遭警方逮捕，稱為「二林事件」。二林事件第二次公審後，被告、農民組合同志與辯護律師合影。前排左3為李應章，最後一排中間戴眼鏡者為簡吉，簡吉右手邊第二位為此次日本勞農黨派來協助辯護的律師布施辰治。（莊永明提供）

一九二七、四、二〇、午后十時
二林農村講演被撿束記念撮

出身二林的李應章醫生（右），於1925年成立「二林蔗農組合」，10月22日因二林事件遭警察逮捕。出身鳳山的簡吉（左）也受此事件影響，於1926年創組全島性的「臺灣農民組合」，為農民權益奔走。此為兩人因二林農村演講活動遭檢束的紀念照。（大眾教育基金會提供）

韓石泉醫師是臺灣文化協會重要成員，1923年曾因治警事件被捕，入監半個月。1928年於臺南市創設「韓內科醫院」。此為1926年3月31日，韓石泉與妻子莊綉鸞結婚照。（韓良誠提供）

王受祿為臺灣第一位留歐的醫學博士，1925年自德國返臺後，忙碌醫務之外，也積極參加臺灣文化協會、議會請願、農工運等政治運動，以演講方式傳播理念。（莊永明提供）

連溫卿於1924年自日本返臺，將社會主義思想引入文化協會，主張以工農階級運動為主軸。1927年文協於臺中召開臨時大會，連溫卿奪權成功，造成文協左右分裂，右派以蔣渭水為主另組陣營。（莊永明提供）

杜聰明醫師（右）在1914年以第一名成績畢業於臺灣總督府醫學校，之後赴日攻讀醫學博士，是臺灣史上第一位博士。（杜武青提供）

林茂生是臺灣第一位東京帝大（現東京大學）文學士，也是第一位留美博士。1924年於臺灣文化協會舉辦的夏季學校擔任西洋文史的講師。（莊永明提供）

丁瑞魚醫師為臺灣文化協會創始成員之一。1923年治警事件時冒險收留葉榮鐘，使其得以向東京傳遞訊息。（丁正己提供）

「臺灣現代文學之父」賴和（右2）與杜聰明、翁俊明（右1）是臺灣總督府醫學校的同班同學。三人除以行醫貢獻社會之外，對於時政也常表達關注。此為1918年，賴和與翁俊明於廈門博愛醫院任職時與友人合照。（賴和文教基金會提供）

1913年，杜聰明（前排右2）與翁俊明（前排左2）欲前往北京行刺袁世凱，據傳事件策劃者還有蔣渭水（後排右1）。此為行前眾人於臺北新公園內合影。（蔣渭水文化基金會提供）

1926年4月，臺灣文化協會「活動寫真部」成立，盧丙丁（前排左1）與郭戊己（後排右2）為首批辯士（旁白解說）。此為1927年成員合影，前排左2起分別是蔡培火、林獻堂、林幼春、林秋梧。（國立臺灣文學館典藏）

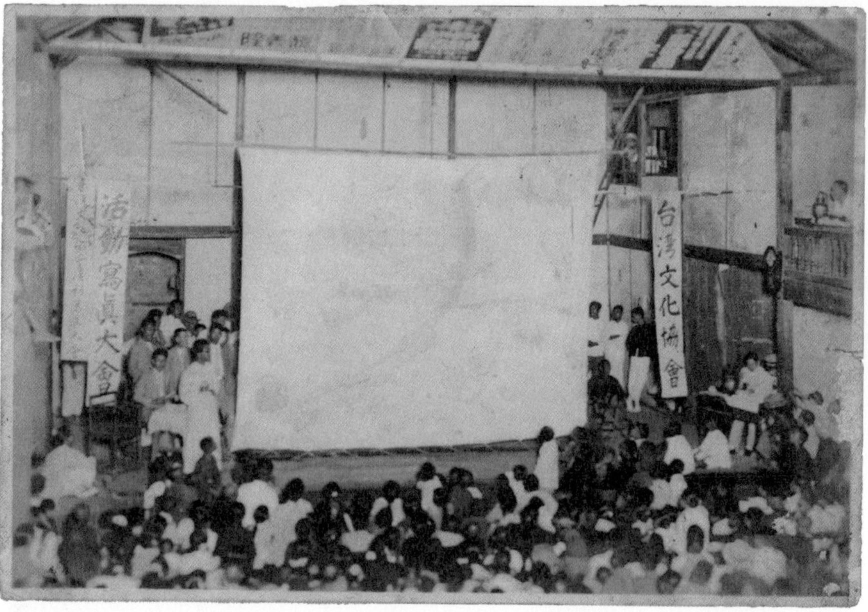

盧丙丁於1926年4月獲聘為臺灣文化協會「活動寫真部」的辯士，以放映電影的方式進行理念宣講。（國立臺灣文學館典藏）

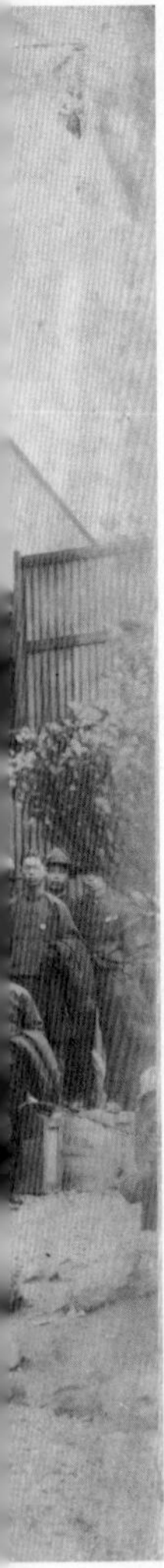

除美臺團的活動寫真放映之外，臺灣文化協會也在各地創立文化劇團，盧丙丁當時是臺南文化劇團的重要演員之一。（國立臺灣文學館典藏）

1925~1927年，臺灣文化協會藉各地文化劇團演出啟迪民心。臺南文化劇團成員多半和盧丙丁（左 1）一樣，也是臺南地區的文化協會會員。（國立臺灣文學館典藏）

1927年下半至1929年夏天，盧丙丁（第3排居中戴墨鏡者）征戰全臺積極投入工運，並主導成立了臺灣民眾黨的最大側翼「臺灣工友總聯盟」，也是臺灣史上第一個全島性工會組織。此為1928年2月19日成立大會合影。（蔣渭水文化基金會提供）

1928年5月13日發生高雄淺野水泥罷工事件，遭逮捕的四人：（前排坐者右起）陳來明、梁加升、黃賜、張晴川，於12月28日出獄。當時身為工總爭議部長的盧丙丁（後排右2）與臺灣民眾黨要員蔡培火（後排左4）、王受祿（後排左3）、韓石泉（後排左5）、林占鰲（後排右3）等人也前往迎接。（林宗正提供）

1929年1月1日起，臺灣民眾黨舉辦長達5日的「黨務磋商會」，實為幹部訓練講習。盧丙丁（2排左3戴墨鏡者）擔任講師工作。（蔣渭水文化基金會提供）

1929年2月11日，臺灣工友總聯盟在臺南召開第二次代表大會。此時應為盧丙丁（4排中央戴墨鏡者）主導聯盟的全盛時期，背後的松金樓外牆標語是蔣渭水為聯盟想的口號：「同胞須團結，團結真有力。」（蔣渭水文化基金會提供）

1929年10月10日，專門研究殖民地發展的日本學者矢內原忠雄，出版了《帝國主義下的臺灣》，成為研究日治時期臺灣政經發展的重要著作。此為1927年，矢內原忠雄在臺中與臺灣議會設置請願運動者合影。前排左起：鄭松筠、林獻堂、矢內原忠雄、蔡培火、韓石泉；後排左起：陳炘、陳逢源、張聘三、林陸龍、葉榮鐘、莊垂勝。（李筱峰提供）

1929年4月22日，蔡培火（3排左7）在臺南舉辦第一回臺灣白話字研究會，積極推廣白話文與羅馬字。林氏好（前排左3）也有參與，因此與蔡培火熟識，之後更演唱蔡培火創作的〈咱臺灣〉一曲。（莊永明提供）

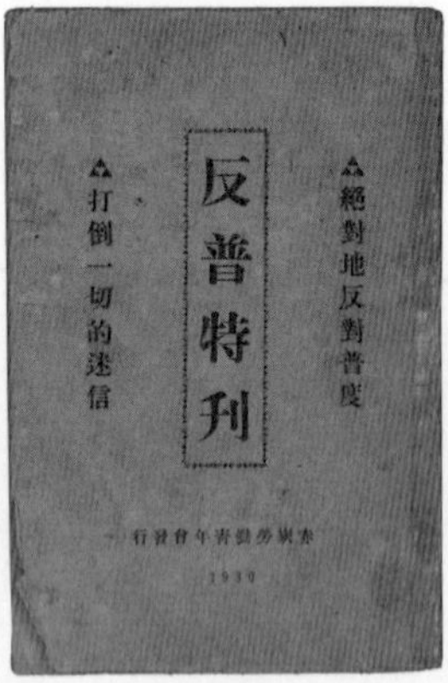

1929年8月4日，赤崁勞動青年會為破除過度鋪張的普渡迷信，在臺南舉辦反普渡演講，並發行宣傳手冊《反普特刊》。（莊明正提供）

盧丙丁好友林秋梧於美臺團解散後，在臺南開元寺出家，法號「證峰」。但他依然熱心投入社會運動，積極參與臺灣工友總聯盟，與外圍團體「赤崁勞動青年會」的活動。（李筱峰提供）

1930年代前期在基隆顏家聚會合影。前排左起：顏國年、辜顯榮、許丙；後排左起：板橋林家大永興業常務張園、《臺灣日日新報》社長河村徹、辜顯榮女婿黃逢平。（王佐榮提供）

莊松林於年少時即加入臺灣文化協會與臺南文化劇團，1929年自廈門返臺後，積極參與赤崁勞動青年會、臺灣民眾黨等社會運動。1941年後則轉做民俗文獻的整理研究。（莊明正提供）

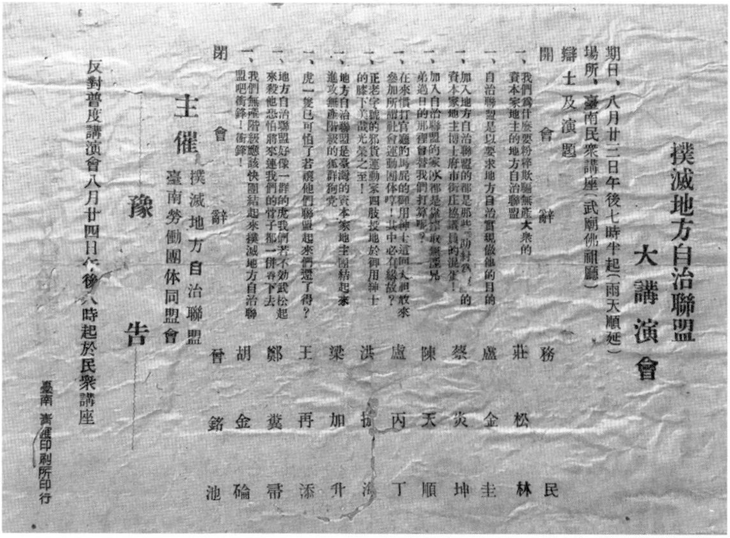

撲滅地方自治聯盟大講演會

期日、八月廿三日午後七時半起（雨天順延）
場所、臺南民衆講座（武廟佛祖廳）
辯士及演題
開會辭
一、我們為什麼要粉碎欺騙無產大衆的資本家地主的地方自治聯盟
一、自治聯盟是以要求地方自治實現做他的目的
一、加入地方自治聯盟的都是那些「助紂為虐」的資本家地主博士府市街庄協議員的混蛋！
一、加入自治聯盟的家伙都是欺詐取巧無產兄弟過日的那裡會替我們打算呢？
一、在來慣打官廳的馬屁的御用紳士這回大膽敢來參加所謂社會運動團体哼！其中必有緣故？
一、正老字號的邪貨運動家四肢投地於御用紳士的膝下美哉光榮之至！
一、地方自治聯盟是臺灣的資本家地主團結起來進攻無產階級的狐羣狗党
一、虎一隻已可怕了若讓他們聯盟起來們還了得？
一、地方自治聯盟好像一羣的虎我們若不効武松起來殺他恐怕將來連我們的骨子都一併吞下去
一、我們無產階級應該快團結起來撲滅地方自治聯盟吧衝鋒！衝鋒！
閉會辭

務　民
莊松林
盧金圭
蔡炎坤
陳天順
盧丙丁
洪掛滂
梁加升
王再添
鄭糞帚
胡金碖
晉銘池

主催　撲滅地方自治聯盟
　　　臺南勞働團体同盟會

豫告

反對普度講演會八月廿四日午後八時起於民衆講座

臺南 善德印刷所印行

莊松林與梁加升於1930年8月23日舉辦「撲滅地方自治聯盟大講演會」，以對不具實質效果的地方自治選舉表達抗議。（莊明正提供）

林占鰲年少時受恩師蔡培火啟蒙而加入臺灣文化協會，自廈門回臺後開設「興文齋」書店，成為赤崁勞動青年會的活動基地，並發行《赤道報》。此照為林占鰲與夫人在王受祿醫師家做新婚禮拜。（林宗正提供）

《赤道報》創刊於1930年10月31日，主要製作班底為赤崁勞動青年會成員，由興文齋刊行。此為第一期創刊號封面。（中央研究院臺灣史研究所檔案館典藏）

臺灣民眾黨在1931年2月18日第四次黨員大會進行中，遭警署強行取締，並宣告解散民眾黨，當場逮捕多人。幹部們（左起白成枝、陳其昌、蔣渭水、林火木、李友三、許胡、張晴川）於2月21日獲釋，在民眾黨本部前做最後留影紀念。（蔣渭水文化基金會提供）

蔣渭水在1931年8月5日因傷寒逝世，當日即於自宅大安醫院舉行火化儀式（如圖）。至親同志們於8月23日為其舉辦「大眾葬」追思公祭，有5000多人來隨行哀悼，被當時媒體稱為「臺灣空前的葬式」。（蔣渭水文化基金會提供）

林氏好（右）年輕時即在教會向牧師娘瑪麗（左）學習鋼琴與音樂，開啟她對音樂的喜愛，進而成為她的志業。（國立臺灣文學館典藏）

柏野正次郎。古倫美亞唱片臺灣分公司負責人，公司原先進口日本流行歌曲盤到臺灣，不甚受歡迎。1930年，出版了〈桃花泣血記〉而大賣，開始積極拓展臺語流行歌市場。（林良哲提供）

因從小在教會接受西方文化藝術的薰陶，林氏好偏好著洋裝，留西式短髮，不做傳統打扮。後來成為流行歌手，也以此形象唱遍全臺。（國立臺灣文學館典藏）

李臨秋（2排左1）是1930年代臺語流行歌壇重要作詞人，林氏好在古倫美亞時期錄製的〈一個紅蛋〉即為其作品。1933年與鄧雨賢合作〈望春風〉一曲，風靡全臺，進而有同名電影製作上映，圖為電影演職員合影。（莊永明提供）

鄧雨賢有「臺灣歌謠之父」之稱，年少時接受正統西洋音樂教育，1930年代進入古倫美亞唱片公司，創作出多首傳唱至今的知名臺語歌，如〈四季紅〉、〈月夜愁〉、〈雨夜花〉等。（莊永明提供）

1926年竣工的臺南安平運河，這裡也是盧丙丁與林氏好最活躍時期的家鄉景致。（國立臺灣歷史博物館典藏）

蔡德音（左）與丙丁及阿好同樣身為臺南子弟，也參加過臺灣文化協會。他與妻子林月珠（右）皆曾任職於古倫美亞公司。蔡德音除作詞、演唱之外，也參與舞臺劇編導演工作，林月珠也有詩文創作。兩人對文藝與思想運動充滿熱忱，皆是「臺灣文藝協會」成員。（蔡烈光提供）

1930年代也是日治時代臺灣新文學的茁壯期，當時許多作詞家就是文學家。1934年5月6日，臺灣文藝聯盟於臺中成立。原先臺灣文藝協會成員幾乎皆轉入聯盟，如賴和、楊逵、葉陶、趙櫪馬等人，並續在其他地區發展支部。圖為1935年臺灣文藝聯盟佳里支部成員合影，前排左三人是楊逵、楊逵長子楊資崩、葉陶。（楊翠提供）

1933年10月25日，「臺灣文藝協會」成立，成員有廖漢臣、蔡德音、黃得時、王詩琅、陳君玉、林月珠等人。1934年7月15日，發行了《先發部隊》雜誌，只刊行一期。封面圖為楊三郎之畫作「靜物」。（莊永明提供）

由陳君玉作詞、鄧雨賢作曲、純純演唱的〈跳舞時代〉曲盤（圖僅擷取片心部分，書中其餘曲盤照皆同方式處理）。此首歌為陳君玉的得意之作，與林氏好演唱的〈紅鶯之鳴〉合為一張曲盤發行。（莊永明提供）

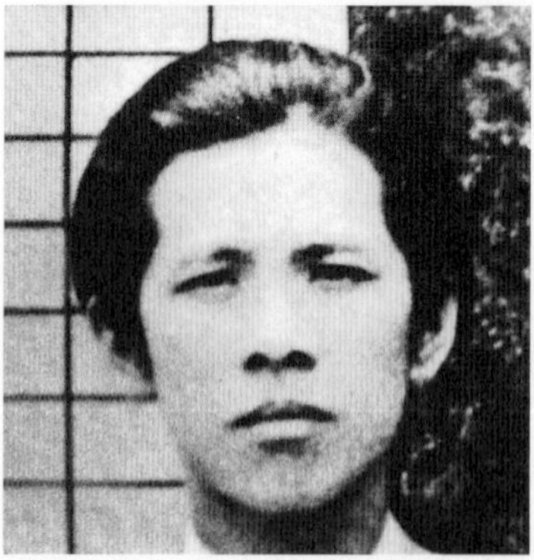

陳君玉自1933年主掌古倫美亞公司文藝部，網羅當代知名文藝青年投入臺語歌謠創作，帶動了1930年代臺語歌壇的興盛。他本身也是文學創作者，不僅作詞也寫文章，是臺灣文藝協會的重要成員。（莊永明提供）

純純（右1）與愛愛（左2）是1930年代臺灣知名流行歌手，〈桃花泣血記〉、〈跳舞時代〉、〈雨夜花〉皆為純純唱紅的名曲。（莊永明提供）

由李臨秋作詞、鄧雨賢作曲的〈一個紅蛋〉，原本是古倫美亞為林氏好特製的主打歌，後陳君玉突發奇想找來純純演唱另一版本，同合為一張曲盤發行。右圖為〈一個紅蛋〉的歌詞單。（林太崴提供）

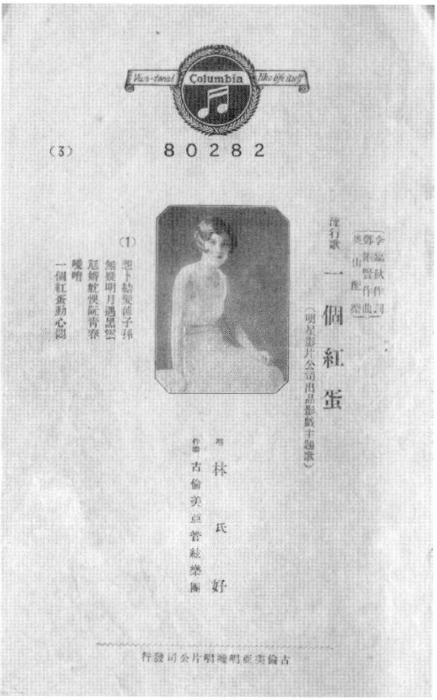

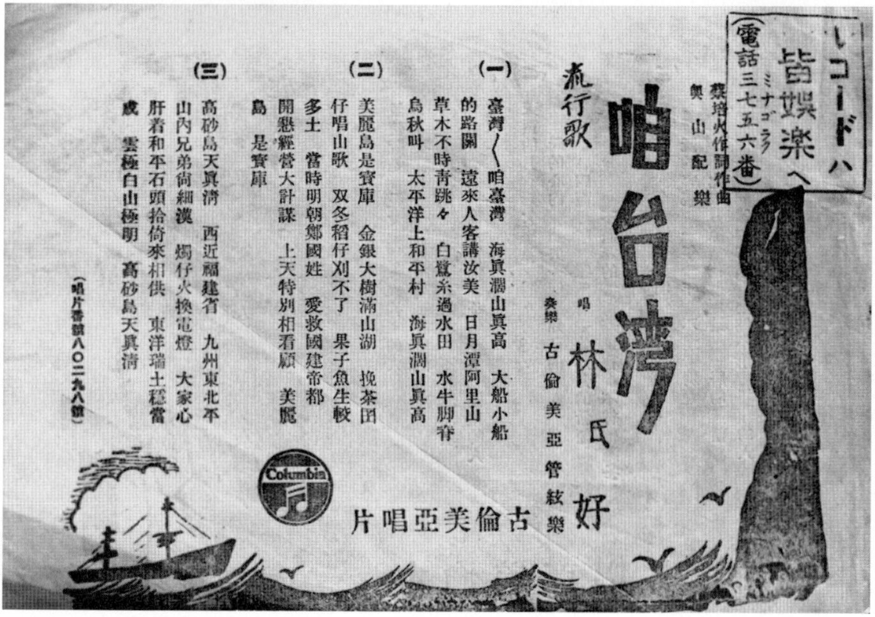

〈咱臺灣〉為蔡培火的詞曲創作，是傳頌一時的社會運動歌，也是臺語創作歌謠的先驅，是林氏好的重要代表曲目之一。下圖為歌詞單（莊永明提供），上圖為當時錄製的曲盤（林太崴提供）。

〈桃花泣血記〉原是1931年詹天馬為宣傳電影而作詞的臺語主題曲，由王雲峰作曲，此舉同時成功打響電影與歌曲的名號。古倫美亞公司取得代理權，找來清香（後改名純純）演唱錄製曲盤，成為第一首由臺灣人創作的流行歌，也開啟之後的臺語流行歌時代。左圖為當時古倫美亞發行的曲盤（林太崴提供），右圖為詹天馬（詹天馬家屬提供）。

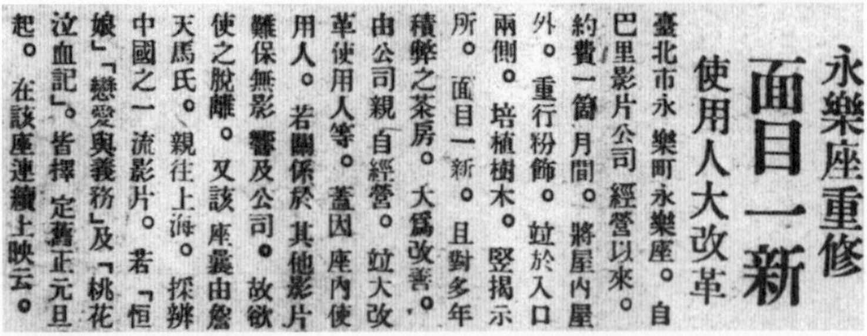

永樂座重修
面目一新
使用人大改革

臺北市永樂町永樂座。自巴里影片公司經營以來。約費一個月間。將屋內屋外。重行粉飾。竝於入口兩側。培植樹木。竪揭示所。面目一新。且對多年積弊之茶房。大爲改善，由公司親自經營。竝大改革使用人等。蓋因座內使用人。若關係於其他影片雖保無影響及公司。故欲使之脫離。又該座囊由詹天馬氏。親往上海。採辦中國之一流影片。若「恒娘」「戀愛與義務」及「桃花泣血記」。皆擇定舊正元旦起。在該座連續上映云。

1932年，名辯士詹天馬自組「巴里影片公司」取得永樂座經營權，並引進《戀愛與義務》、《桃花泣血記》等片，大受歡迎。圖為1932年2月5日《臺灣日日新報》報導此事的剪報。（洪芳怡提供）

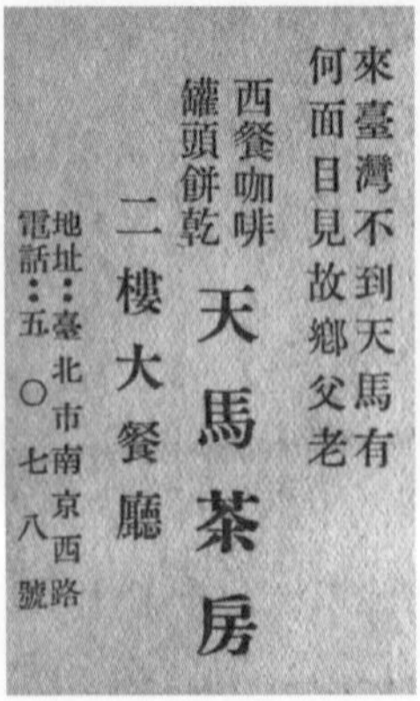

詹天馬除了從事映畫相關事業，還開了一間大稻埕最知名的咖啡屋「天馬茶房」。這裡還是1947年二二八事件的發生地點。圖為事件發生後的報紙廣告，刊登的地址已經是戰後的新路名了。（秋惠文庫提供）

趙櫪馬於1934年接任泰平公司文藝部長，7月出版了關懷臺灣社會的寫實歌曲〈街頭的流浪〉，描述失業人士狀況，卻被總督府認定有害而查禁，成為臺灣史上第一首禁歌。（林太嵗提供）

1934年底，林氏好應好友趙櫪馬的邀請由古倫美亞公司轉往泰平公司發展，錄製了多首由盧丙丁作詞的歌曲，成為她演唱生涯中的重要代表作。圖為盧丙丁作詞的〈月下搖船〉曲盤。（林太嵗提供）

1935年2月10日，林氏好（前排左3）於臺北鐵道飯店與日本演唱家關屋敏子（前排左4）相見歡，並相約將赴日拜關屋為師，精進聲樂藝術。（國立臺灣文學館典藏）

泰平公司於1935年間為林氏好在全台各地舉辦多場獨唱會，會中演唱多首臺語流行歌，讓民眾親身見證其演唱實力。（國立臺灣文學館典藏）

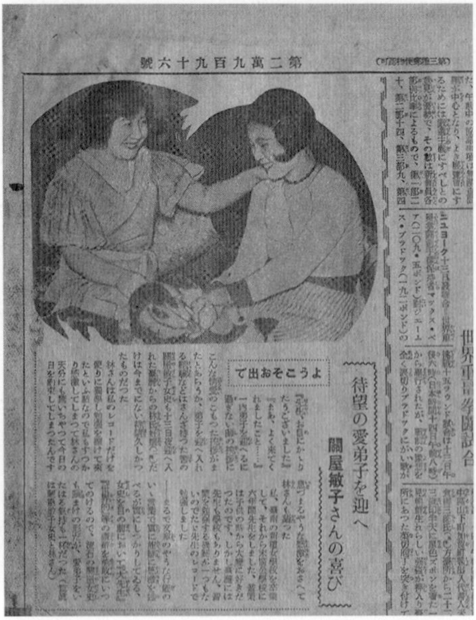

第二萬九百九十六號 （第三種郵便物認可）

待望の愛弟子を迎へ
關屋敏子さんの喜び

ようこそお出で

1935年6月15日，林氏好到了日本與關屋敏子會面。日本當地《報知新聞》報紙特別做了報導。文字標題則是「迎接期盼之愛徒，關屋敏子喜上眉梢」。林氏好也因此名氣打入日本，是臺灣歌手第一人。（國立臺灣文學館典藏）

1936年間，林氏好（左1）學成返臺後，與有忠管弦樂團合作辦理音樂講習與獨唱會。為拓廣與精進對音樂的認識，曾至屏東公園探訪原住民，學習不同的音樂文化。（國立臺灣文學館典藏）

1936-37年，是林氏好在臺灣演唱事業巔峰時期，她也是當時流行歌手跨足聲樂藝術的代表人物。（國立臺灣文學館典藏）

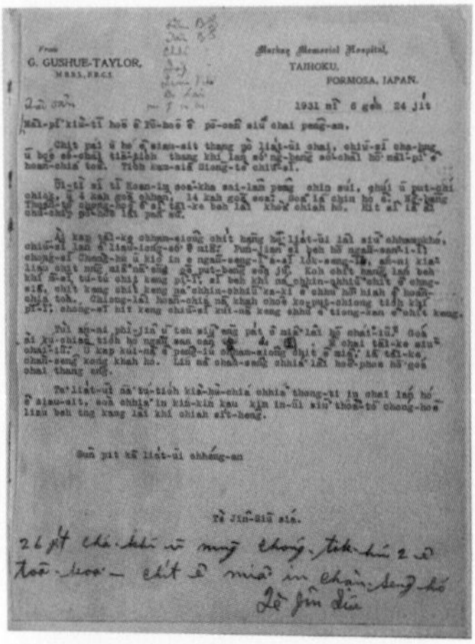

From
G. GUSHUE-TAYLOR,
M.B.B.S., F.R.C.S.

Mackay Memorial Hospital,
TAIHOKU,
FORMOSA, JAPAN.

1931 nî 6 goe̍h 24 ji̍t

Mái-pí-kiù-tī hoē ê Iû-hoē ê pō-oan siù chai pêng-an.

Chit pái ū hó ê siau-sit thang hō͘ lia̍t-ūi chai, chiū-sī cha-hng ū bóe se-chai tiā-tiān thang khì lan ê ng-hang sòe-chai hō͘ mái-pí ê hoān-chiá toā. Tiòh kam-siā Siōng-tè chiū-sī.

Sūn pit kā lia̍t-ūi chhéng-an

Tè Jîn-Siū siá.

戴仁壽醫師來臺除行醫外也宣教，當時為方便傳教士學習臺語，都會使用羅馬字記下臺語的音，做為書面文字使用。此照片即為當時戴醫師以羅馬字打字親簽的信函，是以臺語閱讀。（樂山園社會福利慈善事業基金會提供）

來自加拿大的戴仁壽醫師，在1934年於八里建立樂山園療養院，為臺灣漢生病患者提供一個療養的院區。是臺灣第一位為苦難漢生病患尋求治療及解脫者。（樂山園社會福利慈善事業基金會提供）

戴仁壽醫師自1925年起在馬偕醫院開始漢生病門診，因求診者眾多，引發附近居民異議，於是募款買下舊雙連教會做為診所，然而其目標是籌建癩病專屬療養園區。1934年，八里的樂山園療養院終於落成。此照片為戴醫師（右前穿白袍者）於馬偕診療所後院與病患合影。（樂山園社會福利慈善事業基金會提供）

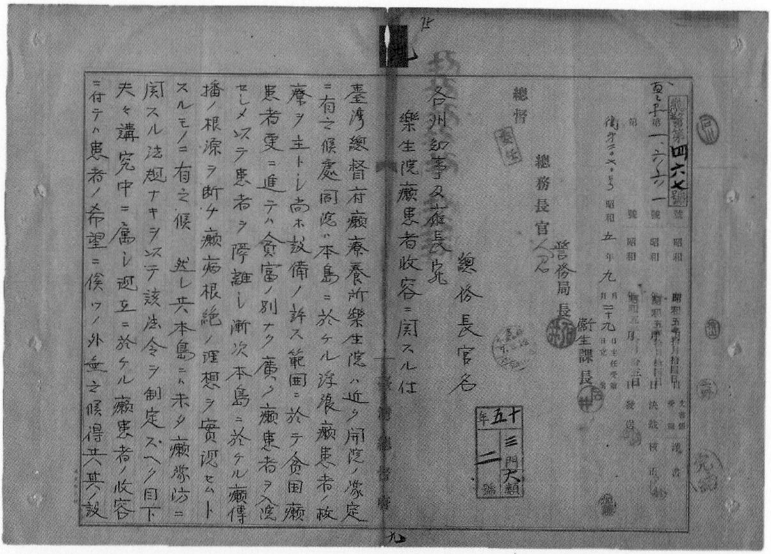

總督　總務長官　警務局長　衛生課長

總務長官名

各州知事及廳長宛

樂生院癩患者收容ニ關スル件

臺灣總督府癩療養所樂生院ハ近ク開院ノ豫定ニ有之候處同院ハ本島ニ於ケル浮浪癩患者ノ救療ヲ主トシ尚ホ設備ノ許ス範圍ニ於テ貧困癩患者更ニ進テハ貧富ノ別ナク廣ク癩患者ヲ入院セシメ以テ患者ヲ隔離シ漸次本島ニ於ケル癩傳播ノ根源ヲ斷ケ癩病根絕ノ理想ヲ實現セムトスルモノニ有之候　然レ共本島ニハ未タ癩豫防ニ關スル法規ナキヲ以テ該法令ヲ制定スヘク目下夫々講究中ニ屬シ[illegible]ニ於ケル癩患者ノ收容ニ付テハ患者ノ希望ニ俟ツノ外無之候得共其ノ設

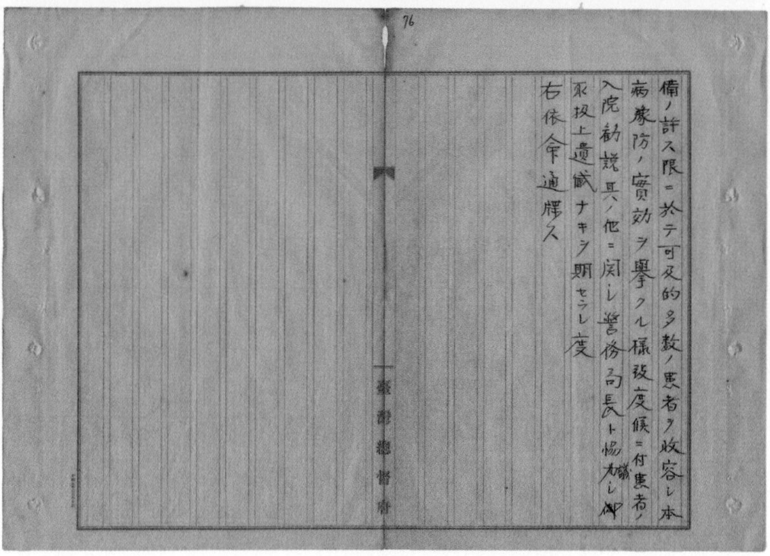

備ノ許ス限ニ於テ可及的多數ノ患者ヲ收容シ本病豫防ノ實効ヲ擧クル樣致度候ニ付患者ノ入院勸誘其ノ他ニ關シ警務局長ト協議ノ上取扱上遺憾ナキヲ期セラレ度

右依命通牒ス

日本政府在1930年（昭和5年）成立了樂生療養院，專門收容隔離漢生病患。此為當時院區創設初時的公文資料，文中提及要以根絕癩病為目標。（以上兩圖皆為中央研究院臺灣史研究所檔案館典藏）

此為1920-30年代的太平町一丁目街景明信片。位置大約是現今臺北市延平北路一段、長安西路與南京西路之間區域。故事中盧丙丁被警察拘捕進樂生院之前所投宿的「金山旅館」，就在畫面右排街屋中間。（國家圖書館提供）

賴尚和醫師是盧丙丁在樂生院時期的唯一臺灣醫生，之後也是第一位擔任樂生院長的臺灣人。賴醫師出身嘉義，1931年，自京都大學取得博士學位回臺，任職臺北更生醫院。1933年進樂生院就任醫官，持續投入漢生病研究三十多年。（國立臺灣大學醫學圖書館提供）

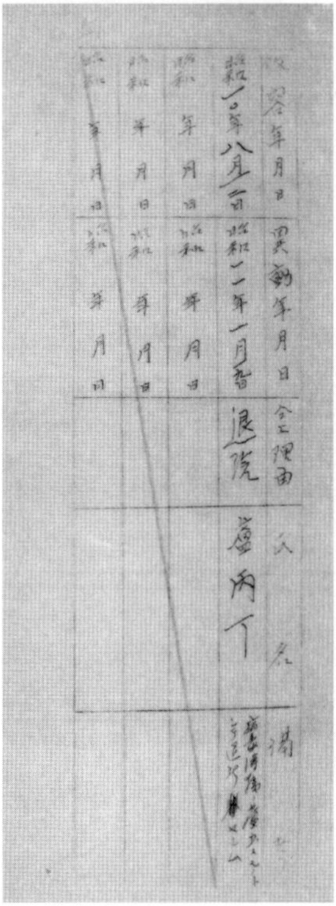

入院年月日	異動年月日	異動理由	氏名
昭和10年八月12日	昭和11年1月19日	退院	盧丙丁
昭和 年 月 日	昭和 年 月 日		
昭和 年 月 日	昭和 年 月 日		
昭和 年 月 日	昭和 年 月 日		

盧丙丁在進入樂生院待了不到半年，因整體病況經醫師判斷已不會造成傳染，難得成為可以踏出樂生院的院民。歷史資料上記載著他的入院日是1935年（昭和10年）8月12日，退院日期為1936年1月19日。（衛生福利部樂生療養院提供）

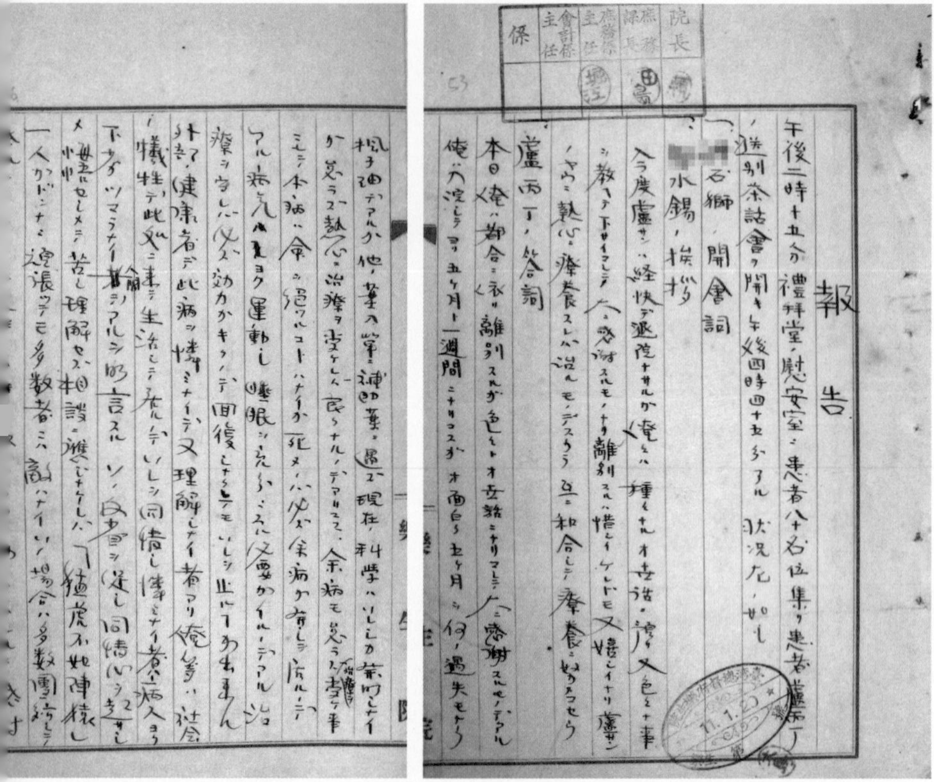

院長 庶務課長 庶務係主任 會計係主任 係

報告

午後二時十五分禮拜堂ノ慰安室ニ患者八十名位集リ患者盧丙丁ノ送別茶話會ヲ開キ午後四時四十五分了ル　狀況左ノ如シ

一、石獅ノ開會詞

[redacted]水錫ノ挨拶

今度盧サンハ経快デ退院ナサルガ俺達ハ嬉シクオ喜ビ申シ又色々ナ事ヲ教ヘテ下サイマシテ大ニ感謝スルモノナリ離別スルハ惜シイケレドモ又嬉シイナリ盧サンノヤウニ熱心ニ療養スレバ治ルモノデスカラ互ニ和合シテ療養ニ努力セラ

盧丙丁ノ答詞

本日俺ハ都合ニ依リ離別スルガ色々トオ世話ニナリマシテ大ニ感謝スルモノデアル

俺ハ入院シテヨリ五ケ月ト一週間ニナリマスガオ面白ク五ケ月ヲ何ノ過失モナク

楓子油デアルガ他ノ薬ハ單ニ補助薬ニ過ギズ現在ノ科学ハイクラカ前ハ進ンデイルカ怠ラズ熱心ニ治療ヲ受ケレバ良クナルノデアリマス。余ノ病モ怠ラズ治療シテ

ミエテ本病ハ命ヲ絶ツコトハナイガ死ヌノハ必ズ余病ガ有シテ居ルノデアル病気ハ良ク運動シ睡眠ヲ充分ニスル必要ガアルノデアル治療ヲ受シバ必ズ効力ガキクノデ回復シナクトモイクラカ止ルデアリマス

外ニ又健康者デ此病ヲ憐ミナイデ又理解シナイ者アリ俺等ハ社会ノ犠牲デ此処ニ来テ生活シテ居ルノデイクラカ同情シ憐ミナイ者ハ病入ヨリ下ナクツマラナイ人間デアルト断言スル　ソノ患者ヲ促シ同情心ヲ起サシメ悔悟セシメテ苦シ理解セズ相談ニ誰モシナケレバ「猛虎不如陣穢」一人カドンナニ頑張ッテモ多数者ニハ敵ハナイソノ場合ハ多数團結シテ

日治時期，大楓子油幾乎可說是治療漢生病唯一有效的藥，其原料取自大楓子樹。戴仁壽醫師為求大楓子油能自給自足，最早由印度引進大楓子樹。樂山園和樂生療養院內皆有種植，此為樂生療養院內的大楓子樹。（陳耀昌攝）

盧丙丁在離開樂生院前，院民為其舉辦歡送會，當時丙丁對院民的發言都一字一句為當時守衛記錄下來。右圖文書為那時流傳下來的報告記錄手稿，此處擷取報告中的三頁，以證明其入院與退院之事實。（衛生福利部樂生療養院提供）

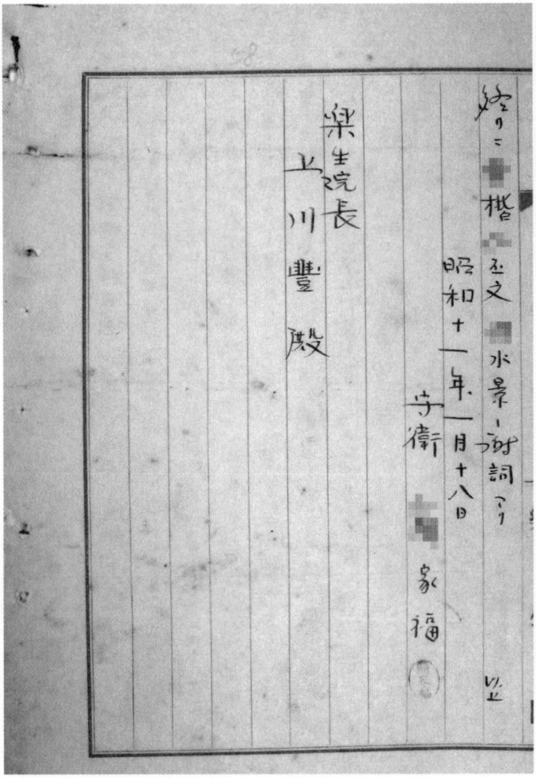
終リニ[redacted]楷[redacted]丞文[redacted]水景ニ謝詞アリ
昭和十一年一月十八日
守衛[redacted]家福
樂生院長 上川豊 殿

樂生療養院內的建築屋舍仍是當年的建築體，或可從中觀想盧丙丁當年在蓬萊寮生活的情景。右圖為蓬萊寮的外觀房型，左圖則是廊道的景致。（陳耀昌攝）

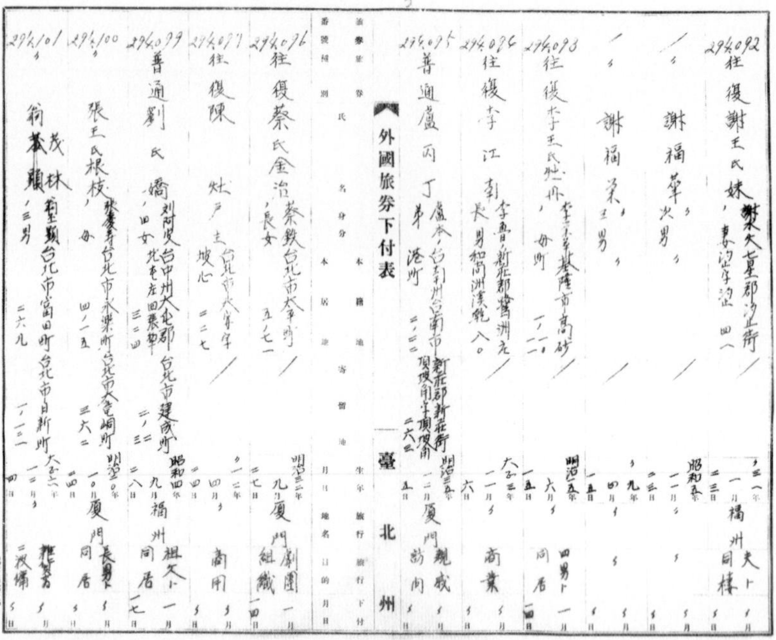
外國旅券下付表

臺北州

日治時期總督府登記所有發出旅券的記錄表稱為「旅券下付表」。此張下付表中載明盧丙丁最後一次核發旅券的記錄。但當時廈門或福州總領事館並沒有盧丙丁在廈門下船後的報到記錄，他自此行蹤成謎。（中央研究院臺灣史研究所檔案館典藏）

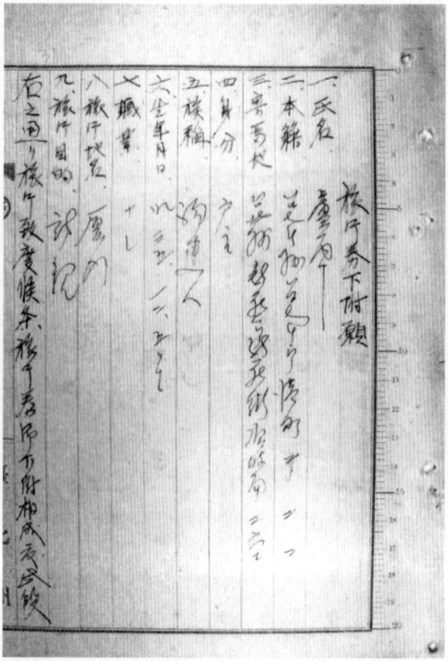

從樂生院流傳下來的歷史資料可知，盧丙丁在樂生院期間曾申請到前往廈門的旅券，旅券上的寄留地（即現居地）寫的是樂生院地址。日治時期的旅券相當於我們現行的護照，要出國必須先申請並取得才得以出入境。（衛生福利部樂生療養院提供）

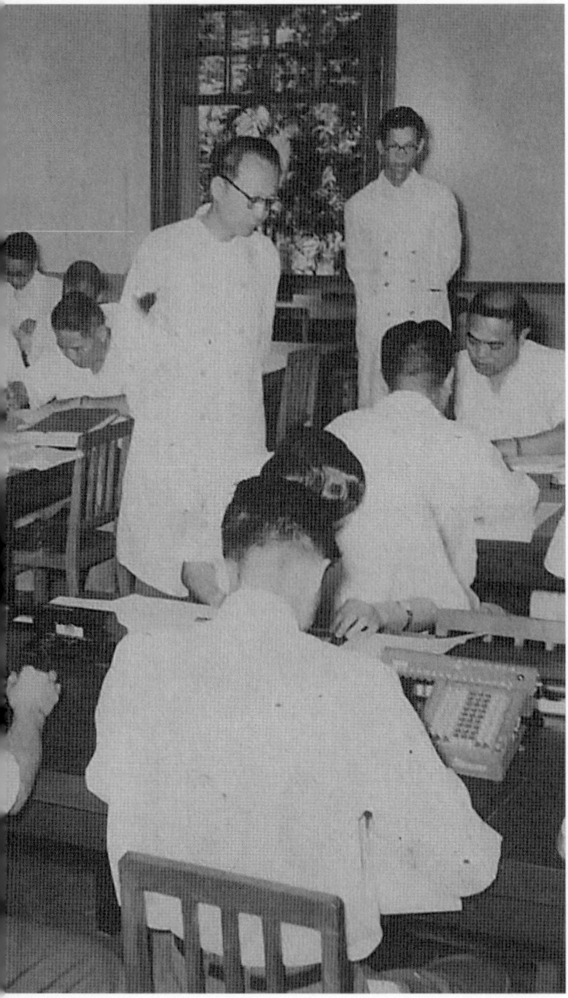

1939年，在東京的留日雕塑家蒲添生（右）新婚，其妻子為畫家陳澄波的長女陳紫薇。（左）（蒲浩志提供）

郭松根（照片中間站立者）於1940年赴滿洲就任「新京醫科大學」教授，因此得以結識當時人在滿洲的林氏好。戰後回臺，他獲邀擔任臺大醫學院公共衛生學科主任，是臺灣公衛始祖。照片中後立者，為當時助教，後來也成為臺灣公衛先驅的吳新英醫師，其對烏腳病的防治極有貢獻。（吳宏仁提供）

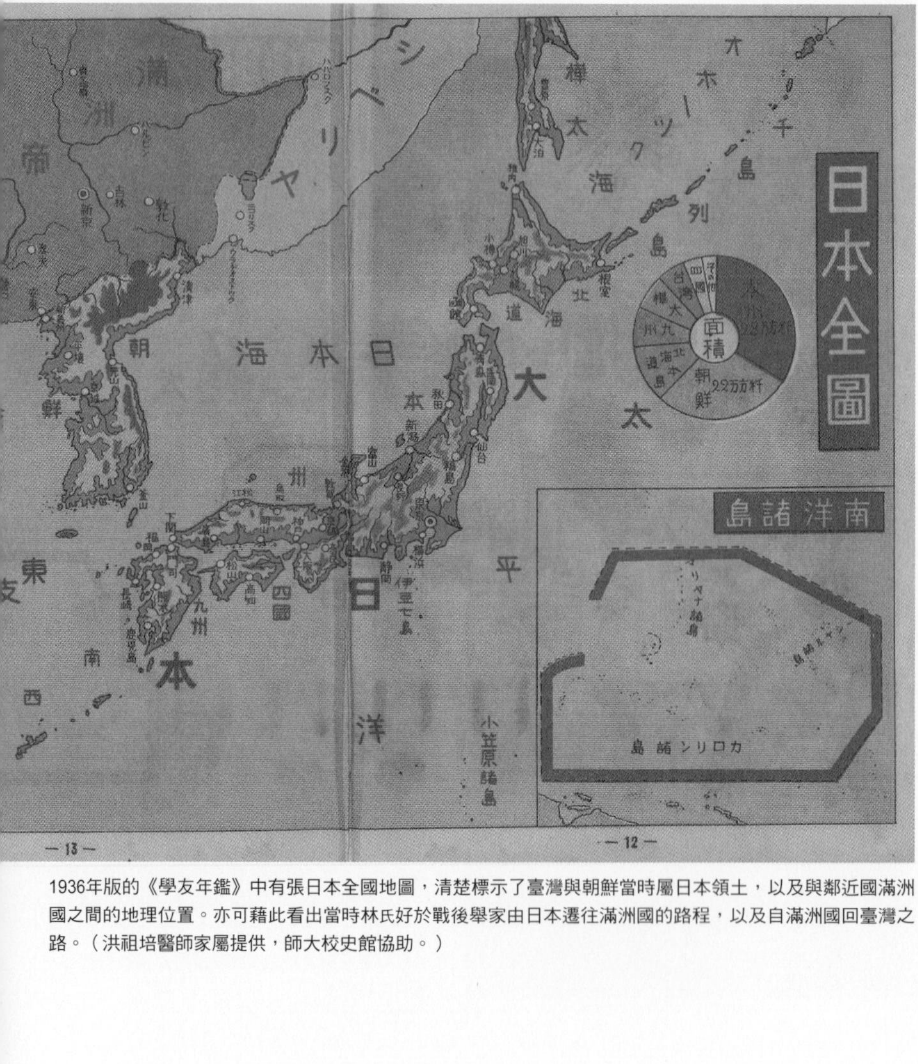

1936年版的《學友年鑑》中有張日本全國地圖，清楚標示了臺灣與朝鮮當時屬日本領土，以及與鄰近國滿洲國之間的地理位置。亦可藉此看出當時林氏好於戰後舉家由日本遷往滿洲國的路程，以及自滿洲國回臺灣之路。（洪祖培醫師家屬提供，師大校史館協助。）

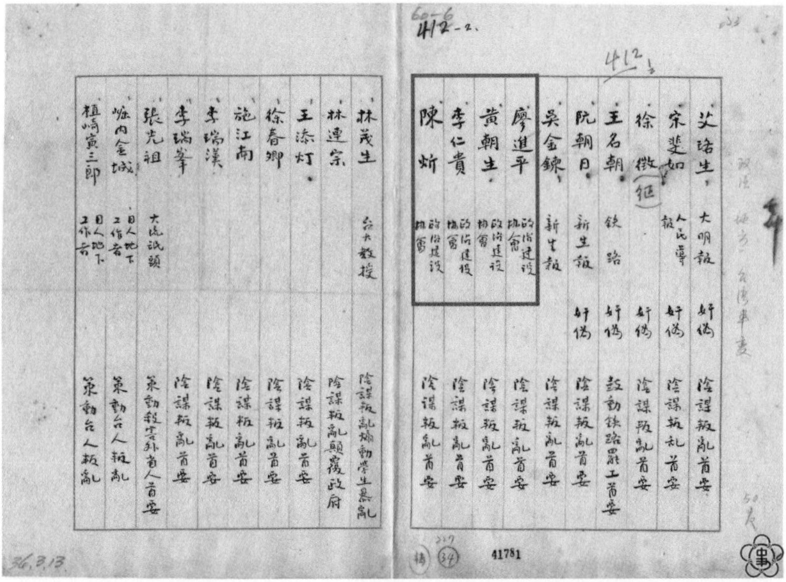

艾璐生	大明報	奸偽	陰謀叛亂首要
宋斐如	人民導報	奸偽	陰謀叛亂首要
徐徵(征)		奸偽	陰謀叛亂首要
王名朝	鉄路	奸偽	鼓動鉄路罷工首要
阮朝日	新生報	奸偽	陰謀叛亂首要
吳金鍊	新生報	奸偽	陰謀叛亂首要
廖進平	政治建設協會		陰謀叛亂首要
黃朝生	政治建設協會		陰謀叛亂首要
李仁貴	政治建設協會		陰謀叛亂首要
陳炘	政治建設協會		陰謀叛亂首要
林茂生	台大教授		陰謀叛亂煽動學生暴亂
林連宗			陰謀叛亂顛覆政府
王添灯			陰謀叛亂首要
徐春卿			陰謀叛亂首要
施江南			陰謀叛亂首要
李瑞漢			陰謀叛亂首要
李瑞峯			陰謀叛亂首要
張光祖	大流氓頭		策動殺害外省人首要
堀内金城	日人地下工作者		策動台人叛亂
植崎寅三郎	日人地下工作者		策動台人叛亂

1946年1月6日，原臺灣民眾黨及臺灣工友總聯盟成員重組成立「臺灣民眾協會」，4月7日被迫更名為「臺灣省政治建設協會」，會長蔣渭川。當時國民政府對協會成員這些有力人士感到忌憚。此份文件即為當權者表列「密裁」名單。其中廖進平、黃朝生、李仁貴、陳炘等人即因是政治建設協會成員而成為標靶，到了1947年，二二八事件爆發，政治建設協會即使為了民眾費心奔走，最終仍被羅織罪名遭受迫害。（資料出自「大溪檔案」，國史館提供）

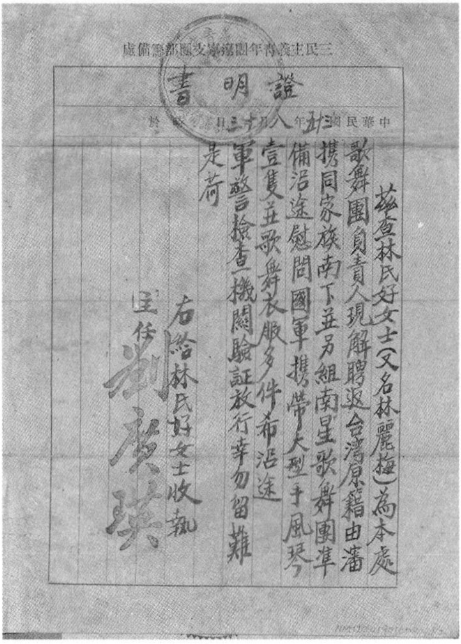

三民主義青年團遼寧支團部籌備處

證明書

中華民國卅五年八月十三日發於

茲查林氏好女士（又名林麗梅）為本處歌舞團負責人現解聘返台灣原籍由瀋攜同家族南下並另組南星歌舞團準備沿途慰問國軍攜帶大型手風琴壹隻並歌舞衣服多件希沿途軍警檢查機關驗証放行幸勿留難是荷

右給林氏好女士收執

主任 劉廣瑛

1946年8月13日，三民主義青年團遼寧支團部發下了通行證明書給林氏好，讓他們一家子得以自瀋陽返回臺灣。（國立臺灣文學館典藏）

國家圖書館出版品預行編目(CIP)資料

島之曦／陳耀昌著. -- 初版. -- 臺北市 : 遠流出版事業
股份有限公司, 2021.06
面；　公分
ISBN 978-957-32-9108-4(平裝)

863.57　　110006687

島之曦

作者／陳耀昌

主編／林孜懃
編輯協力／陳懿文・舒意雯
封面設計／陳文德
圖片頁設計排版／陳春惠
內頁設計排版／中原造像股份有限公司
行銷企劃／舒意雯
出版一部總編輯暨總監／王明雪

發行人／王榮文
出版發行／遠流出版事業股份有限公司
地址／ 104005 臺北市中山北路一段 11 號 13 樓
電話／（02）2571-0297　傳真／（02）2571-0197　郵撥／ 0189456-1
著作權顧問／蕭雄淋律師
□ 2021 年 6 月 23 日 初版一刷

定價／新臺幣 499 元（缺頁或破損的書，請寄回更換）

ISBN 978-957-32-9108-4

遠流博識網 http://www.ylib.com E-mail: ylib@ylib.com
遠流粉絲團 https://www.facebook.com/ylibfans